Ali Berg und Michelle Kalus
Buchstäblich Liebe

Autorinnen

Ali Berg und Michelle Kalus, beide in Melbourne geboren, sind beste Freundinnen und unverbesserliche Bookaholics. Gemeinsam wollten sie ihre australischen Mitbürger dazu bringen, das Smartphone beiseitezulegen und mal wieder in guten Romanen zu schwelgen. Im April 2016 fingen sie an, gebrauchte Bücher in Zügen und U-Bahnen auszulegen. Seitdem konnten sie über 500 Menschen und zahlreiche Verlage rekrutieren, sich an der Aktion zu beteiligen. Wenn Ali Berg und Michelle Kalus nicht gerade irgendwo in der Stadt Bücher verteilen, halten sie ihre Erlebnisse auf Papier fest. »Buchstäblich Liebe«, ihr erster Roman, erscheint 2019 im Blanvalet Verlag.

ALI BERG UND
MICHELLE KALUS

Buchstäblich *Liebe*

Roman

Deutsch von Larissa Rabe

blanvalet

Die Originalausgabe erschien 2018 unter dem Titel »The Book Ninja«
bei Simon & Schuster Australia, Cammeray.

FSC
www.fsc.org
MIX
Papier aus verantwortungsvollen Quellen
FSC® C014496

Verlagsgruppe Random House FSC® N001967

1. Auflage

Redaktion: Carina Heer
Zitate auf S. 87 und 424: Jane Austen: Stolz und Vorurteil. DTV 20212
Übersetzt von Helga Schulz. S. 5, 36
Zitate auf S. 374 und 444: Margaref Mitchell: Vom Winde verweht,
Ullstein 2017. Übersetzt von Martin Beheim-Schwarzbach. S. 894.
Alle weiteren Zitate übersetzt von Larissa Rabe.
Umschlag © Johannes Wiebel | punchdesign, unter Verwendung
von Motiven von Shutterstock.com (Anita_MI; OlgaSouslova)
BL · Herstellung: SaM
Satz: Vornehm Mediengestaltung GmbH, München
Druck und Bindung: GGP Media GmbH, Pößneck
Printed in Germany
ISBN 978-3-7341-0730-6

www.blanvalet.de

Für all jene, die – Regen, Hagel und der Rushhour zum Trotz – mutig Bücher in öffentlichen Verkehrsmitteln auslegen.

TEIL 1

Egal, ob Mann oder Frau:
Wer kein Vergnügen an einem guten
Roman hat, muss unerhört dumm sein.

Die Abtei von Northanger,
Jane Austen

1

Wäre Frankies Leben ein Buch, dann würde sie ihm den Titel *Enttäuschung* geben. Das passte zu dem Desaster aus ihrer Arbeit, ihrer Familie und natürlich ihrem Liebesleben.

Anklagend verkündete ihr Wecker, dass sie schon vor zwanzig Minuten hätte aufstehen sollen. Sie seufzte, drehte sich noch einmal um und vergrub das Gesicht in ihrem zerlesenen Exemplar von *Emma,* das sie sich in der Nacht zuvor unters Kopfkissen geschoben hatte. Dann biss sie sich auf die Lippen und dachte darüber nach, dass sie niemals bemerkenswert genug sein würde, dass man einem Buch schlicht nur ihren Vornamen als Titel gab.

Aber Frankie beurteilte ein Buch niemals nach dem Titel, und auch nicht nach seinem Einband. Sie beurteilte einen Roman gern und ausschließlich nach seinem ersten Satz. Sie und ihre Freundin Cat nannten das »die Geburt eines Buches«. Im Geburtssatz von *Emma* beschrieb Jane Austen Miss Woodhouse als »hübsch, klug und reich, mit einem behaglichen Zuhause und einem glücklichen Naturell ausgestattet«. Im krassen Gegensatz dazu stand Frankies eigener Geburtssatz, die Aussage ihrer Mutter, die aller Welt verkündet hatte:

»Sie hat überhaupt keine Haare und die dicke Nase ihres Vaters.«

Frankie zog sich die Decke über den Kopf und saugte den Text auf der Buchseite förmlich in sich ein. Sie wusste, dass sie sich jetzt der Szene mit dem Heiratsantrag näherte, und schloss kurz die Augen. Genau wie bei einem guten Schokoriegel war sie noch unentschlossen, ob sie sich ihrer Lust gleich an Ort und Stelle hingeben oder ihn erst später genießen sollte. Das schrille Klingeln ihres Telefons nahm ihr die Entscheidung ab. Frankie griff nach ihrem Handy und sah den Namen ihrer Mutter auf dem Display aufleuchten. Sie verdrehte die Augen, drückte auf »Abweisen« und hievte sich aus dem Bett.

Auf der Suche nach einem Outfit, das sie jetzt nicht vor große Entscheidungen stellte, hob sie ein weites Baumwollkleid vom Boden auf und zog es an. Sie eilte aus dem Schlafzimmer geradewegs auf ihren ganzen Stolz zu – ihr Bücherregal, das fein säuberlich nach Farben geordnet war. Das Regal nahm eine komplette Wand in ihrem Wohnzimmer ein, alle ihre hundertzweiundsiebzig Lieblingsbücher hatten hier ein Plätzchen gefunden: Ganz oben standen die roten Bücher, dann änderte sich die Farbschattierung hin zu Orange und Gelb, dann zu Pink und Violett, es folgten die grünen, blauen und grauen und schließlich die schwarzen Bücher. Ein ganzer Regenbogen aus Büchern – er barg Frankies ganzes Glück. Geistesabwesend fuhr sie über die in Leinen gebundenen Austen-Bände, die Ausgaben von Fowler und die Bücher der Brontës und hielt zögernd inne, als sie bei dem grünen Buch mit der Prägung »Frankie

Rose« auf dem Buchrücken angelangt war. Sie nahm es vorsichtig in die Hand, als wäre es eine Schlange, die gleich beißen könnte, und blätterte die erste Seite auf.

Dieses Buch ist Mum, Dad, Cat, Ads und, am wichtigsten, der Erfindung Pizza gewidmet. Vielen Dank für all eure Liebe und Unterstützung und den ganzen Käse.

Frankie klappte das Buch wieder zu und warf es quer durchs Zimmer. Sie schnappte sich ihre Handtasche, die neben der Couch lag, schlüpfte in die roten Sneakers und rannte aus ihrer zu kleinen Melbourner Wohnung im Stadtteil Richmond.

Nachdem sie die Schlüssel aus den Tiefen ihrer Handtasche gekramt hatte, öffnete Frankie die Tür zur Buchhandlung »Die kleine Buchhandlung in der Brunswick Street«. Die war seit anderthalb Jahren ihr zweites Zuhause, ungefähr seit der Zeit, als all ihre Träume sich zerschlagen hatten und ihr Leben gleich mit dazu. Dass sie in der Buchhandlung arbeitete, hatte sie in jeder Hinsicht gerettet. Die Arbeit hier erinnerte sie an die drei Monate, die sie in der berühmten Buchhandlung »Shakespeare and Company« in Paris gearbeitet hatte, ehe sie nach Australien zurückgekehrt war, an der Uni in Melbourne studiert und ihren Abschluss in Englischer Literatur gemacht hatte.

In der Pariser Zeit war Frankie frei von jeder Verantwortung gewesen – und sie hatte es genossen. Sie war zwischen den Bücherregalen in andere Welten eingetaucht, hatte geschrieben und Mandelcroissants gegessen. Und das gleiche sorglose Gefühl überkam sie auch jedes Mal, wenn sie die Buchhandlung in der Brunswick Street betrat. Von dort drinnen schaute sie gern den Menschen draußen auf der Straße zu. Es war, als würde sie verkehrt herum durch ein Kaleidoskop schauen, wenn Literaturliebhaber auf der von Leben pulsierenden Brunswick Street stehen blieben und in das wunderschön gestaltete Schaufenster blickten. Frankie umgab sich gern mit starken Frauen wie Maya Angelou, Margaret Atwood und Chimamanda Ngozi Adichie. Und vor allem arbeitete sie ungeheuer gern mit Cat zusammen. Cats Mann Claud hatte »Die kleine Buchhandlung in der Brunswick Street« von seinen Großeltern geerbt. Er war Wirtschaftsprüfer in einer kleinen Anwaltskanzlei in der Innenstadt, machte jede Menge Überstunden und strickte zum Ausgleich mit Begeisterung. Er war zunächst unsicher gewesen, ob er einen zweiten Job würde stemmen können, und Cat war auf die geniale Idee gekommen, dass sie vorne im Laden Bücher verkaufen würde, während er sich nur um den Bürokram kümmerte. Und als Cat Frankie eine Stelle anbot, brauchte sie nicht lange, um ja zu sagen, ja, ja und nochmals ja!

Ihre Freundschaft stammte noch aus der Zeit, als sie in der achten Klasse Liebesbriefe an Mr Darcy geschrieben hatten, statt sich mit Mathe zu befassen. Und sie bestand fort, obwohl Cat jetzt mit ihrem ersten Kind schwanger war und samstagabends immer zusammen mit Claud Wiederholungen von Stricksendungen auf Netflix schaute. Frankie, deren Bauch sich allein von der

Pizza vom Vorabend wölbte, verbrachte ihre Abende mit Dates, die alle einfach nur schrecklich liefen. Dennoch hockten Cat und Frankie fast die gesamte restliche Zeit zusammen, während sie von Büchern umgeben waren, über Bücher sprachen und Bücher lasen (und natürlich alle Leute danach beurteilten, was die lasen), und waren sich näher als Horatio und Hamlet.

Frankie schlängelte sich um die Regale herum und pfefferte ihre Tasche auf den Ladentisch, als wäre sie hier zu Hause. Was in gewisser Weise ja auch stimmte. Sie stellte die Klimaanlage an, ließ sich hinter der Kasse nieder, legte die Füße hoch und wandte sich wieder ihrer zerlesenen Ausgabe von *Emma* zu. Kaum hatte sie umgeblättert, da erklang die Glocke an der Ladentür, und Cat kam hereinmarschiert. Ihr rotes Haar war total durcheinander, und der Schweiß lief ihr übers Gesicht. Sie trug ein aufregendes pinkes selbst gestricktes Oberteil, schwarze Lycrahosen und leuchtend orangefarbene Sneakers.

»Catherine«, nickte Frankie grüßend hinter ihrem Buch hervor.

»Frankston«, nickte Cat zurück. Sie kam zu Frankie hinter die Theke, schnappte sich ihre Ausgabe von *Wer hat Angst vor Jasper Jones?,* setzte sich neben Frankie und legte ebenfalls die Füße hoch.

»Warum schwitzt du denn so?«, fragte Frankie.

»Ich war wieder beim K-Pop-Tanzkurs. Es war super, ich liebe diese abgedrehte koreanische Popmusik. Aber bei denen sind die Duschen kaputt, und ich konnte ja schlecht noch mal nach Hause, mich umziehen und dann den ganzen Weg wieder hierher zurück. Also dachte ich, wenn ich einfach ein Weilchen draußen stehen bleibe, werde ich schon trocknen. Aber ich hab vergessen, dass es heute zweiunddreißig Grad wird. Und diese Dinger, die Claud mir andauernd strickt, saugen nicht das kleinste bisschen Schweiß auf. Guck bloß mal, wie ich tropfe! Ich komm mir vor wie ein Eis, das in der Sonne schmilzt.« Cat packte Frankie und versuchte ihren Kopf an ihre verschwitzte Brust zu ziehen.

Wenn Frankie die Dating Queen war, dann war Cat die Fitness Queen. Vom Ballett bis hin zu jenem verstörenden Sommer, in dem die Stripstange das Sportgerät ihrer Wahl gewesen war, war Cat von jeder Art körperlicher Anstrengung und jeder nur vorstellbaren neuen Gesundheits- und Fitness-Welle regelrecht besessen – und ließ sie dann noch schneller fallen als Victor Hugos Marius die unglücklich verliebte Éponine. Diese merkwürdige Angewohnheit hatte vor einigen Jahren ihren Anfang genommen, und zunächst hatte Frankie sich Cats Bewegungsbesessenheit damit erklärt, dass sie einfach fitter und muskulöser aussehen wollte. Aber in letzter Zeit fragte sie sich ernsthaft, ob es da nicht eine tiefer liegende Unsicherheit gab. Cat genoss es, wenn sich die Leute nach ihrem unglaublich attraktiven Ehemann umschauten, aber möglicherweise fühlte sie sich ja allmählich übersehen?

»Wo bist du gerade?«, fragte Cat mit einem Blick auf Frankies ramponiertes Buch.

»Fast beim Heiratsantrag«, schwärmte Frankie.

»Bist du es nicht leid, dieselben Bücher immer wieder zu lesen?«

»Du liest *Wer hat Angst vor Jasper Jones?* schließlich auch zum vierten Mal«, entgegnete Frankie.

Cat breitete entwaffnet die Arme aus.

»Also, heute ist beim K-Pop was ganz Merkwürdiges passiert.«

»Aha?«, machte Frankie interessiert.

Das Läuten der Ladentür unterbrach ihre Unterhaltung. Frankie und Cat schlugen ihre Bücher zu, stellten die Füße auf den Boden und blickten aufmerksam hoch. Ein stämmiger Mann mit schütterem Haar kam herein.

»Fantasy!«, zischte Cat.

»Kriegsbiografie!«, hielt Frankie dagegen.

Der rotgesichtige Mann lächelte Frankie und Cat an. Sie lächelten zurück und fragten, ob er Hilfe brauche. Er schüttelte den Kopf und schaute sich unerträglich langsam in der Buchhandlung um, kratzte sich den Kopf und nahm kein einziges Buch in die Hand. Die beiden Frauen starrten ihn an und beobachteten jede seiner Bewegungen.

»Los, jetzt mach schon!«, flüsterte Cat in seine Richtung.

»Gleich schlägt er zu!«, zischte Frankie.

Nach einer Zeit, die ihnen vorkam wie ein Jahr, blieb der Mann beim Regal mit Fantasyliteratur stehen, nahm zwei Romane von Stephen King und klemmte sich einen unter jeden Arm.

»Verdammt! Er hat ein Hemd an, aber keinen Schlips. Ein todsicheres Zeichen«, sagte Frankie enttäuscht.

»Her mit der Knete, Frankston.« Cat streckte ihr die geöffnete Hand hin und winkte erwartungsvoll mit den Fingern. Langsam zog Frankie einen Fünf-Dollar-Schein aus ihrem Portemonnaie und drückte ihn Cat missmutig in die Hand.

»Diese beiden wunderbaren *Fantasy*-Bücher also, das ist alles?«, sagte Cat zu dem Kunden, während sie Frankie ein teuflisches Lächeln zuwarf.

»Ja, Stephen King les ich immer gerne«, sagte der Mann und legte die Bücher auf die Ladentheke, damit Cat sie einscannen konnte. »Eigentlich wollte ich's ja mal mit dieser neuen Kriegsbiografie probieren. Dieses … äh … Ich hab den Namen schon wieder vergessen. Aber dann hab ich mir gedacht, warum mit den guten Sachen aufhören. Denn Stephen King, der gehört nun mal zu den wirklich guten Sachen«, schmunzelte er.

Frankie starrte ihn an, und Cat unterdrückte ein Lachen, als sie die beiden Bücher in eine Papiertüte packte.

»Einen wunderschönen Tag noch. Ich freue mich sehr, dass Sie sich statt für eine *Kriegsbiografie* dann doch für Stephen King entschieden haben. King ist wirklich eine *richtig gute* Sache«, zwitscherte Cat.

»Allerdings! Also, tschüss dann!«, dröhnte der Mann beim Hinausgehen. Hinter ihm bimmelte das Glöckchen.

»Jawoll, du gute Sache!«, rief Cat und reckte triumphierend die Faust gen Himmel.

»Eigentlich wollte er eine Kriegsbiografie kaufen. Gib mir meine fünf Dollar wieder!« Frankie griff nach dem Schein, aber Cat zog die Hand weg.

»Tja, *eigentlich.* Aber dann hat er's doch nicht getan! Der Fünfer gehört mir«, sagte sie selbstzufrieden.

Frankie seufzte. »Du solltest dich nicht auch noch so darüber freuen.«

»Ich weiß gar nicht, was du meinst!«, sagte Cat grinsend und klang noch ein bisschen selbstzufriedener.

Frankie runzelte die Stirn. Die beiden ließen sich wieder auf ihren Stühlen nieder und legten die Füße auf die Ladentheke. Der Tag wurde immer heißer, und die Luft von draußen bahnte sich ihren Weg unter der Ladentür hindurch, wo sie mehr schlecht als recht von der kühlen Luft der Klimaanlage abgefangen wurde. Kalter Schweiß lief Frankie in Tropfen über den Hals und in den Ausschnitt.

»Tut mir leid, ich bin heute ein bisschen verrückt drauf«, sagte Cat.

Schweigen. »Eine Verrücktheit ist offenbar keine Verrücktheit mehr, wenn ein ansonsten vernünftiger Mensch sie sich leistet«, zitierte Frankie Jane Austen, die sie gerade las, bis aufs i-Tüpfelchen korrekt.

Cat lächelte, als Frankie ihr gnädig zunickte.

»Und warum bist du so verrückt drauf, alte Miezekatze? Was war denn beim K-Pop los? Willst du jetzt nach Korea übersiedeln?«, scherzte Frankie.

»Ach, da war nichts weiter. Ich hol uns mal Kaffee.« Cat sprang ein bisschen zu eilig auf und griff nach ihrer Handtasche.

»Cat! Jetzt mal ernsthaft, was war los beim K-Pop?« Es sah Cat gar nicht ähnlich, so ausweichend zu reagieren. Normalerweise bekam Frankie von ihr ausführliche Informationen über absolut alles – angefangen damit, was sie zum Frühstück gegessen hatte, bis hin zur Liebesgeschichte zwischen den beiden Straßenkünstlern, die sich gegenüber der Buchhandlung auf dem Bürgersteig niedergelassen hatten.

»Ach, nichts, gar nichts.« Cats rotes Gesicht wurde noch röter, und sie warf einen raschen Blick zur Tür.

»Catherine Adeline Cooper, du erzählst mir jetzt auf der Stelle, was los ist.« Frankie musterte Cat voller Misstrauen.

Cat blickte genauso konzentriert zurück, und die beiden schafften es, sich eine ganze Minute lang einen Wettkampf im Eiskalt-Anstarren zu liefern, was für sie beide ein Rekord war.

»Na gut, du hast gewonnen!« Cat winkte ab.

»Ich höre.«

»Also, beim K-Pop gibt es einen Tänzer, der ist wirklich unglaublich süß. Er heißt Jin-Soo.«

»Jin-Soo?«

»Ja, Jin-Soo.«

»Und weiter?«

»Weiter … Jin-Soo.«

»Und was ist mit Jin-Soo?«

»Tja, also, vor ein paar Wochen habe ich irgendwie versehentlich mit ihm geschlafen.« Cat hielt sich den Mund zu und stürzte zur Tür.

»*Was?* Cat, Cat, komm zurück!«, brüllte Frankie. Sie konnte nicht fassen, was sie da gerade gehört hatte.

Cat sollte Claud betrogen haben? Niemals! Frankie wusste, dass das unmöglich war. Cat würde nie fremdgehen. Ihre Ehe war vielleicht nicht perfekt, aber welche Ehe war das schon? Cat liebte Claud in seiner dämlichen, gut aussehenden, strickversessenen Gänze. Und sie war schließlich im vierten Monat schwanger von ihm, um Himmels willen!

Frankie sprang auf und rannte hinter ihrer verschwitzten, ehebrecherischen Freundin her. Doch als sie die Ladentür aufriss, blieb sie stehen. Nicht Cat stand vor ihr, sondern ein Mann, und wahrscheinlich der bestaussehende Mann, dem sie je begegnet war. Er war groß und stattlich und wirkte auf sie wie die perfekte Mischung aus Jane Austens George Knightley, Mr Darcy und Edward Cullen – nicht dass Frankie diesen Twilight-Schund jemals gelesen hätte.

2

Frankie hatte Entschuldigungen stammelnd den Rückzug angetreten und sich in sicherer Entfernung hinter der Theke niedergelassen. Sie hielt sich ihr Buch vor die Nase und beobachtete den unglaublich schönen Mann, der durch die Buchhandlung streifte. Er hatte breite Schultern, wirkte aber in seinem weißen T-Shirt und Jeans unauffällig und bewegte sich mit ruhigem Selbstvertrauen. Wenn er sich durch die Regalreihen schob, drehte er die Schultern leicht zur Seite. Frankie beugte sich zu der Schale mit M&M's vor, die immer neben dem Computer versteckt stand, und warf sich lächelnd eins in den Mund. *Mögen die Spiele beginnen!*

Der Mann näherte sich der Klassiker-Abteilung. *Ein vielversprechender Anfang. Ja, streich du nur über die Schutzumschläge der Evergreens. Nein, Moment mal. Bewegung auf neun Uhr!*

Er setzte seinen Weg in Richtung Reiseführer fort. Dann blieb er stehen, wie um sich zu orientieren. Frankie stockte der Atem, als sie merkte, dass er zu den Sachbüchern schaute. *Ein belesener Historiker? Ein Volkswirt?* Damit konnte sie leben. Aber leider marschierte der Mann mit dem kastanienbraunen Haar zügig an den Biografien und der Essayistik vorbei, wurde immer schneller und ging entschlossenen Schrittes in den hinteren Teil des Ladens. Frankie, inzwischen kaum noch verborgen hinter ihrem Buch, verschlang ein M&M nach dem anderen und starrte dem Fremden nach.

Nein, nur das nicht, bitte nicht dieses Regal! Die Jugendbuchabteilung? Er hat sicher die Orientierung verloren. Frankie legte ihr Buch weg, jetzt reichte es ihr wirklich. Dieser Kunde war ganz offensichtlich durcheinander. Gerade als sie ihren sicheren Platz hinter der Theke verlassen wollte, zog der Mann, ohne zu zögern, ein Buch mit leuchtend orangefarbenem Buchrücken aus dem Regal.

»Das ist doch wohl ein schlechter Scherz«, murmelte Frankie vor sich hin. »Er ist mindestens dreißig, viel zu reif und im Übrigen auch viel zu gut aussehend, als dass er …« Jetzt war Frankie wirklich durcheinander. »Hat er da etwa gerade den zweiten *Twilight*-Band in die Hand genommen? *Bis(s) zur Mittagsstunde?* Oje …«

Der Mann blickte von seinem Buch hoch und sah neugierig zu Frankie hinüber.

Verdammt. Schnell wandte sie den Regalen den Rücken zu. *Ich wusste doch, er ist zu gut, um wahr zu sein,* sagte sie sich (diesmal im Stillen), nahm ihr Handy und rief Cat an.

Frankie ließ es gefühlt dreißig Mal klingeln.

»Geh endlich ran!« Ungeduldig tappte sie mit dem Fuß auf den Boden.

»Ähm.«

Als sie das tiefe Räuspern hörte, drehte Frankie sich um und riss dabei fast die gefährlich unsicher platzierte Schale mit den restlichen M&M's herunter.

»Wie kann ich Ihnen helfen?« Sie hatte ihre Haltung

rasch wiedergefunden und schob sich eine Haarsträhne aus dem Gesicht.

»Heute bleibt es bei dem einen hier« sagte der Mann mit einem Lächeln, das ihm Grübchen in die Wangen zauberte.

Frankie warf einen prüfenden Blick auf das Buch, das vor ihr lag, und blickte voller Unmut auf die grellbunte Ausgabe, die als Buch zum Film aufgelegt worden war. Diskret warf sie einen Blick auf die linke Hand des Mannes: kein Ring.

»Soll ich es Ihnen als Geschenk verpacken? Es ist doch sicher für Ihre Nichte oder für Ihren Neffen? Oder für Ihr eigenes Kind?«, fragte sie hoffnungsvoll.

»Nein, nein, das Buch ist für mich. Ich wollte schon die ganze Zeit wissen, wie die Geschichte weitergeht.«

»Mhm, ja klar.« Frankie zwang sich zu einem schmallippigen Lächeln.

Sie scannte das Buch ein und steckte es in eine Tüte. Als sie wieder aufblickte, merkte sie, dass der Mann sie seinerseits beinahe sehnsüchtig anschaute. Er strahlte etwas Warmes aus, seine blauen Augen schienen zu sagen: *Es gibt auf der ganzen Welt keinen anderen Menschen, den ich jetzt lieber anschauen würde.* Als Frankie im Abgrund seiner Augen versank, schien er näher an sie heranzurücken. Bewegte sich da seine Hand auf sie zu? *Das kann er doch nicht machen! Tut er das wirklich?* Frankie sah den Kopf des Mannes ganz verschwommen, als er sich über die Theke beugte und den Abstand zwischen ihnen verringerte. Ohne nachzudenken tat Frankie es ihm nach und beugte sich ihm eilig entgegen. Jetzt waren sie nicht mehr weit voneinander entfernt, und Frankie war überwältigt vom erdigen Geruch seines Aftershaves. *Ist das wirklich seine Hand, die da so sanft mein Gesicht berührt?* Sie beugte sich noch weiter vor, er auch, und sie schloss die Augen. Jetzt waren sie nur noch wenige Zentimeter voneinander entfernt. Reflexartig spitzte Frankie die Lippen – und küsste ihn. Sie gab ihm einen Schmatzer mitten auf die Nase. *Auf die Nase!* In diesem Augenblick spürte sie, wie seine Finger leicht auf ihre linke Wange drückten. Beide zuckten sie unvermittelt zurück.

»Verzeihung, Sie hatten da Schokolade auf der Wange.« Entschuldigend hielt er den Schokokrümel hoch.

»Oh Gott. Es tut mir sehr leid, das war vollkommen unangebracht. Ich habe Sie gerade auf die Nase geküsst!«, stieß Frankie hervor. »Ich weiß nicht, was da über mich gekommen ist. Ich habe eben eine schreckliche Nachricht bekommen und bin im Moment nicht ganz bei Sinnen.« Sie stolperte fast über ihre eigenen Worte. »Das macht dann zwanzig Dollar – danke.«

Sie vermied es, ihm in die Augen zu sehen, drückte ihm sein Wechselgeld in die Hand und schob ihm die Tüte hinüber. Dann kam sie hinter der Theke hervor und geleitete den Mann mit ausgestrecktem Arm rasch zur Tür. Er wollte noch etwas sagen, aber Frankie murmelte nur übertriebenen Dank und Entschuldigungen, und in Sekundenschnelle hatte sie ihn auf die Straße hinauskomplementiert und die Tür fest hinter ihm geschlossen. Sie holte tief Luft, lehnte sich gegen die Ladentür, und die Hitze drang durch das Glas in ihr Kleid hinein. Das tröstete sie immerhin oberflächlich. *Wann bin ich eigentlich eine so verdammt lächerliche Figur geworden?*

Frankie: Cat, bitte sag mir, wo du bist. Lass uns drüber reden. PS: Habe gerade einen Kunden sexuell belästigt und brauche Unterstützung. Sofort.

Nachdem sie eine Minute in der Hoffnung auf eine Antwort auf das Display gestarrt hatte, schloss sie ihren Messenger und versuchte sich abzulenken, indem sie durch Instagram scrollte.

Ein süßes Hundebaby.

Ein Stillleben mit Klamotten.

Eine Verlobungsanzeige.

Eine zerdrückte Avocado.

Perfekte gestellte Fotos blitzten vor ihren Augen auf. Dann wechselte sie zu Facebook, und hier blieb sie an einem ganz besonderen Post hängen. Sie lächelte.

Cat Cooper: Dank sei Gott für diese himmlische Schöpfung! Croissanterie Lune, willst du mich heiraten?
#cruffin #foodporn 👍 Croissanterie Lune

Da war Cat, sichtbar für die ganze Welt, und schien das ultimative Gebäck-Schlaraffenland zu genießen. Frankie hängte das Schild »Bin in zehn Minuten zurück! Kaufe Schmerztabletten gegen Buch-Kater« an die Tür und schloss hinter sich ab. Sie zoomte sich den Weg zur Croissanterie heran und trat sich gedanklich in den Hintern. Wie hatte sie nur zulassen können, dass ein Paar mittelgroße Bizepse und ein umwerfendes Lächeln sie so aus der Fassung brachten? Sein Geschmack, was Bücher anging, hätte sie doch wirklich ernüchtern sollen. Ein erwachsener Mann, der Bücher las, in denen es um liebeskranke Werwölfe und ängstliche Teenager geht, war nun wirklich keine angemessene Partie. Aber warum war sie überhaupt überrascht, dass einmal mehr ein Mann sie so enttäuscht zurückgelassen hatte? So gar nicht begeistert?

Frankie dachte an ihre letzten Dates.

Beweisstück A – ihre letzte Erfahrung mit Tinder:

Michael: Hi, Frankie. Wo wohnst du in Melbourne?

Frankie: Richmond. Und du?

Michael: Ich komm grad aus dem Gefängnis, und meine Ex hat die Schlösser ausgetauscht. Ich könnte echt was brauchen, wo ich unterkriechen kann …

Beweisstück B – ihr letztes Blind Date: »Das ist echtes Silber, hier, fass mal an!«, sagte er und ließ das Besteck des noblen Restaurants in die Tasche gleiten.

Beweisstück C – ihr letzter One-Night-Stand: »Frankie, deine Vagina ist wie ein Taco aus Samt.«

Und dann war da noch Adam. Es war inzwischen achtzehn Monate her, dass Ads nach zweieinhalb Jahren Beziehung Schluss gemacht hatte. Zwischen ihnen war es heiß hergegangen, bis es sich irgendwann abgekühlt hatte. Zuerst hatten sie sich sehr schnell und heftig ineinander verliebt, aber der Druck von außen hatte schwer auf ihren jungen Schultern gelastet.

Als die Rezensenten absolut alles an Frankies zweitem Buch verrissen, angefangen von den Charakteren bis hin zu Frankies Gebrauch von Semikolons, befiel sie eine schwere Schreibblockade. Eine »Hilary« gab *Etwas über Jane* doch tatsächlich null Sterne und schrieb, sie würde »lieber wochenlang schlimmen Durchfall haben als dieses Buch noch mal lesen zu müssen«.

Ads wurde derweil in seiner elitären Kanzlei zum Juniorpartner befördert und war viel zu beschäftigt, um mitzubekommen, wie verzweifelt Frankie darüber war, dass ihre Schriftstellerinnenkarriere zusammenbrach.

Ads: Hey, Franks. Sieht aus, als wärst du in einer Übergangsphase, und ich glaube nicht, dass ich dir bei dem helfen kann, was du suchst. Ich denke, es wäre besser für uns beide, wenn wir nur noch Freunde sind. Bis demnächst mal. Ads x

Frankie: Ich hoffe, du verreckst!

Frankie: Tut mir leid, war nicht so gemeint.

Frankie: Ich liebe dich.

Frankie: Fick dich, du Arsch.

Frankie: Du fehlst mir so …

Frankie: Ich lösch jetzt deine Nummer.

Nachdem sie eine stürmische Trauerzeit durchlebt hatte, war Frankie am absoluten Tiefpunkt angelangt. Sie hatte nicht nur das komplette Vertrauen in ihre schriftstellerischen Fähigkeiten verloren, sondern auch ihre Teilzeitstelle als Bibliotheksassistentin in einer Grundschule: Sie hatte während des Buchclub-Treffens der ersten Klasse einen Nervenzusammenbruch erlitten und mit Schimpfwörtern um sich geworfen, als sie bei Facebook entdeckt hatte, dass Ads wieder in einer Beziehung war. Monatelang ernährte sie sich hauptsächlich von Ben-&-Jerry's-Eis und sah sich unzählige Male den Film *Wie ein einziger Tag* an. Dann brachte sie wieder den Mut auf, der Welt des Datings die Stirn zu bieten. Aber ein missglücktes Date folgte auf das nächste, und ihr Ego schrumpfte immer weiter. Hatten all diese Monate ohne

Sex, in denen sie nicht in Löffelchen-Zweisamkeit aufgewacht war, letztlich dazu geführt, dass sie den Verstand verloren hatte? Ganz zu schweigen davon, dass sie so dermaßen ichbezogen geworden war, dass sie nicht die leiseste Ahnung hatte, was mit ihrer besten Freundin los war?

Als sie an der Croissanterie Lune ankam, schob sich Frankie an der Warteschlange vorbei und suchte die Tische ab. Da, in der hintersten Ecke verborgen, entdeckte sie Cat, vor ihr eine umfangreiche Auswahl von halb gegessenen Croissants. Mit einem letzten Schauder verdrängte Frankie die Erinnerung an den Nasenkuss aus der Buchhandlung und ließ sich auf dem Stuhl neben ihrer besten Freundin nieder. Cat blickte überrascht auf, und Frankie blutete das Herz, als sie das von Tränen und Croissant-Krümeln bedeckte Gesicht ihrer Freundin sah. Sie zog Cat an sich, strich ihr tröstend über den Rücken und flüsterte beruhigend auf sie ein.

»Wie ist das denn passiert, Catty?«

»Es liegt an diesen Baby-Hormonen. Sie haben komplett von meinem Körper Besitz ergriffen, und ich muss alle möglichen verrückten Dinge tun«, schluchzte Cat und tupfte sich die Augen mit einer zusammengeknüllten Serviette ab. »Das Schlimmste ist, dass ich noch nie so viel Lust auf Sex hatte wie jetzt. Und Claud besteht darauf, im Bett supervorsichtig zu sein. Er macht sich Sorgen, er könnte das Baby verbeulen oder so. Aber ich will einfach nur lauten, unanständigen Sex haben, bei dem das Bett an drei Stellen durchkracht!«

»Na, das ist nun wirklich was anderes, als um drei Uhr morgens Lust auf Essiggurken und Erdnussbutter zu kriegen«, sagte Frankie. »Du bist also high von den Hormonen. Und wie ging's dann weiter? Bist du nach dem Kurs einfach so auf Jin-Soos Penis gefallen oder was?«

Cat lächelte schuldbewusst und wurde rot. »Es ist halt irgendwie passiert. Nach der K-Pop-Session war ich total verkrampft. Und er war einfach so ein Schatz. Irgendwie war es unwiderstehlich«, schwärmte sie. »Nach dem Kurs kam er rüber und half mir beim Dehnen. Du kennst doch diese Art von Dehnübung, wo man auf dem Boden liegt und es drückt jemand gegen deinen Hüftknochen und dein Bein? Er saß mehr oder weniger auf mir, und ich weiß auch nicht – mich überkam auf einmal die Lust. Eine solche Anziehungskraft hab ich noch nie im Leben gespürt. Und ehe ich wusste, wie mir geschieht, treiben wir's schon auf der Toilette, eingequetscht zwischen der Toilette und dem Handtrockner.«

Sie seufzte und verbarg das Gesicht hinter ihren klebrigen Händen. »Oh Frank, die ganze Zeit quälen mich schon solche Schuldgefühle. Vor allem weil Claud besonders aufmerksam ist, seit wir herausgefunden haben, dass wir ein Kind bekommen. Er gibt sich solche Mühe, dass ich es auch bequem habe und glücklich bin. Und dann bist da noch du, Frankie! Wir haben doch sonst keine Geheimnisse voreinander.«

Frankie drückte ihr beruhigend das Bein. »Ahnt Claud irgendwas?«, fragte sie, so ruhig sie konnte.

»Um Gottes willen, nein!«, zischte Cat und schaute auf. »Du weißt doch, was dann los wäre. Er wäre vollkommen am Boden zerstört.«

Frankie hatte immer schon gewusst, dass Claud Cat vergötterte. Er war äußerst sensibel und nahm sich manche Dinge fast ein bisschen zu sehr zu Herzen. Es war nicht ungewöhnlich, dass Frankie morgens in »Die kleine Buchhandlung in der Brunswick Street« kam und die beiden sich immer noch über den Streit vom Vorabend aufregten. Sie waren zwei willensstarke Persönlichkeiten, die zusammenlebten und an drei Tagen in der Woche auch zusammen arbeiteten. Sie waren durch die Liebe und eine gemeinsame Buchführung aneinander gebunden, und nach vielen Jahren des Zusammenseins war ihre Beziehung weniger leidenschaftlich und dafür pragmatischer geworden. Aber noch immer fiel es Frankie schwer zu glauben, was sie da hörte. »Liebst du Claud denn noch? Du willst doch mit ihm zusammen sein, oder?«

Cats ganzer Körper schien in sich zusammenzusinken. Sie zögerte einen Augenblick und sagte dann: »Ja, natürlich. Wir bekommen schließlich ein Kind.«

Frankie seufzte wieder. Sie wusste nicht, was sie sagen sollte. Aufregung war für ihre Freundin nicht gut, und mit den ganzen Schokocroissants trieb sie ihren Blutzucker in ungesunde Höhen. Sollte Cat eine zwölfjährige Beziehung wirklich wegen eines Augenblicks hormongetriebenen Wahnsinns einfach so wegwerfen? Obwohl Frankie mit Claud nicht unbedingt in allem einer Meinung war, verspürte sie ihm gegenüber eine gewisse Loyalität und wollte ihn vor Cats Untreue schützen. Die Miezekatze war immer schon ein bisschen vergnügungssüchtig gewesen, hatte sich ganz den Freuden des Lebens hingegeben und war von einer Verliebtheit zur nächsten geflattert. *Das ist sicher wieder eine ihrer vorübergehenden Launen,* sagte Frankie sich, *ein kurzzeitiger Aussetzer ihres Urteilsvermögens.*

»Und mit diesem Kerl ist es jetzt vorbei?«, bohrte sie sanft.

Cats Unterlippe zitterte. »Es ist vorbei mit diesem Kerl.«

»Hast du das neue Buch von Esther Perel gelesen? *Die Macht der Affäre*?«

Cat schüttelte den Kopf. »Aber bei ihrem Akzent glaube ich der Frau so ungefähr alles, was sie sagt.«

»Sie schreibt, dass Menschen manchmal fremdgehen, nicht weil sie ihre Partner nicht lieben oder weil sie nach jemandem suchen, der besser für sie wäre, sondern weil sie nach einem Stück von sich selbst suchen, das in einer sicheren und bequemen Beziehung verloren gegangen ist.« Frankie strich Cat über den Arm und nahm sich ein halb gegessenes Schokocroissant. »Liebe Güte, das schmeckt absolut himmlisch!«

Und dann saßen sie da, Schulter an Schulter, und probierten sich durch das süße Gebäck, das vor ihnen lag. Cat warf einen Blick auf die Uhr und beschloss, dass sie sich noch ein paar Minuten Zeit lassen konnten. Dann drehte sie den Spieß um. »Und du hast einen Kunden sexuell belästigt?«

Jetzt war Frankie an der Reihe, sich die Hände vors Gesicht zu schlagen. Es war ihr mehr als peinlich, aber gleichzeitig musste sie lachen, als sie die Begebenheit in ihrer ganzen schrecklichen Herrlichkeit erzählte. Immer wieder stieß sie hervor: »Auf die Nase, Cat! Auf seine *verdammte Nase* hab ich ihn geküsst!« Cat war außer sich und spuckte vor Lachen Krümel und kleine Vanillebröckchen auf den Tisch.

»Und ich hab gedacht, *ich* hätte ein ernsthaftes Problem«, lachte sie, während sie versuchte, irgendwie zu Atem zu kommen.

»Es war zweifellos der peinlichste Augenblick in meinem ganzen Leben.«

»War er wenigstens was fürs Auge? Seine Nase scheint ja unwiderstehlich gewesen zu sein.« Cat zwinkerte Frankie zu, die als Antwort nur mit den Augen rollte.

»Du hast ja keine Ahnung.« Sie mussten beide kichern. »Oh, und du wirst nicht glauben, welches Buch er gekauft hat.«

»*High Fidelity* von Nick Hornby? *Sturmhöhe* von Emily Brontë? *Rosemarys Baby* von Ira Levin?«

»Schlimmer.«

»*Fifty Shades of Grey – Geheimes Verlangen*?«

Frankie zog die Augenbrauen hoch, was Cat erst richtig anstachelte.

»Etwa den zweiten Band – *Gefährliche Liebe*?«

»*Bis(s) zur Mittagsstunde*.« Frankie lachte schallend.

»Nein! Versteh mich nicht falsch, ich habe durchaus was übrig für scharfe Vampire, die sich für den Tod rächen wollen, und auch für einen außergewöhnlichen sexy Werwolf – aber *Bis(s) zur Mittagsstunde*? Bist du sicher, dass der Mann, dessen Nase du so leidenschaftlich geknutscht hast, auch wirklich ein Erwachsener war?«

»Ich weiß. Warum lesen die gut aussehenden Männer nur immer so furchtbar schlechte Bücher?« Frankie verzweifelte fast bei dem Versuch, den Kellner auf sich aufmerksam zu machen, um einen starken Cappuccino zu bestellen.

»Und was können wir dagegen tun?«, fragte Cat Frankies Hinterkopf.

»Wogegen?«

»Gegen diese schreckliche Durststrecke ohne Männer, die deinen grobmotorischen Reflexen so merkwürdig zusetzt.«

»Dagegen tun wir gar nichts. Ich bin noch nicht bereit für das nächste Horrordate.«

Endlich kam eine junge Kellnerin in einer zerrissenen Jeans und schwarzem Tanktop an ihren Tisch, und sie bestellten einen Cappuccino und einen Pfefferminztee zum Mitnehmen.

»Frank, hast du dir schon mal überlegt, dass du vielleicht ein bisschen aufgeschlossener sein solltest? Wir haben schon mal über dein ›Abstandsproblem‹ gesprochen«, sagte Cat. »Selbst als du noch mit Ads zusammen warst, hast du ihn gebührend auf Abstand gehalten. Vielleicht bist du nicht offen genug, nicht gewillt, jemanden wirklich an dich heranzulassen. Du weißt ja, eine Liebesgeschichte läuft nicht immer so wie bei Jane Austen.«

Auf der Straße klammerte sich Cat dramatisch an Frankie. »Ich bin zu erschöpft, um den ganzen Weg zurück zu laufen!« Sie sah Frankie unter langen Wimpern hervor flehend an. »Können wir die nächste Tram zurück zum Laden nehmen? *Bitte.*« Frankie musste lachen, als die beiden zur nächstgelegenen Tram-Station schwankten und auf einer Bank zusammenbrachen.

»Weißt du, Frankenstein«, sagte Cat, während Frankie sich vorbeugte und die Straße hinunterblickte, um nach einer Bahn Ausschau zu halten. »Wir haben bei unserer Arbeit gelernt, dass wir ein Buch nicht nach seinem Einband beurteilen sollen. Vielleicht solltest du diese Logik mal bei Männern ausprobieren.«

»Das ist wirklich stark, dass so was ausgerechnet von dir kommt, Cat Cooper! Du bist doch kurz davor, jeden Kunden zusammenzuschlagen, der in den Laden kommt und nach einem Buch von Nicholas Sparks fragt.«

»Mister Sparks muss wirklich ganz dringend ein bisschen Abwechslung in seine Bücher bringen!«, erwiderte Cat scharf. »Aber du hast schon recht.«

»Siehst du! Man kann aus der Lektüre eines Menschen so einiges an Rückschlüssen über ihn ziehen.«

Beim wohlbekannten Geräusch der einfahrenden Tram erhoben sich die Freundinnen von der Bank und begannen mit der üblichen Suche nach ihren Fahrkarten. Als sie sich durch das überfüllte Fahrzeug drängten, warf Cat einen Blick auf die Teenager, die sich auf den Sitzen lümmelten, die für gehbehinderte Menschen und schwangere Frauen vorgesehen waren. Sie steuerte schwungvoll auf sie zu und baute sich direkt vor ihnen auf, die Beine leicht gespreizt, die Hände auf den Hüften, und hüstelte auf nicht gerade subtile Weise. Die Jugendlichen schauten erschrocken hoch und verzogen sich, und Cat setzte sich zufrieden grinsend hin. Obwohl man von ihrer Schwangerschaft noch nichts sah, hatte sie ein vollkommen neues Gefühl dafür entwickelt, wie sie sich beeindruckend in Szene setzen konnte. Frankie folgte ihr verlegen und blieb an der Haltestange neben ihrer selbstzufriedenen Freundin stehen.

»Also«, sagte Cat und setzte sich plötzlich aufrechter hin, offenbar war eine Idee in sie gefahren, »dann benutz doch Bücher, um einen Mann zu finden.«

»Wie bitte?«

»Büüü-cher«, gurrte Cat, als wäre der Rest vollkommen klar.

»Wovon redest du eigentlich?«

»Ehrlich, Frank, wenn du meinst, dass du aus dem Bücherregal eines Menschen so viel an Rückschlüssen über ihn ziehen kannst, warum probierst du's nicht einfach mal aus? Nimm deine Freunde John Willoughby und Jo March zu Hilfe, die können notfalls ein Veto einlegen.«

Frankie lachte. »Wie stellst du dir das vor? Soll ich mir den Weg in die Wohnung von Männern erzwingen und die Bettlektüre auf ihrem Nachttisch durchschauen, um sie auf ihre Ehetauglichkeit zu prüfen? Wenn ich heute eines gelernt habe, dann, dass man nicht in die Intimsphäre anderer Leute eindringt.«

»Von Einbruch hab ich nichts gesagt. Frankie, überleg doch mal: Literatur ist dein Leben. Du bist auf Tinder unterwegs gewesen und hast nach belesenen Intellektuellen gesucht, aber das funktioniert nicht. Und jetzt bringen wir mal Schwung rein! Benutz einfach deine Lieblingsbücher, um einen Mann zu finden.«

»*Benutz einfach deine Lieblingsbücher, um einen Mann zu finden?* Du hast wohl den Verstand verloren.« Frankie starrte geistesabwesend aus dem Fenster, und ihr Blick glitt mit der Bewegung der Tram über die vorbeiziehende Stadt.

»Ja, mach einfach einen Buchclub auf. Du kannst ein Schild an die Ladentür hängen: ›Heiße Kerle gesucht, die was von klassischer und zeitgenössischer Literatur verstehen!‹ Du leitest den Club, machst dir Notizen, tes-

test ihre analytischen Fähigkeiten … Vielleicht kommt dann auch deine Lust zu schreiben zurück.«

Frankie verdrehte die Augen, aber als der Rhythmus der Tram sie allmählich sanft einlullte, durchschoss sie wie ein Blitz eine Idee.

3

Im Zuge der Gedanken

Ich stand im Waggon eines Vorortzuges, umklammerte mit der einen Hand den Handlauf von zweifelhafter Feuchtigkeit (hoffentlich nicht menschlichen Ursprungs) und mit der anderen eine zerlesene Ausgabe von Jane Austens *Überredung.* Mir gegenüber saß ein Mann, der auf einer Ukulele spielte und nichts anhatte als eine grüne Unterhose und einen Zylinder (sonst wäre das Outfit ja auch etwas stillos gewesen). Ich hörte ein leises Rattern. *Peng – peng – peng. Tie – fer – kannst – du – nicht – sin – ken,* schien es mich zu verhöhnen.

Nachdem ich an meinem Arbeitsplatz versehentlich die Nase eines Fremden geküsst – ähm, sexuell belästigt – hatte, war ich gezwungen, auf andere Wege zurückzugreifen, um einen Partner zu finden. Also sprang ich in den 17.42-Zug nach Alamein, mit einem guten Buch unter dem Arm und noch ein bisschen weniger Selbstachtung als sonst. Der Plan dahinter: Ich will mein tief voreingenommenes Bücher-Ich einsetzen (denn wenn wir mal ehrlich sind: Wir beurteilen doch alle ein Buch nur nach seinem Einband), um die Bad Boys auszusieben, diejenigen, die schlecht im Bett sind, und die Nichtleser. Und dazu will ich die erhabenen und hoffnungslos romantischen Worte aus einigen meiner Lieblingsromane einsetzen. Ich habe mir vorgenommen, einen zumindest halbwegs anständig aussehenden Mann zu finden, der mich zum Lachen bringt und der es schafft, einen Abend mit Freunden durchzustehen, ohne dass er Sätze sagt wie: »ROFL« und »That's what she said«. Das ist doch wirklich nicht zu viel verlangt, oder?

Nachdem ich also heimlich die Regale der Buchhandlung geplündert hatte, in der ich arbeite (#kleptomanin #shelfie #bestechefinallerzeiten), und ein paar Bücher aus meiner persönlichen Sammlung genommen hatte, habe ich bei jedem Buch die siebte Seite von hinten aufgeschlagen und Folgendes reingekritzelt:

> *Du hast einen großartigen Geschmack, was Bücher angeht. Möchtest du ein Date mit mir? Schreib mir eine E-Mail! Scarlett O'*
> *hello@buchstabenliebhaberin.com*

In den kommenden Wochen werde ich die besagten Bücher (das ganze Alphabet von Kate Atkinson bis Carlos Ruiz Zafón) heimlich in unterschiedlichen Zügen und Trams in und außerhalb der Stadt auslegen. Und was erhoffe ich mir davon? Dass ein Mann eines meiner Bücher findet, es liest und derart tief und unwiederbringlich von seinen Worten bewegt ist (denn er hat natürlich einen erstklassigen Geschmack in puncto Bücher, ist ganz offensichtlich hochintelligent und hat sein Leben im Griff), dass er sich einfach bei mir melden *muss.* Zwischen uns springt sofort der Funke über, und nach ein paar Monaten Beziehung ziehen wir zusammen. Wir heiraten, und ehe ihr »Fitzwilliam Darcy« sagen könnt, leben wir glücklich bis an unser seliges Ende, mit drei Kindern, zwei Dalmatinern und natürlich einem Bücherregal aus Walnuss-Furnier. Und da wären wir schon bei euch. Denn weil ich allein ein bisschen Angst vor der ganzen Sache habe, habe ich mich in diese riesige, für alle offene und für mich vollkommen neue Welt der Blogs begeben. Ich möchte, dass ihr mich auf diesem Weg begleitet.

Ich weiß genau, was ihr jetzt denkt ... Hat die Frau denn kein bisschen Würde? Und wo bleibt da der Feminismus? Hat sie keine Bedenken, was ihre Privatsphäre und ihre Sicherheit angeht? Weiß sie wirklich nicht, dass sich der Wert ihres Lebens nicht danach bemisst, was für einen Mann sie hat?

Okay, ich geb's zu: Ich bin einsam. Ich hatte schon so lange keinen Sex mehr, dass ich die Monate gar nicht zählen kann. Das letzte Mal hat mich jemand so richtig in die Arme geschlossen, als ich kurz nach Mitternacht auf meinem Weg in den Supermarkt gestolpert bin, wo ich eine zweite Riesenpackung Ben & Jerry's kaufen wollte. Aber ich bin tatsächlich gewillt, mich euch gegenüber zu öffnen (wer und wo immer ihr seid). Ich muss eine Lösung finden, wie ich mein »Abstandsproblem« überwinden kann, wie meine beste Freundin das so wortgewandt nennt, das sich ständig zwischen mich und andere Menschen drängt. Ich muss zum Befreiungsschlag ausholen und mich mit Schwung ins Leben und die Liebe stürzen. Ich muss meine Angst vor dem Versagen überwinden und endlich wieder zur Feder greifen – und vielleicht finde ich irgendwo auf diesem Weg auch den Mann meiner (fiktiven) Träume.

Ihr fragt euch sicher noch was anderes: WIE KONNTEST DU DICH NUR VON DEINEN BÜCHERN TRENNEN?! Dazu kann ich leider nichts sagen. Es ist die einzige echte Schwachstelle in meinem Vorhaben.

Es ist jetzt vier Tage her, dass ich *Überredung* auf die Reise geschickt habe. Morgen ist *Der Distelfink* von Donna Tartt dran und übermorgen *Catch 22* von Joseph Heller. Und die ganze Zeit werde ich geradezu obsessiv meinen Browser aktualisieren, bis bei diesem merkwürdigen sozialen Experiment etwas Erwartbares oder (wie ich hoffe) etwas Unerwartetes geschieht. Die Korrespondenz, die es wert ist, wird hier ebenso dokumentiert werden wie jedes nennenswerte Date.

Um meine Identität zu schützen (ich muss unbedingt verhindern, dass meine Mutter diesen Blog findet), werdet ihr mich die nächsten paar Monate als Scarlett O' kennenlernen – die Frau, deren geistige Gesundheit *Vom Winde verweht* worden ist.

Bis zum nächsten Mal, meine Lieben.
Schließlich – morgen ist auch noch ein Date.
Scarlett O' xx

Kommentar hinterlassen (3)

Cat in the Hat > Ich würde mit dir ausgehen. Und jetzt komm endlich rüber, damit wir zusammen *Outlander* gucken können.

No offence but … > Und dieser ganze Zauber bloß, um

einen Mann zu finden? Als unabhängige Frau scheint mir das doch ein bisschen anti-feministisch.

Stephen Prince > @Nooffencebut ... Ich glaube, du musst mal »Feminismus« googeln. Scarlett O', du bist echt meine Queen!

4

Noch so eine Tatsache über die Welt von Brooke Davis
Im Zug der City Loop Line nach Parliament Station

Frankie war noch nie im Leben von so viel Lycra umgeben gewesen. Sie schaute verwundert auf die gestreiften Glitzer-Leggings und die verschwitzten lindgrünen bauchfreien Oberteile, die um sie herum tanzten.

»Ich fass es echt nicht, dass du es tatsächlich geschafft hast, mich hierhin mitzuschleppen«, schrie sie über die laute koreanische Popmusik hinweg, die durch das alte Lagerhaus dröhnte.

Cat glitt zu Boden und beugte das Bein im rechten Winkel ab. Sie rieb sich über den Bauch und wand sich im Takt. Frankie kauerte sich neben sie, streckte ein Bein aus und versuchte unbeholfen, weiter mit Schritt zu halten.

»Ich glaube, du weißt gar nicht, wie schlecht du hierin bist«, sagte Cat lachend.

»Ich glaube, du weißt gar nicht, wie sehr ich dich im Augenblick hasse«, sagte Frankie zwischen einmal Hüftkreisen und einmal Haare zurückschleudern.

Der Tanzlehrer mit dem violett gefärbten Haar, dem weißen Trainingsanzug und den orangefarbenen Sneakers stellte die Musik lauter. »Und jetzt alle hoch zum Arrogant Dance! Eins-zwo, eins-zwo, eins-zwo.«

Alle achtzehn tanzenden Koreaner sprangen sofort auf und nahmen mühelos die angegebene Position ein, die Beine leicht gespreizt und schwingende Hüften. Es folgten die sehr unkoreanischen Damen Frankie und Cat, die in der letzten Reihe alles andere als elegant tanzten.

»Genau so! Arrogant Dance! Arrogant Dance!«, brüllte der Lehrer mit solcher Begeisterung, dass Frankie fürchtete, er könnte gleich explodieren und nur noch glitzernden Rauch hinterlassen.

Alle kreuzten die Arme und tänzelten nach vorn – außer Frankie, die sich vollkommen darauf konzentrieren musste, nicht hinzufallen.

»Und jetzt der Butt Dance. Los, schnell, Butt Dance! Butt Dance!«, erteilte der Lehrer ihnen Anweisung, so ernsthaft, als würde er ihnen Wiederbelebungsmaßnahmen beibringen und nicht, wie sie ihren Hintern herumschwingen sollten.

Alle bis auf Frankie wandten dem Lehrer die Kehrseite zu, und als Frankie die ganzen Tänzer sah – in Lycra gekleidet, mit leuchtend bunt gefärbten Haaren und außergewöhnlich guter Koordination, und daneben ihre schwangere Freundin mit rotem Gesicht, roten Haaren und außergewöhnlich schlechter Koordination –, wie sie alle den Hintern schwenkten, als hinge ihr Leben davon ab, musste sie ihr Lachen unterdrücken.

»Das hier könnte wirklich das Lustigste sein, was ich je im Leben gemacht hab«, rief sie der schwitzenden, mit dem Po wackelnden Cat zu.

»Hör auf zu quatschen und schwing deinen Arsch,

Frankston! Schwing ihn hin und her, verdammt!« Cat gab Frankie einen Klaps auf den Po.

»Yes, Sir!«, lachte Frankie.

Kurz danach mühte sie sich mit dem Fantastic Baby ab, einem Tanzschritt, bei dem man Arme und Beine gleichzeitig – und natürlich koordiniert – bewegen musste. Frankie schnaufte heftig. »So, würdest du mir jetzt bitte mal sagen, wer von denen hier Jin-Soo ist?«

»Ich hab's dir doch gesagt, dass ich's dir nicht sage! Es war eine einmalige Geschichte, die sich nicht wiederholen wird. Ich will nicht mehr daran denken oder drüber reden – nie wieder!«, zischte Cat und bewegte wütend Arme und Beine wie ein wahnsinnig gewordener Tintenfisch.

»Und ich hab dir gesagt, die einzige Möglichkeit, wie du mich zu diesem Tanzkurs kriegst, besteht darin, dass du mir den zweiten Kerl zeigst, mit dem du je geschlafen hast!« Frankie keuchte, während sie die Hüften schwang.

»Na gut, wenn's *unbedingt* sein muss. Aber hör mit dem Hüftschwung auf, der hat beim K-Pop nichts zu suchen«, fuhr Cat sie an und schaute sich nervös um. »Der da ist es«, sagte sie und zeigte vage nach vorne.

Frankie warf einen Blick in die angegebene Richtung und verdrehte sich den Hals, um besser sehen zu können. »Wer denn? Der mit dem silbernen Trikot?«

»Nein, *er.* Vorne, vor dem Kurs.«

»Wer? Der Tanzlehrer?«

Cat nickte verlegen.

»Du hast mit dem *Tanzlehrer* von deinem K-Pop-Kurs geschlafen? Cat!« Frankie schnappte nach Luft.

»Ja. Und jetzt, wo du Bescheid weißt, reden wir nie wieder darüber«, sagte Cat mit fester Stimme.

Frankie überlief ein Schauer. Cats Geständnis fühlte sich plötzlich so unglaublich wirklich an. »Na gut«, stimmte sie widerstrebend zu.

»Und zum Schluss Ring Ding Dong! Los, aufstellen zum Ring Ding Dong«, brüllte Jin-Soo.

»Willst du vielleicht sein Ding dongen, Cat?«, fragte Frankie mit unschuldigem Lächeln.

»Hör auf!« Cat boxte Frankie verdammt fest in den Arm.

Alle gaben jetzt noch einmal richtig Gas, der Schweiß lief ihnen übers Gesicht. Die Musik ging ganz plötzlich aus, und Frankie blieb ruckartig stehen, locker zwei Takte später als alle anderen. Jin-Soo dankte der Gruppe mit überraschend heller Stimme für ihre heutige Teilnahme am Kurs. Während die Tänzer sich allmählich zerstreuten und in kleinen Gruppen zu plaudern begannen, zog er sein Shirt aus und enthüllte eine derart gut ausgebildete Bauchmuskulatur, dass einem das Wasser im Munde zusammenlaufen konnte. Frankie stieß nahe an Cats Ohr einen bewundernden Pfiff aus, aber als sie einen Schritt zurücktrat, sah sie, dass ihre Freundin angespannt auf den Boden starrte.

»Was ist los?«, fragte sie.

»Nichts, gar nichts, ich will jetzt nur schnell weg«, antwortete Cat und eilte voraus, aus dem Lagerhaus hinaus in den Trubel der Swan Street.

»Ich kann immer noch nicht glauben, dass du mit ihm geschlafen hast, Cat. Willst du Claud wirklich nichts davon erzählen?«

Sie kamen an mehreren Cafés vorbei, und das reiche

Aroma von Kaffee und frisch gebackenem Brot umwehte sie.

»Ich kann's ihm nicht sagen, Frank. Er würde sich in den Wahnsinn stricken, um seinen Schmerz zu kompensieren«, sagte Cat und blieb vor dem »Feast of Merit« stehen, ihrem gemeinsamen Lieblingscafé in Richmond.

»Eine gute Idee, Catty«, sagte Frankie, als sie sich in die Schlange am Ausgabefenster einreihten. »Und denk dran, du hast mir versprochen, so etwas nie wieder zu tun. Sonst reiß ich dir den Kopf ab.«

»Ja, ja, ich weiß«, erwiderte Cat.

»Einen doppelten Latte und einen Pfefferminztee, bitte«, sagte Frankie zum Barista und reichte ihm einen Zehn-Dollar-Schein.

»Kommt sofort. Auf welchen Namen, bitte?« Der Barista schrieb ihre Bestellung gleich auf zwei Becher zum Mitnehmen.

»Jin-Soo«, sagte Frankie mit schiefem Grinsen. Cat schaute sie finster an.

Sie saßen auf zwei Holzkisten auf dem Bürgersteig und warteten, dass sie aufgerufen wurden.

»Oh Gott, ich kann's kaum erwarten, wieder Kaffee zu trinken. Nur noch fünf Monate, bis das Baby aus mir rausgeflutscht kommt. Versprich mir, dass du mir Kaffee mitbringst, wenn du mich im Krankenhaus besuchst, und außerdem Sashimi, Weichkäse und …«

»Und eine Flasche Pinot, ja, ich weiß. Du hast mich jetzt wirklich jeden Tag dran erinnert, seit du weißt, dass du schwanger bist«, sagte Frankie.

»Und ich werde dich weiterhin jeden Tag dran erinnern, bis ich einen großen Teller mit Sashimi und Weichkäse vor mir stehen habe, und dazu Kaffee und Pinot.«

Frankie nickte und schaute auf ihrem Handy nach, wie spät es war: schon Viertel vor neun. Cat würde den Laden heute etwas später öffnen müssen. Frankie betrachtete ihr Spiegelbild im Fenster des Cafés und schnaubte angewidert. Ihr Haar stand wild und wuschelig vom Kopf ab, und das T-Shirt mit der Aufschrift »I ♥ New York« klebte ihr am Körper.

Sie zwang sich, den Blick von ihrem Spiegelbild abzuwenden und konzentrierte sich stattdessen auf Cat, die gerade erklärte, dass Claud in Adelaide festsaß, nachdem er es in die nächste Runde des alljährlichen Wettkampfs »Die schnellsten Nadeln des Südens« geschafft hatte.

»Er ist tief bestürzt, dass er jetzt den nächsten Untersuchungstermin verpasst, aber ich hab gesagt: ›Du hast monatelang für diesen Wettkampf trainiert, Liebling. Und beim übernächsten Termin bist du ja wieder hier.‹«

»Es ist wahrscheinlich ganz gut so. Weitere Inspirationen für Babykleidung braucht er nun wirklich nicht mehr. Wie viele handgestrickte Stampler hast du eigentlich schon?« Frankie warf einen Blick hinüber zur Theke, wo die Getränke zum Mitnehmen ausgegeben wurden. Sie wollte endlich los.

»Hast du Bücher dabei, die du im Zug auslegen willst?«, fragte Cat, die ihre Nervosität bemerkte.

»Allerdings.« Frankie tätschelte ihren Rucksack.

»Sind schon irgendwelche E-Mails gekommen?«

»Noch nicht, aber es ist ja auch erst eine Woche her.

Es dauert seine Zeit, bis man so ein Buch zu Ende gelesen hat«, sagte Frankie.

»Dein Traummann sollte sich aber beeilen, sonst kommen die verrückten Stalker und …« Cat verstummte ganz plötzlich und verkroch sich hinter einer Speisekarte. Sie stieß Frankie heftig an.

»Was soll denn das? Aua! Cat, du tust mir weh!« Frankie schlug Cats Hand weg.

»Er ist hier«, sagte Cat.

»Wer ist hier?«

»Jin-Soo. Er steht in der Schlange und will was bestellen. Verdammt. Guck bloß nicht zu ihm rüber, nicht dass er dich noch sieht. Nicht hinschauen!«

»Warum gehst du denn immer noch in seinen Kurs, wenn du ihm nicht begegnen willst?«, zischte Frankie und duckte sich hinter das etwas traurig aussehende Feigenbäumchen, das auf einer Kiste vor ihnen stand.

»Weil man diese Musik sonst nirgendwo zu hören kriegt. Und ich spreche ja gar nicht mehr mit ihm. Ich gehe einfach rein und bin danach sofort wieder raus. Rein und raus. Rein und raus«, sagte Cat und war ganz rot geworden.

»Okay, ist schon gut. Bitte hör auf, ›rein und raus‹ zu sagen. Willst du vielleicht schon gehen? Ich warte noch auf unsere Bestellung, und wir treffen uns dann an der nächsten Ecke.«

Cat nickte heftig und stand langsam auf.

In diesem Augenblick rief der Barista: »Jin-Soo!«

Frankie und Cat erstarrten.

»Jin-Soo! Jin-Soo!«

»Das sind wir!«, flüsterte Frankie Cat zu.

Jin-Soo blickte von seinem Handy auf und entdeckte Cat sofort. Er lächelte sie an und war offenbar etwas durcheinander.

»Jin-Soo!«, rief der Barista erneut.

»Lauf!«, zischte Cat.

»Was?«

»Lauf!«, wiederholte Cat und rannte, so schnell ihre Beine sie trugen. Frankie ließ die Bestellung sausen und rannte Cat hinterher, während sie ihr aufsteigendes Lachen mehr schlecht als recht unterdrückte.

Zweieinhalb Blocks weiter, endlich in Sicherheit, blieb Frankie stehen. Sie beugte sich vor, stützte die Hände auf die Knie und keuchte. »Mensch, du bist vielleicht fit«, rief sie Cat zu. »Oh Mann, jetzt bin ich noch verschwitzter als vorher. Und das alles auch noch ohne Kaffee!«, stieß sie schwer atmend hervor.

»Tut mir leid, das war albern von mir.«

»Die Idee mit dem falschen Namen war albern von *mir*«, gab Frankie zurück und schnitt eine Grimasse. Sie schaute auf die Uhr und sah an sich herunter. »Ich sollte mich jetzt echt auf den Weg machen. Ich fühl mich ganz schön versifft und muss noch ein paar Bücher auf den Weg bringen. Kommst du allein zurecht?«

Cat nickte. »Wir sehen uns später, Frankston.« Sie lachte und ging los, und Frankie machte sich auf, um die nächsten Köder zu verteilen.

Als Frankie den Bahnhof von Richmond erreichte, blickte sie hoch zur elektronischen Anzeigetafel, wo die Abfahrtszeiten der Züge standen. In einer Minute fuhr ein Zug der City Loop Line. Sie rannte auf Gleis drei und schlüpfte gerade noch durch die Türen, bevor der Zug lautlos anfuhr. Einen Augenblick lehnte sie sich dagegen, schloss die Augen und versuchte wieder zu Atem zu kommen. *Ich bin dermaßen unfit, ich muss wirklich ein bisschen mehr trainieren. Vielleicht sollte ich K-Pop machen.* Sie öffnete die Augen wieder und ließ ihren Blick durch den Waggon schweifen. Die meisten Plätze waren von Berufspendlern belegt, die auf ihre Telefone, Laptops oder Kindles starrten. Kein Mensch las ein richtiges Buch.

»Typisch«, murmelte Frankie, während sie auf einen freien Sitzplatz zuging. Sie setzte sich, nahm langsam ihre Ausgabe von *Noch so eine Tatsache über die Welt* aus dem Rucksack und hielt es verstohlen auf dem Schoß, während sie sich umsah, um sicherzugehen, dass niemand sie beobachtete. Aber alle waren viel zu sehr in ihre elektronischen Geräte vertieft. Frankie schlug das Buch auf der siebten Seite von hinten auf und fuhr über die Abdrücke, die ihr Stift auf dieser Seite hinterlassen hatte. Dann klappte sie es wieder zu, führte es für einen Kuss unauffällig an die Lippen und legte es neben sich.

Bitte lass den Mann, der dieses Buch findet, mein Seelenverwandter sein!

»Oh mein Gott – bist du nicht Frankie Rose?«, hörte sie eine schrille Stimme hinter sich.

Frankie drehte sich um. »Ja«, erwiderte sie skeptisch.

»Oh mein Gott! Oh mein Gott! Oh mein Gott!«, kreischte das schlaksige Teenager-Mädchen, erhob sich von ihrem Platz und setzte sich ungefragt neben Frankie, wobei sie sich halb auf *Noch so eine Tatsache über die Welt* niederließ.

»Entschuldigung, kennen wir uns?«, sagte Frankie.

»Ich bin dein größter Fan! Ich hab deine Bücher *Eine moderne Austen* und *Etwas über Jane* ungefähr eine Million Mal gelesen. Sie sind einfach *umwerfend.* Oh mein Gott – ich kann gar nicht fassen, dass du es wirklich bist! Ich hab dich vom Foto auf dem Umschlag erkannt. Obwohl du da ein bisschen mehr zurechtgemacht bist«, sagte das Mädchen und betrachtete die vollkommen derangierte Frankie.

Die lächelte verlegen und rutschte auf ihrem Sitz herum.

»Und, kommt bald Buch Nummer drei? Ich muss *unbedingt* wissen, wie es mit Charlotte und Alexander weitergeht!« Das Mädchen rückte immer näher heran, sodass Frankie schon ihren Atem riechen konnte.

»Äh, nein, ich fürchte, da kommen keine weiteren Bücher. Ich schreibe nicht mehr«, sagte Frankie und rückte ein bisschen von ihr ab.

»Was? Warum denn nicht? Das ist ja das Schlimmste, was ich je gehört habe! Mal ehrlich, lass dich bloß nicht von den ganzen miesen Besprechungen runterziehen, Süße! Ich weiß echt nicht, was die Leute wollen. ›Das schlechteste Buch, das je erschienen ist‹ – also ehrlich. Die haben nie *Othello* in der Hand gehabt! Wir mussten es in der Schule lesen, und es war ja so was von stinklangweilig«, lachte das Mädchen und stieß Frankie spielerisch mit der Schulter an.

Oh nein, bitte nicht, jammerte Frankie innerlich. Sie musste unbedingt von diesem Fangirl loskommen, das Shakespeare schlechtmachte. »Ich … ich glaube, dahinten ist meine Kollegin«, sagte Frankie plötzlich nervös.

Sie warf sich ihren Rucksack über die Schulter und schwankte zur Tür des Abteils.

»Du hast dein Buch vergessen, Süße!«, rief das Mädchen hinter ihr her.

Frankie schlüpfte in den nächsten Waggon und warf sich auf einen freien Platz.

Sie vergrub den Kopf in den Händen. »Was für ein verdammter Albtraum«, sagte sie leise vor sich hin.

»Schlechter Tag heute?«, fragte der Mann, der ihr gegenübersaß.

Sie schaute auf und wäre fast gestorben. Es war George-Knightley-Mr-Darcy-Edward-Cullen aus der Buchhandlung. Der Mann, den sie erst kürzlich mitten auf die Nase geküsst hatte, ohne dass er sie dazu aufgefordert hätte. Frankie hatte gerade leise im Flüsterton über eine Teenagerin geflucht. Und sie sah aus …

»Das kann man wohl sagen.« Sie versuchte zu lächeln, aber sie war sicher, dass es eher aussah wie ein Krampfanfall.

»Kann ich irgendwie helfen?«, fragte er, und seine verblüffend blauen Augen blitzten. Er sah sogar noch perfekter aus als bei ihrer verheerenden ersten Begegnung, diesmal trug er ein kariertes Hemd und beige Chinos.

Wer ist dieser Typ?, fragte sie sich und spürte, wie sie rot wurde. Der Mann lächelte freundlich und wandte sich vollkommen gelassen wieder seinem Buch zu: *Die Tribute von Panem.* Frankie musste die ganze Zeit hinstarren, also holte sie ein eigenes Buch aus der Tasche, *Mansfield Park*, und tat so, als würde sie lesen.

Er blickte von seinem Buch auf. »Was lesen Sie?«

»Ähm, *Mansfield Park.* Zum hundertsten Mal.« Sie stieß ein leises, gezwungenes Lachen aus.

»Nie gehört. Taugt es was?«

Er hat noch nie von *Mansfield Park* gehört? Frankie blieb fast die Luft weg. *Schau dir nur diese Augen an,* dachte sie, während sie versuchte, ihn nicht die ganze Zeit mit offenem Mund anzustarren. *Diese Knochenstruktur. Vielleicht könnte ich ihn ja umkrempeln – so wie bei* Pygmalion.

Aber ehe sie seine Frage beantworten konnte, holte der Mann seine Brieftasche heraus und nickte erklärend zu einer Gruppe Kontrolleure hin, die soeben im Zug ausschwärmten.

»Scheiße!« Frankie dachte es und sprach es gleichzeitig aus, als sie merkte, dass ihre Fahrkarte zu Hause in der Handtasche steckte.

»Meine Dauerkarte ist in der Handtasche. Heute hab ich nur meinen Rucksack dabei.« Sie wusste, dass sie vor sich hin schwafelte, aber sie konnte nicht anders. »Ich hatte es so eilig, weil ich zum K-Pop wollte und …«

»Die Fahrscheine bitte«, sagte der Kontrolleur bereits zum Pärchen hinter Frankie.

»Keine Sorge, ich mach das schon.« Der umwerfend gut aussehende Mann lächelte leicht. *In diesem Lächeln könnte ich mich total verlieren,* dachte Frankie. Sie riss sich von diesem Gedanken los und konzentrierte sich auf die Zweihundert-Dollar-Geldstrafe, die sie gleich für ihre Vergesslichkeit präsentiert bekommen würde.

Die Kontrolleure kamen heran, und während sie sich noch den Kopf nach einer passabel klingenden Entschuldigung zerbrach, legte der Mann sein Buch weg und brachte sein Gesicht gefährlich nahe an Frankies heran. Diesmal gab es keinerlei Zweifel, was seine Absichten betraf. Er umfasste ihr Gesicht, beugte sich zu ihr hin und küsste sie. Als er ihr mit den Händen durchs Haar fuhr, entschlüpfte ihr ein leises Stöhnen. Er küsste sie mit einer Begierde, wie Frankie es noch nie erlebt hatte. Wenn sie beide Romanfiguren gewesen wären, hätte jetzt alles um sie herum verschwinden müssen, die Knöpfe wären abgefallen, die Schuhe wären ihnen von den Füßen geglitten. Und dann ließ er, einfach so, wieder von ihr ab.

»Sie sind weg.« Er lächelte.

»Wer?«, flüsterte Frankie mit zitternder Stimme.

»Die Kontrolleure.«

»Oh, ähm, danke«, sagte sie heiser.

»Kein Problem. Das klappt immer.«

Immer? Na, der hat ja Nerven. Frankie stieß ein heiseres, verlegenes Lachen aus. Ihre Wangen brannten, und ihr Herz flatterte wie ein Schmetterling, der zu viel Koffein intus hatte.

»Na, das war doch schon mal viel besser als unser erster Kuss.« Der schöne Fremde zwinkerte und wandte sich wieder den *Tributen von Panem* zu, als wäre nichts geschehen.

5

O Romeo! Warum denn Romeo?

Wenn man mit einem neuen Buch beginnt, ist das fast wie ein erstes Date.

Zu Beginn ist man etwas gehemmt. Man fragt sich: Was erwarte ich mir von diesem Buch? Wie bin ich gerade drauf? Was lesen meine Freunde? In der Arbeit ist ganz schön was los – schaffe ich es da wirklich, mich voll und ganz auf *Krieg und Frieden* einzulassen, oder sollte ich mich vielleicht lieber nach was Leichterem umschauen, eher so was wie *Die störrische Braut* von Anne Tyler?

Die zweite Phase ist die der blinden Hoffnung. Endlich hat man ein Buch ausgesucht, fühlt sich so richtig gut und ist zufrieden mit sich. Man macht sich eine Tasse Tee, lümmelt sich auf der Couch, die Heizung ist voll aufgedreht. Das Buch liegt noch unaufgeschlagen auf deinem Schoß, und du bist begeistert von all den Möglichkeiten, die sich dir bieten. Man träumt von den prächtigen Dialogen und den hinreißenden Charakteren (selbst den Hass auf die Bösewichte wird man genießen). Du stellst dir vor, dass die ganzen Irrungen und Wirrungen im Verlauf der Handlung dich so fesseln werden, dass du sogar vergisst, die riesige Tafel Schokolade zu essen, die du eigentlich gar nicht erst hättest kaufen sollen. Facebook wird plötzlich überflüssig, du überlegst, ob du nicht deinen Fernseher verkaufen solltest, und du wirst dir nie wieder Gedanken darüber machen, ob du ins Fitnessstudio gehen solltest, denn die emotionale Reise, auf die du dich jetzt begibst, ist die einzige Bewegung, die du brauchst. Ab jetzt ist absolut alles möglich – und alles andere als Lesen unmöglich.

In der nächsten Phase merkst du, dass du unglaublich aufgeschlossen bist. Du hast ein paar Seiten gelesen, die Handlung fesselt dich. Du genießt die erfrischend neuen und dennoch schlichten Landschaftsbeschreibungen, und dir gefällt die ganze Atmosphäre um den Protagonisten. Du denkst dir: *Ja, dieses Buch könnte mir wirklich gefallen* und: *Vielleicht ist dieser übermäßige Gebrauch der Alliteration ja tatsächlich was für mich.* Also liest du weiter.

Hoppla – hat die Romanfigur das tatsächlich gerade gesagt? Jetzt bist du ein bisschen ins Stocken geraten. Der Dialog zeigt langsam eine gewisse Tendenz zur Wiederholung, und die Hauptfigur kriegt einfach nichts auf die Reihe. Aber alle vorigen Bücher dieses Autors haben dir schließlich sehr gut gefallen, und es macht dir wirklich nichts aus, dass manches in diesem Buch so dermaßen überbetont wird. Schließlich bist du schon so weit gekommen. Vielleicht wird's ja in ein paar Kapiteln besser.

Jetzt ist der kritische Punkt erreicht, an dem sich alles zuspitzt: NICHT SCHON WIEDER EIN SCHACHTELSATZ MIT FÜNF EINGESCHOBENEN NEBENSÄTZEN! NA TOLL, NOCH SO EINE BESCHEUERTE DREIECKSGESCHICHTE! DAS SOLL EINE FALSCHE FÄHRTE SEIN? ALSO EHRLICH, SO EIN MIST!

Damit trittst du in die Phase ein, in der du die Realität verleugnest. Du kannst es wirklich kaum noch ertragen, dass der Autor immer wieder die gleichen Adjektive benutzt, aber du lachst dich auch jedes Mal kaputt, wenn die Schwester von links auf die Bühne kommt. Und außerdem kannst du es nicht leiden, wenn du die Dinge halb erledigst rumliegen lässt. Andererseits hatte James Joyce womöglich recht, als er so was sagte wie, das Leben sei zu kurz für schlechte Bücher. Du liest beharrlich weiter, Satz für Satz, ein Kapitel nach dem anderen. Bis du merkst, dass du das Lesen aufschiebst. Du fängst an, Ausreden zu suchen, und du hast es tatsächlich geschafft, den gesamten Berg an Klamotten wegzubügeln (dabei ist ein rustikaler Knitterlook doch gerade total in, oder?). Noch nie sind deine Augenbrauen so perfekt in Form gewesen. Du schaffst jetzt vielleicht nur noch ein paar Seiten am Stück, aber immerhin kannst du sagen, dass du es ernsthaft versuchst.

Es wird sich alles ändern. Die Dinge werden sich wenden. Wenn du hinwegsiehst über die substanzlosen Kapitel, in denen sinnlos herumgevögelt wird, nur damit das Buch länger wird und die spannenden Kapitel umso stärker hervorstechen – dann ist es tatsächlich ein interessantes Buch. Vielleicht nimmt der Autor sich ja das Feedback auf *Goodreads* zu Herzen und nimmt bei der Fortsetzung ein paar kleine Schönheitsoperationen an den belanglosen Handlungssträngen vor? Vielleicht kann man das Ganze mit einem flippigen Lesezeichen aufpeppen?

Dann bist du mit deinem Latein am Ende. Du hast es versucht. Du hast dir wirklich alle Mühe gegeben, aber du bist mit dem Buch einfach nicht warm geworden. Es ist nun an der Zeit, die Sache realistisch zu betrachten und sich zu überlegen, wie du dem Ganzen ein Ende setzt.

Du hast folgende Möglichkeiten:

A: Lass die Sache im Sande verlaufen. Mach immer größere Pausen und lass die Geschichte allmählich auslaufen, ohne dass irgendjemand was davon mitbekommt.

B: Fang parallel zu dieser Lektüre ein neues Buch an. Es ist ja schließlich nicht so, als dürftest du immer nur ein einziges Buch lesen.

C: Sei etwas direkter. (Anmerkung: Eine kleine Notlüge hat noch niemandem geschadet.) Erklär dem Buch: »Es liegt an mir und nicht an dir.« Ihr habt eure gemeinsame Zeit sehr genossen (war es nicht irre komisch, als die Hauptfigur seine Eltern beim Sex überrascht hat?), aber du glaubst wirklich nicht, dass die Sache mit euch eine Zukunft hat. Im Moment ist bei dir gerade viel los, mehrere Kolleginnen bekommen Nachwuchs, und dann ist da auch noch das neue Projekt, bei dem du gerne zeigen möchtest, was du so draufhast. Würde es dir was ausmachen, wenn wir es für jetzt dabei beließen? Können wir einfach nur Freunde sein?

D: Du änderst deinen Namen, besorgst dir eine neue Telefonnummer und siehst zu, dass du schleunigst aus der Stadt verschwindest.

Bis zum nächsten Mal, meine Lieben.
Schließlich – morgen ist auch noch ein Date.
Scarlett O' xx

Kommentar hinterlassen (6)

Cat in the Hat > Ich liebe dich.

No offence but … > Sei offen und ehrlich, wie eine reife Erwachsene, denn das sind wir schließlich. Dieses A bis D scheint mir doch ein bisschen kindisch.

Stephen Prince > @Nooffencebut … Du bist echt eine Spaßbremse.

No offence but … > @StephenPrince … Und du bist echt ein unhöflicher Mensch. Kümmer dich gefälligst um deinen eigenen Kram.

Cat in the Hat > @StephenPrince & @Nooffencebut … Eure Sticheleien gefallen mir super.

Love sick > Ich liebe das, was du schreibst, Scarlett O'! Es ist, als könntest du meine Gedanken lesen.

6

Mila 18 von Leon Uris
Im Zug der Belgrave Line Richtung Flinders Street

»Endlich jemand, mit dem ich reden kann!« Frankie stürzte sich auf den schlaksigen Jungen, der die Buchhandlung betrat.

»Jetzt komm mal runter, Rose. Bist du denn wirklich so verzweifelt?« Seb gab sich verschämt, aber seine Lippen verzogen sich zu einem leichten Lächeln, so sehr freute er sich über den begeisterten Empfang. Beim kleinsten Zeichen von Frankies Aufmerksamkeit bekam er knallrote Wangen.

»Ach, Seb, Seb! Gott sei Dank, dass du da bist. Du glaubst ja gar nicht, was mir gerade passiert ist!« Frankies Stimme kippte fast schon in ein hysterisches Kreischen, während sie Seb zu sich hinüberzog und ihn bei den Schultern packte.

»Rose«, sagte Seb streng und schob Frankie halbherzig zur Seite, »du weißt doch: zuerst die Neuerscheinungen, dann deine Erwachsenenproblemchen.«

Seb mit seinem leuchtend roten Haar und dem Gesicht voller Sommersprossen war ein Stammkunde in der »Kleinen Buchhandlung in der Brunswick Street«.

Er schaute fast immer nach der Schule vorbei und trug die hellblaue Schuluniform, die um seinen hoch aufgeschossenen Körper herumschlackerte. Obwohl er erst siebzehn war, hatte er es irgendwie geschafft, einer von Frankies wichtigsten Vertrauten zu werden. Sie schenkte ihm Leseexemplare von Neuerscheinungen (bevorzugt im Bereich Politsatire), und er sorgte für gute Laune und hielt eine überraschende Vielzahl an hilfreichen Tipps für Frankie bereit, wenn es darum ging, der Selbstsabotage den Kampf anzusagen. Ab und zu war es ihr peinlich, dass ihr zweitbester Freund erst kürzlich in die Pubertät gekommen war, aber ihr war klar, dass es absolut unmöglich sein würde, jemand anders zu finden, der sich ihre Tiraden anhörte, ihr den Rücken stärkte und ihr Ratschläge gab – und das alles für eine derart mickrige Gegenleistung: Seb bekam die Leseexemplare und einen hohen Rabatt auf Bücher und wurde ab und zu mit Süßigkeiten bestochen.

Frankie zog ihn hinter die Theke und drückte ihn auf einen Stuhl. Während er sich an den übrig gebliebenen M&M's gütlich tat, ging sie die Bücher durch, die an der Wand hinter der Kasse gestapelt waren.

»Also, lass mal sehen«, murmelte sie vor sich hin. »So! Hier, bitte schön, Seb. Frisch eingetroffen.« Mit demütigem Kopfnicken reichte sie ihm den Bücherstapel.

Seb ließ sich einen Augenblick Zeit. Er fuhr mit den Fingern über die Klappentexte und blätterte die Bücher kurz an. Ohne aufzublicken, steckte er dann eines in seine Schultasche, die anderen gab er Frankie zurück, die die Hände schon wissend ausstreckte.

»Setz es auf die Rechnung, Schätzchen«, grinste Seb

und schlug die Beine übereinander. »So, und was kann ich nun für dich tun?«

»Erstens haben wir besprochen, dass du mich nicht ›Schätzchen‹ nennen sollst. Zweitens: Gib mal die M&M's rüber!«

Seb reichte ihr die Süßigkeiten und sah zu, wie sie sich nervös zwei in den Mund warf. »Also los, spuck's aus, Rose.«

»Okay. Ich hab dir ja schon von dem Typen erzählt, der neulich hier im Laden war. Toller Bizeps, schrecklicher Buch-Geschmack.«

»Ja, der wunderschöne Mann mit dem kindlichen Gemüt. Dessen Nase du sexuell belästigt hast. *Bis(s) zur Mittagsstunde*? So ein Depp!«

»Und vorhin sitze ich im Zug – und was glaubst du, wer mir da gegenübersitzt?«

Seb kicherte. »Darf ich mal raten – er hat ein Happy Meal von McDonald's gefuttert und mit seinem Fidget Spinner herumgespielt?«

»Konzentrier dich, Sebastian!«, sagte Frankie, runzelte ärgerlich die Stirn und schnippte mit den Fingern vor seinem Gesicht. Sie zog ihren Stuhl näher heran und beugte sich verschwörerisch zu ihm hin. »Na ja, er hat *Die Tribute von Panem* gelesen, aber darum geht es jetzt nicht. Ich sitze also da, ihm direkt gegenüber, da steigt plötzlich ein Trupp Kontrolleure in den Zug! Ich hatte nur meinen Rucksack mit den Sportsachen dabei, meine Fahrkarte war aber zu Hause in der Handtasche, total bescheuert …«

»Halt«, unterbrach Seb. »Moment mal, Rose. Du warst beim Sport?«

»Seb, ich hab nicht den ganzen Tag Zeit. Es gibt schließlich auch Leute, die müssen arbeiten, um die Miete zu zahlen. Wo war ich stehen geblieben? Ach ja – Zug, Kontrolleure, Rucksack.« Frankie kniff die Augen zusammen und fasste sich an die Stirn. »Genau! Also, ich hatte meine Fahrkarte nicht dabei, und unser Edward Cullen hat das irgendwie sofort gecheckt. Und eh ich wusste, wie mir geschah, hat er mich schon gepackt und küsst mich! Einfach so, in aller Öffentlichkeit – mitten im Zug! Ich meine, das ist doch fast so, als würde ich mich nackt zeigen – wer macht denn so was?«

In diesem Moment bimmelte die Glocke an der Ladentür. Frankie und Seb wandten rasch die Köpfe zu der älteren Dame, die ein pinkes Kostüm mit passendem Pillbox-Hütchen trug und offenbar zum Reden aufgelegt in den Laden spaziert kam. »Guten Tag, ihr beiden«, sagte sie und nickte ihnen zu. »Wie war denn die restliche Lesung mit Graeme Simsion letzte Woche? Es tut mir wirklich leid, dass ich so früh losmusste, aber ich wollte doch unbedingt noch zur Aufführung meiner Enkelin. Sie hat nämlich die Hauptrolle in dem Theaterstück gespielt, wisst ihr? Sie war … na, wie war das noch gleich …«

»Sie hat die Heiratsvermittlerin Jente in *Anatevka* gespielt, haben Sie erzählt, Rosa«, sagte Frankie. Sie lächelte freundlich, wäre aber am liebsten sofort wieder zu ihrer Unterhaltung mit Seb zurückgekehrt.

»Ja, genau! Das war es, meine Liebe. Und wo stehen jetzt die Kochbücher, Schätzchen? Ihr habt ja hier schon wieder alles umgeräumt!« Frankie wies ihr die richtige Richtung, und Rosa machte sich langsam auf den Weg durch den Laden.

»Er hat dich geküsst? Mitten im Abteil? Warum denn?«, flüsterte Seb.

»Weiß ich nicht. Angeblich weil er die Kontrolleure so davon abhalten wollte, uns nach den Fahrkarten zu fragen. Aber vielleicht findet er es aber auch super, in aller Öffentlichkeit rumzumachen? Er war so dermaßen lässig, als würde er das jeden Tag tun. Ich dagegen bin solche Spielchen ja überhaupt nicht gewöhnt. Ich war dermaßen verblüfft, dass ich mich kaum verabschiedet habe, geschweige denn, dass ich ihn nach seiner Telefonnummer gefragt hätte, bevor ich ausgestiegen bin.«

»Und wo liegt nun das Problem, Frankie? Es ist doch wirklich Zeit, dass du mal wieder ein bisschen Sex kriegst. Wir wissen schließlich alle, dass du diese Durststrecke an Männern nicht mehr lange aushältst. Du stehst ungefähr so unter Spannung wie die Kaminuhr von Nick Carraway in *The Great Gatsby*«, sagte Seb wagemutig, um das Grinsen zu verbergen, das sich langsam auf seinem Gesicht ausbreitete.

Frankie drückte verärgert die Hände auf die Wangen und spürte, wie sie rot wurde. Sie dachte an den Augenblick im Zug zurück: Seine Lippen waren so warm gewesen, so einladend, seine Berührung so überraschend sanft. Sie konnte sich nicht mehr erinnern, wann ein Mann sie zuletzt derart in Aufregung versetzt und ihr Herz schneller hatte schlagen lassen.

»Hallo, komm wieder zu dir, Rose! Jetzt sag bloß nicht, du stehst ernsthaft auf ihn«, sagte Seb und pikste Frankie unbeholfen mit dem Zeigefinger.

»Ob ich auf ihn stehe? Er kommt wohl kaum als Freund für mich infrage. So ein Player! Noch dazu ist er vollkommen unreif und liest nichts, das seinem Alter angemessen wäre. Natürlich ist mir das völlig egal, ich werde ihn wahrscheinlich ohnehin nie wieder sehen.« Manchmal konnte Frankie es nicht leiden, wenn Seb das Offensichtliche so sehr betonte. Es machte sie nur noch entschlossener, sich keine Blöße zu geben. Sie würde jetzt einfach ganz locker und ungezwungen tun und ihre Gefühle komplett leugnen.

Rosa kam auf die Ladentheke zugeschlurft und schob ein dickes Kochbuch zu Frankie hinüber. »Heute wird's das hier, Liebes.«

»Wunderbar. Da haben Sie wirklich eine gute Wahl getroffen«, sagte Frankie, während sie das Buch einscannte und in eine Tüte packte.

»Wissen Sie, Liebes«, Rosa beugte sich vor, »das klingt alles furchtbar romantisch!«

»Wie bitte?«, sagte Frankie erstaunt.

»Der Kuss mitten im Zug! Ihr jungen Leute heutzutage seid ja so spontan. Und …« Sie machte eine Pause und lächelte verschmitzt. »… so sexy!« Sie zwinkerte, nahm ihre Tasche und schlurfte hinaus. Frankie und Seb schauten sich an und brachen in Gelächter aus.

»Und was haben wir hier?« Aus dem Nichts tauchte plötzlich Cat auf, einen Becher mit unidentifizierbarem grünem Inhalt in der einen und ein hart gekochtes Ei in der anderen Hand. Sie schaute von Frankie zu Seb und wieder zurück und kniff misstrauisch die Augen zusammen. Cat war immer schon ein bisschen besitzergreifend gewesen, wenn es um Frankie ging. Es ging ihr gegen den Strich, dass jemand anders ihrer besten Freundin so nahestand.

Sie starrte Seb so lange an, bis er den Blick senkte, dann trank sie dramatisch einen großen Schluck. »Hast du keinen Buchstabierwettbewerb, an dem du teilnehmen musst, Sebastian?«

Weitere Andeutungen waren nicht nötig. Seb ergriff seine Tasche und warf sie sich über die Schulter. »Rose, es war mir ein Vergnügen.« Er nickte Frankie zu. »Und versuch nicht zu viel in die Sache hineinzulesen. Es klingt, als könnte er der knackige Shura für deine Tatiana sein, um es jetzt mal mit Paullina Simons auszudrücken.« Er schlenderte lässig zur Tür. »Bis später, Dicke«, rief er Cat mit einem respektlosen Winken über die Schulter zu.

»Frankie, wovon spricht der Pubertäts-Emo denn da?«

Seufzend brachte Frankie Cat auf den neuesten Stand und ließ bei ihrer Schilderung nicht das kleinste Detail aus. Die beiden drückten sich auf ihren Stühlen eng aneinander, während Frankie erzählte und Cat im Wechsel an ihrem Ei mümmelte oder schlürfend an ihrem giftgrünen Getränk sog. Hin und wieder stieß Cat einen leisen Schrei aus oder rief: »*Was* hat er gemacht?«, als die Glocke über der Ladentür abermals läutete.

»Cat, ich bin da!« Claud kam durch den Laden und legte ohne Umschweife einen großen Strauß gestrickter roter Rosen auf den Verkaufstresen. Er war von seiner Arbeit in der Kanzlei gekommen und wollte sich nun am Nachmittag um die Buchhaltung für »Die kleine Buchhandlung in der Brunswick Street« kümmern.

»Für wen sind die denn?« Cat stand auf. Dabei fielen ein paar Stückchen Eierschale zu Boden.

»Für dich, du Dummchen.« Claud gab ihr einen

Schmatzer auf die Wange. »Alles Gute zum Hochzeitstag!«

»Ach, natürlich. Dir auch alles Gute zu unserem Hochzeitstag.« Cat lehnte sich über die Ladentheke und gab ihrem Mann hastig einen Kuss.

Clauds schöne Gesichtszüge verzerrten sich, als hätte ihn eine Kugel getroffen. »Du hast es vergessen, oder?«

»Natürlich nicht, Schatz.« Cat log ganz offensichtlich. Angesichts der Überreaktion ihres Göttergatten musste sie sich schwer zurückhalten, um nicht die Augen zu verdrehen.

Frankie betrachtete Cat und Claud und versuchte, mit ihrer Intuition einer besten Freundin aus dieser Situation schlau zu werden. Sie wusste, dass Claud dünnhäutig war, aber reagierte er hier vielleicht über, weil er einen Verdacht wegen Jin-Soo hegte? Als Claud merkte, dass Frankie ihn anstarrte, machte er sein typisches »Finger hoch«-Zeichen. Die beiden hatten einmal heiß diskutiert, dass der Daumen ihrer Meinung nach vollkommen überbewertet war, also machten sie jetzt statt »Daumen hoch« das Zeichen immer mit dem Zeigefinger, wenn sie signalisieren wollten, dass alles in Ordnung war. Frankie lächelte zufrieden, dass Claud offenbar wieder er selbst war, und machte sich leise auf in die Tiefen und Untiefen der Buchhandlung, während Cat und Claud sich nun im Büro in die Unterlagen vertieften. Einen Stapel Karten mit Buchbesprechungen, die sie und Cat selbst geschrieben hatten, unterm Arm schlängelte sich Frankie zum Bereich mit den Bestsellern vorne im Laden. Während sie die Karten in die passenden Bücher schob, stellte sie fest, dass ihre Gedanken wieder einmal abschweiften, und zwar zu ihrem Lieblingsthema, wenn sie nicht gerade um unvermittelt küssende Fremde kreisten: zu Ads.

Sie waren unterwegs zur Mega-Bohemien-Hochzeit eines Freundes, die auf einem Weingut in Tasmanien stattfand. Frankie und Ads waren jetzt ungefähr acht Monate zusammen und an dem Punkt in ihrer Beziehung angelangt, wo einen das Unbehagen vor dem Unbekannten nicht mehr lähmt. Sie fühlten sich, als wären sie geradewegs auf dem Weg in die Flitterwochen: Sie waren verliebt, und selbst die allerbanalste Angelegenheit verwandelte sich in ein exotisches Abenteuer, zum Beispiel im Flugzeug zu essen, während sie eng zusammengedrängt neben einem Mann mit überraschend beißendem Körpergeruch saßen.

»Zwei Becher von Ihrem besten Rotwein, bitte!«, rief Ads und küsste Frankie auf die Wange.

Sie schmiegten sich aneinander, knabberten Käse und Cracker und kippten den sauren Wein hinunter. Frankie bewunderte Ads: Er war spontan, zärtlich und vollkommen ungeniert. Kein Café war ihm zu cool, kein Flugzeug zu überfüllt – einfach nichts konnte Ads davon abhalten, er selbst zu sein.

»Du weißt ja, dass ich dich liebe, Frankie Rose.« Er liebkoste ihr Gesicht und küsste sie. Selbst wenn sein Atem nach Käse roch, war er noch verdammt sexy.

»Frankie! Frankie! Hallo, jemand zu Hause?« Cat schüttelte ihre beste Freundin, bis sie aus ihrem Tagtraum hochschreckte. Dann lächelte Cat, gab Frankie einen leichten Klaps, ließ sich in den Plüschsessel fallen, der in der Kinderbuch-Ecke stand, und vertiefte sich in *Lily und der Oktopus.*

Frankie überließ ihre Freundin den Tröstungen der Worte von Steven Rowley und kehrte wieder auf ihren Posten vorne im Laden zurück. Gerade als sie die geschäftlichen E-Mails beantworten wollte, spürte Frankie das wohlbekannte Summen ihres Handys in der hinteren Hosentasche. Sofort riss sie es hervor und sah, dass eine Mail auf sie wartete. Eine Welle der Aufregung durchlief sie.

Ihre erste Antwort!

7

Von: Ashley Woodhouse
An: Scarlett O'
Betreff: Ich hab Ihr Buch gefunden, Miss O'

Wow, ich dachte immer, die beste Liebesgeschichte wäre die zwischen Gatsby und Daisy – aber das Wiedersehen zwischen Anne Elliot und Captain Wentworth nach so vielen Jahren der Trennung ist auch nicht von schlechten Eltern und hat mich echt umgehauen. Danke, dass Sie mich mit *Überredung* bekannt gemacht haben, Scarlett! Offenbar haben wir eine Liebe zu großartigen Büchern gemeinsam.

Ich muss Ihnen gestehen: Fast hätte ich diese Mail gar nicht geschrieben – denn nach allem, was ich weiß, könnten Sie auch eine Axtmörderin sein. Aber dann dachte ich: Eine Axtmörderin, die Jane Austen liebt? Unmöglich! Also sitze ich jetzt hier und bitte eine Fremde um ein Date, weil ich ihr Buch in der Bahn gefunden habe.

Ich sollte Ihnen vermutlich ein bisschen was über mich erzählen: Ich bin vor drei Wochen aus Oxford, Großbritannien, wegen einer neuen Stelle hierhergezogen und habe (noch) keine Freunde in Australien, abgesehen von einer Scottish-Terrier-Dame namens Beatrice, die zwei Wochen in Quarantäne verbringen musste, um auch hierherziehen zu dürfen. Sie hat sich noch nicht so gut eingelebt, denn sie vermisst das schlechte Wetter und meine Mutter – ich dagegen bin nicht sehr traurig, dass ich jetzt einen gewissen Abstand zu diesen beiden Naturgewalten habe. Wenn Sie gerne meine erste Menschen-Freundin in Melbourne werden würden, dann sollten Sie jetzt schnell machen, denn nächste Woche fange ich im ehrenamtlichen Dienst bei Lifeline, der Kriseninterventionsorganisation, an, und in der Broschüre wurde mir versprochen, da würde ich »Freunde fürs Leben« finden.

Wenn ich Sie jetzt nicht total abgeschreckt habe: Was halten Sie von einem Drink am Freitagabend? Um sechs in der Bar 1806? (Ich habe gerade gegoogelt und »coole Cocktailbar Melbourne« eingegeben. So ein Touri-Scheiß!)

Mit freundlichen Grüßen,
Ashley Woodhouse
Architekturbüro JFC

PS: Es ist mir egal, ob Sie eine Axtmörderin sind, aber wenn Sie keine Hunde mögen, muss ich unser Date möglicherweise wieder absagen.

Von: Scarlett O'
An: Ashley Woodhouse
Betreff: Re: Ich hab Ihr Buch gefunden, Miss O'

Hallo Ashley Woodhouse vom Architekturbüro JFC,

ich freue mich wirklich sehr, dass ich Sie mit dem Zauber von *Überredung* bekannt machen konnte, und würde mich sehr gerne mit Ihnen am Freitagabend auf einen Drink im 1806 treffen. Google hat einen guten Geschmack.

Ich muss Ihnen gestehen, dass mein wirklicher Name Frankie Rose ist. Scarlett O' ist ein Pseudonym aus *Vom Winde verweht,* um meine Identität vor besagten Axtmördern zu schützen. (Nur fürs Protokoll: Zu denen gehöre ich ebenso wenig wie Sie.)

Das mit Beatrice klingt wunderbar. Ich bin mit drei Dackeln groß geworden, die auf die Namen Bockwurst, Bratwurst und Frankfurter hörten, und bin eine große Hundefreundin.

Bis Freitag!

Frankie x

Von: Ashley Woodhouse
An: Scarlett O'
Betreff: Re: Re: Ich hab Ihr Buch gefunden, Miss O'

Bis dann, Frankie x
PS: Bockwurst, Bratwurst und Frankfurter – das ist ja wirklich saukomisch.

Von: Scarlett O'
An: Catherine Cooper
Betreff: Fwd: Re: Re: Ich hab Ihr Buch gefunden, Miss O'

ICH HABE EIN DATE MIT EINEM ARCHITEKTEN/EHRENAMTLICHEN/HUNDELIEBHABER/AUSTEN-AFFICIONADO MIT BRITISCHEM AKZENT!!!

8

Der scharlachrote Buchstabe von Nathaniel Hawthorne
In der 86er Tram Richtung Bundoora RMIT über Smith Street

Frankie bekam den Kuss im Zug einfach nicht aus dem Kopf. Je mehr sie über ihre romantische Begegnung nachdachte, desto ärgerlicher war sie auf sich selbst, weil sie Edward Cullen nicht nach seiner Telefonnummer gefragt hatte. Nicht mal seinen Namen wusste sie!

Die Glocke an der Ladentür bimmelte. Cat und Frankie blickten in perfekter Synchronizität auf und sahen Sebastian, der freudestrahlend auf sie zukam. Sein flammend rotes Haar wippte, und seine grünen Augen strahlten Frankie an, als wollten sie sagen: *Bitte vergiss, dass ich elf Jahre jünger bin als du, Pickel habe und noch keinen Bart – nimm mich trotzdem!*

»Politsatire!«, riefen Frankie und Cat, aber Frankie war um Sekundenbruchteile schneller.

Cat stöhnte. »Sebastian, du versaust mir wirklich alles«, knurrte sie mürrisch, riss voller Wut ihr Portemonnaie auf und reichte Frankie einen Fünf-Dollar-Schein.

Seb kam zur Theke und ließ strahlend seine Zahnspange blitzen. »Was geht, schöne Frau?«, sagte er, schaute Frankie an und wackelte anzüglich mit den Augenbrauen.

»Seb! Was machst du denn hier? Warum bist du nicht in der Schule?« Frankie beugte sich über den Ladentisch und kniff ihn in die Wange.

»Ich mach heute blau.« Er zuckte die Schultern und gab sich cool.

Frankie und Cat verdrehten die Augen.

»Außerdem hab ich gehört, dass Putu heute kommt.« Seb grinste. Putu, Frankies Mutter, pflegte (nach Frankies Auffassung) eine sehr unangemessene Beziehung zu Seb. Was mit dem unschuldigen Handy-Spiel *Words with Friends* begonnen hatte, war inzwischen eine ausgewachsene Wir-schreiben-uns-Nachrichten-Beziehung. Aber Frankie war in diesem Punkt sehr voreingenommen. Immerhin machte sie ihre Mutter – und im Übrigen auch ihren Vater – dafür verantwortlich, dass sie in Liebesdingen so dermaßen glücklos war. Ihre Eltern waren der Inbegriff all dessen, was normalerweise jede Ehe unwiderruflich zum Scheitern bringen musste. Putu war unglaublich laut und aufdringlich und verhielt sich oft äußerst unangemessen. Frankies Vater Rudolph dagegen war zurückhaltend, sehr nachdenklich und stand vollkommen im Schatten seiner Frau. Und dann war da noch die Geschichte von Frankies Zeugung, die ihre Mutter jedem erzählte, der ihr nur lange genug zuhörte.

»Es war vor dreißig Jahren, als ich noch Elizabeth hieß. Später habe ich dann meinen Namen geändert, als ich 1989 aus diesem Ashram auf Bali zurückkam.« So begann Putu ihre Geschichte immer, schließlich ergriff sie jede erdenkliche Gelegenheit, um allen von ihrer zweiwöchigen lebensverändernden Erfahrung à la *Eat, Pray, Love* zu berichten.

»Ich war auf der Suche nach Abenteuern. War ich damals nicht total verrückt, Rudolph?«, stieß Putu hervor, spielte mit ihrer Halskette und wickelte sich die Navajo-Perlen um die Finger. Rudolph nickte nur. Er war kein Mann, der viele Worte machte.

»Da stand ich also, mitten im Bahnhof Flinders Street, und beschloss, einfach so, aus einer Laune heraus, dass mein Abenteuer darin bestehen würde, mit dem erstbesten Mann, den ich sah, ein Kind zu zeugen!«, fuhr Putu fort, ermutigt von den schockierten Gesichtern ihrer Zuhörer. »Und wen sehe ich da? Frankies Vater, der sich am Fahrkartenschalter herumdrückte. Stimmt doch, Rudy?« Ohne eine Antwort abzuwarten, redete sie weiter. »Wir stiegen in den ersten Zug Richtung Frankston, und sobald wir in einen Tunnel kamen, zeugten wir unsere wunderbare Frankie, einfach da an Ort und Stelle. Und so sind wir auch auf ihren Namen gekommen: Frankston. Ich war immer schon ein Trendsetter und mit allem früher dran als andere, wisst ihr. Dieser Posh Spice war ich jedenfalls einen entscheidenden Schritt voraus. Brooklyn Beckham – was ist das denn für ein Name!«, endete sie immer mit großer Geste.

Die Glocke bimmelte erneut, und wie aufs Stichwort stand Putu in der Tür. Sie trug ein violettes Cape und brachte den Geruch von Räucherstäbchen mit sich.

»Hallo, ihr Schätzchen alle!« Sie kam zu den dreien hinüber und verteilte Luftküsse: erst an Seb, dann an Cat und schließlich an Frankie.

»Mum, was machst du denn hier?«, sagte Frankie kühl.

»Ach, mein Schatz, kann eine Mutter denn nicht mal vorbeikommen und ihr Lieblingskind besuchen?«, gurrte sie und rückte das »Buch des Monats«-Schild in der Auslage gerade.

»Und außerdem musste sie mir eine Portion Damiana bringen.« Seb streckte erwartungsvoll die Hand aus, und Putu griff in ihre Hanf-Tasche und holte ein Röhrchen mit einer hellgelben Flüssigkeit hervor. Seb strahlte wieder so, dass man seine Zahnspange sehen konnte, nahm das Röhrchen und verstaute es in der Brusttasche seines Hemds.

»Will ich eigentlich wissen, was hier läuft?«, knurrte Frankie.

»Das ist eine ganz spezielle Zutat für meinen Liebestrank. Bald werde ich für das Mädchen meiner Träume unwiderstehlich sein.«

»Wer ist es denn – Frankie?«, lachte Cat.

Frankie blitzte Cat an und schüttelte fast unmerklich den Kopf.

»Nein, Celeste Fitness. Wir sind beide im Kurs über englische Literatur«, antwortete Seb etwas eingeschnappt.

»Fitness? Das kann kein echter Name sein«, gab Cat zurück.

»Der Name ist echt, und sie ist auch echt. Und weil Frankies großartige Mutter mir hilft, wird Celeste bald bis über beide Ohren in mich verliebt sein«, antwortete Seb herausfordernd.

Putu zog Seb an sich, und die beiden umarmten sich. »Ganz genau! Seb muss nur noch diesen Kräuterextrakt in seinen Zaubertrank mischen und ihr den dann sanft hinter die Ohren streichen, ohne dass sie es merkt.« Putu lächelte.

»Ohne dass sie es merkt? Mum, das ist wirklich ein fürchterlicher Ratschlag! Wenn Seb anfängt, jemandem Öl hinter die Ohren zu streichen, wird er damit nur eines erreichen, nämlich eine einstweilige Verfügung«, fuhr Frankie sie an.

»Ach, Frankie, du bist vielleicht eine Miesmacherin. Sebastian, ich zeige dir, wie man jemandem ganz diskret das Öl hinters Ohr reibt. Pass mal auf.« Putu beugte sich über die Theke und tupfte mit dem Finger sanft hinter Frankies Ohr.

Frankie verdrehte die Augen. »Diskret kann man das wohl kaum nennen.«

Ohne Vorwarnung drückte Cat auch einen Finger hinter Frankies Ohr, sodass sie kichern musste.

»Cat!«

»Tut mir leid, ich wollte nur sehen, ob ich das genauso unauffällig hinbekomme«, sagte Cat.

Ganz überraschend drückte nun Seb seine Finger hinter Putus Ohr, die vergnügt aufkreischte. Es dauerte nicht lange, da berührten sie sich alle vier gegenseitig hinter den Ohren und lachten dabei geradezu hysterisch.

»Ähm – Entschuldigung?«, sagte der Mann, der plötzlich inmitten des Chaos aufgetaucht war, das Cat, Frankie, Seb und Putu veranstalteten.

Frankie sprang erschrocken zurück, und auch die anderen ließen die Hände sinken. Frankie warf Cat einen raschen Blick zu und rief ihr innerlich zu: *Er ist es! Edward Cullen!*

»Tut mir leid, das ist wohl ein unpassender Zeitpunkt?«, sagte er.

»Nein, nein, gar nicht. Es wollten sowieso gerade alle gehen«, sagte Frankie gehetzt. Seb, Cat und Putu starrten die beiden bloß an und machten nicht die geringsten Anstalten zu gehen.

»Du musst der Typ aus dem Zug sein. Ich bin Cat, Frankies beste Freundin aller Zeiten«, sagte Cat und streckte dem Mann die Hand hin.

Er lächelte. »Du hast du also schon von der Sache gehört, was? Ich bin Sunny – mit u. Schön, dich kennenzulernen.« Er schüttelte Cat die Hand, während Frankie sich bemühte, sein strahlendes Gesicht und seine funkelnden Augen nicht allzu auffällig anzustarren.

Sunny wandte sich gespannt an Frankie, die rechte Augenbraue nach oben gezogen. »Und du bist …?«

»Frankie«, sagte Cat und versetzte der immer noch glotzenden Frankie einen Stoß.

»Äh, ja«, brachte sie heraus. »Willst du vielleicht die *Chroniken der Unterwelt* von Cassandra Clare kaufen? Oder was aus der *Bestimmung*-Reihe von Veronica Roth?«, fragte sie, während sie langsam wieder zu sich kam.

»*Also bitte,* diese beiden Serien hab ich längst gelesen, sogar zwei Mal schon. Eine echte Sauerei, dass sie den Booker Prize nicht bekommen haben.«

»Was bist du nur für ein ekelhafter Typ!«, schnaufte Seb.

»Seb!« Frankie funkelte ihren jungen Freund an, dann wandte sie sich wieder an Sunny. »Beachte ihn gar nicht weiter. Er mag nur Leute, die Bücher kaufen, in denen es um Kritik an der Regierung und um Bürgerrechte geht. Und wie ich eben schon sagte, ist er gerade dabei, den Laden zu verlassen.« Frankie schaute Seb erwartungsvoll an, aber der rührte sich immer noch nicht vom Fleck.

»Also«, murmelte Putu und legte Sunny einen Arm um die Schultern, »erzähl doch mal: Woher kennt so ein gut aussehender Mann wie du meine schöne Tochter, Sunny-mit-u?«

Sunny lachte. »Heute lerne ich ja wirklich alle auf einmal kennen, erst deine beste Freundin und jetzt auch noch deine Mutter.«

»Ja, aber die müssen jetzt wirklich alle los«, wiederholte Frankie mit wachsender Dringlichkeit. »Cat muss sich um die Buchhandlung kümmern, und Mum muss … Mum?«

»Unsinn, Liebes, ich muss nirgendwo hin.« Putu schob sich näher an Sunny heran und schlang ihm jetzt den Arm um die Taille.

»Ich hab ihr geholfen, den Zugkontrolleuren zu entgehen.« Sunny grinste.

»Und mit ›helfen‹ meinst du eigentlich ›knutschen‹«, stieß Seb hervor.

»Sebastian, raus jetzt!«, fuhr Cat ihn an.

»Er hat Frankie geküsst?« Putu ließ Sunny los, trat zu ihrer Tochter, die sich fast zu Tode schämte, und stupste sie an.

Frankie stöhnte und hielt sich den Kopf.

»Frankie! Warum hast du mir nicht erzählt, dass du einen derart gut aussehenden Mann geküsst hast? Will er Kinder?«

Frankie schaute ihre Mutter finster an.

»Na, wie steht's damit?« Putu lächelte frech.

Cat unterdrückte ein Lachen, während Seb unglaublich interessiert sein Damiana-Röhrchen betrachtete.

»Es tut mir wirklich leid, Sunny, heute sind sie alle echt merkwürdig drauf«, wandte sich Frankie wieder Sunny zu. Aber der war nicht mehr da. »Wo ist er denn hin?«

»Keine Ahnung.« Cat zuckte entschuldigend die Schultern.

»Beim Stichwort ›Familie‹ ist er weggerannt. So ein Loser, Frank! Er findet ernsthaft, Veronica Roth hätte den Booker-Preis gewinnen sollen ... Ohne den bist du echt besser dran«, kicherte Seb.

Frankie holte tief Luft, dann wandte sie sich an ihre Mutter und an ihre beste Freundin. »Raus jetzt, und zwar alle! Mir reicht's! Warum könnt ihr nicht mal eine einzige Minute lang normal sein?«, schrie sie. Seb, Putu und Cat starrten sie vollkommen entgeistert an.

»Aber ...«, protestierte Putu.

»Putu, Seb, los, wir gehen.« Cat packte die beiden am Arm, und sie marschierten aus der Buchhandlung. Hinter ihnen schrillte die Glocke an der Ladentür.

Frankie seufzte. Die Buchhandlung war leer, nur das sanfte Surren der Klimaanlage war noch zu hören. Sie neigte den Kopf und betrachtete die wunderbar farbigen Bücher auf den Regalbrettern vor sich. Dann seufzte sie tief. Fitzwilliam Darcy aus Jane Austens *Stolz und Vorurteil,* George Emerson aus E.M.Fosters *Zimmer mit Aussicht,* Edmond Dantès aus Alexandre Dumas' *Graf von Monte Christo* ... Sie war jeden Tag von diesen fiktiven Traummännern der Literaturgeschichte umgeben.

Vielleicht sollte sie sich einfach damit zufriedengeben? Vielleicht war es ihr ja bestimmt, sich immer nur in Helden aus der Literatur zu verlieben? Frankie griff zu *Die Abtei von Northanger*, das sie neben das Kreditkartenlesegerät gelegt hatte. Sie war bereit, sich dem vorlauten, aber charmanten Henry Tilney wieder zuzuwenden, als etwas aus dem Buch fiel und zu Boden flatterte. Frankie bückte sich. Es war ein Lesezeichen, wie sie in der Buchhandlung kostenlos zum Mitnehmen herumlagen. Mit dünnem blauem Stift stand dort hastig hingekritzelt:

> *Frankie, wie wär's mit einem ruhigeren Date irgendwo anders? 0455 718 281 – Sunny*

Frankie musste lächeln und drückte das Lesezeichen an sich.

Frankie: Hallo, hier ist Frankie :)

Sunny: Hallo, hier ist Sunny :)

Frankie: Tut mir leid wegen vorhin … Meine Freunde und meine Familie sind bescheuert. Echt total übergeschnappt.

Sunny: Übergeschnappte mag ich. Viel mehr als Langeweiler.

Frankie: Ha. Also, wegen diesem Date …

Sunny: Ja, kommen wir zum geschäftlichen Teil. Hast du Samstag um acht Zeit? Ich hol dich ab.

Frankie: Ja, da hab ich Zeit. Ich wohne 8-12 Bell Street, Richmond. Wo gehen wir hin?

Sunny: Frankie! Das wird sich zeigen …

Frankie: Ist das ein Zitat von Jane Austen?

Sunny: Yep, hab ich gegoogelt. Gelesen habe ich von dieser sogenannten Autorin noch nichts.

Frankie: Alles zu seiner Zeit. Bis Samstag also, Mr Sunny.

Frankie: PS: Katniss Everdeen ist eine Hommage an Bathsheba Everdene von Thomas Hardy, hast du das gewusst? (Hab ich für dich gegoogelt.)

Sunny: Ich LIEBE *Die Tribute von Panem.*

Eine Stunde später wurde die Tür zur Buchhandlung aufgestoßen, und Cat kam auf Zehenspitzen herein, ihr rotes Haar total zerzaust. Sie stellte sich neben Frankies Stuhl und umarmte sie liebevoll von hinten.

»Tut mir leid, Frank«, sagte sie. »Es tut mir wirklich leid, dass wir Sunny so verschreckt haben, dass er abgehauen ist. Aber du hattest recht. Er ist wirklich George Knightley, Mr Darcy und Edward Cullen zugleich. Der Typ vereint jede Menge Helden in sich.«

»Ihr habt ihn nicht auf Dauer verschreckt«, lächelte Frankie und schob Cat ihr Telefon hin.

»Oh Gott«, seufzte Cat, während sie die Nachrichten überflog. »Du hast ein Date mit diesem gut aussehenden Mann? Du hast ein Date!«, sang sie vor sich hin und hüpfte herum. »Du hast ein Date!«

Frankie sprang von ihrem Stuhl auf und ergriff Cat bei den Händen. »Ich hab ein Date! Ich hab ein Date!«, stimmte sie mit ein und sprang mit ihrer besten Freundin herum.

»Und hast du nicht morgen Abend das andere Date mit dem Typen aus England, der so schnuckelig klingt?«

»Das hab ich allerdings. Du darfst mich Madame Bovary nennen«, stieß Frankie hervor.

»Läuft bei dir, Süße! Und du weißt doch, was du jetzt tun solltest?«, sagte Cat atemlos.

Frankie schaute Cat mit aufgerissenen Augen an.

»Schreiben! Und zwar mehr als nur deinen Blog. Einen neuen Roman! Du wartest doch immer auf den Funken der Inspiration. Und schau dich mal an – du glühst ja richtig!« Cat legte Frankie die Hände auf die Wangen und drückte liebevoll zu.

»Nein, das kann ich nicht«, sagte Frankie und schob Cats Hände weg.

»Tu's einfach, Frank! Du bist eine brillante Schriftstellerin, das wissen wir alle. Mach dir keine Gedanken über die Besprechungen, mach dir über gar nichts Gedanken. Fang einfach wieder an zu schreiben und zeig allen, was du drauf hast! Was hast du schon zu verlieren?«

»Soll ich wirklich?«, fragte Frankie zaghaft.

»Ja! In der Buchhandlung geht's im Moment sowieso zu wie auf dem Friedhof. Hier, nimm!« Cat riss kurzerhand den Reißverschluss von Frankies Tasche auf und zerrte ihren Laptop heraus. »Und jetzt setz dich gefälligst ins Café und fang endlich an zu schreiben, verflixt!«

»Okay, ist ja schon gut!«, lachte Frankie, als Cat ihr den Computer mehr oder weniger aufdrängte. »Ich geh ja schon, ich bin schon so gut wie weg!«, fügte sie aufgeregt hinzu.

»Bis dann, Madame Bovary!«, rief Cat ihr nach.

»Danke, Miezekatze – für alles! Ich liebe dich!« Frankie warf ihr eine Kusshand zu, während sie aus der Buchhandlung lief.

Okay, schreiben, schreiben, schreiben, dachte Frankie. Der Curser blinkte schwarz auf dem weißen Dokument. Sie saß in einer Ecke des Stagger Lee's, ihres Lieblingscafés auf der Brunswick Street. Hier war sie besonders gern, denn die Baristas waren freundlich, der Kaffee unglaublich gut, und es war relativ ruhig. Obwohl auch hier seit einiger Zeit immer mehr Hipster in engen Jeans und mit Zottelbart auftauchten, wie es nun mal das Schicksal eines jeden guten Cafés in der Brunswick Street war. Frankie biss so kräftig in ihren Avocado-Toast, dass die Krümel auf ihre weiße Jeans flogen.

»Noch einen Kaffee?«, fragte ein Kellner mit rasiertem Kopf. Sein Lippenpiercing funkelte.

»Nein, danke, das war heute schon mein vierter. Ich bin kurz vor einer Überdosis«, sagte Frankie.

»Hast du denn schon mal unseren Rote-Bete-Latte probiert? Der schmeckt ausgezeichnet und ist koffeinfrei.«

»Koffeinfrei? Was hat er dann für einen Sinn?«, lachte Frankie.

»Glaub mir, er wird dir schmecken.« Der Kellner zwinkerte ihr zu.

»Ach – warum eigentlich nicht. Einen Rote-Bete-Latte, bitte.«

»Kommt sofort!«

Okay, Frank, tadelte sie sich, *jetzt aber wieder zurück*

zur Sache. Wenn du in einem Blog einen Haufen Unsinn verzapfen kannst, schaffst du es auch, ein ganzes Kapitel für ein Buch zu schreiben.

»Bitte sehr!« Der Kellner tauchte wieder auf und stellte fröhlich eine Tasse mit einer dampfenden, rot schäumenden Flüssigkeit vor sie.

»Wow, das ist aber ein strahlendes Rot.«

Er lächelte und wartete, dass sie probierte.

Frankie trank zögernd einen kleinen Schluck. »Schmeckt wirklich ausgezeichnet«, sagte sie und genoss das belebende süße Getränk. »Man kann die Antioxidantien regelrecht schmecken.«

»Hab ich doch gesagt!« Der Kellner glitt davon, um einem anderen Gast einen Long-Black-Kaffee und einen Fruchttoast zu bringen.

Okay, zurück zum Schreiben! Frank, du schaffst das. Sie schloss die Augen, holte tief Luft und wartete darauf, dass sie die Muse küsste, aber die meisten Gedanken, die ihr durch den Kopf gingen, waren Erinnerungen daran, warum sie mit dem Schreiben aufgehört hatte. Noch vor einigen Jahren hatte sie ihren Traum gelebt: Sie war Schriftstellerin, ihre Bücher wurden veröffentlicht, und sie war seit vielen Jahren in einer glücklichen Beziehung mit dem Mann ihres Lebens. Und dann war Stück für Stück alles zerbrochen. Seit ihr zweites Buch die schlechtesten Rezensionen aller Zeiten bekommen hatte und ihre Lektorin Marie sie nicht mehr zurückrief, hatte Frankie nichts mehr geschrieben. Sie arbeitete gern mit Cat in der Buchhandlung, aber manchmal fürchtete sie, in ihrem Leben nie mehr wirklich etwas auf die Reihe zu kriegen. Sie dachte daran, was es für ein erhebendes Gefühl gewesen war, als Simon & Schuster ihr einen Buchvertrag angeboten hatte: reine, ungetrübte Freude. Dieses Gefühl wünschte sie sich mehr als alles andere zurück.

Und deshalb versuchte sie nun zum ersten Mal, sich zu öffnen, dem Leben, der Liebe und dem Schreiben eine neue Chance zu geben. Es stimmte: Sie hatte tatsächlich Angst, wieder mit dem Schreiben anzufangen. Sie hatte Angst, dass sie eine schreckliche Schriftstellerin war, denn das hatte in den Rezensionen gestanden. Aber heute würde sie endlich neu anfangen, sie würde eine ganz neue Seite aufschlagen.

Frankie legte ihre Hände vorsichtig auf die Tastatur und spielte mit den Fingern auf den Buchstaben herum. *Okay, fang einfach an, Frankie. Was würde Jane jetzt tun?* Sie schrieb: »Heute war der erste Tag, an dem Evie wirklich gelebt hatte.« Frankie lächelte. Es war nun nicht gerade »Es ist eine allgemein anerkannte Wahrheit«, aber es war ein guter Anfang. *Damit kann ich arbeiten.* Sie legte ihre Hände wieder auf die Tastatur und war bereit, weiterzuschreiben, aber sie ertappte sich dabei, dass sie Facebook geöffnet hatte – nur eine kurze Sekunde lang, um mal zu schauen, was die anderen so machten.

Ein Babyfoto.

Ein Hundefoto.

Ein Foto von einem Brautpaar.

Eine politische Brandrede.

Noch ein Hundefoto.

»Und wie läuft's bei dir? In unserem Fünf-Minuten-Quiz findest du heraus, welcher Typ Monatsblutung du bist.«

Ach, dachte Frankie und klickte auf das Quiz, *dauert ja nur fünf Minuten. Das kann nicht schaden.* Der Cursor schwebte über dem Link. *Aber danach geht's sofort wieder zurück zum Buch,* sagte sie sich. Sie trank einen Schluck von ihrem pikanten Rote-Bete-Latte. Mit einer Hand umfasste sie den Becher, mit der anderen klickte sie sich durch eine Reihe von Fragen zum Thema Menstruation.

»Drei Tampons am Tag«, murmelte sie und beantwortete die Fragen rasch hintereinander.

»Embryonalhaltung.«

»Krämpfe.«

»Maxi-Binde.«

Frankie beendete das Quiz, drückte auf Senden und wartete auf ihren Typ Monatsblutung. *Ach ja, die Wunder der Technik!* Mitten auf dem Bildschirm erschien jetzt eine blinkende Antwort.

»Heftige Periode? Heftige Periode, na toll!«, sagte Frankie ein bisschen zu laut, sprang auf und warf dabei den hellroten Latte um, der sich über ihre weiße Jeans ergoss. Sie schrie auf, als die heiße Flüssigkeit bis auf die Unterhose durchsickerte, schnappte sich eine Serviette und versuchte, ihre Jeans abzutupfen, aber damit verteilte sie die Flüssigkeit nur noch mehr. Von der anderen Seite des Cafés hörte sie ein Kichern und sah zwei Schülerinnen, die sich die Hand vor den Mund hielten, während ihnen die Lachtränen übers Gesicht liefen. Beide streckten ihre Handys in Frankies Richtung aus.

»Hey! *Hey!*«, schrie Frankie. »Filmt ihr mich etwa?« Die Mädchen lachten weiter und dachten gar nicht daran, ihre Telefone herunterzunehmen.

»Hört sofort auf mich zu filmen!«, brüllte Frankie. Die Mädchen kicherten nur weiter und reagierten nicht. Frankie stöhnte auf. Sie packte Laptop und Handtasche, rannte aus dem Café und vergaß glatt, zu bezahlen.

9

Sinnlosigkeit und Anti-Sinnlichkeit

Es war wieder mal eines von diesen Dates, bei denen sich im Vorfeld alles so richtig anhört.

Architekt – Häkchen dran!

Arbeitet in seiner Freizeit ehrenamtlich – Häkchen!

Hundeliebhaber – Häkchen!

Vermutlich britischer Akzent – Doppel-Häkchen!

Weil der Mann erst kürzlich aus Oxford (God save the Queen!) hierher gezogen war, schien dieses Date ganz im Zeichen von »very amusing« zu stehen. Konnte es wirklich sein, dass ein offenbar reifer, ethisch verantwortungsvoll denkender und hundeliebender Junggeselle zufällig auf einen meiner literarischen Zugreisenden gestoßen war? Dank sei Gott, vielleicht gab es ja doch jemanden im Himmel, der sich um Dates kümmerte …

Ich ging optimistisch, aber ausdrücklich nicht übertrieben interessiert in dieses Date, zurechtgemacht mit einem mühelos coolen Make-up, das wirkte, als hätte ich kein Make-up aufgelegt, und mit nur einem leisen Hauch von Jane-Austen-Schick. Ich war ein paar Minuten zu früh in der Bar und legte wie vereinbart mein zerlesenes Exemplar von *Verstand und Gefühl* auf den Tisch.

Nachdem ein paar Männer an mir vorbeigegangen waren, die nicht Ashley waren, beschäftigte ich mich lieber mit den einladenden Kopfbewegungen eines Typen auf der anderen Seite der Bar. Er sah aus wie der jüngere Roger Federer mit einem Schuss Jamie Fraser aus *Outlander* und flirtete mich an. Ich fühlte mich einfach großartig!

Und dann passierte Folgendes:

Eine zierliche Frau, gekleidet in violetten Samt und mit einer Kette aus klobigen Harzperlen ließ sich auf dem Stuhl mir gegenüber nieder.

»Du musst Frankie sein«, säuselte sie in unverkennbar britischem Tonfall.

»Entschuldigung, das ist sicher ein Irrtum. Ich warte auf einen Freund«, antwortete ich ziemlich abwehrend.

»Auf Ashley? Tut mir leid, ich bin spät dran.«

Ich war baff. Das konnte doch nicht sein!

Wie sich herausstellte, ist Ashley Architektin, arbeitet ehrenamtlich, liebt Hunde und ist eine typische tragische Austen-Heldin aus Oxford. Außerdem stellte sich heraus, dass Ashley lesbisch ist.

Die nächsten anderthalb Stunden verbrachte ich damit, der großen Frage auszuweichen, die unbeantwortet in der Luft hing. Wie sollte ich ihr das nur beibringen! Sosehr ich mich 2009 nach einem besonders traumatischen zweiten Date mit einem munteren Barista einmal bemüht hatte, lesbisch zu werden und den Männern abzuschwören – ich würde niemals scharf auf diese geschmeidige englische Rose sein.

Im verzweifelten Versuch, sie von meinen weiblichen Reizen abzulenken, brachte ich die Unterhaltung auf neutrale und vollkommen unromantische Dinge. Wir behandelten die folgenden Themen:

Die Esso Longford Gasexplosion von 1998.

Den Tod von Michael Jackson.

Die Vorteile von Lesezeichen gegenüber ins Buch geknickten Eselsohren.

Die Hochzeit im englischen Königshaus.

Moby Dick.

Männerhintern.

Nicht mal die Geschichte, wie ich zwei geschlagene Wochen lang nicht geduscht hatte, schien sie abzuschrecken. Ich spürte, wie ihre Füße über die angestaubten Holzbohlen auf meine Seite des Tisches vordrangen. (Habe ich meine Fuß-Phobie schon erwähnt?) »Glaubst du, Michael Jackson war wirklich pädophil?« Vorsichtig berührte ihre Hand mein Knie. »Und wie ist das mit dieser Kate, ob die sich wirklich selbst schminkt?« Ich spürte einen sanften Druck an meinem Oberschenkel. Verdammt, ich war nun mal ausgesprochen betörend. Wo kam denn diese neue Anziehungskraft plötzlich her? Ashley war wirklich reizend, sie war ein angenehmer Mensch und unglaublich belesen – aber sie war leider nun mal nicht mein Typ. Ich beschloss, dass es nicht fair war, ihr weiterhin etwas vorzumachen.

Ganz subtil und freundlich wollte ich das tun, aber ich ertappte mich dabei, wie ich plötzlich wild hervorstieß: »ICH STEH AUF SCHWÄNZE!«

Dass sie mir ihren Drink ins Gesicht kippte, war dann schon ziemlich demütigend, aber inzwischen ist alles wieder in Ordnung. Liebe Leser, schaut bald wieder vorbei für eine weitere Folge der Reihe »Wie ich es geschafft habe, mein Liebesleben aus der Spur zu bringen und dabei wirklich anständige Menschen zu verprellen«.

Bis zum nächsten Mal, meine Lieben.
Schließlich – morgen ist auch noch ein Date.
Scarlett O' xx

Kommentar hinterlassen (8)

Cat in the Hat > Ich krieg mich nicht mehr ein vor Lachen!!!

No offence but … > (hüstel) ganz schön homophob (hüstel)

Stephen Prince > @Nooffencebut … (hüstel) Spaßbremse (hüstel)

No offence but … > @StephenPrince, du bist ein frauenfeindlicher Clown. Hör auf, mir über die Kommentarfunktion in diesem Blog zu schreiben.

Cat in the Hat > @Nooffencebut … & @StephenPrince Die sexuelle Spannung zwischen euch kann man mit den Händen greifen.

Babbling Book > Das war echt der Wahnsinn. Ich kann das nächste Date kaum erwarten!

Paperback Boy > Ich guck schon überall nach einem von deinen Büchern!

Alex David > Bin gerade erst auf diesen Blog gestoßen und schon süchtig danach – du bist meine Queen!

10

Das Rosie-Projekt von Graeme Simsion
In der 78er Tram nach North Richmond

»Rose, wegen dir krieg ich noch vorzeitig Wehen!« Cat beugte sich über ihren Laptop und brach immer wieder in Gelächter aus. »Dein Blog ist einfach unbezahlbar.«

»Mensch, jetzt hör endlich auf zu lachen! Ich fühl mich auch so schon beschissen genug.« Frankie war die ganze Sache mit der aufdringlichen Engländerin unglaublich peinlich, ganz zu schweigen davon, wie deprimiert sie war. »Wem will ich eigentlich was vormachen – diese ganze Aktion mit dem Bücherauslegen ist eine Farce! Totale Energieverschwendung.«

»Kopf hoch, Frank, das war schließlich die erste Antwort. Auf jeden Fall wissen wir schon mal, dass ein paar Leute deinen Blog entdeckt haben und dass er ihnen echt gut gefällt. Du hast schon mehr Besucher als der Strick-Blog von Claud. Und du weiß jetzt auch, dass die Leute deine Bücher lesen«, redete Cat ihr gut zu. »Wir haben doch nicht erwartet, dass es sofort auf romantische Spaziergänge am Strand hinausläuft und ihr gleich vor dem Feuer sitzt und über eure Kindheit redet. Zumindest war Ashley keine Kettensägenmörderin!«

»Ja, vielen Dank auch, Cat, jetzt sehe ich einen Silberstreif am Horizont.« Frankie begann die Auslage auf der Theke neu anzuordnen und stapelte nervös die Geschenkgutscheine. »Damit geht's mir wirklich kein bisschen besser.«

»Frankie, meine Liebe, das ist mir scheißegal«, gab Cat ungerührt zurück.

Frankie warf einen Gutschein nach ihr, aber Cat wich geschickt aus. Er flog gegen die gerahmte Urkunde »Finalteilnehmer im Strickwettbewerb« an der Wand. »Für eine Schwangere bist du ganz schön wendig.«

»Liegt alles am Twerk-Kurs. Du solltest wirklich mal mitkommen.« Cat ließ die Hüften kreisen und bewegte sich mit dem Hinterteil voran auf Frankie zu. »Vergiss die Pleite, Rose, du hast Wichtigeres vor. Heute Abend ist doch dein Date mit Sunny, oder?«, säuselte sie.

Sunny. Frankie überlief ein Schauer. Zum ersten Mal seit Langem war sie vor einem Date so richtig nervös. Sunny war charmant und geheimnisvoll, aber man wusste nie, was er als Nächstes tun würde. Und was sollte sie machen, wenn der erste Mann, an dem sie nach so langer Zeit auch nur ansatzweise interessiert war, sie zurückwies? Oder, schlimmer noch, wenn er ihren Erwartungen nicht gerecht wurde?

»Oh verflixt, jetzt habe ich eine Masche fallen lassen!«

Cat und Frankie schauten sich an, als der entsetzte Ausruf von Claud aus dem Büro drang.

»Du liebe Zeit, was ist denn jetzt wieder los?« Cat verdrehte leicht genervt die Augen.

Einen Augenblick später flog die Bürotür so heftig auf, dass die Bücherregale im hinteren Teil des Ladens ins Schwanken gerieten und zwei Bücher zu Boden fielen.

»Das müsst ihr euch unbedingt ansehen!« Claud unterdrückte ein Lachen und winkte Cat mit einem mit Wollfaden umwickelten Finger herbei. »Guck mal, was meine Schwester mir gerade weitergeleitet hat.«

»Was denn?«, fragte Cat neugierig.

Claud streckte sein Telefon in Richtung Cat und hielt ihr das Display im richtigen Winkel hin.

In den nächsten fünfzehn Sekunden zeigte ihr Gesicht eine bemerkenswerte Bandbreite von Emotionen: Zuerst kaum verhohlene Frustration, dann Verwirrung, als Nächstes vollkommene Fassungslosigkeit, dann Schock, danach wieder Fassungslosigkeit, und schließlich war auf ihrem Gesicht tiefe und unmissverständliche Schadenfreude zu sehen. Frankie betrachtete Cats Mienenspiel amüsiert, dann trat sie neben ihre Freundin, blickte ihr über die Schulter und spähte auf das Display – und ihr blieb der Mund offen stehen.

»Was ist das?« Sie riss Claud das Telefon aus der Hand.

Auf dem Display war ein Standbild von Frankie zu sehen. Der Clip stand auf Pause, sodass sie mitten in der Bewegung erstarrt war. Sie stand mit verzerrtem Gesicht hinter einem Cafétisch. Frankie schaute fragend zu Claud hinüber.

»Es wird noch besser«, schnaufte er. »Drück mal Play.«

Frankie spürte, wie sie rot wurde, ihr Finger schwebte über dem Telefon, doch schließlich startete sie das Video mit einem leichten Stöhnen. Sie sah sich selbst auf dem Display, wie sie aufsprang und die Hände vor den Unterleib schlug, während ihr ein Strom von Rote-Bete-Latte über die weiße Hose rann. In auffälligen weißen Buchstaben blitzte ein Schriftzug auf: #PeriodGirl.

Frankie schnappte nach Luft. »Diese kleinen Schlampen!«, rief sie. »Ich bin ein Mem!«

»Und ein ziemlich berühmtes noch dazu, Rose. Dieser Clip wurde schon …« Cat griff nach dem Telefon und scrollte herunter. »Mehr als viertausend Mal geteilt. Sogar ein Hashtag dazu macht die Runde: #Lasseslaufen. Du bist eine echte Internet-Sensation!«

Frankie schlug erschrocken die Hand vor den Mund. Sie stand unbeweglich da wie eine Statue und starrte ausdruckslos vor sich hin.

»Mensch, jetzt ist sie endgültig übergeschnappt.« Cat schwenkte die Hand vor Frankies Gesicht, aber die zwinkerte nicht mal.

Sie legte ihr den Arm um die Schultern und führte sie zu einem Stuhl. »So, jetzt musst du dich mal zusammenreißen, Frank.« Cat warf einen raschen Blick zur Tür, um zu sehen, ob ein Kunde kam, und weil niemand in Sicht war, gab sie Frankie einen Schlag auf die Wange. Frankie schrie leise auf und fasste sich in ihr schmerzendes Gesicht.

»Mensch, Cat! Das nenn ich wahre Freundschaft.«

»Willkommen zurück, liebe Freundin.« Cat tätschelte Frankie die Wange und verschränkte die Arme vor der Brust. »Geht's dir jetzt besser?«

»Oh Gott«, sagte Frankie nur und schlug die Hände vors Gesicht.

»Mach dir keine Sorgen, Frankie. Dein Video ist in null Komma nichts vergessen, wenn ein neues über ein hyperaktives Baby oder eine emotional gestörte Katze kommt«, rief Claud zu ihr hinüber. »Genieß deine fünfzehn Minuten Ruhm!«

Frankie blieb vornübergebeugt auf ihrem Stuhl sitzen. »Sei ein Schatz, Cat, und sag mein Date mit Sunny ab, ja?«

»Soll das ein Witz sein?«, rief Cat aus. »Das kommt überhaupt nicht infrage, Period Girl.« Sie packte Frankie bei den Unterarmen und zog sie hoch, bis ihre Freundin aufrecht stand. Zumindest einigermaßen aufrecht.

»Schluss mit dem Selbstmitleid! Es wird Zeit, sich zurechtzumachen.« Cat griff nach ihrem Telefon und fing an, wie wild darauf herumzutippen. »Okay, wonach ist uns denn heute? Adele? Nein, zu emotional. Oldschool Timberlake? Drake? Ah, ich glaube, deine Musik ist genau das richtige, alter Freund.« Cat grinste Frankie frech an. »Nelly.«

Frankie stand nur mit einem Handtuch bekleidet vor ihrem Kleiderschrank und suchte nach einem passenden Outfit. *Ein getupftes Kleid? Zu matronenhaft.* Sie schob die Sachen auf der Kleiderstange entschlossen weiter. *Ein seidenes Tanktop mit V-Ausschnitt? Zu gewagt.* Sie zog ein weißes Etuikleid heraus. *Viel zu weiß!*

Dann warf sie einen Blick auf die Uhr an der Wand. »Verdammt!« In gut zwanzig Minuten würde Sunny vor der Tür stehen. Eilig schnappte sie sich ihre gute alte verlässliche schwarze Jeans, warf ein Top mit feinen Stickereien über und wandte sich ihren Haaren zu. Sie klappte ihren Laptop auf, stellte ihn auf der kleinen Ablage im Badezimmer ab und klickte das YouTube-Video an, das auf sie wartete. Cat hatte ihr eine ganze

Anzahl an Videos geschickt – »von angesagten Gurus und Trendsettern in Sachen Dating-Ratschlägen«.

»Ist das etwa an dir vorbeigegangen? YouTube ist der neue Helfer in allen Lebenslagen«, hatte sie gesagt. Frankie drückte auf Play.

»Drei Arten, wie man für einen Mann unwiderstehlich sein kann«, verkündete eine piepsige Stimme. »Erstens: Wenn du ihm ein Kompliment machst, sollte es etwas Unkonventionelles sein.« *Na Wahnsinn, das Mädchen ist vielleicht clever!* »Fass etwas an ihm ins Auge, das einzigartig ist, etwas, das andere nicht zur Kenntnis nehmen würden. Sag ihm etwas wie: ›Du hast so ein herzliches Lächeln‹ oder ›Ich weiß es echt zu schätzen, wie gut du anderen zuhören kannst.‹«

»Ich weiß dich echt zu schätzen«, sagte Frankie zu ihrem Spiegelbild und bearbeitete eine Haarsträhne mit dem Lockenstab. »Mir gefällt die Art, wie du so wahnsinnig originelle Ratschläge fürs Dating gibst.« Sie nickte ernsthaft. So viele YouTube-Selbsthilfe-Videos konnte es gar nicht geben, dass sie das heutige Date überstehen würde.

Als es klingelte, zerzauste Frankie ihre Locken und bauschte das Haar auf, sodass es lässig über die Schultern fiel. Sie sauste zur Türsprechanlage und griff sich ihre Handtasche. »Bin gleich da«, rief sie in den Lautsprecher. Sie legte die Hand auf den Türgriff, machte die Augen zu und atmete dreimal tief durch. *Sei unwiderstehlich. Hab Vertrauen in dich selbst. Nimm deine Weiblichkeit an.* Frankie stöhnte über sich selbst und lief die Treppe hinunter.

Sie stieß die Haustür auf, und wenn sie sich nicht zusammengerissen hätte, wäre sie bei dem Anblick, der sich ihr bot, in Ohnmacht gefallen. Es war ein stilechter *Greased-Lightning*-Moment: Sunny stand lässig an sein Auto gelehnt da, er trug eine abgetragene Lederjacke und dazu eine dunkle Jeans. Als er sie kommen hörte, wandte er den Kopf, fast wie in Zeitlupe, und grinste. »Hallo Frankie«, rief er und kam auf sie zu. »Tolle Bude.« Er gab ihr einen Kuss auf die Wange. *Verdammt, er fühlt sich so samtweich an.*

»Ist das dein Auto?«, fragte Frankie und starrte den hellroten Honda Civic an.

»Aber sicher.« Sunny tätschelte stolz die Motorhaube.

»S-N-N-Y-D-Y? Sunny Day?«, las Frankie das personalisierte Nummernschild.

»So heiße ich«, strahlte Sunny.

»Ach komm, ehrlich? Du heißt mit Vornamen Sunny und mit Nachnamen Day? Sonniger Tag?«

»Yep, ich weiß. Eltern können grausam sein«, witzelte Sunny, während Frankie in Gelächter ausbrach.

»Tut mir leid, ehrlich. Mach dir nichts draus. Mein Name ist auch grauenhaft«, brachte sie kichernd hervor.

»Wieso – wie heißt du denn mit Nachnamen?«, fragte Sunny.

»Rose.«

»Frankie Rose? Da stimmt doch alles – ein wunderschöner Name«, sagte Sunny, und Frankies Herz machte einen Satz. Dass sie ihren Namen nach dem Fahrtziel des Zuges hatte, in dem sie gezeugt worden war, würde sie ihm einfach ein andermal gestehen. Vielleicht.

Als sie im Auto saßen, lehnte sich Sunny in seinem Sitz zurück, eine Hand am Steuer, die andere am offenen Fenster.

»Und, wo fahren wir hin?«, fragte Frankie so nebenbei wie möglich. Sie spürte, wie ihre Nerven flatterten.

»Da musst du schon abwarten.« Sunny lächelte. »Tja, deine Bande da in der Buchhandlung ist ein ganz schön schrulliger Haufen, was?«

»Meine Bande? Ich hab keine Ahnung, wovon du sprichst. Ich habe die Leute noch nie gesehen.«

»Ja klar, ich sage zu fremden Frauen auch immer mal ›Mum‹, einfach nur so. Ist wirklich interessant, wie die Leute darauf reagieren.«

»Du nennst fremde Frauen ›Mum‹. Und du küsst fremde Frauen in öffentlichen Verkehrsmitteln. Was machst du denn sonst noch so mit Leuten, die du nicht kennst?«

Sunny schmunzelte. »Ach, weißt du, nur das Übliche. Ich gebe ihnen das Passwort für meinen E-Mail-Account und einen ausführlichen Überblick über meine Allergien.«

Frankie lächelte zurück. »Falls du allergisch gegen Pizza bist, dann wird das nichts mit uns beiden.«

Eine Viertelstunde später parkten sie und gingen ein paar Blocks zu Fuß, bis sie zu einem Haus kamen, das wie ein ganz normales Bürogebäude aussah.

»Wo sind wir denn hier?« Frankie blickte sich um.

»Hier entlang, gnädige Frau.« Sunny bat sie mit einer Geste seiner ausgestreckten Hand zu folgen, und sie gingen auf das Gebäude zu. Als sein Arm ihren berührte, durchfuhr es Frankie wie ein elektrischer Schlag. *Ob das Absicht war?* Sunny stieß die Tür auf und führte sie durch einen Empfangsbereich mit weißen Marmorfliesen und dann eine Wendeltreppe hinunter. An deren Fuß stand ein hohes Bücherregal, vollgestopft mit verstaubten Büchern. Frankie fuhr mit der Hand über die Buchrücken.

»Da wären wir«, sagte Sunny stolz.

»Und was genau bedeutet *da*?« Frankie sah in diesem Raum nichts weiter – nur den Zugang über die Treppe, die sie gerade heruntergekommen waren.

Sunny zwinkerte Frankie zu und ging auf das riesige Regal zu. Er fing an, scheinbar wahllos Bücher herauszuziehen. »Hier muss es doch irgendwo sein – aha!« Er zog an einem verblassten blauen Hardcover. Das Regal gab ein Klicken von sich, und es tat sich ein Spalt zwischen Regalwand und Zimmerwand auf.

Sunny drehte sich lächelnd zu Frankie um. »Ich dachte, es könnte dir hier gefallen.« Er legte beide Hände seitlich ans Bücherregal und wuchtete es zur Seite. Frankie trat hinter ihm hervor und schaute durch das verzauberte Portal: Vor ihren Augen öffnete sich ein schwach beleuchteter Raum voller antiker Plüschsessel und Beistelltischchen, die mit Bücherstapeln beladen waren. An den Wänden hingen Spiegel mit überladenen Rahmen und gespenstisch aussehende ausgestopfte Tiere. Entlang der einen Wand erstreckte sich eine Bar, dahinter stand ein Mann in makellos weißem Hemd und Hosenträgern und polierte ein Whiskyglas.

»Wie um alles in der Welt bist du auf diesen Ort gestoßen? Und wie kann es sein, dass ich noch nie was davon gehört habe?«

Sichtlich zufrieden mit sich nahm Sunny sie bei der Hand und führte sie zu einer Chaiselongue in den hinteren Teil des Raumes. »Toll hier, was?«

Frankie versuchte Sunny nicht anzustarren. Dieser

wahnsinnig gut aussehende Mann, der dermaßen cool war, ohne dass er sich dafür auch nur im Geringsten anstrengen musste, lieferte ihr hier das perfekte Date. *Cool bleiben, Frankie, nichts übereilen.* An der Bar sah sie eine Frau in smaragdgrünem Abendkleid mit tief ausgeschnittenem Rücken und einer Pfauenfeder im Haar. Ein Mann im Frack näherte sich der Frau leise von hinten und legte ihr ganz zwanglos die Hand auf den nackten Rücken. Sie wandte sich um und gab ihm einen Kuss. Eine Gruppe von drei Frauen in hellen Röcken drückte sich verschwörerisch zusammen, alle lachten herzlich über einen Witz, den eine von ihnen gemacht hatte. *Oh Gott, ich bin total underdressed.*

Ein Kellner kam heran und reichte ihnen zwei Karten. Frankie schlug ihre auf und studierte die Cocktails: Gin and Twain, Bloody Jane, Grenadine Brooks, Lady Chatterley's Loves Aperol, Gone with the Whiskey, Or-well, Better Make it a Double. *Dieser Mann, der nur Jugendbücher liest, hat es wirklich geschafft, mich derartig zu überraschen.*

»Die Karte sieht gut aus, aber es gibt hier keinen Der Sprizz ist ein mieser Verräter oder Auserwählte im Laby-Gin.« Frankie blickte unschuldig auf. »Vielleicht haben sie ja auch eine Kinderkarte?«

»Du nimmst also nur einen Tequila Snobrise, ja?«

»He, es ist nichts Arrogantes daran, die Klassiker zu lesen!«, gab Frankie zurück. »Das ist einfach nur gesunder Menschenverstand.«

»Zugegeben, das war ein bisschen gemein. Und, was soll ich nun für dich bestellen?«, fragte er mit einem frechen Grinsen.

»Eine Margarita bitte, Dahl-ing.« Sie lächelte ihn künstlich an.

»Kommt sofort.« Sunny machte sich auf den Weg zur Theke, um zu bestellen, und Frankies Blick folgte ihm. Sogar von hinten sah er perfekt aus. Frankie seufzte und blickte sich noch einmal genauer um. Sie spähte unter den Tisch und entdeckte einen weiteren Stapel Bücher. *Okay, Frankie, so weit, so gut.* Sie nahm die *Farm der Tiere,* blätterte darin herum und suchte ihre Lieblingsstelle, wo es darum ging, dass Vierbeiner gut waren und Zweibeiner schlecht.

Sunny kam mit zwei Drinks in Martinigläsern zurück, beschlagen und mit Zuckerrand. Eines stellte er vor Frankie, setzte sich wieder auf die Couch und trank wortlos einen langen, übertrieben wirkenden Zug aus seinem Glas.

Einen Augenblick lang saßen sie nur da und genossen ihre Drinks. »Also, Sunny, wenn du nicht gerade das neueste Buch von Patrick Ness liest, was treibst du dann so?«

»Ich arbeite in der Werbung. Aber im Moment bin ich auf Jobsuche.«

»Und wie kommt das?«, fragte Frankie und dachte sofort: *Na toll, mein Date ist arbeitslos.*

»Ich hatte die Atmosphäre bei meiner letzten Stelle ziemlich satt«, sagte er und trank einen weiteren Schluck. »Also hab ich beschlossen, hinzuschmeißen und mal zu schauen, ob ich es nicht auch allein hinkriegen kann.«

»Allein? Heißt das, du willst eine eigene Firma gründen? Oder von der Sozialhilfe leben?«

»Na, Ersteres, hoffe ich doch«, sagte Sunny ein bisschen zu schnell. »Und was ist mit dir? Was macht Frankie Rose gerne, wenn sie nicht in der Buchhandlung arbeitet oder von Fremden im Zug geküsst wird?«

»Viel mehr ist in meinem Leben derzeit nicht los«, antwortete Frankie.

Sunny hob eine Augenbraue und war offenbar nicht besonders beeindruckt von ihrer Antwort – aber was hätte sie denn sonst sagen sollen? Im Moment schöpfte sie ihr Potenzial ja nun wirklich nicht gerade aus. Er legte seine Hand auf ihre, aber Frankie zog sie weg. Sie fühlte sich auf einmal abgelehnt und versuchte das zu überspielen, indem sie nach ihrem Glas griff.

»Wenn ich so drüber nachdenke, glaube ich, ich hab noch nie eine Frankie kennengelernt. Wie sind deine Eltern auf diesen Namen gekommen?«, machte er einen neuen Anlauf.

»Das ist eine lange Geschichte.«

»Nur gut, dass ich's nicht eilig habe.« Er lehnte sich zurück und verschränkte die Arme hinter dem Kopf. »Dann lass mal hören, Frankie.«

Sie seufzte und entschloss sich, ihm die gekürzte, beschönigte Variante zu erzählen. »Um es kurz zu machen: Meine Mutter hatte einen verrückten, impulsiven Moment und beschloss, sich dafür ein verwaistes Zugabteil zunutze zu machen.«

»Dafür?«

»Genau, *dafür.*«

»Und was hat das mit deinem Namen zu tun?« Um Sunnys Augen bildeten sich Lachfältchen.

Mein Gott, wie kriegt er es nur hin, dass sein ganzes Gesicht lächelt?

»Der Zug fuhr nach Fr …« Frankie trank einen großen Schluck und nuschelte: »Frankston.«

»Wie bitte?« Sunny beugte sich amüsiert zu ihr hinüber.

»Es war der Zug nach Frankston«, murmelte sie.

»Welcher Zug?«

»Der Zug nach Frankston. Ich bin nach der Frankston Line benannt!«, sagte sie ein bisschen zu laut und zog die Aufmerksamkeit einer Kellnerin mit einem Tablett voller Champagnerflöten auf sich.

Sunny brach in schallendes Gelächter aus.

»Hör auf! So lustig ist das nun wirklich nicht.« Frankie zwickte ihn leicht in den Arm.

»Da bin ich aber froh, dass es nicht die Craigieburn Line war, denn wie ein Craig kommst du mir nun wirklich nicht vor«, sagte Sunny mit einem letzten leisen Schmunzeln.

»Wir können nun mal nicht alle so bezaubernde Namen haben wie du, Sunny Day.«

»Findest du mich bezaubernd?«, neckte er sie.

»Das hättest du wohl gern, was?«

»Ja, das hätte ich gern, Frankston.«

Frankie musste lächeln. Aber die plötzliche Achterbahnfahrt bei diesem Date war einfach zu viel für sie. Waren diese neckischen Bemerkungen jetzt rein freundschaftlich – oder lag schon ein Hauch von Flirt darin? Frankie ergriff die leeren Gläser und sprang auf. »Die nächste Runde geht auf mich.«

»Ich hätte gern einen Girl on the Train, bitte«, rief er, als sie auf die Bar zuging.

Inzwischen war die Bar gut gefüllt, und diesmal dauerte es ein wenig, bis die Bestellung fertig war und die Kellnerin im glitzernden Zwanziger-Jahre-Kleid die Getränke an ihren Tisch brachte. Sie schaute Frankie derart neugierig an, dass Frankie dem Blick voll Unbehagen auswich.

»Kennen wir uns nicht irgendwoher?«, fragte die Kellnerin. »Warst du vielleicht letzte Woche auf der Party zu Bobby Pentriths Dreißigstem?«

»Tut mir leid, du musst mich verwechseln.« Frankie nahm ihr Glas und wandte sich Sunny zu.

»Doch, ich kenne dich irgendwoher«, beharrte die Kellnerin. »Wohnst du in der Nähe vom STREAT, dem Café in Collingwood?«

»Nein, tut mir leid.«

»Oh mein Gott, jetzt weiß ich's!«, kreischte die Frau leise auf. »Mein Chef würde mich umbringen, weil ich dich darum bitte, aber kannst du vielleicht ein Foto mit mir machen?«

»Das ist mir vielleicht peinlich, Sunny«, flüsterte Frankie. »Vor Jahren habe ich ein paar Bücher geschrieben, aber ich wusste gar nicht, dass es wirklich Leute gibt, die sie gelesen haben!«

»Ein Buch?«, mischte sich die Kellnerin ein. »Nein, du bist Period Girl!«

Frankie stockte der Atem. Sie packte ihr Glas, trank es in drei großen Zügen leer und nahm Sunny an der Hand. »Tut mir leid, wir müssen gehen.« Frankie zerrte ihn zur Tür und die Treppen herauf. Erst auf der Straße wagte sie es, ihm in die Augen zu schauen.

»Ich weiß gar nicht, wo ich mit dem Erklären anfangen soll«, sagte sie, aber als sie seine Hand auf der Schulter spürte, schwieg sie.

»Warum fängst du nicht einfach da an, wo du gesagt hast, du hättest ein Buch geschrieben?«

Frankie spähte kurz zu ihm hinauf und sah sein beruhigendes Gesicht.

Er lächelte.

Und Frankie lächelte zurück.

11

Das Ding mit Jane Spring von Sharon Krum
Im Zug der Alamein Line nach Flinders Street

»Ich glaube, es ist eine Lungenentzündung. Und ich glaube, ich bekomme auch noch eine ganz fiese beidseitige Bindehautentzündung. Ich fühle mich total verrotzt und klebrig und ansteckend.«

Frankie hatte sich auf der Couch zusammengerollt, blätterte in einer zerfledderten Ausgabe von *Traumsammler* und hatte sich das Handy zwischen Schulter und Ohr geklemmt.

»Für mich klingt das ja eher nach einem schweren Anfall von Winterschlaf, Period Girl. Los komm, krieg deinen Hintern endlich hoch! Das geht jetzt schon seit zwei Tagen so. Wir müssen allmählich mal anfangen, den Laden für die Signierstunde mit Zoë Foster Blake vorzubereiten. Auf dieses Event warten wir schließlich seit Ewigkeiten.« Am anderen Ende der Leitung schnaufte Cat ins Telefon. Frankie konnte sich genau vorstellen, wie sie gerade die Brunswick Street hinunterlief und sich an jedem vorbeidrängte, der ihr im Weg stand, weil sie noch rechtzeitig zum Laden kommen wollte, damit sie pünktlich um neun öffnen konnte.

»Cat, begreifst du denn gar nicht, wie peinlich das für mich ist?« Frustriert warf Frankie ihr Buch von sich. »Ich kann nicht mal die Straße entlanggehen, ohne dass jemand ruft: ›Lass es laufen!‹ Ich kann auch kein Date haben, ohne dass mich jemand als das verdammte Period Girl erkennt. Kein Wunder, dass ich seitdem kein Wort mehr von Sunny gehört habe. Ich hab ihn abgeschreckt, ganz klar.« Sie seufzte.

»Es ist gerade mal zwei Tage her, Frank. Wahrscheinlich tut er, als wäre er schwer zu haben. Also: Kommst du nun heute oder muss ich dich eigenhändig herschleppen?«, fragte Cat nun etwas weniger außer Atem. Offenbar war sie im Laden angekommen.

»Einen Tag brauch ich noch, Cat, bitte. Mir geht's wirklich nicht gut.« Halbherzig hustete sie ins Telefon.

»Du bist echt ätzend«, sagte Cat.

»Danke dir, ehrlich, vielen Dank. Du hast was gut bei mir.« Frankie griff nach einem halben Snickers, das noch von gestern Abend auf dem Boden lag, und biss davon ab. Durchs Telefon konnte sie schwach das Glöckchen an der Ladentür bimmeln hören.

»Oh! Wer kommt denn da? Soll ich mal raten – Seb? Millie? Mum?« Obwohl sie angeblich so fertig war, packte Frankie die Gelegenheit beim Schopf, um das Gespräch noch etwas in die Länge zu ziehen. Sie brauchte Unterhaltung. Selbst sie konnte nur einen begrenzten Zeitraum alte Schokoriegel essen und Jane-Austen-Mini-Serien schauen.

»Dreimal falsch geraten«, flüsterte Cat.

»Der Begeisterte Bryan? Die alte Frau, die immer erotische Romane kauft? Oder vielleicht der Hipster, der total auf Marian Keyes steht?«, fragte Frankie weiter, den Mund voller Schokolade.

»Einen Versuch hast du noch«, säuselte Cat.

»Oh! Der Eidechsen-Mann?«

»Hallo Cat. Ist Frankie da?«, hörte sie eine Männerstimme im Hintergrund und hätte sich fast an ihrem staubigen Snickers verschluckt. *Oh Gott!*

»Cat! Ist das Sunny? Das ist doch Sunny, oder? Sag ihm, ich bin krank. Sag ihm, er soll mich anrufen. Nein, Moment, doch nicht, das klingt ja, als wäre ich total verzweifelt. Sag ihm, ich bin nicht da. Bleib ganz cool. Aber nicht unterkühlt!« Frankie schoss von der Couch hoch wie ein Springteufel, ihre Gedanken drehten sich im Kreis.

»Hallo Sunny«, hörte sie Cat sagen. Vom anderen Ende der Stadt her hörte sie sie regelrecht durch die Leitung grinsen.

»Cat, bitte sag jetzt nichts Dummes!«, bat sie.

»Du suchst also Period Girl?«, flötete Cat. »Ich werde rasch den lästigen Kunden am Telefon abwimmeln, und dann schau ich mal, was ich für dich tun kann, schöner Mann.«

Das Letzte, was Frankie hörte, ehe Cat auflegte, war ihr lautes, heftiges Lachen. Sie warf das Telefon hin und stöhnte. Jetzt konnte sie nur noch beten, dass Cat nicht lauter peinlichen Blödsinn erzählte. *Wem mache ich hier eigentlich was vor?*, dachte sie und ließ sich wieder auf die Couch fallen. *Wir reden schließlich von Cat! Natürlich wird sie Blödsinn erzählen.* Frankie zog sich die flauschige graue Decke bis zum Kinn. Dass sie sich in ihre Wohnung verkroch wie eine Einsiedlerin, war ein neuer Tiefpunkt, sogar nach ihren Maßstäben. Ihr Leben war nun ganz offiziell ein Klischee. Sie konnte nicht anders, sie musste an Sunny denken. Hatte er in der Buchhandlung vorbeigeschaut, um die Sache zwischen ihnen zu beenden? Sie hatten ja bloß ein einziges Date gehabt, da hätte es auch eine Textnachricht getan.

Frankies Magen grollte, als wollte er sich beschweren, dass er in den letzten achtzehn Stunden nichts bekommen hatte außer Schokoriegeln und Milch. Also öffnete sie ihre App von Uber Eats und scrollte sich gedankenlos durch Fotos von Burgern, Sandwiches, Nudeln, Sushi und Pho. Ihr Magen knurrte erwartungsfroh, als sie zu dem Laden kam, den sie suchte: Jo's Pizza: Tag und Nacht geöffnet und stets bereit, ihr eine vegetarische Familienpizza, zweimal Knoblauchbrot und eine Mousse au Chocolat direkt bis auf die Türschwelle zu liefern. Nachdem sie bestellt hatte, machte sie das Fernsehen an, schloss die Augen und döste mit dem beruhigenden Rauschen im Ohr ein.

Sie wachte erst auf, als es an der Tür laut und regelmäßig klopfte. Der Gedanken an ihre Pizza brachte Frankie sofort in die Senkrechte. Sie warf sich einen schlabberigen, fleckigen Pulli über und lief zur Tür, während sie noch versuchte, ihr Haar rasch zu einem Knoten hochzustecken.

»Da kommt meine Rettung!«, rief sie, während sie die Tür aufriss.

»Ähm, hallo.« Sunny lächelte und musterte die ungepflegte Erscheinung vor sich einmal kurz von oben bis unten.

Frankie sprang überrascht zurück und verschränkte die Arme vor der Brust. Wer trug schon BH, wenn er mit Lungenentzündung daniederlag? »Nanu, was machst du denn hier?«

»Ich hab gehört, du bist krank, also dachte ich, ich bringe dir was vorbei, damit es dir ein bisschen besser geht. Und weil die Haustür offen stand, bin ich gleich hochgelaufen.« Er lächelte und hielt ihr eine Papiertüte hin.

»Oh, ähm … danke sehr. Woher wusstest du denn, welche meine Wohnung ist?« Frankie band ihr Haar rasch neu zusammen, diesmal zu einem Pferdeschwanz, während sie innerlich vor lauter Scham und Peinlichkeit eines qualvollen Todes starb.

»Cat hat es mir verraten«, sagte er und lehnte sich mit seinem kräftigen Arm lässig an ihren Türrahmen. Er trug heute Jeans-Shorts und ein hellgelbes T-Shirt, das seine Brust eng umschloss. Bei seinem Anblick konnte einem wie immer das Wasser im Mund zusammenlaufen.

Verdammt, Cat, dachte Frankie. Sie sollte allmählich mal anfangen, darüber nachzudenken, wie sie ihre Freundin am besten umbringen könnte.

»Willst du mich nicht reinbitten?«

»Ich fürchte, das ist keine besonders gute Idee. Ich bin sehr ansteckend.« Frankie hustete und dachte mit Schrecken an die ganzen Schokopapierchen, die leeren Becher und die dreckige Unterwäsche, die in der ganzen Wohnung herumlagen.

»Das macht mir nichts aus«, erwiderte Sunny strahlend. »Ich habe das beste Immunsystem von ganz Australien. Ich bin zuletzt in der siebten Klasse krank gewesen, da hat Kimmy Swanton mir in den Mund gespuckt, als sie Pfeiffersches Drüsenfieber hatte.« Sunny wollte hereinkommen, aber Frankie verstellte ihm rasch den Weg.

»Das ist ja ekelhaft.«

»Ich weiß. Also, kann ich jetzt reinkommen?«

Frankie seufzte. »In meiner Wohnung sieht es aus wie in einem Saustall. Nein, schlimmer als in jedem Saustall. Im Augenblick würde hier kein Schwein überleben.«

»Ein Glück, dass ich kein Schwein bin«, lachte Sunny und schob sich an Frankie vorbei in ihre kleine, chaotische Wohnung.

Frankie folgte ihm nervös. »Setz dich da hin und beweg dich nicht.« Sie schob ihn auf die Couch, auf der sie eben noch gelegen hatte, wuselte herum und hob Papierchen und Unterwäsche auf.

»Ehrlich, wegen mir brauchst du nicht aufzuräumen. Du solltest mal meine Wohnung sehen.« Sunny kickte sich die Schuhe von den Füßen und machte es sich auf der Couch gemütlich.

»Ich bin gleich wieder da!« Frankie schleppte den Stapel Müll und dreckige Wäsche in ihr Schlafzimmer, riss sich die dreckigen Klamotten vom Leib und sprang in eine Jeans. Schnell zog sie einen BH und ein Tanktop mit Blümchen an. Eine großzügige Menge Parfum half schon ein bisschen weiter, aber bei ihrem katastrophal aussehenden Haar war nichts zu retten, also kramte sie auf dem obersten Regalbrett herum, bis sie eine schwarze Baseballkappe fand.

»Okay«, sagte sie, als sie wieder aus dem Schlafzimmer kam.

»Okay«, grinste Sunny frech, der brav auf ihrer Couch saß.

»Also noch mal – was machst du eigentlich hier?« Frankie setzte sich neben ihn, achtete aber peinlich genau darauf, einen Sicherheitsabstand zu Sunny einzuhalten.

»Hab ich doch gesagt – ich habe dir was mitgebracht, damit es dir bald besser geht.« Sunny hielt erneut die kleine braune Papiertüte hoch, die am oberen Rand zusammengefaltet war.

»Das wäre aber wirklich nicht nötig gewesen.« Frankie hob die Tüte versuchsweise hoch und betrachtete sie neugierig. »Was ist denn da drin?«

»Rate mal.«

»Schokolade? Kuchen? Ein Muffin? Au ja, hoffentlich ein Muffin«, sagte Frankie. Allein beim Gedanken daran lief ihr schon das Wasser im Mund zusammen.

Sunny schüttelte den Kopf, und seine Augen leuchteten, als er zusah, wie sie die Tüte öffnete.

»Ich hoffe, man kann es essen! Ich bin nämlich fast am Verhungern«, rief sie und riss den Deckel der Takeaway-Schachtel mit der Aufschrift eines China-Imbisses auf.

»Was?!« Als sie sah, was in der Schachtel war, stellte sie sie sofort wieder hin.

»Das ist eine Schildkröte. Schau dir das kleine Kerlchen mal an.« Sunny hob das winzige grüne Tier an seinem Panzer hoch und setzte es sich vorsichtig auf die Handfläche. Es nahm ungefähr ein Drittel von Sunnys Hand ein und wandte sich ein bisschen nach links.

»Eine Schildkröte? Du hast mir eine *Schildkröte* mitgebracht?«

»Ja. Ist er nicht bezaubernd? Schau dir nur das winzige Gesicht an.« Sunny strich mit dem Finger über den zarten Panzer, während Frankie fassungslos zusah. »Ich bin gestern Abend zu Chao's gegangen. Kennst du den Laden? Der hat das beste Hähnchen süß-sauer weit und breit. Ich will mir also was zu essen holen, und was sehe ich da aus dem Augenwinkel? Eine winzige Schildkröte in einem Käfig. Und kaum Wasser zum Schwimmen! Es weiß doch jeder, dass man Schildkröten nicht im Käfig halten darf. Keine Ahnung, was Chao sich dabei gedacht hat. Ich sag dir, der Käfig war wie ein grausames, diktatierisches Regime. Jedenfalls hab ich Chao gefragt: ›Was willst du für die Schildkröte?‹ Und er sagt: ›Für einen Fünfer gehört sie dir.‹ Da stand ich also mit meinem Hähnchen süß-sauer in der einen und einer Schildkröte in der anderen Hand und dachte: ›Weißt du, wem diese Schildkröte gut gefallen würde? Frankston Rose!‹« Sunny redete ohne Punkt und Komma, sein Gesicht leuchtete vor Begeisterung.

»Aber Sunny«, sagte Frankie leicht entrüstet und versuchte, nicht zu lachen, »du kannst doch nicht einfach so eine Schildkröte verschenken! Was soll ich denn mit ihr anfangen?« *Ich kann mich nicht um eine Schildkröte kümmern,* dachte sie mit leichter Verzweiflung. *Ich schaffe es ja kaum, mich um mich selbst zu kümmern.*

»Ach, das ist ganz einfach, da musst du nicht viel tun. Ich hab's schon gegoogelt: es ist eine Murray-River-Kurzhals-Schildkröte, die leben halb im Wasser, halb an Land. Ich habe schon ultraviolette Beleuchtung gekauft, eine Heizung, einen Filter und ein Aquarium, liegt alles bei mir im Auto. Ich geh mal runter und hol die Sachen. Dieser kleine Kerl muss nach spätestens zwei Stunden wieder ins Wasser. Aber wir müssen noch Futter und Sepiaschalen für die Kalziumversorgung für ihn kaufen. Das könnten wir im Tiergeschäft in der Church Street besorgen.«

»Ist das dein Ernst? Du scheinst über Schildkröten merkwürdig gut informiert zu sein.«

»Es ist mir genauso ernst wie dieser kleinen Schildkröte hier«, antwortete er und tippte ihr auf den Panzer.

»Sepiaschalen? Ein Aquarium? Ich wollte nie eine Schildkröte haben, Sunny. Ich kann sie nicht behalten!«, platzte Frankie heraus, und zwar ein bisschen zu laut.

Sunny schwieg, Frankie auch. Das Wort »Schildkröte« hing zwischen ihnen und schien sich über sie lustig zu machen, während Frankie sich bemühte, zu begreifen, was hier eigentlich los war. Was um alles in der Welt war dieser Mann für ein Mensch? Die Stille dauerte schon viel zu lang an, da wurde sie zum Glück durch ein Klopfen an der Tür unterbrochen.

»Pizza für Frankie?« Ein Mann stand im Hausflur, in der Hand eine große Papiertüte – diesmal mit etwas, das sie auch wirklich bestellt hatte.

»Danke!« Frankie nahm dem Mann die Tüte ab. Gleichzeitig schlüpfte Sunny aus der Tür. Verwirrt und wütend – die Wut überkam sie ganz plötzlich und vollkommen irrational – schmiss sie die Tür zu und stellte Pizza, Knoblauchbrot und Mousse au Chocolat auf dem Couchtisch zurecht. Sie setzte sich hin, atmete tief durch, machte die Schachtel auf und biss in ein heißes und wunderbar käsiges Stück Pizza. Dann schloss sie die Augen und genoss einen Augenblick den Duft. Aber ehe sie einen weiteren himmlischen Bissen abbeißen konnte, klopfte es erneut. Widerwillig stand sie auf und blickte durch den Spion.

Dann stöhnte sie und öffnete die Tür. Sunny schleppte einen Haufen Schildkröten-Zubehör herein, darunter ein riesiges Aquarium aus Glas, komplett mit einem Deckel aus Drahtgeflecht und Beleuchtungsanlage. Er warf einen kurzen Blick auf Frankies verwirrtes Gesicht und fing wortlos an, die Dinge in der Ecke ihres Wohnzimmers aufzubauen.

Frankie stieß einen dramatischen Seufzer aus und ließ sich wieder bei ihrer Pizza auf der Couch nieder.

Nachdem sie vier weitere Stücke verputzt hatte, spürte sie Sunnys Blick auf sich. Er war fertig, hatte das Aquarium aufgebaut und hielt die Schildkröte in die Höhe. Sie trug jetzt irgendetwas violettes Gestricktes über dem Panzer. Frankie konnte nicht anders, sie musste lachen.

»Ganz schön süß, was?« Sunny lächelte.

»Wo hast du das denn her?« Frankie lachte jetzt ganz offen über das absurde Bild, das sich ihr bot. Eine Baby-Schildkröte saß in ihrem Wohnzimmer und trug einen winzigen Pullover.

»Das hab ich bei Claud über Etsy gekauft. Deshalb war ich heute auch in der Buchhandlung.«

»Eine Schildkröte mit Rollkragenpullover! Ich fass es nicht! Komm her, das muss unbedingt auf Instagram.«

»Heißt das, wir behalten ihn?« Sunny kam auf sie zu und hob fragend die Augenbrauen. *Ach, verdammt, Sunny Day,* dachte Frankie, während ihr Herzschlag kurz aussetzte. Gleichzeitig musste sie bei seinem »Wir« auch die Augen verdrehen. Sie war immer noch sauer über das ungebetene Geschenk – aber wer konnte schon eine Schildkröte mit Rollkragenpullover ablehnen?

»Na gut, er darf bleiben.« Frankie gab auf. Sie machte einen Schnappschuss von der Schildkröte, die es sich auf Sunnys Hand bequem gemacht hatte.

Während sie das Bild auf ihrem Instagram-Account hochlud, setzte Sunny die Schildkröte ins Aquarium und ließ sich neben Frankie auf dem Sofa nieder. »Ist das dein normales Frühstück morgens um zehn?«, fragte er und schaute auf das fettige Festmahl, das vor ihnen stand.

»Hier ist im Moment gar nichts normal«, grinste Frankie.

»Wie wär's denn mit Shellford?«, schlug Frankie vor. Sie hatte es sich auf der Couch bequem gemacht und starrte die Schildkröte an. Das Tierchen schwamm in seinem riesigen Aquarium herum, das fast ein Viertel ihres Wohnzimmers einnahm. Sunny saß neben ihr auf der Couch, sein Kopf ruhte an ihrer Schulter.

»Nee, das ist dann doch ein bisschen zu platt. Wie findest du denn Emily?«

»Emily? Es ist doch ein Männchen!«

»Woher weißt du das?«

»Mütterliche Intuition.«

Seit zehn Minuten suchten sie jetzt schon einen Namen, und sie waren immer noch nicht weiter.

»Kaufst du eigentlich allen neuen Frauen in deinem Leben eine Schildkröte?«, neckte Frankie ihn.

»Normalerweise bleibe ich lieber bei was Traditionellerem, zum Beispiel einem Wellensittich«, antwortete Sunny fast ein bisschen zu schnell.

Schweigen.

Frankie versuchte, sich nicht zu fragen, wie er das meinte. »Hm …«, sagte sie schließlich. »Es ist sicher schon eine ganze Weile her, dass der kleine Kerl was gegessen hat. Ich will mir nicht nachsagen lassen, ich würde ihn vernachlässigen.«

»Gehen wir zur Tierhandlung?« Sunny sprang auf.

»Warum nicht?« Frankie kämpfte gegen das plötzliche Bedürfnis, einen Rückzieher zu machen. *Dieser Typ ist doch zu gut, um wahr zu sein, oder?* »Ich zieh mir nur noch schnell Schuhe an«, sagte sie vorsichtig und kämpfte gegen die Nachwehen ihres zwischenzeitlichen Winterschlafs an, in den sie sich zurückgezogen hatte, um das schreckliche Period-Girl-Desaster erst ein bisschen in Vergessenheit geraten zu lassen.

Als sie in ihrem Kleiderschrank herumsuchte, musste sie an den Mann denken, der in ihrem Wohnzimmer saß. *Er ist … merkwürdig. Sehr merkwürdig, aber auf eine gute Art. Auf eine zeitlose Art. Und er sieht verdammt gut aus. Wir könnten auf der Stelle in meinem Wohnzimmer übereinander herfallen, diese Art von merkwürdig ist er. Er ist nicht unbedingt der Typ, mit dem ich gern zusammen wäre, aber … Aber Cat sagt immer: Genieß es, solange es dauert. Vielleicht sollte ich ja wirklich mal mit dem Strom schwimmen,* überlegte sie, zog ein Paar Espadrilles mit Leopardenmuster an und ging zurück ins Wohnzimmer.

»Was machst du denn da?«, fragte sie nervös. Sunny stand vor ihrem Bücherregal und hatte ein grünes Buch in der Hand. *Bitte, jedes Buch, aber nicht das, was ich gerade befürchte!* Sie wagte sich einen Schritt näher. Doch, tatsächlich – auf dem Buchrücken prangte die Prägung »Frankie Rose«. *Na toll!*

»Das hier ist dein Buch? Das, was du selbst geschrieben hast?« Sunny schaute sie bewundernd an.

»Ja. Bitte stell es wieder hin.« Frankie versuchte ihm das Buch aus der Hand zu nehmen, aber er hielt es fest.

»Darf ich's mir ausleihen?«, fragte er.

»Nein. Es würde dir ohnehin nicht gefallen, es ist nämlich kein Jugendbuch.« Frankie griff wieder nach dem Buch, aber Sunny trat einen Schritt zurück, und in der Atmosphäre zwischen ihnen veränderte sich etwas.

»Ich wage mich auch gern mal aus den Bereichen Dystopie und Teen Fiction raus, wenn ich eine Autorin wie dich lesen kann, Frankie«, nahm er einen neuen Anlauf.

Frankie verzog angespannt den Mund und blickte verzweifelt über ihr Bücherregal auf der Suche nach einem anderen Buch, mit dem sie ihn ablenken könnte. Ihr fiel ein abgegriffener gelber Umschlag ins Auge.

»Versuch's doch mal mit dem hier, das ist eins meiner liebsten Bücher.« Sie drückte Sunny die Ausgabe von A. A. Milnes *Pu der Bär* in die Hand.

Es verdeckte ihr Buch jetzt, und Sunny betrachtete es.

»Ehrlich, das ist eines meiner liebsten literarischen Werke, immer schon, seit meinem dritten Lebensjahr ungefähr«, vertraute Frankie ihm an.

»Ich kenn das Buch in- und auswendig«, sagte Sunny plötzlich ganz ernst. »Bis ungefähr siebzehn hab ich damit unterm Kopfkissen geschlafen.«

Oh.

»Tja, *mein* Lieblingsbuch hab ich schon selbst. Aber

vielen Dank. Gehen wir jetzt in die Zoohandlung?« Zu Frankies großer Erleichterung stellte Sunny ihr Buch wieder ins Regal zurück und fasste sie bei der Hand.

»Was um alles in der Welt ist das?« Frankie nahm einen zierlichen Stuhl in die Hand, der auf einem Sims vor ihr stand.

»Das ist ein Hundestuhl für einen Chihuahua, damit er beim Essen bei dir sitzen kann. Meine Schwester hat so einen«, sagte Sunny.

Die beiden spazierten zwischen den Regalen eines riesigen Ladens mit dem Namen »Tierscheune« herum, vorbei an buntem Spielzeug und überdimensionalen Tüten mit Hundefutter. In den Aquarien, die im hinteren Teil des Ladens übereinanderstanden, drehten Fische elegant ihre Runden, und der unverkennbare Geruch von Welpen und kleinen Kätzchen lag in der Luft.

»Kann ich Ihnen weiterhelfen?« Eine gut aussehende Angestellte kam auf sie zu. Ihr pechschwarzes Haar fiel locker auf die Schultern, ihre dunkle Haut leuchtete. Wahrscheinlich wurde man so schön, wenn man den ganzen Tag von süßen Tieren umgeben war.

»Ja, das können Sie. Meine Frau Darlene und ich haben gerade eine entzückende kleine Schildkröte gekauft. Unsere Tochter Stephanie hat dermaßen gebettelt, dass wir endlich nachgegeben haben. Erst ein Golden Retriever, dann ein Pony und jetzt auch noch eine Schildkröte. Die Kleine kriegt uns wirklich immer rum, wenn sie was will«, sagte Sunny mit leichtem Lächeln.

Frankie schaute ihn überrascht an, dann stieg sie in die Nummer ein. »Ach ja, mein lieber Derek und ich können unserer Stephanie einfach keinen Wunsch abschlagen. Und was macht ein Tier mehr oder weniger schon aus? In unserer Villa ist so viel Platz, dass wir die ganze Arche Noah unterbringen könnten«, sagte sie mit aufgesetztem britischen Akzent. Sunny drückte ihr die Hand und unterdrückte ein Lachen.

»Ich verstehe. Und was brauchen Sie für Ihre Schildkröte?«, fragte die junge Frau und ließ eine Kaugummiblase platzen, während sie sprach.

»Nun, wir brauchen Futter. Ihr günstigstes, aber bestes Schildkrötenfutter!«, rief Sunny.

»Ja, nur das Allerbeste für unsere wertvolle kleine Schildkröte«, sagte Frankie und ließ ihren falschen Akzent sausen.

Die Angestellte schaute das Paar von oben bis unten an, drehte sich dann auf dem Absatz um und stolzierte vor ihnen den Korridor hinunter. »Haben Sie denn schon einen Namen für das Tier?«, fragte sie über die Schulter hinweg.

»Winnie. Benannt nach Winnie-the-Pooh«, antwortete Sunny, ohne mit der Wimper zu zucken. Frankie und Sunny schauten sich in die Augen.

»Was für ein schöner Name«, sagte die Verkäuferin monoton und ohne die geringste Begeisterung. Sie führte sie zu einem Gang weiter hinten im Laden und ließ sie dort allein. Dort wühlten sich die beiden durch Packungen mit getrockneten Grillen, Kakerlaken, Mehlwürmern und Maden, durch gefrorenes Fischfutter und kommerziell hergestellte Schildkröten-Pellets.

»Winnie – das gefällt mir«, sagte Frankie. Sunny zwinkerte ihr zu und schob ihr eine Haarsträhne hinters Ohr.

»Und wie wollen wir die Namensgebung feiern?« Sunny beugte sich so nah zu Frankie, dass sich ihre Nasen fast berührten.

»Ich habe keine Ahnung«, seufzte Frankie und machte einen Schritt nach vorn.

Sunny beugte den Kopf zu ihr hinunter und fuhr ihr mit dem Zeigefinger sanft den Unterkiefer entlang. Dann zog er sie an sich, einfach so, mitten im Laden und küsste sie – langsam, leidenschaftlich und aufrichtig. Sie fuhr ihm durchs Haar, und ein berauschender Schwindel packte sie, es drehte sich alles.

Nach ein paar Minuten machte sie sich los. »Wo ist denn Winnie?«, fragte sie atemlos.

12

Von: Dean Masters
An: Frankie Rose
Betreff: Period Girl?

Hey Frank,

lange her, ich glaub, letztes Mal haben wir nach den Abschlussklausuren auf Becca Rudaizkys Waschmaschine geknutscht.

Ich dachte, ich meld mich mal, weil ich dich grad im Netz gesehen hab. Total witzig! Das warst du schon immer!

Und was geht sonst so bei dir? Ich hab immer noch mit John, Allan und Nutto unsere Band, und wir stehen kurz vor dem großen Durchbruch. Unser Lied »Pumpkin Ketchup« war 2010 Nummer 97 auf der »Triple J Hottest 100«-Liste.

Ich bin mit Rachel Wong verheiratet (du hattest recht, wie sich rausgestellt hat, ich war schon immer in sie verknallt!) Wir haben zwei wunderbare Kinder, Nummer drei ist unterwegs.

Ich hoffe, dir geht's gut. Nochmal Glückwunsch zu der Nummer, Period Girl.

Dean x

Von: Frankie Rose
An: Catherine Cooper
Betreff: Fwd: Re: Period Girl?

Erschieß mich.

13

Chocolat von Joanne Harris
Im Zug der Glen Waverley Line stadtauswärts

Sunny: Bist du gläubig?

Frankie: Nicht im Geringsten. Und du?

Sunny: Nö. Aber Winnie.

Frankie: Woher weißt du das?

Sunny: So was weiß ich einfach. Also sollten wir ihn taufen. Na? Lust?

Frankie: Eine Schildkrötentaufe?! Ich bin dabei!

Sunny: Großartig. Ich hol dich und den Puuh um acht ab. x

Frankie: Bis dann, du Verrückter. x

»Der ist tatsächlich noch bekloppter als du.«

Cat starrte ungläubig auf das Bild von Winnie in seinem gestrickten lila Pullover, Frankies neuesten Bildschirmschoner.

»Ich weiß«, seufzte Frankie. Sie preiste die Neuerscheinungen ein, und ihre Gedanken wanderten ständig zu Sunny und ihrem wunderbaren Kuss. Nachdem sie zwanzig Minuten in der Tierhandlung herumgerannt waren und panisch nach ihrem Winnie gesucht hatten, hatten sie ihn schließlich oben auf einem Aquarium thronend entdeckt. Er hatte sie vorwurfsvoll angestarrt, als wollte er sagen: *Warum habt ihr denn so lange gebraucht?* Sie waren in irres Gelächter ausgebrochen und dann zu ihrem leidenschaftlichen, unglaublichen Kuss zurückgekehrt, bei dem Frankie sich so fühlte, als könnte sie es allmählich wieder mit der Welt aufnehmen.

»Ich kapier das nicht. Er hat dir wirklich eine Schildkröte geschenkt? Einfach so, völlig überraschend, bei eurem zweiten Date?«

»Yep. Er ist einfach unglaublich«, sagte Frankie lächelnd, und ein Hauch von Rosa überzog ihr ungeschminktes Gesicht.

Klar, Sunny war nicht praktisch veranlagt, sehr spontan und ein bisschen verwegen. Die Sache zwischen ihnen beiden würde nicht von Dauer sein, das war Frankie klar. Aber Sunny war lustig und aufregend, und deshalb fühlte auch sie sich lustiger und aufregender. Außerdem waren seine Küsse besser als alles, was sie bisher erlebt hatte. Er küsste sogar besser als der Drummer, mit dem sie damals was gehabt hatte, als sie bei »Shakespeare and Company« gearbeitet hatte. Und das wollte was heißen! Der Kerl war schließlich Franzose gewesen.

»Frankie, Frankie, Frankie«, rief Cat in einem fort.

Überrascht drehte sie sich um und stand einer verärgerten Cat gegenüber.

»Ich habe dich jetzt geschlagene dreißig Sekunden lang gerufen. Hör auf, an die Knutscherei mit Sunny zu denken! Du musst mir helfen, diese Aufkleber hier auf die Bücher zu machen.« Cat zerrte an Frankies minzgrünem Shirt.

»Ist ja schon gut, tut mir leid. Wechseln wir das Thema. Wie geht's Claud?«, fragte sie, ging zu Cat hinüber und klebte einen Rabatt-Aufkleber auf den neuesten Roman von Jodi Picoult.

»Ich will nicht über Claud sprechen, sondern über Sunny. Und du sollst mir gefälligst antworten, statt die Augen zuzumachen und fast einen Orgasmus zu kriegen, nur weil du an seine Lippen denkst«, fuhr Cat sie an.

»Du liebe Güte, Cat, ist ja schon gut! Was willst du denn wissen?« Frankie lehnte sich in ihrem Stuhl zurück und legte das Auszeichnungsgerät weg. Sie holte eine Tüte in Honig gerösteter Cashewkerne aus der Schublade und bereitete sich auf die Befragung vor.

»Ich will gar nichts wissen. Ich möchte dir meine Meinung mitteilen.«

»Und wie lautet deine Meinung?«

»Ich glaube nicht, dass das mit euch gut geht.« Cat riss Frankie die Cashews regelrecht aus der Hand und steckte sich überheblich ein paar in den Mund.

»Und warum nicht?«, fragte Frankie lachend.

»Also, betrachten wir zunächst die Fakten«, sagte Cat mit vollem Mund. »Er liest James Dashner, und du hast einen Uni-Abschluss in Literatur. Er schenkt dir eine Schildkröte, und du hast es mal geschafft, deinen Goldfisch ertrinken zu lassen. Er sieht geradezu lächerlich gut aus, und du …«

»Cat!«, unterbrach Frankie warnend. »Du hast vielleicht beschissene Laune. Was ist dir denn für eine Laus über die Leber gelaufen?«

»Es ist alles in schönster Ordnung.«

»Das ist doch Blödsinn. Komm, erzähl schon.«

Cat kippte sich den Rest der Tüte in den Mund, und die herabpurzelnden Nussstückchen blieben am Kragen ihres pinkfarbenen Strickoberteils kleben. »Ich fühl mich einfach nur schuldig, weißt du«, sagte sie und ließ den Kopf hängen. Die roten Locken fielen ihr ins Gesicht.

»Wegen Jin-Soo?« Frankie riss eine neue Tüte auf, diesmal waren es gezuckerte Mandeln.

»Sprich seinen Namen hier drin bloß nicht aus!« Cat legte Frankie hektisch die Hand auf den Mund und schaute sich ängstlich im leeren Geschäft um.

In diesem Augenblick bimmelte die Glocke. Die beiden sprangen auf und schauten zur Ladentür.

»Kamasutra und politische Satire!«, rief Cat, als Putu und Seb hereinkamen.

Frankie nahm das Gewinnergeld für Cat aus ihrem Portemonnaie und schob es ihr rüber.

»Ja, hallo, Kind meiner Lenden.« Putu, gehüllt in ein smaragdgrünes Kleid mit passendem Schmuck, beugte sich über die Ladentheke und strich Frankie eine lose Haarsträhne aus dem Gesicht.

»Hallo, Mutter. Was treibt ihr beide denn zusammen?«

»Du weißt doch, dass Sebastian und ich uns gern einmal im Monat auf einen Chai treffen. Ich bringe ihm einiges über die Welt bei, und im Gegenzug erzählt er mir etwas über meine einzige Tochter – denn die weigert sich schließlich, mir selbst irgendwas aus ihrem Leben zu erzählen.« Putu lächelte süßlich.

»Nein, das habe ich *nicht* gewusst.« Frankie wandte sich an Seb. »Dir ist wohl völlig egal, was die Leute denken? Eine Achtundfünfzigjährige, die einen Siebzehnjährigen von der Schule abhält und seinen jungen Geist korrumpiert?«, knurrte sie.

»Also bitte, Frankston. Ich bin schließlich schon verdorben. Putu hilft mir nur dabei, mich selbst zu finden.« Seb zwinkerte Putu zu. »Außerdem hab ich heute gar keine Schule. Morgen Abend ist die Premiere von *Oliver!,* falls du das vergessen hast. Wir haben heute frei, damit wir uns ›mental darauf vorbereiten‹ können.« Er schaute Frankie in die Augen. »Du kommst doch, oder?«

»Natürlich! Cat und ich kommen mit Vergnügen.«

»Das will ich euch auch geraten haben! Letztes Jahr habt ihr's ›vergessen‹ und mich nicht als Bruce Bogtrotter gesehen.«

»Wir haben es nicht vergessen«, fuhr Cat ihn an. »Das

war ein Zeichen unseres Protests. Es darf einfach nicht sein, dass ein schmales Hemd wie du den dicken Bruce Bogtrotter spielt. Roald Dahl würde sich im Grabe rumdrehen!«

»Wie gesagt«, fuhr Seb fort und ignorierte Cats Wutanfall, »dieses Jahr spiele ich Mr Sowerberry.« Er wandte sich an Putu. »Das ist der Leichenbestatter in *Oliver!*. Eine große Rolle für mich. Unsere Schülerzeitung spricht schon jetzt von einer lebensverändernden Performance.« Seb strahlte mit stolzgeschwellter Brust.

»Ach, mein Lieber, ich wünschte, ich könnte zur Premiere kommen. Aber du weißt ja, morgen Abend gebe ich meinen Glasperlen-Kurs. Zur zweiten Vorstellung übermorgen komme ich auf jeden Fall, das verspreche ich dir.« Putu wuschelte Seb durchs rote Haar.

»Und, welche Geheimnisse hast du meiner Mutter verraten, mein wortreicher Freund?«, fragte Frankie Seb.

»Nur die wichtigsten, meine zugeknöpfte Freundin«, antwortete Seb und schnappte sich eine Mandel aus der frisch geöffneten Tüte.

»Oh ja – einschließlich des Reptilien-Geschenks von einem gewissen Freund«, flötete Putu.

»Stimmt. Da hab ich dir was mitgebracht.« Verlegen kramte Seb eine neonpinke geknüpfte Kordel aus seinem Rucksack. »Das ist eine Schildkrötenleine. Offenbar ist so was sehr wichtig, wenn man mit seiner Schildkröte spazieren geht.«

»Eine Leine? Du bist zwischen gestern Abend und heute Vormittag extra noch unterwegs gewesen und hast mir eine Schildkrötenleine gekauft? Das ist ja vielleicht süß von dir!« Frankie beugte sich über die Ladentheke und kniff Seb in die Wange. Dann wandte sie sich ab und sah nicht mehr, wie er knallrot wurde.

»Ja, ich hab sie gestern Abend mit meiner Freundin Celeste gekauft.«

»Mit deiner Freundin?«, rief Frankie ungläubig.

»Ja, du hast richtig gehört, meine Liebe. Es wird dich sicher freuen, wenn ich dir erzähle, dass mein Liebestrank geholfen hat und Seb das Mädchen seiner Träume für sich gewinnen konnte«, rief Putu stolz.

»Eine Freundin? Das glaube ich erst, wenn ich's sehe«, knurrte Cat.

Frankie zog ihren bunt gemusterten Jumpsuit aus und warf ihn schwungvoll auf den Boden zu den acht anderen Outfits, die sie bereits anprobiert und verworfen hatte. Sie starrte ihren kurvenreichen Körper im Spiegel an. Bisher trug sie nur einen schwarzen Bikini, auf dem Sunny bestanden hatte. *Was zieht man bloß zu einer Schildkrötentaufe an?*, fragte sie sich und ging den Inhalt ihres Kleiderschranks auf der Suche nach dem perfekten Outfit nun schon zum siebzehnten Mal durch. *In zwei Minuten ist er hier!* Seufzend zog sie ein gelbes Fähnchen aus dem Kleiderberg am Boden und zog es wieder an. Dann schlüpfte sie in die braunen Riemchensandalen mit Keilabsatz und warf sich eine Jeansjacke über. Da klingelte es schon.

»Ich komme!«, rief sie dem unsichtbaren Besucher zu, griff nach ihrer Handtasche und kramte darin herum auf der Suche nach dem erdbeerfarbenen Lipgloss. Sie fuhr sich eilig damit über die Lippen, steckte sich ein Pfefferminzbonbon in den Mund und setzte Winnie vorsichtig in seinen kleinen Transportbehälter, um mit ihm nach unten zur Haustür zu rennen.

»Hallo«, sagte sie zu Sunny, der wieder mit lässigem Lächeln an seinem Auto lehnte wie ein Rockstar. Er kam auf sie zu, beugte sich zu ihr und küsste sie auf die Wange.

»Wir sind bereit für die Taufe!«, erklärte Frankie und hielt Winnie in seinem Kistchen hoch.

»Wir? Ich hab bloß Winnie eine Taufe versprochen. Aber mal sehen, was sich machen lässt …« Sunny griff durch den Käfig und tätschelte der Schildkröte den kleinen Kopf, dann hielt er Frankie die Wagentür auf.

»Tut mir leid, wenn es zieht, aber mein Schiebedach ist kaputt.« Sunny zeigte auf das halb offene Dach, durch das es schon jetzt ganz schön stark hereinwehte.

»Und, wo geht's jetzt hin?«, fragte Frankie.

»Das wirst du schon noch früh genug sehen.« Sunny ließ den Motor an.

»Du bist immer so geheimnistuerisch. Hm … es muss irgendwas mit Wasser zu tun haben. Der Strand? Oder das St. Kilda Sea Baths? Da wollte ich schon immer mal hin!«, riet Frankie und legte die Hände wie einen Sicherungsgurt um Winnies Käfig.

Sunny schüttelte den Kopf, über sein Gesicht glitt der Hauch eines Lächelns.

»Das Schwimmbad in Richmond? Oder vielleicht dieses schicke Badehaus in der City?«, überlegte Frankie weiter.

»Da wo man zur Begrüßung einen Bananen-Smoothie bekommt? Da gehen wir sicher nicht hin, ich hasse Bananen«, sagte Sunny voller Ernst.

»Was? Wie kann man denn bloß Bananen verabscheuen? Das ist ja lächerlich. Sie sind schließlich die Grundlage für jeden guten Smoothie, Kuchen oder Obstsalat.«

»Es sind fürchterliche Dinger.« Sunny schauderte.

Frankie betrachtete, wie seine Handknöchel, die das Steuer umklammerten, weiß wurden, und sah, dass sein Kiefer sich verkrampfte. »Ach du liebe Zeit! Ich hab davon gelesen: Bananenphobie. Du fürchtest dich ernsthaft vor Bananen! Wenn ich jetzt eine Banane hier hätte, hättest du dann wirklich Angst?«

»Halt bloß die Klappe«, sagte Sunny.

»Rein zufällig habe ich nämlich eine Banane dabei, als Snack in der Handtasche.« Frankie kramte in ihrer Tasche. »Du bist zusammengezuckt! Du hast *wirklich* Angst vor Bananen! Ich habe ein Date mit einem Banano-Phoben!«, rief Frankie und genoss diesen Augenblick aus vollem Herzen.

»Da hast du wohl recht, Frankston. Und ich habe ein Date mit einer sehr schönen Frau.« Sunny nahm ihre Hand und hielt sie fest.

Frankie holte tief Luft und hörte auf, von Bananen zu reden.

Kurze Zeit später standen Frankie, Sunny und Winnie vor einer Tür ohne jede Beschriftung. Sie lag in einer kleinen, mit Graffiti besprühten Gasse in der Stadt. »Was ist das hier?«

»Finden wir's raus!«, lächelte Sunny und öffnete die Tür. Frankie folgte ihm vorsichtig fünf Stufen hinunter, wo sie hinter einer weiteren Tür eine schöne japanische

Frau in einem langen, fließenden rot-gelben Kimono begrüßte.

»Hallo und willkommen im Onsen Ma. In unserem Badehaus können Sie sich entspannen, zur Ruhe kommen und das Zen spüren. Ziehen Sie bitte die Schuhe aus, ehe Sie Ihren Baderaum betreten«, sagte sie mit einer Verbeugung.

Frankie schlüpfte aus ihren Sandalen und stellte sie in eine bereitstehende Kiste. Sie stand barfuß auf den warmen Fliesen, hielt Winnies Käfig in der Hand und schaute Sunny fragend an.

»Hier entlang«, sagte die Frau und ging energisch voran. Sunny nahm Frankie bei der Hand, und die beiden folgten ihrer Gastgeberin einen kurzen Flur hinunter. Sie betraten einen mit Vorhängen abgetrennten Umkleideraum, der stark nach Räucherstäbchen duftete. Vogelgesang und Harfenklänge waren zu hören. In einer Ecke standen zwei Spinde, daneben war ein großes Waschbecken mit zwei Wasserflaschen.

»Bitte ziehen Sie Ihre Kleidung aus und legen Sie alles in die Spinde«, sagte die japanische Frau sehr bestimmt und schaute ihnen streng in die Augen. Frankie und Sunny schauten sich nervös an und fingen an, sich bis auf ihre Schwimmsachen auszuziehen. Sie legten ihre Kleidung in die Spinde und waren sich die ganze Zeit über des bohrenden Blickes der Frau bewusst. Sunny musterte Frankies Bikini-Körper nicht gerade unauffällig von oben bis unten und lächelte.

»Was ist?«, fragte sie.

»Gar nichts. Kann ich mein Handy bei dir in die Tasche legen?«, bat er.

Frankie stellte Winnies Käfig auf den Tisch, steckte das Telefon in die Handtasche und schob sie zusammen mit ihrem Kleid in den Spind.

»Badebekleidung ist nicht gestattet. Bitte ziehen Sie alles aus«, sagte die Frau.

»Wie bitte?«, fragten Sunny und Frankie gleichzeitig.

Die Frau zeigte verärgert auf ein Schild an der Wand: *Bitte entkleiden Sie sich vollständig und säubern Sie sich, ehe Sie im Onsen baden.* Dann raffte sie ihren Kimono zusammen, sodass er nicht auf den Boden hing, und sagte: »Nehmen Sie die Schildkröte nicht mit in das Becken, das Wasser ist zu heiß.« Damit ging sie hinaus und ließ Sunny und Frankie allein.

»Ich ziehe mich auf keinen Fall nackt aus«, sagte Frankie und verschränkte entschieden die Arme vor der Brust.

»Aber das Schild …« Sunny zwinkerte.

»Das hast du ja super geplant! Mich in dieses sogenannte Onsen schleifen, angeblich, um Winnie zu taufen, damit du mich nackt zu sehen kriegst«, schnaubte Frankie voller Wut.

»Nein, wirklich nicht! Ich schwöre dir, ich hatte keine Ahnung! Es war ganz anders: Mein Freund Matt geht hier immer mit seiner Freundin hin und sagt, es ist ein großartiger Ort für ein Date. Dass man sich hier nackt ausziehen muss, davon hat er mir nichts erzählt. Wahrscheinlich wollte er sich auf meine Kosten einen Spaß machen«, sagte Sunny besorgt und fuhr sich durchs Haar. Er trug eine rote Badehose. *Oh Mann, was für ein unglaublich toller Körper,* dachte Frankie. Doch sie wollte sich nicht ablenken lassen.

»Und Winnie darf nicht mal in den Onsen rein!«, lachte sie jetzt.

»Scheiße, das hab ich wirklich versemmelt. Komm, wir steigen einfach in unserem Badezeug in den Onsen und genießen das, was von diesem missglückten Date noch übrig ist«, sagte Sunny und nahm sich ein Handtuch von der Bank.

»Moment mal. Du hast mich hier hingeschleppt. Und Badekleidung ist verboten. Ich finde es nur fair, wenn einer von uns beiden da nackt reingeht.« Frankie grinste und musterte nun ihrerseits Sunny von oben bis unten. Sie wusste nicht, wo dieses neue Selbstvertrauen auf einmal herkam, aber sie beschloss, genauso weiterzumachen.

»Was, ich? Auf keinen Fall. Entweder beide oder keiner«, sagte Sunny.

»Ich ziehe meinen Bikini auf keinen Fall aus, Mister! Denn ich bin nur ein unbeteiligter Zuschauer, du hingegen bist derjenige, der uns in dieses FKK-Bad geschleppt hat.«

Sunny kam langsam auf Frankie zu, bis sich ihre Nasen beinahe berührten. »Du erwartest also, dass ich mich hier splitterfasernackt ausziehe, während du deinen Bikini anbehältst?«

Frankie nickte und grinste selbstgefällig.

Sunny hob die Augenbrauen, und mit einer einzigen schnellen Bewegung ließ er seine Badehose bis auf die Knöchel rutschen.

Frankie blieb der Mund offen stehen, und sie glotzte dreist auf den Anblick, der sich ihr bot.

Sunny lächelte. »Also, gehen wir jetzt rein oder nicht?«,

rief er lässig, stieg aus der Badehose und trat hinter den Vorhang.

Frankie winkte Winnie in seinem kleinen Käfig zu und folgte dem nackten Sunny ins heiße Thermalwasser.

»Ich glaub, ich koche«, sagte Sunny. Er saß im dampfenden Thermalwasser des Onsen, das ihm günstigerweise bis zum Bauchnabel reichte.

»Es fällt mir im Moment wirklich schwer, dich anzuschauen«, sagte Frankie, die neben ihm saß – die Augen von seiner Nacktheit abgewandt.

»Du hast es doch so gewollt.«

»Ich hab meine Meinung geändert.« Sie wurde rot. »Du weißt aber schon: Nur weil ich dich gebeten habe, dich auszuziehen, heißt das nicht, dass ich auch mit dir schlafe«, fügte sie hinzu.

»Das hast du erst ungefähr sieben Mal gesagt.« Sunny grinste, machte die Beine breit und entblößte sich vor der Welt.

»Sunny, o je!«, lachte Frankie und hielt sich die Augen zu.

»Hast du gewusst, dass du in Japan in die meisten Thermalbäder nicht reingelassen worden wärst?«, sagte Sunny.

»Ja, ja, ich weiß, weil ich nicht nackt bin.« Sie spritzte ein bisschen heißes Wasser in seine Richtung.

»Nein, sondern deswegen.« Er rückte näher an Frankie heran und berührte das winzige Herz-Tattoo hinter ihrem Ohr. Frankie erschauderte.

»Mein Tattoo? Das hasse ich. Mit achtzehn hab ich in Paris gelebt und wollte rebellieren. Das totale Klischee. Gibt nichts, was ich mehr bedaure«, sagte Frankie gleichgültig.

»Also mir gefällt's.« Sunny rückte noch näher. »Du hast mir noch gar keine Geschichten aus deiner Vergangenheit erzählt, so wie die hier. Davon möchte ich gerne mehr hören. Was hast du in Paris gemacht?«, fragte er.

»Ich hab in einer Buchhandlung gearbeitet, aber zum größten Teil war alles Käse. Und was hat man in Japan gegen Tattoos einzuwenden?«, wechselte sie rasch das Thema.

»In den meisten Onsen sind Tattoos verboten, damit die Yakuza, die organisierten kriminellen Syndikate, draußen bleiben«, sagte Sunny und zeichnete Frankies Tattoo nach.

»Woher weißt du so was?«, sagte Frankie und versuchte, einigermaßen normal weiter zu atmen.

»Ich hab mich zehn Jahre lang mit japanischer Kultur und Geschichte beschäftigt.«

»Ehrlich?«, fragte Frankie überrascht.

»Nein, ich habe vorhin ein bisschen herumgegoogelt, ehe ich dich abgeholt hab, damit ich ordentlich Eindruck schinden kann.«

»Und dass man beim Baden nackt sein muss, hast du nicht gegoogelt?«

»Den Teil muss ich überlesen haben.« Sunny grinste.

»Das ist echt das merkwürdigste Date aller Zeiten.«

»Um mal zum Zweck der Übung zu kommen – wann taufen wir denn unsere Schildkröte?«, fragte Sunny.

»Erst müssen wir noch was anderes erledigen.« Und sie küsste ihn.

Frankie Rose: Schildkröte Winnie ist jetzt offiziell getauft. Fühlt sich sehr #Zen an.

»Ist nicht wahr«, sagte Sunny fassungslos. Sie hatten eine geschlagene Stunde vor Frankies Haus im Auto gesessen und sich über tausend Dinge unterhalten, von Horoskopen bis hin zu Meerrettich.

»Doch, leider. Als du auf der Toilette warst, kam die japanische Dame auf mich zu und fragte: ›Sie sind doch Period Girl, oder?‹« Frankie knurrte.

»Es kennt dich so gut wie jeder. Ich hab ein Date mit einem Star!«

Frankie grinste. »Ich sollte jetzt langsam mal rein«, sagte sie mit leichtem Zögern. *Soll ich ihn fragen, ob er mit raufkommen will?*

»Ja, ich muss auch los. Bis bald, Frankston, bis bald, Winnie«, sagte Sunny, küsste jeden von ihnen auf den Kopf, sodass Frankie gar nicht erst die Möglichkeit hatte, ihn in ihre Wohnung einzuladen. *Vielleicht will er ja gar nicht?*

»Ciao Sunny«, antwortete sie, nahm die Tasche und die Schildkröte und stieg aus.

Ihre Wohnungstür war nur angelehnt, und Frankie blieb stehen. Sie war sich sicher, dass sie abgeschlossen hatte.

»Hallo?«, rief sie laut. Keine Antwort.

Sie stellte Winnies Käfig ab, nahm ihren Schlüsselbund und schob sich die einzelnen Schlüssel zwischen die Finger, um das Ganze als Waffe zu verwenden. Sie erinnerte sich an das, was ihre Mutter ihr immer gepredigt hatte: »Schlag ihnen mitten ins Gesicht und kratz ihnen die Augen aus.« Frankie holte tief Luft und trat vorsichtig in ihre Wohnung, die Hände kampfbereit nach vorne gereckt.

»Hallo?«, rief sie erneut und bemühte sich, ihre Stimme möglichst tief und einschüchternd klingen zu lassen. Aus Richtung ihres Schlafzimmers ertönte ein lautes Schluchzen. Langsam schlich sie auf das Geräusch zu.

»Wer ist da?«, flüsterte sie, als das Wimmern lauter wurde. Langsam stieß sie die Tür zum Schlafzimmer auf und sah Cat im Dunklen auf ihrem Bett liegen, das Gesicht in die Kissen gedrückt. »Mein Gott, Cat! Du hast mich zu Tode erschreckt! Hab ich dir nicht gesagt, du sollst meinen Ersatzschlüssel nur benutzen, wenn es ein absoluter Notfall ist?« Frankie legte sich neben sie.

»Es … war … auch … ein … Notfall«, sagte Cat, von Schluchzern unterbrochen.

»Was ist denn passiert, Cat? Komm, erzähl's mir.« Sie strich ihr über den Rücken und kuschelte sich dicht an sie.

»Ich bin ein ganz schlechter Mensch. Ich hab mit Jin-Soo geschlafen, wo ich doch ein Kind von Claud bekomme. Ich bin schlimmer als Henry Crawford und als Wickham, schlimmer als alle!« Cat weinte so heftig, dass Frankie sie nur mit Mühe verstehen konnte.

»Nein, das stimmt nicht, Cat, du bist kein schlechter Mensch! Du bist ein ganz wunderbarer, umwerfender, unglaublich großherziger Mensch, der einen dummen Fehler gemacht hat.« Frankie strich ihr übers Haar.

»Schokolade«, schniefte Cat.

»Wie bitte?«

»Schokolade. Ich brauche Schokolade!«

»Ja, natürlich. Warte, ich hab was dabei.« Frankie kramte in ihrer Handtasche und hielt inne, als sie auf Sunnys Handy stieß.

»Was ist denn?« Cat rollte sich auf die Seite und sah zu, wie Frankie das Gerät langsam aus der Handtasche holte. »Ist das etwa das, wofür ich es halte?«

»Cat, denk gar nicht daran.«

»Das wird mich ein bisschen aufheitern. Gib mal her!« Sie wischte sich die Nase am Ärmel ab.

Widerstrebend gab Frankie ihr das Telefon und setzte sich neben sie, sodass sie beide aufs Display schauen konnten. »Aber nur weil du so außer dir bist. Wahrscheinlich ist es ohnehin passwortgeschützt«, sagte Frankie, während Cat schon darauf herumtippte und der Bildschirm zu leuchten begann.

Es war gesperrt, aber man sah Sunnys Hintergrundbild. Er zeigte den Mann, mit dem sie den Abend gerade mehr oder weniger nackt verbracht hatte, zusammen mit einer wunderschönen Frau.

Und die beiden küssten sich.

14

Hinz und Kunz

Es mag ja stimmen, dass noch viele andere Fische im Meer herumschwimmen – aber wenn man sich meine Dating-Geschichte anschaut, handelt es sich wohl eher um Sardinen aus der Dose als um edle Koikarpfen.

Es gibt Dates, bei denen fühlt man sich, als würde man versuchen, den kompletten *Ulysses* in einem Rutsch zu lesen (und zwar alle 900 Seiten auf einen Schlag).

Dann gibt es Dates, die so beängstigend schrecklich sind, dass ein Horrorroman wie *Shining* sich dagegen ausnimmt wie ein Ausflug nach Disneyland.

Außerdem sind da noch die entsetzlichen Dates, die eher *Fifty Shades of Grey* gleichen und nicht unbedingt der *Brautprinzessin.*

Und schließlich gibt es noch die Männer, bei denen geht es dir wie in *Eine Geschichte aus zwei Städten:* Man weiß, man sollte sich jetzt Hals über Kopf verlieben – aber der Funke springt einfach nicht über.

Zu diesen Männern gehört auch Tom. Ein großer, auf konventionelle Weise gut aussehender, belesener Anwalt, der Traum jeder Schwiegermutter, das Hassobjekt für jeden Ex.

Er hält einer Dame die Tür auf und steht auf, wenn sie den Tisch verlässt. Er stellt wirklich interessante Fragen wie: »Kannst du dich erinnern, welches das allererste Buch war, das du je gelesen hast?«, und er hört aufmerksam zu, wenn du antwortest. Er weiß nicht, dass man mit »funemployed« jemanden bezeichnet, der arbeitslos ist und Spaß dabei hat, sondern glaubt, es wäre ein Begriff für Leute, die ihre Arbeit lieben. Er lacht über deine Witze und haut ab und zu ein wirklich anständiges Wortspiel raus. Und er hat alles von Oscar Wilde gelesen.

Nachdem er *Die fabelhaften Schwestern der Familie Cooke* entdeckt hatte (und er stieß eher zufällig auf meine Kontaktdaten, als er das Buch flüchtig durchblätterte, denn eigentlich war er damit schon auf dem Weg zum Fundbüro der Bahn #Heiliger #Istdiesermannwirklichecht?), sah er sich veranlasst, das Buch zu lesen, um mehr über das »raffinierte Mädchen« rauszufinden, das hinter dieser Aktion steckte.

»Warum gerade *DFSDFC*?« (So werde ich ab jetzt den Buchtitel abkürzen, denn so viel Zeit, ihn immer wieder komplett zu lesen, hat echt kein Mensch.)

Wir hatten gerade Getränke bestellt, und er redete nicht lange um den heißen Brei herum.

»Dieses Buch liegt mir ganz besonders am Herzen, denn es hat mich 2013 aus meiner Lesekrise gerettet.«

»Das überrascht mich nicht. Tiere, eine liebevolle Familie, originelle Charaktere, Karen Joy Fowler – was will der Mensch mehr?«

»Magst du Karen Joy Fowler?«

»Soll das ein Witz sein? *Der Jane Austen Club* beschreibt mein Leben!«

Danach floss die Unterhaltung zwei Stunden lang ohne nennenswerte Unterbrechung dahin. Wir plauderten über alles von Karen Joy Fowler, von *Das Geheimnis der Sarah Canary* bis zu *Sister Noon* und darüber, ob Emily Blunt in der Verfilmung des *Jane Austen Clubs* eine gute Besetzung für die Prudie ist. Es war ein großartiges Gefühl, endlich mal mit einem Mann zu sprechen, der die Literatur genauso schätzt wie ich, dessen Augen aufleuchteten, sobald der Name Jane Austen fiel, der bei der Erwähnung von Gavroche lachte und der sofort wusste, woher die Einstellung stammt, dass man einen anderen Menschen nie wirklich verstehen kann, wenn man die Dinge nicht zumindest einmal von seinem Standpunkt aus betrachtet hat. Es ist schwierig zu vermitteln, aber es fühlte sich ungefähr so an, als wäre ich irgendwo im Ausland in Urlaub und hätte da einen Menschen getroffen, der die gleiche Sprache spricht wie ich.

Am Ende dieses Dates verließen wir das Restaurant und beendeten unser Buch-Geplänkel mit Leseempfehlungen. Ich schlug ihm Orwells *1984* vor (gibt es tatsächlich Menschen, die *1984* nicht gelesen haben?), und er meinte, ich müsse unbedingt *Ein wenig Leben* von Hanya Yanagihara lesen (ein Titel, der ohnehin auf meiner Leseliste steht). Und dann kam der entscheidende Augenblick, mit dem jedes erste Date steht oder fällt: Küssen oder nicht küssen? Tom hatte sich offenbar für einen Kuss entschieden, denn sobald ich mich verabschiedete, stieß er zu. Und zwar wörtlich. Er packte meine Wangen und drückte seine Lippen fest auf meine. Ich wünschte mir verzweifelt, es möge ein Scarlett-O'Hara-und-Rhett-Butler-Augenblick sein, die Art von Kuss, bei der man beinahe in Ohnmacht sinkt. Ich wünschte es mir wirklich. Aber leider sind meine Dates kein Liebesroman, sondern eher eine lächerliche Satire. Und deshalb war meine Knutscherei mit Tom, dem wunderbar liebeswürdigen Tom, absolut durchschnittlich. Nicht wirklich das, was man von einem ersten Kuss erwartet.

Bis zum nächsten Mal, meine Lieben.
Schließlich – morgen ist auch noch ein Date.
Scarlett O' xx

Kommentar hinterlassen (23)

No offence but … > Rhett Butler wusste ganz genau, was für eine Macht darin liegt, oft geküsst zu werden. Von jemandem, der es versteht!

Stephen Prince > @Nooffencebut … Das erste Mal, dass ich von dir was höre, über das man sich zumindest mal ansatzweise Gedanken machen könnte.

No offence but … > @StephenPrince Du bist ein schrecklicher Mensch.

Stephen Prince > @Nooffencebut … Möglich. Aber ich kann küssen – und zwar oft und gut.

Miranda Brissa > Wem sagst du das, Schwester! Ich warte immer noch auf das große Date, bei dem einfach alles stimmt, am besten mit einem Typen, der aussieht wie Jamie Fraser in *Outlander.*

Cat in the Hat > Von mir kriegst du mehr als bloß einen absolut durchschnittlichen Schmuser, du sexy thing ;)

Cindy-Emma > In deiner Aufzählung fehlt noch die Art von Date, bei dem man à la Sherlock Holmes auseinandergenommen wird!

15

Tausend kleine Lügen von Liane Moriarty
Im Zug der South Morang Line stadtauswärts

»Ja, das ist eine Schildkröte«, erklärte Frankie dem Mädchen an der Abendkasse lässig, als sie die Karten abholte. »Er leidet unter extremer Trennungsangst«, fügte sie hinzu und klemmte sich den Transportkäfig mit Winnie unter den Arm.

»Keine Sorge«, mischte Cat sich ein, »wir nehmen ihn an die Leine.« Sie schwenkte die neonpinke Strickkordel herum.

Cat und Frankie durchquerten das überfüllte Foyer der Yarrawood High School. Sie kamen gerade von einem Beyoncé-Tanzkurs (Cat hatte eine Dreiviertelstunde lang ununterbrochen gefragt: »Wo zum Teufel ist meine Windmaschine?«) und waren gerade noch rechtzeitig gekommen, um Seb als Mr Sowerberry zu erleben. So etwas wie diese Schule fand man nur selten: Sie lag versteckt in einem Vorort, wo sich alles fand, was auch nur ansatzweise hip und cool war, und trotzdem pochte sie mit eiserner Strenge auf jede noch so verstaubte Tradition.

Zweifellos würde heute Abend jede gesprochene

Silbe und jeder gesungene Ton dieser Aufführung streng beobachtet und überwacht werden.

Halt dich fest, Oliver-Twist-Verfilmung von 1948, dachte Frankie, *jetzt kommt eine Fassung, die noch trister und freudloser ist.*

»Was machen wir eigentlich hier?« Cat stupste Frankie mit den Ellenbogen an.

»Als Mutter musst du später jede Menge Schulaufführungen besuchen, hier kannst du schon mal üben.« Sie quetschten sich durch die Sitzreihen mit Plastikstühlen und suchten sich einen Platz zwischen einer vierköpfigen Familie, deren Mitglieder alle mit diversen elektronischen Gerätschaften beschäftigt waren, und einem Paar überschwänglicher Großeltern. »Ach ja, und außerdem sind wir hier, damit ich nichts Dummes mit Sunnys Telefon anstelle.«

»Wie lange ist es jetzt her?«

»Zweiundzwanzig Stunden und dreiundfünfzig Minuten. Nicht dass ich zählen würde«, murmelte Frankie und blätterte in dem schlampig zusammengehefteten Theaterprogramm.

»Ich sage dir: Verlass ihn, wie Fermina in *Liebe in Zeiten der Cholera* Florentino verlassen hat! Welcher normale Mensch checkt denn nicht spätestens alle 5,23 Minuten sein Handy? Wenn das nicht beweist, dass er ein Soziopath ist, dann weiß ich's auch nicht.«

»Vielleicht hat er's wirklich gerade so sehr mit der Achtsamkeit?«

»Erzähl das mal der BuzzFeed-Liste mit der Top Five der schlechtesten Auftritte aller Zeiten beim Eurovision Song Contest, die er vermutlich nie sehen wird.«

»Ich will jetzt sowieso nichts von ihm hören. Offenbar bin ich ja …« Frankie senkte die Stimme »… nur seine *Geliebte.*«

»Ich versteh nicht, warum du dich nicht lieber ein bisschen anstrengst, um sein Passwort zu knacken. Es ist ja schließlich nicht so, als wäre er der erste Mann, den du stalken würdest! Du stellst dich echt an wie eine Anfängerin, Rose!«

»Wahrscheinlich ruft er nicht an, weil er weiß, dass ich das Bild gesehen habe, auf dem er eine andere knutscht.« *Ich hab ja gewusst, dass er nicht ernsthaft an jemandem wie mir interessiert sein kann.* Frankie trat sich gedanklich in den Hintern, dass sie es überhaupt gewagt hatte, das Gegenteil auch nur in Erwägung zu ziehen.

»Tja, jetzt hat er sich in seinem eigenen dreckigen Lügennetz verfangen«, sagte Cat viel zu laut für das Publikum, in dem es vor Kindern wimmelte.

Frankie stieß Cat vorwurfsvoll an und flüsterte: »Der Typ ist echt ein Idiot, dass er mir sein Telefon gegeben hat. Und ich bin echt ein Idiot, dass ich ihm vertraut hab. Wahrscheinlich wollte er, dass ich's rausfinde. Er wollte mir erklären, dass ich nur seine Nummer zwei bin, aber ohne dass er es mir selbst sagen muss. So ein Feigling.«

»Ein Widerling.«

»Blöder Schwanz.«

»Ein Fremdgeher wie Nick Dunne aus *Gone Girl.*«

»Und fett wie Moby Dick noch dazu.«

Das Licht im Saal ging aus, die Leute flüsterten nur noch und stellten ihre Telefone auf stumm. Das Orchester spielte eine grollende Musik, während ein Chor von ungepflegten Waisenkindern auf die Bühne kam. Zum Eröffnungslied »Brot, herrliches Brot«, das die Schüler schmetterten (und fast alle sangen richtig), schlugen sie mit metallenen Löffeln gegen ihre Blechnäpfe, dass es nur so schepperte. Frankie spürte, wie sich Cats Schultern in einem gewaltigen Seufzer hoben und wieder senkten, dann beugte sie sich zu Frankie hinüber und flüsterte ihr ins Ohr: »Du und unser Rotschopf Ron Weasley schuldet mir was. Aber so richtig!«

Fünfundzwanzig quälend langsame Minuten später trat Seb, in einen schweren schwarzen Mantel gehüllt, auf die Bühne. Frankie stieß einen Jubelruf aus und rüttelte Cat wach.

»Die Direktoren zahlen nur gar zu geringe Preise«, sagte der Geizhals in fiesem Cockney.

»Ihre Särge sind auch gar zu klein«, erwiderte der winzige Junge, der den Kirchspieldiener Mr Bumble darstellte, mit starkem indischem Akzent.

»Das passt doch alles nicht zusammen«, flüsterte Cat. »Im Zug stürzt er sich regelrecht auf dich. Dann lädt er dich in eine Bar mit lauter Büchern ein, weil du so gern liest. Als Nächstes kauft er dir eine Schildkröte. Es ist zwar kein Diamantring, aber schau dir das Kerlchen nur mal an!« Cat warf einen Blick auf Winnie. »So wunderschön! So rührend.« Beide schauten einen Augenblick liebevoll auf den reglosen Schildkrötenpanzer. »Oh, nicht zu vergessen die romantische japanische Veranstaltung!«

»Aber war das denn wirklich romantisch? Er hat mich an einen der wenigen Orte in Melbourne gebracht, wo ich garantiert nackt sein würde.« Frankie streichelte

Winnie, der sich komplett zurückgezogen hatte, über den Panzer.

»Tja, wenn er das geschafft hätte, hätte er das bestimmt noch viel öfter sehen wollen, oder?« Cat ignorierte das vorwurfsvolle Räuspern rings um sie her. »Gib mir sein Telefon, ich muss mir das Bild noch mal anschauen.«

Frankie griff in ihre Handtasche und holte Sunnys Telefon heraus. Cat aktivierte das Display, das im dunklen Saal auffällig leuchtete. Da waren wieder Sunny und die umwerfend gut aussehende Frau. Es traf Frankie erneut wie ein Schlag in den Magen. Die Körpersprache, das Verlangen in seinen Augen – das war kein 08/15-Kuss.

Cat schüttelte den Kopf. »Seine Schwester ist das jedenfalls nicht.«

Das Telefon begann zu vibrieren, und die beiden fuhren zusammen.

»Wer ist das?«, zischte Frankie und griff nach dem Telefon. Aber Cat war zu schnell für sie und hatte es schon weggezogen. »Wehe, du gehst dran, Catherine!«

Bevor der Taschendieb Artful Dodger auf der Bühne jemanden um sein Geld erleichtern konnte, flüsterte Cat schon ins Telefon: »Hallo, hier ist Catherine Cooper, was kann ich für Sie tun?«

Inzwischen drehten sich die ersten Leute verärgert um. »Entschuldigung, ich gehe besser kurz raus.« Sie stand auf und drängte sich durch die Reihe, trat einigen Leuten auf die Zehen und stieß mit ihrer Handtasche und ihrem Bauch gegen Hinterköpfe der Zuschauer in der Reihe davor. Frankie sah die Umsitzenden an und zuckte entschuldigend mit den Schultern. *Das kann nicht gut gehen.* Sie schlug die Beine abwechselnd übereinander, hielt Winnie fest umklammert und versuchte, sich auf das Geschehen auf der Bühne zu konzentrieren.

Cat kehrte zurück, nachdem der Saal fünf endlos quälende Minuten lang das durch Mark und Bein gehende Lied »Komm, fühle dich ganz zu Haus« ertragen hatte. Mit einigem Getue drängte sie sich wieder durch die Reihe, setzte sich hin und schwieg. Frankie stupste sie erwartungsvoll-fragend an.

Ohne den Blick von der Bühne zu wenden, sagte Cat: »Wir treffen uns nach der Aufführung mit ihm.«

»Mit wem?« Frankie fiel es vor Aufregung schwer, leise zu sprechen.

»Mit dem Ehebrecher.«

»Mit Sunny? Nach der Aufführung? Schau mich doch mal an! Ich seh unmöglich aus.« Frankie zeigte auf ihr Gesicht. Selbst im dunklen Raum spürte sie den getrockneten Schweiß auf ihrer Haut. *Wie zum Teufel schafft es Beyoncé nur, immer so frisch auszusehen?*

»Keine Sorge«, sagte Cat. »Ich hab alles im Griff.«

»Himmel, jetzt seien Sie doch endlich mal ruhig«, drehte sich ein Mann um, der zwei Reihen vor ihnen saß. »Sie sind hier schließlich bei einer Schulaufführung!«, schimpfte er.

Anderthalb Stunden später standen Frankie und Cat in einer Drogerie zwischen Regalen mit Shampoos und Zahnbürsten. Frankie jammerte vor sich hin. Sie hielt das Ganze für keine gute Idee. Währenddessen schritt Cat durch die Regalreihen. Sie hatte Frankie bereits mit Deo besprüht (und dabei einfach ungefragt unter Frankies Top gegriffen), jetzt betupfte sie ihr die Lippen mit drei verschiedenfarbigen Sorten Lipgloss.

»Ha! Gefunden«, verkündete sie nun und hielt eine kleine weiße Tube hoch.

Frankie fuhr entsetzt zurück. »Hämorrhoidencreme! Das soll wohl ein Witz sein?«

»Was Sandra Bullock kann, kannst du schon lange.« Sie kam auf Frankie zu. »Zeig mal deine geschwollenen Tränensäcke, Frankston.«

An der Kasse legte Cat ihre Kreditkarte auf die Theke, während Frankie eine Tüte Geleebohnen aufriss. »So, und wie geht's jetzt weiter?«

»Zufällig hat er beruflich hier in der Nähe zu tun. Die gute Nachricht ist, dass er möglicherweise doch ein festes Einkommen hat.« Cat zwinkerte ihr aufmunternd zu.

»Das ist jetzt nicht der richtige Zeitpunkt, Cat.«

Cat winkte ab. »Als Treffpunkt haben wir einen Pub in Richmond, das National Hotel, ausgemacht.«

»Wir treffen uns einfach nur dort und geben ihm das Telefon? Das ist alles?«

»Das ist alles.« Cat nahm die Tüte mit Kakaobutter, Hämorrhoidencreme und Colgate und schob Frankie aus dem Geschäft nach draußen. Es war ein milder Abend, aber sie fröstelte.

»Was soll ich ihm überhaupt sagen? ›Wer ist das Flittchen?‹ – findest du das zu direkt?«

»Ich würde vielleicht etwas neutraler beginnen: ›Entscheide dich für mich, ich bin die Richtige!‹«

»Okay, dann bringen wir's mal hinter uns.«

Sie stellten das Auto eine Straße vom Pub entfernt ab. Cat überreichte ihr Sunnys Handy und packte sie an den Schultern. »Denk dran, ganz schlicht: ›Hier hast du dein Telefon zurück.‹ Sonst nichts.«

»›Hier hast du dein Telefon zurück‹«, wiederholte Frankie gehorsam.

»Und dann machst du dich sofort wieder vom Acker.«

»Und du wartest hier auf mich?«

»Ich warte hier auf dich.«

Frankie stieg aus, warf die Tür ins Schloss und ging langsam die Straße entlang, die von altmodischen Reihenhäusern gesäumt war. An der Ecke warf sie einen Blick zurück. Cat reckte beide Daumen in die Höhe, und Frankie sah sie mit den Lippen die Worte formen: »Los, zeig's ihnen, Tiger!« Sie strich noch einmal ihr weißes Baumwoll-Tanktop glatt, warf sich in Positur, bog um die Ecke und marschierte in den Pub. Sie sah Sunny sofort. Er trug ein burgunderfarbenes Hemd und eine Anzughose und stand mit dem Rücken zu ihr. *Verdammt, von hinten sieht er sogar noch besser aus.* Das hatte sie jetzt einfach so gedacht, sie konnte auch nichts dafür. Mit vorgetäuschtem Selbstvertrauen und Gleichgültigkeit ging sie in großen, übertriebenen Schritten auf ihn zu. Dicht neben ihm blieb sie stehen und tippte ihm ohne Umschweife auf die Schulter.

»Hallo, Frankie.« Sunny drehte sich zu ihr um und umarmte sie. *Kein Kuss? Aha, jetzt sind wir wohl nur noch Freunde.*

»Sunny.«

»Du bist ja ein Schatz, dass du mir das Telefon extra vorbeibringst. Aber ich muss sagen, fast hätte ich's gar nicht mehr gewollt. Es ist ganz schön befreiend, wenn man mal nicht erreichbar ist.«

Frankie trat einen Schritt zurück und hielt ihm das Telefon mit ausgestrecktem Arm hin. »Hier hast du dein Telefon zurück«, stieß sie tonlos hervor und machte sich bereit zum Abgang.

»Danke, Frank. Und wie geht's dir?«

»Meine Freundin wartet draußen.«

»Und deswegen sagst du mir nicht, wie's dir geht? Mann, du bist echt ein harter Brocken.« Er lachte nervös, runzelte die Stirn und machte den Mund auf, als wollte er etwas sagen – doch dann überlegte er es sich anders.

»Ich muss jetzt wirklich los. Ich glaube, bei Cat ist gerade die Fruchtblase geplatzt.« Ohne Sunny auch nur zum Abschied die Hand zu geben, drehte sie sich um und machte sich eilig davon.

Cat saß angespannt bei laufendem Motor in ihrem Mini Cooper um die Ecke.

»Schnell. Steig ein!«, rief sie ihr schon durchs offene Fenster zu. Frankie war kaum ins Auto gesprungen, da trat Cat schon aufs Gaspedal.

»Was ist denn los? Oh Gott, ist deine Fruchtblase wirklich geplatzt?«

»Was? Mach dich nicht lächerlich. Sie ist hier!«

»Wer – sie?«

»Na sie!«

»Was, doch nicht etwa *sie*?«

»Doch, genau! Die Frau von Sunnys Handy! Gerade als du um die Ecke bist, kam sie von der anderen Seite.«

Cat bog scharf ab, und die beiden kippten heftig nach links. »Cool, wie deine Haare fliegen.«

Frankie ignorierte sie. »Und du bist wirklich sicher, dass sie es war? Es ist ja ziemlich dunkel.«

»Na ja, sie hatte die gleiche Figur und die gleiche Haarfarbe. Und außerdem …«

»Und außerdem?«

»Ich hab's gespürt, Frankie.« Cat beugte sich zu ihr hinüber. »So was spüre ich in meinem Schoß.«

»Oh Mann, Cat! Das ist doch kein Beweis!«

»Leg dich nicht mit meinem Schoß an! In deinem reift schließlich kein Leben heran.« Sie parkte in der nächsten Seitenstraße und wandte sich an Frankie. »Los geht's! Jetzt denkt sie, wir sind weg, und wir können ihr unauffällig hinterher.«

»Nein, Cat, hat sie dich überhaupt gesehen? Und wir gehen jetzt nicht in dieses Pub zurück. Ich rieche schließlich nach Hämorrhoidencreme!«

»Ich werde natürlich auf keinen Fall zulassen, dass diese umwerfend gut aussehende Frau, die gerade zu deinem Freund spaziert, Wind davon bekommt, was du für verquollene Augen hast! Also ehrlich, ich mach so was schließlich nicht zum ersten Mal.« Cat schnallte sich los und stieg nicht gerade elegant aus dem Auto.

Frankie seufzte und tat es ihrer Freundin nach. Sie warf einen raschen Blick durch die Heckscheibe, um sicherzugehen, dass mit Winnie in seinem Transportkäfig alles in Ordnung war, und so bekam sie nicht mit, dass Cat blitzschnell zwei schwarze gestrickte Skimützen aus der Handtasche holte. Sie zog sich die eine halb über ihr stets unbezähmbares Haar und warf die andere Frankie zu.

»Los, du auch.«

»Was? *Eine Skimütze?* Cat, es ist geradezu beängstigend, wie gut du auf diese Situation vorbereitet bist.«

»Claud hat sie gestrickt.«

Sie schlichen die Straße entlang, die kratzigen Skimützen halb über die glühenden Gesichter gezogen, bis sie zu einer engen, kopfsteingepflasterten Seitengasse kamen. Cat riss Frankie zur Seite und drückte sie gegen die Wand.

»Liebe Güte, Cat, jetzt reicht's mir aber wirklich mit dem theatralischen Getue!« Frankie rieb sich den Nacken.

»Mach mir einfach alles nach.« Sie zog die Skimütze jetzt ganz nach unten, sodass nur noch ihre Augen zu sehen waren. Frankie verdrehte die Augen und machte widerwillig das Gleiche. Sie schlichen an einer kleinen Garage entlang und schlängelten sich vorbei an ein paar Mülltonnen, wo ihnen der Gestank von Speiseresten und abgestandenem Bier entgegenschlug. Hin und wieder drehte Cat sich um und winkte Frankie heran, der das Ganze ziemlich peinlich war, oder sie hielt warnend den Finger vor die Lippen, bis sie zu einer Lücke im Zaun kamen, durch die sie hindurchsteigen konnten. Sie duckten sich hinter die Büsche und schoben sich die Skimützen wieder hinauf, damit sie besser sehen konnten.

»Da, schau mal.« Cat zeigte auf einen kleinen Tisch in der Bar.

Frankie spähte durch die Zweige hindurch. Hinten im Biergarten des Pubs standen einige Grüppchen von Menschen. Sie plauderten miteinander oder spazierten zwischen den Tischen umher. Wütend scannte sich

Frankie durch die Miniröcke und die gepflegten Bärte, bis sie Sunny gefunden hatte.

Er hatte sich auf einer Trittleiter niedergelassen und schaute in ihre Richtung und in Richtung einer Frau mit goldbraunem Haar, die ihn wahrscheinlich anstrahlte.

»Du hast wirklich recht. Wie hast du nur …?« Frankie griff nach Cats Hand.

»Mein Schoß.« Cat deutete erfreut auf ihren Unterleib.

»Alles klar, Miss Marple – und wie geht's jetzt weiter?«

Sie warteten eine halbe Ewigkeit.

Sunny und die Schönheit bestellten Getränke, saßen da und unterhielten sich. Scheinbar endlos. Frankie hatte Sunny noch nie so ernst gesehen. Die Frau hatte die Beine übereinandergeschlagen und schien den größten Teil der Unterhaltung allein zu bestreiten.

»Das ist doch totale Zeitverschwendung, Cat. Wieso hast du mich hierhergeschleppt?«

»Ein bisschen Geduld noch! Du hast doch ohnehin nichts Besseres zu tun.«

Die Minuten quälten sich dahin, und die Freundinnen hockten zusammengekauert hinter dem Zaun und verlagerten das Gewicht immer wieder von einem Fuß auf den anderen.

Sunny wurde allmählich munterer und begann, erregt zu gestikulieren. Und dann lag seine Hand auf einmal auf dem Arm der Frau. Eine ganz beiläufige, intime Geste, bei der Frankie die Wut in die Eingeweide schoss. Hier hockte sie nun gut getarnt im Gebüsch zwischen weggeworfenen Kronkorken und starrte Sunny an, einen

Mann, den sie kaum kannte. Aber sie konnte anscheinend nicht ignorieren, wie er die Hand auf den Arm einer anderen Frau legte. Die gleiche Hand, mit der er Frankie an sich gezogen hatte, als sie sich mitten zwischen den Infrarotlampen und dem dekorativen Treibholz für Terrarien geküsst hatten. Die gleiche Hand streifte jetzt die Frau, die er als Hintergrundbild auf seinem Telefon hatte. Sunny neigte den Kopf zur Seite, während Frankie die Fragen nur so durch den Kopf schossen. *Wer ist diese Frau? Was denkst du gerade, Sunny? Und warum um alles in der Welt macht mir das hier so viel aus? Wir kennen uns ja noch nicht mal einen Monat!*

»Ich kombiniere«, sagte Cat und wippte leicht auf den Fußballen, »es sieht nicht gut aus.«

»Was du nicht sagst, Sherlock!« Frankie wich vom Zaun zurück und erhob sich. Sie schüttelte ihre fast gefühllos gewordenen Beine und rieb sich die Arme. »Mir reicht's jetzt.«

Diesmal folgte Cat Frankies Beispiel und ging hinter ihr her zurück zum Auto.

»Kopf hoch«, sagte sie und legte Frankie tröstend den Arm um die Schultern. »Er ist es nicht wert. Hast du nicht morgen ein neues Date mit einem, der dein Buch im Zug gefunden hat?«

Frankie antwortete nicht. Sie wollte jetzt nicht an die Enttäuschung denken, die sie mit an Sicherheit grenzender Wahrscheinlichkeit beim nächsten Date erwartete.

»Bring mich einfach nach Hause, Cat.«

»Dir bleibt immer noch die Schildkröte.«

16

Der Mann, der mit den Wölfen heulte – und noch ein bisschen mehr

Kennt ihr die Redensart: Jungen weinen nicht? Tja, das ist vollkommener Blödsinn und stimmt nicht im Geringsten. Jungen können sehr wohl heulen. Und wie, sag ich euch!

Aber fangen wir mal vorne an.

Vor drei Tagen bekam ich eine E-Mail von einem Mann namens Michael. Er hatte an der Haltestelle Burnley mein Buch von Kazuo Ishiguro *Alles, was wir geben mussten* gefunden. Michael schrieb mir, dass es ihm gut gefallen habe und dass er sich sehr gern bei einem Glas Wein darüber unterhalten würde. Nachdem ich mich vergewissert hatte, dass er wirklich ein Mann war (wie ihr wisst, kann man nie wissen), zuckte ich die Achseln und sagte zu. Schließlich hatte ich nichts zu verlieren.

Ich verabredete mich mit Michael im Jungle Boy in Windsor. Mein Date fand gestern Abend statt.

Als ich das schlecht beleuchtete Lokal betrat, und zwar genau die klassischen fünf Minuten zu spät, sah ich einen gut aussehenden Mann an einem Bartisch für zwei Personen. Neben ihm lag meine zerlesene Ausgabe von *Alles, was wir geben mussten.*

»Michael?«, fragte ich lächelnd. Der Mann hatte schwarzes Haar und braune Augen. Sein brauner Wollpulli hatte Patches an den Ellenbogen.

»Frankie! Du siehst genauso schön aus, wie ich mir Ruth aus dem Buch vorstelle«, antwortete er, während ich Platz nahm.

Ein Kompliment in Form einer literarischen Anspielung – schon mal nicht schlecht für den Anfang.

Wir unterhielten uns über alles Mögliche, von Virginia Woolf bis Donald Trump – und wir waren uns einig über die beiden (einmal heldenhaft und einmal schauderhaft – als ob ihr da noch fragen müsstet!). Es lief also richtig gut, um nicht zu sagen: Es lief super.

Bis ich einen Espresso Martini bestellte.

»Was hast du da gerade bestellt?«, fragte er entgeistert.

»Einen Espresso Martini …«

»Oh.« Michael wirkte derart niedergeschmettert, als hätte ich soeben das Blut von zwanzig unschuldigen Kindern geordert.

»Stimmt was nicht?« Ich schaute ihn fragend an.

»Es ist bloß … Meine Ex, Diana, hat das auch immer bestellt. Wir haben uns vor zwei Jahren getrennt«, verkündete er traurig.

Und von da an ging's dann bergab – und zwar rasant.

Ich wollte nicht über seine Ex sprechen (ein typischer großer Fauxpas beim ersten Date) und versuchte, die Unterhaltung auf ein anderes Thema zu bringen. Aber wir landeten immer wieder am gleichen Punkt.

»Hast du Tiere?«

»Nein, Diana mochte keine Tiere.«

»Ist es nicht schrecklich, was da gerade in Syrien passiert!«

»Diana hat nicht gern über Politik geredet.«

»Das Wetter ist ja aktuell wirklich großartig, die ganze Zeit scheint die Sonne.«

»Diana hat schönes Wetter auch immer gemocht.«

Irgendwann schafften wir's dann, von Diana wegzukommen. (Übrigens klingt es so, als wäre sie echt fürchterlich. Sie kann Tiere nicht ausstehen und weigert sich, die tagespolitischen Themen auch nur zur Kenntnis zu nehmen – was stimmt bloß mit der Frau nicht?) Wir sprachen noch ein bisschen über die anderen Bücher von Ishiguro (wir hatten beide die meisten davon gelesen), doch so richtig in Fahrt kamen wir nicht mehr. Glücklicherweise näherte das Date sich langsam seinem Ende. (Ich versuchte, nicht allzu glücklich zu wirken, dass sich unsere Wege jetzt trennen würden.) Ich holte mein Telefon raus und schaute, welchen Zug ich nehmen könnte, da hörte ich Michael plötzlich nach Luft schnappen. Ich schaute ihn an, und seine Augen waren auf einmal ganz rot. *Oh nein,* dachte ich, *das darf doch nicht wahr sein!* Aber es war wirklich so. Er hatte mit einem Mal ganz feuchte Augen, wirklich wahr, und schien kurz davor, in Tränen auszubrechen.

»Was ist denn los?«, fragte ich zögernd.

»Du hast genau das gleiche Telefon wie Diana.« Er schniefte. (Ich habe ein stinknormales iPhone.)

Ich musste die Situation sofort entschärfen, ehe es zum Schlimmsten kam. Also machte ich das, was ich auch mache, wenn ich nicht will, dass meine zischende Cola aus der Flasche schießt: Ich lege die Hand drauf. Verlegen platzierte ich also Michael die Hand auf die Schulter. Wie hätte ich auch wissen sollen, dass das voll nach hinten losgehen würde?

Michael heulte. Und damit meine ich: Er heulte wirklich. Mitten in einer gut besuchten Bar schluchzte dieser fünfunddreißigjährige Mann aus tiefstem Herzen über seine Ex, die ihn vor zwei Jahren verlassen hatte und noch nicht mal Hunde mochte.

Und was ich dann als Nächstes tat, war so edel und ritterlich wie nur irgendwas, das ich bisher in meinem Leben getan hatte. Während wirklich jeder in dieser Bar mich und den weinenden Mann anstarrte, der mir gegenübersaß, stand ich auf, ging um den Tisch herum und umarmte ihn. Ich nahm ihn wirklich richtig in die Arme, und er heulte und schluchzte und schnaubte zwanzig lange schreckliche Minuten in mein Lieblingsseidentop hinein.

Als er sich endlich zusammenriss, entschuldigte er sich übertrieben. Und natürlich sagte ich, es wäre in Ordnung. Schließlich weiß ich ja, wie es sich anfühlt, wenn einem das Leben entgleitet. Und ich hätte ihm auch keine Vorwürfe gemacht. Aber dann blickte er zu mir auf, dieses heulende Elend von einem Mann, der sich gerade noch an meiner Brust ausgeweint hatte, als wäre ich ein Kissen. Er sagte: »Willst du vielleicht mit zu mir kommen?«

Bis zum nächsten Mal, meine Lieben
Schließlich – morgen ist auch noch ein Date.
Scarlett O' xx

Kommentar hinterlassen (379)

Cat in the Hat > Ahhhh! Ich weine fast genauso sehr wie Michael … aber vor Lachen.

Stephen Prince > @Nooffencebut … Ich wundere mich, dass du noch keinen unsinnigen Kommentar à la »Das ist sexistisch« geschrieben hast.

No offence but … > @StephenPrince Sag bloß, du hast mich vermisst!

Stephen Prince > @Nooffencebut … Ich hab deine dämlichen Kommentare vermisst, das stimmt.

No offence but … > @StephenPrince Du bist ein Idiot. Scarlett O', gestern Abend war ich auch zufällig im Jungle Boy, vielleicht sogar zur gleichen Zeit wie du.

Stephen Prince > @Nooffencebut … Du gehst ins Jungle Boy? Da gefällt's mir super. Vielleicht gehen wir irgendwann mal zusammen hin ;)

No offence but … > @StephenPrince Davon träumst du wohl!

Jumping Josh > *Alles, was wir geben mussten* fand ich auch super!

Lici Lou > Tja, und Michael musste seiner Ex auch alles geben … Ich hab mich schlappgelacht. Danke, dass du das echte Leben so knallhart einfängst.

17

Der große Gatsby von F. Scott Fitzgerald
In der 86er Tram nach Bundoora RMIT
über Smith Street

Die wenigen Fahrgäste waren über den ganzen Wagen verteilt. Frankie und Cat saßen in der vorletzten Reihe und behielten einen bestimmten Platz im Auge: Dort lag jetzt eine Ausgabe von *Der große Gatsby,* die sie widerrechtlich vom Wühltisch mit den reduzierten Büchern in der »Kleinen Buchhandlung in der Brunswick Street« entwendet hatten. »Es ist doch ein Verbrechen, dass dieser Klassiker überhaupt dort gelandet ist!«, hatte Cat verkündet und es vor Clauds Augen einfach herausgenommen, als sie ging.

Frankie schweifte in Gedanken immer wieder ab zu ihrem Blog, der in den paar Wochen, in denen sie ihn nun führte, ordentlich an Fahrt aufgenommen hatte. Sie bekam Rückmeldungen, die ihrem Ego schmeichelten: Wie frech und witzig der Blog sei und wie sehr ihren Lesern der Stil gefalle. Das machte ihr Hoffnung, dass sie vielleicht – unter Umständen – doch irgendwann noch mal ein Buch schreiben würde. *Vielleicht wird das ja mein Jahr,* dachte sie. *Wenn ich es bloß schaffe, mit diesem Blog durchzuhalten.*

»Warum kann Claud denn nicht? Ich hab keinen Schimmer, wie so ein Geburtsvorbereitungskurs abläuft. Er wird da ja wohl irgendeine Rolle haben?«

»Ach, Claud hatte keine Lust, schon Wochen, bevor es so weit ist, in einen Kurs zu gehen. Und Frauen, die in der Stellung Herabschauender Hund vor sich hin hecheln, sind auch nicht so sein Fall.«

»Ach – ich hätte gedacht, das wäre ganz genau sein Fall?«, erwiderte Frankie, und prompt stieß ihr Cat spielerisch den Ellenbogen in die Seite.

»Irgendwas von Edward Cullen gehört?«, fragte Cat, ohne den Blick von dem Buch abzuwenden, das noch immer unentdeckt dalag.

»Nö.«

»Und du bleibst bei deiner Eiszeit-Taktik?«

»Was glaubst du denn!« Frankie wandte ihren Blick einen Augenblick vom Buch ab, um Cat streng in die Augen zu sehen. »Er ist offenbar in festen Händen. Und das mach ich nicht mit.«

»Das musst du gerade sagen, Bridget Jones. Du checkst ja wohl einen nach dem anderen ab.«

»Das ist was vollkommen anderes«, fuhr Frankie sie an. »Erstens: Meine Dating-Eskapaden sind eher bescheuerte Sozialexperimente, damit ich etwas habe, worüber ich schreiben kann. Zweitens: Muss ich dich wirklich daran erinnern, dass du es warst, die mich überredet hat, überhaupt erst damit anzufangen? Und drittens: Keiner von diesen Typen hat es bei mir bis zum Hintergrundbild gebracht!«

»Wenn du meinst, Anna Karenina.«

Die Bahn hielt mit einem Ruck. Ein Vater und sein

kleines Kind stiegen aus, und ein großer, schlaksiger Mann von vielleicht Ende zwanzig stieg ein und kam durchs Abteil. Er trug beige Chinos und ein dunkelblaues T-Shirt, und mit einer Hand trug er ein Buch und sein Telefon übereinander. Frankie und Cat bemühten sich, nicht hörbar nach Luft zu schnappen. Sie nahmen sich an der Hand und drückten fest zu, dann beugten sie sich gleichzeitig nach vorne, damit sie einen Blick auf den Buchtitel werfen konnten: *Enzo oder Die Kunst, ein Mensch zu sein.*

»Er ist der Richtige«, zischte Cat.

»Los, komm, hundeliebender Bücherwurm, schnapp dir unser Buch«, beschwor Frankie ihn leise.

Der Mann zog seine Fahrkarte durch und warf einen misstrauischen Blick auf die beiden Frauen, die ihn so auffällig anglotzten. Dann setzte er sich zwei Reihen vor dem Buch hin. Cat und Frankie seufzten. Es wäre ja auch zu schön gewesen. Sie schaukelten im Rhythmus der Bahn hin und her, während sie weiterfuhren, und starrten zu dem wartenden Buch.

»Und was ist mit dem weinenden Mann und dem Tränenmeer? Hast du was von ihm gehört – oder vielleicht von seinem Therapeuten?«

»Yep, vor einer Stunde hat er eine langatmige Entschuldigung geschrieben. Dass er bei seinem ersten Date mit mir so heftig über seine Ex geschluchzt hat, bildet offensichtlich nicht seine ›ganze Persönlichkeit‹ ab.« Frankie zeichnete die Anführungszeichen in die Luft.

»Sieh nur zu, dass du ihm ganz nett absagst. Es klingt nicht so, als könnte er noch mehr Zurückweisung ertragen.«

»Das gilt für uns beide, Cat! Ist es nicht total verrückt, dass ich ihm vielleicht eine zweite Chance gegeben hätte? Wenn sein geschmackloser Vorschlag zum Schluss nicht gewesen wäre, meine ich. Bin ich denn wirklich schon so verzweifelt?«

»Ja«, erwiderte Cat wie aus der Pistole geschossen.

Die Bahn wurde langsamer und hielt neben einigen Läden und Cafés. Frankie stand auf und zog Cat hoch. Auf dem Weg zur Tür mussten sie an dem süßen Mann vorbei, der sich über sein Buch beugte. Cat stieß ihn mit dem Fuß an, warf ihm einen vielsagenden Blick zu und nickte in Richtung des Romans mit Frankies Telefonnummer darin. Der Mann schaute verständnislos in diese Richtung, während die beiden in die willkommene Wärme hinaustraten.

Google Maps führte sie zu einem roten Ziegelhaus mit Ladenfront im Viktorianischen Stil und einem Schild mit der Aufschrift »Yo Mama«. Als sie die Tür aufmachten, standen sie vor einer langen und sehr engen Treppe.

»Soll das ein Witz sein?«, rief Cat aus und legte die Hände auf ihr Bäuchlein. »Welche dürre Tussi hat sich das denn ausgedacht!«

Sie quetschten sich die Treppe hinauf, vorbei an Fotos von Frauen, die ihre dicken Bäuche umarmten, und von schrumpeligen, brüllenden Neugeborenen. Frankie spürte ein tiefes Verlangen, von dem sie nichts geahnt hatte. Es erschütterte sie wie sonst nur eine überraschende Wendung in einem Roman. *Andererseits scheint mir ja wohl jeder zu raten, dass ich endlich ein geregeltes Leben führen soll, einen Partner finden und eine Familie gründen,* dachte sie, während sie Cat langsam die Treppe hinauf folgte. *Wieso sollte mein Körper da eine Ausnahme machen?*

Oben kamen sie in einen Korridor. Eine hochschwangere Frau und ihr Partner kamen ihnen entgegen, und Frankie und Cat gingen schweigend den langen Flur entlang und folgten den Pfeilen, die den Weg zum Kurs ausschilderten. Frankie bereitete sich mental auf die kommende Stunde vor. Cat zog sie kurz an sich und flüsterte ihr ein Dankeschön ins Ohr, dann öffnete sie die Tür zum Übungsraum.

Frankie spähte vorsichtig hinein und bereitete sich auf das vor, was kommen würde – und ihr blieb fast das Herz stehen. *Ads!*

»Er ist hier«, zischte sie.

»Wer?«, fragte Cat unbekümmert.

»Leise!« Frankie wies mit dem Kinn in Richtung des entsetzlichen Anblicks.

Dort, umgeben von schwangeren Frauen und deren liebevollen Partnern, standen Ads und seine neue Freundin. Weil Frankie ihn immer mal wieder online stalkte, wusste sie, dass Ads und Priya jetzt vielleicht gerade mal ein Jahr zusammen waren. Ihr Profilfoto auf Facebook zu sehen war eine Sache, aber ihr in Fleisch und Blut gegenüberzustehen, noch dazu schwanger, jagte Frankie eine Gänsehaut über den Rücken.

In diesem Augenblick schaute Ads auf und begegnete ihrem Blick. Sie schaute schnell weg, aber es war schon zu spät, er kam direkt auf sie zu.

Ich glaub's nicht. Das glaub ich einfach nicht, tönte es in Frankies Kopf. Cat fasste ihre Hand.

»Frankie« begrüßte er sie, als er zu ihr trat, »wie schön, dich zu sehen. Erst die Tage hab ich noch an dich gedacht.« Seine Freundin kam jetzt hinter ihm her.

Frankie holte tief Luft, und Cat drückte ihr die Hand. Ein Wirbelsturm an Gefühlen schien in ihr zu toben, sodass sie kaum Luft bekam, geschweige denn sprechen konnte. Cat stupste sie an.

»Hallo Ads, was machst du denn hier?«, stieß Frankie hervor und merkte sofort, wie dämlich die Frage war. Natürlich wusste sie ganz genau, was er hier machte.

»Ist das nicht offensichtlich?« Die Frau trat hinter Ads hervor, hakte sich bei ihm ein und legte die Hand auf ihren ziemlich großen Bauch.

Ich glaub's nicht. Das glaub ich einfach nicht.

»Und du bist …?«, mischte Cat sich ein, obwohl sie sehr genau wusste, wer die Frau war.

»Ich bin Priya, Adams Freundin.«

Frankie konnte nicht anders, sie musste sie einfach anstarren. Priya war eine zierliche Person, das hatte sie schon gewusst, aber die Bilder auf Facebook hatten Frankie nicht darauf vorbereitet, wie schön sie war: Ihre Haut wirkte frisch gebräunt, und ihre üppige Lockenpracht schien selbst hier in dem schwach beleuchteten Raum zu schimmern. Frankie hörte Ads leise mit der Zunge schnalzen und merkte, wie er nervös wurde.

Priya strich Ads sanft über die Hand. »Frankie, herzlichen Glückwunsch. Ihr beide gebt ein schönes Paar ab.« Sie ließ ihren schlanken Finger zwischen Cat und Frankie hin und her wandern.

»Ja.« Cat zog Frankie an sich, zwickte sie in den Hintern und küsste sie auf die Wange. »Wir freuen uns ja schon so, dass wir unseren kleinen Engel bald auf der Welt willkommen heißen dürfen. Und es hat gleich bei der ersten Samenspende geklappt«, stieß sie hervor.

»Frankie mit einem Kind? Die Frau, bei der jede Topfpflanze nach spätestens einer Woche eingeht?« Ads lachte unbehaglich und schnalzte wieder mit der Zunge.

»Oh nein, ich bin nicht … das heißt, wir sind …«, stammelte Frankie.

Priya lächelte, und Frankie bekam Minderwertigkeitsgefühle.

»Was Frankie sagen will …«, begann Cat, aber nun marschierte die Lehrerin, eine untersetzte Frau, herein.

»Also, Mums und Dads!«, rief sie schwungvoll. »Es wird Zeit, die Bäuche mal ordentlich ans Atmen zu bringen!«

Frankie schaute dankbar zu ihr hinüber, während sich die Leute einigermaßen geordnet im Raum verteilten. Cat schob Frankie zu einer freien Yogamatte, ungefähr sechs Plätze von Ads entfernt – *Muss der Raum wirklich so klein sein?* – und drückte ihr ein letztes Mal beruhigend die Hand, dann setzte sie sich auf einen Gymnastikball, und Frankie kauerte sich neben sie.

»Also, Ladies, unterschätzt niemals den Einfluss eines guten Beckenbodentrainings!«, tönte die Frau vorne vor der Klasse. »Den Beckenboden immer schön anspannen!«

Frankie seufzte tief auf und schaute aus den Augenwinkeln zu Ads hinüber. Priya ruhte auf der Matte, Ads kniete hinter ihr und hielt sie in den ausgebreiteten Armen. Er strich ihr über die Beine, und sie kicherte über etwas, das er ihr ins Ohr flüsterte. Frankie holte tief Luft. Da war er nun – der Mann, der für sie einmal die Zukunft gewesen war –, und sah einer neuen Zukunft mit einer anderen entgegen. Sie versuchte, nicht zu den beiden hinzustarren, aber sie konnte den Blick einfach nicht abwenden. *Seit wann wünschst du dir eigentlich eine Familie?* Die Frage hinterließ einen bitteren Nachgeschmack.

»Liebes, fass ihr um den Po, schau mal, so.« Die Lehrerin demonstrierte der Klasse jetzt die Übung, sie kniete zwischen Cats Beinen, fasste sie um die Hüfte und packte sie am Hintern.

»Alles klar, danke«, murmelte Frankie verlegen.

Die Lehrerin trat zur Seite und begann der Klasse nun unterschiedliche Atemtechniken aus dem unteren Bauchraum heraus zu erklären.

»Frankston, du bist total verspannt«, murmelte Cat, während sie das linke Bein zur Seite streckte. »Wie soll sich denn mein Muttermund entspannen, wenn du so laut mit den Zähnen knirschst, dass es noch die Nachbarn hören!«

»Was soll ich denn machen?«, zischte Frankie. »Der Kerl, der mir das Herz gebrochen und mich einfach fallen gelassen hat, macht mich fix und fertig. Hatte ich schon erwähnt, dass er es geschafft hat, die Karriereleiter weiter hochzuklettern und eine regelrechte Schönheit zu schwängern, während ich in der gleichen Zeit drei graue Haare gefunden habe und gerade mal als Period Girl bekannt geworden bin?«

»Tut mir leid, Frank. Sollen wir lieber gehen?«, fragte Cat.

»Nein, nein, geht schon.« Frankie biss die Zähne zusammen.

Noch zwanzig Minuten, sagte sie sich. *Denk an das ungeborene Kind deiner besten Freundin und ignorier die glückliche Familie, die dein Ex da gründet.*

»So«, rief die Kursleiterin, »ihr empfindet vielleicht das ›Schwingen‹ oder den ›Schieber‹ im frühen Wehenstadium als eine hilfreiche Position. Mums und Dads, stellt euch jetzt gegenüber und legt euch die Arme um die Schultern. Sie kann den Kopf auf seine Brust legen, und ihr schwankt sanft von einer Seite zur anderen.« Frankie half Cat beim Aufstehen und umarmte sie. Über Cats Kopf hinweg sah sie, wie Ads Priya in den Arm nahm, seine Lippen berührten ihre Stirn. Frankies Herz schlug schneller. *Rammt mir doch einfach einen Dolch in die Brust!* Im Versuch, den Blick abzuwenden, schwenkte sie Cat herum, blieb aber mit dem Fuß an der Yogamatte hängen. Frankie verlor das Gleichgewicht, stürzte und riss Cat mit zu Boden.

»Frankie!«, rief Cat erschrocken. »Pass doch auf!« Alle schauten sich nach ihnen um, und Frankie spürte Priyas Grinsen regelrecht im Rücken.

»Ach du liebe Zeit, alles in Ordnung, Cat? Es tut mir schrecklich leid, ich bin gestolpert.« Frankie half ihrer Freundin nervös auf und setzte sie auf den Ball.

»Frankie, ich weiß, dass dir die Sache an die Nieren geht«, flüsterte Cat mit einer Kopfbewegung in Richtung Ads. Sie schauten einen Augenblick gebannt zu, wie Ads und Priya leise miteinander lachten.

»Weißt du was? Dieser Kurs hängt mir so was von zum Hals raus!« Frankie merkte, wie sie die Fassung verlor. Jetzt gab es kein Zurück mehr. »Tut mir echt leid, Cat«, sagte sie, schnappte sich ihre Handtasche, die neben dem

Gymnastikball lag, und stürzte hinaus. Hinter sich hörte sie Priya und Ads kichern. Frankie rannte die Treppe hinunter und aus der Tür. Dann zog sie ihr Telefon aus der Gesäßtasche und wählte die Nummer ihres Vaters.

»Dad«, schrie sie, als er nach dem dritten Klingeln ranging. »Jetzt rate mal, wen ich gerade in Cats Geburtsvorbereitungskurs getroffen habe? Genau, Ads! Mit seiner Freundin Priya, die zufällig schwanger ist. SCHWANGER!« Frankie musste kurz Luft holen und hörte in dieser Pause das Atmen ihres Vaters. »Die Mutter seines Kindes! Kannst du dir das vorstellen?« Frankie stürmte die Straße entlang und gestikulierte wie wild. »Mir hat er erzählt, er könnte sich nicht vorstellen, in den nächsten Jahren ein Kind zu bekommen – mindestens sechs Jahre noch nicht! Und jetzt hat er irgend so eine Schönheit geschwängert wie Daisy Buchanan aus *Der große Gatsby.* Cat hat mich nicht mal gefragt, ob ich gehen will – erst als es schon zu spät war. Ach – und hab ich dir schon erzählt, dass Sunny, der Typ, mit dem ich jetzt öfter mal aus war, mich die ganze Zeit beschissen hat? Naja, eigentlich war offenbar ich die Geliebte! Es ist mir einfach alles zu viel. Bei mir scheint im Moment aber auch wirklich alles schiefzugehen!« Frankie wurde jetzt langsamer und bahnte sich ihren Weg zwischen Kinderwagen und Leuten, die Händchen hielten. Der Bürgersteig schien auf einmal sehr voll. »Aber das wird schon wieder. Es ist einfach ein schlimmer Fall von *Eine Reihe betrüblicher Ereignisse.* War schön, mit dir zu reden. Du weißt einfach immer, was du sagen musst, damit's mir hinterher besser geht. Aber jetzt muss ich aufhören. Schönen Nachmittag wünsch ich dir, Dad! Ach – und bitte erzähl Mum nichts«, fügte sie noch hinzu.

Dann beendete sie das Gespräch, ging auf Twitter und scrollte herunter.

@Adamsegler: Super Geburtsvorbereitungskurs mit meiner neuen Baby-Truppe @priyavinay und @catinthehat. Wo ist Frankie geblieben?

18

Von: Lachlan Rennard
An: Scarlett O'
Betreff: Lust auf ein Date?

Hallo Scarlett,

Mensch, du bist ja ganz schön kreativ! Vor ein paar Wochen bin ich auf dein Buch *Wer die Nachtigall stört …* gestoßen. Das hatte ich seit der Schule nicht mehr gelesen, und die Reise in die Vergangenheit hat mir sehr gefallen. Es ist immer schon eins von meinen Lieblingsbüchern gewesen. Ich meine: »In solchen Augenblicken hielt ich meinen Vater, der Gewehre hasste und nie in irgendeinem Krieg gewesen war, für den tapfersten Mann auf Erden.« Besser kann's eigentlich nicht werden, oder?

Aber dass ich dann hinten drin deine Nummer gefunden hab, das war echt das Sahnehäubchen. Wie bist du bloß auf so eine charmante Idee gekommen? Da sag ich nur: Tinder hat echt ernsthafte Konkurrenz!

Ich würde sehr gern mit dir ausgehen und alles rund um Scout Finch und Boo Radley besprechen. Warst du schon mal in den Night Noodle Markets? Ich hab gehört, die Ramen dort sind erstklassig.

Tschüss,
Lachy

Von: Scarlett O'
An: Lachlan Rennard
Betreff: Re: Lust auf ein Date?

Hallo Lachy,

vielen Dank für deine E-Mail. Ich freu mich sehr, dass du deine Reise durch das Alabama der Dreißigerjahre genossen hast. Ist Harper Lee nicht ein Genie? *Gehe hin, stelle einen Wächter* liegt auch schon viel zu lange auf meinem Lesestapel.

Du fragst, wie ich auf diese Idee gekommen bin – tja, zufällig arbeite ich mit meiner besten Freundin Cat in einer Buchhandlung, und das fühlt sich an, als wäre man in einem riesigen Buch eingesponnen. Wenn ich den ganzen Tag lang Regale umgeräumt habe, komme ich von der Arbeit und rieche so, als wäre ich selbst ein Buch. Eigentlich war es Cats Idee, auf Bücher zurückzugreifen, um einen Freund zu finden (oder auch nur ein neues Mitglied für den traurigen kleinen Buchclub, der nur aus uns beiden besteht).

Hab ich schon erzählt, dass Cat schwanger ist? Ich hab sie sogar gerade zu ihrem ersten Geburtsvorbereitungskurs aller Zeiten begleitet. Zum gleichen Kurs, wo mein Ex und seine NEUE und SCHWANGERE Freundin waren! Und dann schlage ich mich noch mit diesem anderen Typen rum, mit dem ich schon so gut wie zusammen war. Ich bin schon komplett drüber weg, aber ich sag dir lieber gleich, dass er mich BETROGEN hat! Na ja, um das klarzustellen, ich war eigentlich eher die Geliebte, er hatte die ganze Zeit schon eine Freundin. Der hat vielleicht Nerven!

Tut mir leid, dass ich dich so vollschwalle, normalerweise ist es nicht meine Art, jemandem meine ganzen Probleme einfach so auf den Tisch zu kippen. Obwohl meine Mutter mich immer auffordert, »über meine Gefühle zu sprechen«, und mir predigt: »Geteiltes Leid ist halbes Leid«, lege ich meine Gedanken doch lieber in ein winziges Kästchen und verstecke das in meinem Herzen, das ähnlich gut gesichert ist wie Fort Knox. Tut mir leid, heute war wirklich kein besonders guter Tag. Ach ja, und ich hab auch schon eine ganze Flasche Rotwein intus.

Aber nichts hilft so gut wie eine Schüssel Misosuppe, wenn man Aufheiterung braucht. Wie wär's denn mit nächstem Donnerstag?

Frankie (so heiß ich wirklich) xxx

Von: Lachlan Rennard
An: Scarlett O'
Betreff: Re: Re: Lust auf ein Date?

Sieht so aus, als hättest du im Moment eine ganze Menge am Hals, wo du mit klarkommen musst. Vielleicht sollten wir's erst mal lassen.
Lachlan

Von: Scarlett O'
An: Lachlan Rennard
Betreff: Re: Re: Re: Lust auf ein Date?

Lachlan,

ich weiß wirklich nicht, was gestern mit mir los war. Ich schäme mich fast zu Tode, dass ich vollkommen unangemessen und ungerechtfertigt so viele persönliche Dinge vor dir ausgebreitet habe. Und normalerweise trinke ich *nie* tagsüber (zumindest nicht allein). Ich kann gut nachvollziehen, wenn du jetzt nicht mehr daran interessiert bist, dich mit mir zu treffen.

Aber nur damit du's weißt: über meinen Ex bin ich wirklich hinweg.

Sag mir Bescheid, falls du deine Meinung änderst.

Alles Gute!

Ein gleichgesinnter Bücherwurm, der sich sehr schämt

x

19

Einmal Fremdleser, immer Fremdleser

Was ich vergessen habe, zu erzählen – oder wahrscheinlich hatte ich einfach keine Lust, mich damit auseinanderzusetzen: Ich bin kürzlich betrogen wurden. Na ja, so ungefähr jedenfalls: Ich hab rausgefunden, dass der Typ, mit dem ich ausgehe – nennen wir ihn der Einfachheit halber Edward Cullen, denn so wunderschön und edel und liebevoll ist er –, gleichzeitig sehr involviert in eine andere Beziehung ist. Ich war also, wenn ich das mal mit *Gone Girl – Das perfekte Opfer* vergleichen darf, ungewollt die Andie Hardy zu seiner Amy Dunne. Oder wenn man *Girl on the Train – Du kennst sie nicht, aber sie kennt dich* bemüht, war ich die Megan Hipwell zu seiner Anna Watson. Mit anderen Worten: Ich war die Geliebte. Also habe ich das getan, was jede Frau tun würde, die auch nur ein winziges bisschen Stolz hat: Ich hab ihm den Rücken zugedreht, bin jetzt ganz wörtlich das *Gone Girl* und lege nun wieder, ganz *Girl on the Train,* Bücher in Zügen aus, unterwegs auf der Suche nach Liebe.

Ich habe viel darüber nachgedacht, wie man es fertigbringt, einen anderen Menschen zu betrügen, und ich habe versucht, nachzuvollziehen, wie man das jemandem antun kann, den man mag, den man manchmal sogar liebt. Das hat mich auf den folgenden Gedanken gebracht: Ist es eigentlich genauso leicht, einen Menschen zu betrügen wie ein Buch? Wenn jemand fähig ist, fremdzulesen, ist er dann auch in der Lage, auf altmodische Weise einen Menschen zu betrügen? Wenn das so ist, dürft ihr mich auf ewig einsperren und den Schlüssel wegwerfen, denn ich bin schuldig im Sinne der Anklage.

Ihr kennt doch die Art von Büchern, die man eigentlich lieben sollte? Denkt mal an die ganzen Bücher à la *Meine geniale Freundin* – jeder erzählt dir, wie gut dieses Buch ist, und es hat ja auch wirklich alles, was man für eine solide, langfristige Buch-Beziehung braucht: Es ist ergiebig, liebevoll und großherzig – aber aus irgendeinem Grund ist es einfach nicht das Richtige für dich. Du suchst etwas Aufregenderes, vielleicht soll ein bisschen mehr Liebesgeschichte drin sein, Leidenschaft und Risiko (und vielleicht sogar eine oder mehrere saftige Sexszenen). Also greifst du nach *Fremd fischen.* Das ist überhaupt nichts Ernsthaftes, du willst einfach nur ein bisschen Spaß haben. Du liest also das erste Kapitel und genießt die Aufregung. Aber so kannst du natürlich nicht ewig weitermachen. Also legst du das Buch widerstrebend weg und kehrst zu *Meine geniale Freundin* zurück – aber ungern. Nach einiger Zeit merkst du, dass du beide Bücher gleichzeitig liest, mal hier ein paar Seiten und mal dort, und dass du dich bemühst, beide Geschichten gleichzeitig zu verfolgen. Aber so eine Gratwanderung geht niemals gut! Irgendwann schläfst du dann mit *Fremd fischen,* dem unbekümmerten Seitensprung voller Eselsohren, im Bett ein, und *Meine geniale Freundin* liegt unbeachtet auf dem Boden, das absolut perfekte und verschmähte Buch.

Meine Frage also lautet: Ist jetzt *Meine geniale Freundin* oder *Fremd fischen* das richtige Buch für mich?

Und beide Möglichkeiten erscheinen mir gleichermaßen schrecklich.

Bis zum nächsten Mal, meine Lieben.
Schließlich – morgen ist auch noch ein Date.
Scarlett O' xx

Kommentar hinterlassen (905)

Emma Alicia > Das trifft den Nagel auf den Kopf! Ich finde es super, wie du die Literatur mit dem echten Leben vergleichst.

Sarah Josh > Ich hab gar nicht mitbekommen, dass du betrogen worden bist. Hoffe, dir geht's so weit gut, Süße xx

---

No offence but … > Ich verstehe nicht ganz, worauf du hinauswillst, aber falls du Fremdgehen entschuldigen möchtest, kann ich diesen Blog wohl in Zukunft nicht mehr lesen.

Stephen Prince > @Nooffencebut … Hallo – hast du diesen Eintrag überhaupt gelesen? Sie ist schließlich diejenige, die betrogen worden ist!! PS: Ich würde dich nie betrügen ;)

No offence but … > @StephenPrince Da hättest du auch nie Gelegenheit dazu.

20

Sturmhöhe von Emily Brontë
Im Zug der Lilydale Line nach Flinders Street

Frankie: Cat, wo bist du?

Cat: Bin in einer Minute da, versprochen.

Frankie: Dass es endlich mit unserem SIHVB losgehen kann!

Einen SIHVB – einen Sorry-ich-hab's-versaut-Brunch – hielten sie schon früher immer dann ab, wenn Frankie »aus Versehen« ein nicht gerade schmeichelhaftes Foto von Cat auf Facebook gestellt hatte, eines, auf dem sie die Augen nur halb offen hatte, auf dem ihr T-Shirt hochgerutscht war oder sie Mohn zwischen den Zähnen hängen hatte. Wenn eine der beiden Freundinnen sich so richtig danebenbenommen hatte, musste sie die andere zum besten Brunch der Welt einladen: Croissants, Avocado-Toast, Birchermüsli und Champagner mit Orangensaft. Nur keine falsche Zurückhaltung.

Frankie wartete jetzt schon eine geschlagene Viertelstunde im Great Eggspectations, ihrem traditionellen SIHVB-Restaurant. Sie hatte sich längst bei Cat dafür entschuldigt, dass sie sie mitten in den Entspannungsübungen hatte sitzen lassen, und Cat hatte ihr bereits verziehen. Aber keine von beiden wollte sich die Gelegenheit für einen SIHVB einfach so entgehen lassen. Frankie schaute wieder auf die Uhr. *Wo zum Teufel bleibt denn Cat?* In letzter Zeit war sie sogar noch unpünktlicher als sonst und schien ständig zwanzig Minuten hinter dem Plan zurückzuhängen.

»Hallo Frankie, lange nicht gesehen. Wer von euch beiden hat denn diesmal Mist gebaut?«, sagte Tommy und warf einen Blick auf Frankies Friedensangebote, die sich bereits vor ihr auf dem Tisch türmten. »Donuts UND Dickens! Da muss ja ganz schön was los gewesen sein.«

Tommy verströmte immer einen Duft von warmem Milchkaffee. Ihm gehörte das Great Eggspectations, und er freute sich über die unregelmäßigen Besuche von Frankie und Cat, die stets nach dem gleichen Muster verliefen: Zuerst warfen die Freundinnen mit wüsten Beschimpfungen um sich, dann aber folgte rasch die Phase, in der die beiden Unmengen an Essen vertilgten, gefolgt von langen Umarmungen und Freundschaftsschwüren.

»Diesmal geht's nur um das übliche ›Lass deine schwangere Freundin nicht in der ersten Stunde vom Geburtsvorbereitungskurs sitzen‹«, gestand Frankie.

»Auweia!« Tommy zuckte zusammen.

Wie aufs Stichwort erschien Cat. Sie kam in einem hellblauen Strickkleid mit passenden gestrickten Ohrringen ins Restaurant gehetzt, entschuldigte sich lautstark für die Verspätung, drückte Tommy einen Kuss auf die Wange und setzte sich. »Das Übliche für den SIHVB bitte, o liebenswürdiger Wirt!«

Gierig griff sie sich einem Erdbeer-Donut von Frankies Teller und biss hinein. Ein Tropfen Marmelade fiel ihr aufs Strickkleid, ohne dass sie es merkte, und Frankie lächelte und tupfte ihn mit der Serviette ab.

»Und, was gibt's Neues, Frankston? Hat noch jemand ein Buch gefunden?«, fragte Cat und verschlang den restlichen Donut mit zwei schnellen Bissen.

»Gestern hab ich eine Mail von einem Typen bekommen, aber ich hab ihn durch mein verworrenes Geschwafel gleich wieder abgeschreckt«, seufzte Frankie.

»So kennt man dich, so liebt man dich.«

Tommy kehrte zu ihrem Tisch zurück und balancierte ein großes Tablett vor sich, auf dem sich Teller und Gläser türmten. Er stellte jeden einzelnen Gegenstand feierlich auf den Tisch, während Frankie und Cat freudig Beifall spendeten. Dann nahm er sich sein übliches Trinkgeld – einen Donut mit Nutella – und begab sich wieder auf seinen Posten vorne im Café.

»Heute Vormittag habe ich *Sturmhöhe* ausgelegt, aber um ehrlich zu sein, ich bin wirklich nicht in Stimmung für ein einziges weiteres Date. Nicht mal, um Material für meinen Blog zu sammeln. Ich hab den ganzen Unsinn mit Sunny dermaßen satt! Ich weiß, dass ich drüber weg sein sollte, und das bin ich auch, ganz bestimmt sogar. Aber ich bin immer noch verdammt wütend, dass er mich so verarscht hat. Ich fühl mich wie die hinterletzte Idiotin.« Frankie biss in eine Scheibe Toast, die sie dick mit Brombeermarmelade bestrichen hatte.

»Dann sag ihm das doch! Ich weiß nicht, warum du seine Anrufe immer noch ignorierst. Das nächste Mal, wenn dieser Loser anruft, dann geh einfach ran und sag ihm mal ordentlich die Meinung!«, riet Cat, den Mund voller Müsli.

»Da steh ich drüber, Cat.«

»Die meisten Leute stehen da drüber. Und weißt du, was das bedeutet? Tödliche Langeweile.« Cat kippte noch etwas Honig über ihren Joghurt. »Wenn du dem Kerl nicht aufs Dach steigen willst, dann mach wenigstens was anderes, damit du endlich mit der Sache abschließen kannst«, fügte sie hinzu, leckte den Honiglöffel ab und hob bedeutungsvoll die Augenbrauen.

»Was meinst du damit?« Frankie rutschte unruhig auf ihrem Platz herum.

»Na, du weißt schon, eine gute altmodische Racheaktion eben.«

»Cat, wir sind nicht mehr in der Schule. Ich werde mit dir auf keinen Fall einen weiteren Rachefeldzug planen.«

»Wieso denn nicht? Er hat's schließlich verdient! Er hat dich einfach nur als Affäre nebenher laufen lassen, Frank. Und überleg doch mal – war es nicht ein absolut erhabenes Gefühl, als wir damals Richie Lucas die Haare blau getönt haben?« Cat grinste schadenfroh und griff nach den ofenwarmen Croissants.

»Klar, das weiß ich noch. Okay, um was für eine Art von Rache soll es denn hier gehen? Nichts, was zu viel Schaden anrichtet. Nur etwas Kleines, Feines.«

»Fein – das gefällt mir, damit kann ich was anfangen.« Cat lächelte. »Wie wär's, wenn wir seinen Facebook-Account hacken? Oder was sagst du zu einem Flugzeug, das etwas in den Himmel schreibt?«

»Das ist alles eine Nummer zu groß. Vielleicht können wir ihm auf die Mailbox sprechen und so tun, als hätte er seine Telefonrechnung nicht bezahlt?«, startete Frankie einen schwachen Versuch.

Cat schaute sie finster an. »Frankie, ehrlich, das ist die lahmste Idee, die ich je gehört habe.« Aber dann stahl sich ein Lächeln auf ihr Gesicht. »Claud hat mir zum Beispiel mal aus Jux ein Jahresabo von *Fifty Shades of Grey* geschenkt«, sagte sie.

»Und was bedeutet es genau, wenn man ein Jahresabo von *Fifty Shades of Grey* hat?«, lachte Frankie.

»Man bekommt handsignierte Bücher, Handschellen und einen Haufen Lederzeug. Zum Schluss hat's mir echt ziemlich gut gefallen. Aber nicht in Kombination mit den Strapsen, die Claud mir gestrickt hat, die haben total gekratzt.« Frankie musste lachen. »Also – was kann Sunny nicht ausstehen?«, fragte Cat eindringlich.

»Rassismus. Arrogante Menschen. Gefangene Schildkröten.«

»Viel zu langweilig! Wir brauchen was Besseres.«

Frankie biss in ihren Bananenpfannkuchen und dachte nach. Dann schaute sie Cat mit einem breiten Grinsen an.

»Noch mal: *Wie viele* Bananen wollt ihr?«, fragte Trixie, die Obsthändlerin.

»Zweihundert Stück, bitte«, wiederholte Cat.

»Aha. Und was habt ihr damit vor? Backt ihr den größten Bananenkuchen der Welt oder was?« Trixie lachte.

»Ja, so was in der Art.«

»Ihr habt Glück, ich habe heute eine große Lieferung reingekriegt. Normalerweise hab ich gar nicht so viele Bananen auf Lager außer bei einer Sonderbestellung«, sagte Trixie und fing an, die Bananen gleich büschelweise in einen Einkaufswagen zu legen.

»Trix, du bist eine Wucht!« Cat gab ihr einen anerkennenden Klaps auf den Rücken.

»Gern geschehen, Schätzchen. Habt ihr's denn weit? So viele Bananen sind nämlich verdammt schwer«, sagte Trixie.

»Nein, ist gar nicht weit, gleich hier um die Ecke«, grinste Cat.

»Das macht dann insgesamt hundertvierzig Dollar«, sagte Trixie, nachdem sie auf ihrem Taschenrechner herumgetippt hatte.

»Cat, das ist aber ganz schön teuer.« Frankie trat neben den Einkaufswagen, in dem sich die Bananen türmten. »Ich weiß nicht, ich bin jetzt nicht mehr so überzeugt von der ganzen Geschichte.«

»Unsinn, das ist uns die Sache wert.« Cat zückte ihre Kreditkarte. »Ich zahle.«

Mit wiegenden Hüften ging Cat die belebte Lygon Street entlang und schob den Einkaufswagen, turmhoch mit den zweihundert Bananen beladen, vor sich her. Die ganze Zeit sang sie, total falsch natürlich, Gwen Stefanis *Hollaback Girl* vor sich hin, und leider erinnerte sie sich nur an einen einzigen Teil des Liedes, nämlich an den mit den »B-A-N-A-N-A-S«.

»Cat!«, platzte Frankie schließlich heraus. Sie lief die ganze Zeit neben ihrer Freundin her. »Hast du noch alle Bananen im Schrank? Schluss jetzt mit der Singerei!«

Cat ignorierte Frankie und sang jetzt noch lauter.

»Okay, da wären wir. Da drüben steht sein Auto.« Frankie zeigte auf den knallroten Honda Civic, der am Rande der Lygon Street parkte.

»Ach, was für ein süßes Nummernschild.«

»So heißt er«, sagte Frankie.

»Er heißt wirklich Sunny Day?«

»Ja.«

Cat blieb neben dem Auto stehen, drehte sich zu Frankie um und sah sie an. »Er heißt mit Nachnamen Day, und da geben ihm seine Eltern allen Ernstes den Vornamen Sunny?«

»Ja.«

»Das ist fast genauso lächerlich, wie sein Kind nach einer Zuglinie zu benennen, Frankston. Möglicherweise seid ihr beiden ja doch füreinander bestimmt?«

Frankie verdrehte die Augen.

»Na gut – und wie sieht nun dein Plan aus?«, fragte Cat.

Das war typisch. Zuerst sorgte Cat dafür, dass sich die Freundinnen Hals über Kopf mitten ins Verderben stürzten – und das Finale überließ sie dann Frankie. Die machte sich also daran, die Situation einzuschätzen und rieb sich gedankenvoll das Kinn, eigentlich nur weil es zur Situation passte. »Das Schiebedach ist kaputt, darüber könnten wir ins Auto einsteigen.«

»Wie bitte? Du dürre Zaunlatte passt da vielleicht durch, aber ich kann auf keinen Fall durch diesen winzigen Spalt. Ich komme ja nicht mal auf das Auto«, sagte Cat und wies mit einer schwungvollen Geste auf ihren Körper.

Frankie verdrehte die Augen und schleuderte ihre Schuhe von den Füßen. Sie versuchte, sich mit einem kleinen Sprung aufs Autodach zu hechten, glitt aber gleich wieder herab. »Es ist zu rutschig. Hilf mir mal!«

Cat stellte den Einkaufswagen neben dem Auto ab. Dann packte sie Frankie um die Taille. Bei drei hob sie sie hoch, während Frankie sich gleichzeitig vom Boden abdrückte und dann mit einem dumpfen Aufschlag unbeholfen oben auf dem Autodach landete.

»Fast geschafft!«, rief sie aus, während sie sich verzweifelt mit den Fingern am Schiebedach festkrallte und versuchte, die Beine nachzuziehen. Endlich oben angekommen, ruckelte sie heftig am Dach herum, bis es quietschend etwa bis zur Hälfte offen war. »Verdammt. Ich krieg's nicht ganz auf.«

»Da passt du doch durch! Winde dich einfach rein, so wie Beyoncé. Du musst auf jeden Fall drinnen sein. Es ist ganz wichtig, dass die Bananen in jeder noch so kleinen Ritze des Autos landen«, verkündete Cat von der Straße aus.

Frankie holte tief Luft und ließ sich mit den Füßen voran durch den Spalt gleiten, so weit es ging. Sie zog den Bauch ein und schlängelte sich im vergeblichen Versuch, sich weiter hineinzumanövrieren – aber sie steckte fest.

»Hoffnungslos«, krächzte sie.

»Komm wieder raus und probier's noch mal.«

»Geht nicht. Ich stecke fest!«, sagte Frankie und wand sich hektisch. Sie reichte mit den Zehenspitzen gerade so bis auf die Ledersitze, ihr Oberkörper war aber noch draußen.

»Okay, beug dich runter zu mir, ich zieh dich raus«, sagte Cat.

»Nein, keine Zeit, Sunny könnte jeden Augenblick kommen. Gib einfach die Bananen her, dann werf ich sie ins Auto. Schnell, dass wir hier fertig werden!« Frankie geriet allmählich ein bisschen in Panik, die Ränder des Schiebedachs drückten ihr schmerzhaft auf die Hüftknochen. Sie schaute sich voller Sorge um, griff nach dem ersten Schwung Bananen, die Cat ihr anreichte, und ließ sie vorsichtig ins Auto fallen. Sie landeten sanft auf dem Sitz, und jede einzelne Banane, die in Sunnys Honda landete, schien auszurufen: »Geschieht dir recht!«, »Betrüger!«, »Schuft!«, »Dreckskerl!« Einige Passanten starrten verblüfft auf das, was sich da vor ihren Augen in der ruhigen Wohnstraße abspielte. *Die müssen uns für total bekloppt und geisteskrank halten,* dachte Frankie. Die ganze Aktion war ihr auf einmal wahnsinnig peinlich.

»Als wäre das hier eine absurde Szene aus *Die Schwarze Sieben*«, knurrte sie und schaufelte weiter Bananen in Sunnys Auto.

»Ganz genau – ist das nicht großartig?«, jubelte Cat.

»Wie viel haben wir jetzt ungefähr?«

Cat warf einen abschätzenden Blick in den Einkaufswagen und wühlte sich durch die Bananen. »Ungefähr die Hälfte. Also jetzt nur noch hundert!«

Frankie blickte sich nervös um. Die Leute starrten

sie inzwischen an – genauer gesagt, ihre obere Körperhälfte, die aus dem Honda Civic ragte, als wäre sie ein angetrunkener Teenager auf der Rückfahrt von ihrem Abschlussball.

»Frankie«, sagte Cat und trat plötzlich unruhig von einem Bein aufs andere.

»Ja?«

»Meine Blase.«

»Was?!«

»Ich muss pinkeln, und zwar ganz schnell.«

»Reiß dich zusammen, Cat! Wir werfen noch schnell den Rest rein, und dann sind wir weg«, rief Frankie ihr zu.

»Frankie, ich bin schwanger! Wenn ich nicht innerhalb von zwei Minuten ein Klo finde, dann läuft mir das Pipi die Beine runter. Glaub mir, das willst du nicht miterleben. Ich brauche bloß zwei Minuten! Ich lauf schnell zu Trixie zurück.« Cat hopste inzwischen schon auf und ab und hielt sich den Unterleib.

Mit ungläubigem Staunen sah Frankie zu, wie Cat mit dem Einkaufswagen um die Straßenecke verschwand, das lockige Haar tanzte ihr auf dem Rücken. Ohne Cats schützende Gegenwart fühlte Frankie sich vollkommen wehrlos – und unglaublich dumm. *Für wen halte ich mich eigentlich? Ich bin schließlich nicht der Graf von Monte Christo, der zurückkehrt, um eine ausgeklügelte Vergeltungsaktion zu inszenieren! Ich darf mich in Zukunft auf keinen Fall mehr von Cat zu so was überreden lassen!*

»Alles in Ordnung bei Ihnen?«, fragte ein sommersprossiger Mann auf einem Fahrrad. Er war neben dem Auto stehen geblieben und schaute sie neugierig an.

»Ja, alles wunderbar, ich genieße nur die frische Luft.« Frankie gähnte übertrieben, streckte die Arme aus und reckte sich, wobei sie mit den Füßen an einige Bananen stieß.

»Na dann, schönen Tag noch!« Der Mann radelte davon.

Cat, wo bleibst du? Sie versuchte weiter, ihren Hintern freizubekommen, wackelte nach rechts und links, aber es nützte nichts. Dann zappelte sie ein bisschen nach oben und unten, in der Hoffnung, das würde irgendwie nützen.

»Frankie?«

Beim Klang dieser bekannten Stimme zuckte sie zusammen. Sie wandte sich zur Seite.

»Ähm, hallo Sunny.«

21

Die geheime Geschichte von Donna Tartt
Im Zug der Frankston Line stadteinwärts

Sunny hatte eine Hand in die Hüfte gestemmt, mit der anderen beschattete er seine Augen und spähte hinauf zu der hilflosen Frankie. In einem vergeblichen Versuch, den Irrsinn der Situation zu leugnen, verschränkte sie die Arme vor der Brust – aber sie konnte ihre missliche Lage nicht wirklich verbergen.

»Was ist denn hier los, Frankie?«

Wo zum Teufel bleibst du, Cat? »Ähm, tja, das kann ich dir erklären.«

»Ich kann's kaum erwarten. Komm doch einfach da runter und erzähl's mir.«

»Das würde ich gern.« Frankie regte sich nicht.

»Du steckst fest, oder?«

»Yep.« Frankie ließ die Arme hängen und senkte den Kopf.

Sunny kletterte aufs Autodach und kniete sich Frankie gegenüber hin. Er packte sie unter den Achseln und half ihr beim Drehen und Winden. Mit vereinten Kräften schafften sie es, ihre Hüften loszubekommen. Sie plumpste aufs Autodach, den Po einen Augenblick gen

Himmel gereckt, ehe sie über die Windschutzscheibe nach vorne robbte, so dass sie platt wie ein Pfannkuchen auf der Motorhaube lag.

Sunny spähte durch das halb offene Schiebedach. Er verzog angewidert das Gesicht, schüttelte verärgert den Kopf und sprang vom Auto herunter.

»Was zum Teufel soll das, Frankie!«, brüllte er sie an, während sie langsam von der Motorhaube rutschte und die Füße auf den Boden stellte. »Bananen? Diesen Geruch krieg ich nie wieder raus! Jetzt kann ich die Schrottkarre gleich verkaufen!«

Frankie hatte jetzt wieder festen Boden unter den Füßen und versuchte, ihre Fassung wiederzugewinnen. Ihre Gedanken rasten. *Was macht Cat in so einer Situation noch immer? Ach ja: Power posing – zeig ihm, wer hier die Hosen anhat.* Sie stemmte die Arme in die Hüften, etwas unbeholfen allerdings.

»Sunny, du hast es verdient.«

»Verdient? Was soll das heißen?« Sunny war anscheinend kurz davor, die Geduld zu verlieren. »Erst höre ich wochenlang nichts von dir, und dann komme ich nach Hause und du steckst im Schiebedach meines Autos!«

»Jetzt tu nicht so. Du weißt ganz genau, was los ist«, gab Frankie zurück und stampfte zur Sicherheit mit dem Fuß auf.

»Ob du's glaubst oder nicht, du musst es mir erklären, Frankie.«

»Wirf mal einen Blick auf das Hintergrundbild deines Handys, und dann sag mir noch mal, du hättest keine Ahnung, worum es hier geht.«

Sunny rieb sich die Schläfen. Frankie schaute ihn weiterhin mit herausfordernd gehobenen Augenbrauen an.

»Frankie, das kann ich dir erklären.«

»Ja, da bin ich ganz sicher«, sagte Frankie. »Ich wette, diese Geschichte hast du schon hundert Mal erzählt.«

»Es ist wirklich nicht so, wie es aussieht.«

»Es ist ganz genau so, wie es aussieht. Wie viele Frauen hast du denn gleichzeitig? Zwei? Drei? Fünf?« Frankie beugte sich herunter, schlüpfte wieder in ihre Sandalen und nahm ihre Handtasche. »Viel Spaß mit den Bananen.« Damit marschierte sie los.

»Frankie!« Sunny lief ihr nach, packte sie an der Schulter und drehte sie zu sich herum. »Ich sag dir doch, du hast das alles total missverstanden!« Er schaute ihr derartig ernst in die Augen, dass sie es einfach nicht ignorieren konnte. Sie seufzte und schob die Hand von ihrer Schulter.

»Ich gebe dir genau eine Minute«, sagte sie mit erhobenem Zeigefinger.

Sie setzten sich auf die Bordsteinkante neben Sunnys Auto. Frankie schlang die Arme um die Knie und schaute auf die Straße. Sie versuchte sich in ihrer besten entspannten, teilnahmslosen Haltung, saß in sicherer Entfernung zu Sunny, den Blick von ihm abgewandt, und beugte sich lässig zur Seite, als wollte sie sagen: *Jetzt kommt hoffentlich was Anständiges – aber eigentlich ist es mir egal, was du sagst, denn ich bin supercool und total entspannt.*

Sunny bewegte sich unbehaglich neben ihr und begann endlich: »Die Frau auf dem Foto war meine Freundin.«

»Sie war es? Aha, ihr habt euch also getrennt? Und warum warst du dann neulich abends mit ihr zusammen? Ich hab euch im National gesehen.«

Er erstarrte und presste die Lippen aufeinander. »Das kann nicht sein.«

»Ach nein?« Frankie ließ nicht nach. »Und wer soll das sonst gewesen sein? Jetzt sag bloß nicht, eine lang verschollene Verwandte. Ich hab doch gesehen, wie du sie angeschaut hast.«

Sunny schüttelte den Kopf. Sie merkte, wie sich in ihm immer mehr Frust aufbaute – oder waren es Schuldgefühle? Oder Schmerz? »Das war eine Kollegin. Wir haben uns getroffen, um über ein wichtiges potenzielles Projekt zu sprechen. Nicht dass ich mich vor dir rechtfertigen müsste.«

»Was du nicht sagst.«

»Schau mal, Frankie, ich wollte nicht, dass du das auf diese Weise rausfindest«, begann Sunny, »aber, nun ja, du hast recht. Die Frau auf dem Bild und ich, wir haben nie Schluss gemacht.«

»Alles klar! Du hinterhältiger Mistkerl! Hab ich's doch gewusst!« Frankie sprang auf und starrte auf Sunny hinunter. »Ich bin raus aus der Nummer, Sunny. Du kannst dir jedes weitere Wort sparen.« Sie warf sich die Tasche über die Schulter und stürmte den Bürgersteig entlang. Jetzt würde sie Cat suchen und sie umbringen! *Ihre verdammte Bananenidee hat überhaupt erst zu der verhängnisvollen Begegnung geführt. Wo zum Teufel steckt sie überhaupt? Und überhaupt: Ich scheiß auf das ganze supercoole Getue!*

»Wir haben nie Schluss gemacht, weil sie gestorben

ist!«, rief Sunny ihr nach. Frankie erstarrte und wagte nicht, sich umzudrehen. *Damit hab ich nicht gerechnet.*

»Sie ist vor ein paar Jahren gestorben. Ich weiß, dass ich das Bild ändern sollte, aber ich bring's einfach nicht fertig.«

Frankie holte tief Luft und drehte sich um. Sunny stand mit einem Fuß auf dem Bürgersteig und mit dem anderen auf der Straße. Er hielt den Kopf gesenkt, die Arme hingen schlaff herab, sein Gesicht war aschgrau. Genau so, stellte Frankie sich vor, hatte Henry De Tamble in *Die Frau des Zeitreisenden* ausgesehen, als er zum ersten Mal begriffen hatte, dass er Clare Abshire nie wiedersehen würde.

»Mein Gott, Sunny …« Wie ein begossener Pudel schlurfte Frankie auf ihn zu und legte ihr Ego zusammen mit ihrer Handtasche ab. »Das tut mir sehr leid.« Sie legte ihm die Hand auf den Arm und drückte leicht zu.

Sie setzten sich wieder auf die Bordsteinkante, aber diesmal war es Frankie, die unruhig hin und her rutschte. Sie war bereit gewesen, es mit einer anderen Frau aufzunehmen – aber das hier war etwas ganz anderes. Der riesige geisterhafte Schatten der Frau hing über ihr.

»Ich weiß, es ist höchste Zeit, dass ich wieder nach vorne schaue, oder?«, brach Sunny das Schweigen. »Das Ganze ist jetzt fünf Jahre her. Fünf Jahre! Aber ich habe das Gefühl, wenn ich ihr Bild austausche, dann verschwindet sie vollständig aus meinem Leben, verstehst du?«

»Das versteh ich total«, sagte Frankie, aber sie fühlte sich vollkommen überfordert. Sie war bereit gewesen,

Sunny zu kastrieren, und jetzt musste sie ihn trösten. Sie konnte einfach nicht anders, sie musste weiterquatschen. »Wir hatten früher mal einen Kater, ein fürchterlich gefräßiges Vieh. Er hat sich buchstäblich zu Tode gefressen. Ich habe mein Profilfoto auf Facebook mit ihm drauf aber mehr als ein halbes Jahr lang nicht geändert.«

»Oh ja, das kann man echt gut vergleichen«, sagte Sunny mit monotoner Stimme.

Frankie räusperte sich ein bisschen zu laut, schaute zu Boden und wagte dann einen Vorstoß. »Was ist denn passiert?«

»Wir waren ungefähr anderthalb Jahre zusammen, ehe sie gestorben ist.« Sunny schwieg kurz. »Wir waren verliebt. Und dann war sie plötzlich weg, von einem Augenblick auf den anderen. Wenn du so jung bist, rechnest du nicht mit so etwas. Wahrscheinlich tust du das niemals. Auf einen solchen Verlust kann man sich überhaupt nicht vorbereiten.«

»Ich hab gesagt, ich könnte es nachempfinden wegen der Geschichte mit dem Kater, aber eigentlich kann ich es gar nicht nachempfinden. Ich kann mir diese Art von Verlust nicht einmal ansatzweise vorstellen.« Frankie war jetzt fürchterlich nervös. Er tat ihr aus ganzem Herzen leid – und ein bisschen tat sie sich auch selbst leid. Vor lauter Verwirrung und Bedauern wurde sie rot.

Sunny lächelte und legte ihr die Hand aufs Bein. »Das waren schlimme Tage, Rose. Wirklich ganz schlimme, dunkle Tage. Sie wäre total entrüstet, wenn sie wüsste, dass ich mich immer noch so nach ihr sehne. Sie hat den Stier immer bei den Hörnern gepackt.« Er schaute über Frankies Schulter hinweg auf sein Auto. »Was zum Teufel hast du dir bei dieser Geschichte mit den Bananen gedacht?«

»Möglicherweise ein schiefgegangener Racheakt?«, tat Frankie unschuldig. »Wenn ich die Wahrheit gewusst hätte, wäre ich mit den Bananen, die schon ein bisschen schwarz sind, ein wenig vorsichtiger umgegangen.«

»Du bist mir schon eine Nummer, Frankston Rose.«

Sie saßen still nebeneinander da, starrten auf die Straße und sahen zu, wie einige Autos langsam vorbeifuhren und wie Hunde beim Gassigehen ihr Revier markierten. Ihre Schultern berührten sich kaum.

»Weißt du was?« Sunny holte sein Handy aus der Tasche. »Wenn du das Facebook-Bild von deinem Kater ändern konntest …«

»William Shakespaw.«

»Wenn du das Bild von William Shakespaw ändern konntest«, wiederholte er und machte sein Telefon an, »dann kann ich das auch.« Er streckte den Arm aus, sodass sie beide darauf schauen konnten.

»Das ist wirklich nicht nötig«, sagte Frankie und wollte das Telefon wegschieben, aber Sunny hielt seinen Arm weiter hoch und rückte näher zu ihr hin.

Er legte den Arm um Frankie, die jetzt ganz stocksteif dasaß. »Auf den Neubeginn. Sag: ›William Shakespaw‹!«

Frankie platzte durch die Tür der »Kleinen Buchhandlung in der Brunswick Street«. Cat stand vor ihrem neuen »Das Buch war besser als der Film«-Ständer, unter dem Arm Ausgaben von *Die Frau des Zeitreisenden*, *Zwei an einem Tag* und *Beim Leben meiner Schwester*, in der Hand das Handy. Vor ihr stand Seb und stapelte schweigend eine Bücher-Pyramide, die jetzt schon dem Umkippen gefährlich nahe schien.

»Es ist sogar noch schlimmer, als wir gedacht hatten«, verkündete Frankie.

»Wovon sprichst du?«, fragte Cat, ohne die Augen von ihrem Telefon abzuwenden.

»Wem schreibst du denn da die ganze Zeit?« Frankie beugte sich vor, damit sie einen Blick auf Cats Display werfen konnte.

»Ich erstelle eine Instagram-Seite: *Scharfe Männer, die stricken.* Sie zeigt Claud, Claud und nochmals Claud.« Cat hielt Frankie das Display hin und zeigte ihr die neue Instagram-Seite voller Bilder von Claud: strickend bei der Arbeit, strickend am Kamin, strickend im Bus, strickend in der Küche (mit nacktem Oberkörper).

»Das wird ihm sicher wahnsinnig gut gefallen.« Seb verdrehte die Augen. »So, Miss Rose, und wo waren Sie den ganzen Vormittag?«

Frankie zögerte kurz und verrenkte sich fast den Hals, um zu sehen, ob sich auch niemand noch irgendwo zwischen den Regalen herumtrieb.

»Cat«, flüsterte sie schließlich, »sie ist tot.«

»Wer ist tot?«, fragte Cat zurück, ohne Frankie auch nur anzusehen.

»Die Frau vom Hintergrundbild.«

»Was?!«, schrien Cat und Seb auf. »Wann denn? Wie ist sie gestorben? Mein Gott, das ist ja fürchterlich.« Cat ließ endlich ihr Telefon sinken und schaute Frankie an.

Frankie schob einen Stapel Rechnungen zur Seite, die auf der Theke lagen. Sie war immer noch damit beschäftigt, die heftige Geschichte zu verarbeiten, die Sunny ihr gerade erzählt hatte. Es gab immer noch vieles, was sie gern wissen wollte und was sie einfach wissen *musste.*

»Sie ist vor fünf Jahren gestorben. Er sagt, er versucht, nach vorne zu schauen. Er hat sogar seinen Hintergrund geändert und statt der Frau jetzt ein Foto von uns beiden. Wie findet ihr das – wenn das keine moderne romantische Geste ist!«

»Hat er dir erzählt, wie sie gestorben ist?«, fragte Seb.

»Nein, er hat gesagt, er ist noch nicht so weit, dass er über Einzelheiten sprechen kann.« Frankie seufzte. »Es scheint ihn immer noch ungeheuer mitzunehmen.«

»Das ist doch nur zu verständlich«, nickte Cat. »Du hast ihn aber nicht im Verdacht, dass er sie ermordet hat, oder?« Cat kniff die Augen zusammen. »Zeigt er antisoziale Verhaltensweisen? Voyeuristische Tendenzen? Eine ungesunde Fixierung auf Feuer?«

»Cat, er ist doch kein Serienmörder! Du musst wirklich mal von dieser Psychopathen-Nummer runterkommen.«

»Und was ist mit der Frau aus dem Pub? Die könnte doch seine Komplizin sein?«

»Ha! Das war offenbar eine Kollegin.«

Frankie hob eine Schachtel mit glitzernden Wimpeln vom Boden auf und fing an, ihren »Blind Date mit einem Buch«-Ständer zu schmücken. Diese Wendung war der reinste Albtraum. »Oh Gott, was mach ich denn jetzt bloß?«

»Das ist ja nicht unbedingt das Ende der Welt. Okay, sie ist tot – und, ja, fünf Jahre später hat er immer noch ihr Bild auf dem Display. Aber wenigstens kannst du dir sicher sein, dass sie nicht wieder zusammenkommen.«

»Verstehst du denn nicht?« Frankie drehte sich zu Cat um. »Wenn man stirbt, ist alles Negative automatisch ausgelöscht. Ich kann immer nur die Zweitbeste sein Ich kann niemals so perfekt werden wie es die tote Frau ist.« Frankie fing an, unruhig im Kreis herumzulaufen. »Er hat es nicht mal über sich gebracht, sie von seinem Handy zu löschen. Wie kann man da erwarten, dass er sie aus seinem Leben löscht? Nicht dass ich das erwarten würde. Ich werde der Sache nur nie im Leben gerecht werden. Ich werde nie besser als sie sein.«

»Man ist nie besser als die anderen, Frank«, tröstete Seb sie freundlich, aber nicht gerade hilfreich.

»Und was willst du jetzt machen?«, fragte Cat.

»Keine Ahnung. Vielleicht die Reinigung für sein Auto bezahlen?« Frankie blieb stehen und schaute Cat mit hochgezogenen Augenbrauen an. »Schönen Dank übrigens, dass du mich mitten im Bananen-Amok hast sitzen lassen! Das war das letzte Mal, dass du mich zu einem von deinen behämmerten Plänen überredet hast!«

»Ach, gern geschehen, Frankie. Das Auto mit Hunderten Bananen vollstopfen? Diese Idee war absolut brillant.«

»Warum bist du nicht wiedergekommen? Wo zum Henker warst du denn?«

»Das Klo in der Gemüsehandlung war verstopft, also musste ich irre weit bis zum Seven Seeds laufen. Und als ich wiederkam, habt ihr euch schon unterhalten. Es sah sehr ernst aus – und du kennst mich ja, ich misch mich doch so ungern ein.«

Den Nachmittag verbrachten sie wie alle guten Buchhändler es tun: Sie tauschten Buchempfehlungen mit Kunden aus, und sobald sich die Möglichkeit bot, schlichen sie sich davon, um zu lesen – natürlich nur zu Zwecken der Konsumentenforschung. Aber Frankie musste immer wieder an die Ereignisse des Vormittags denken: Eine tote Freundin. Ein trauernder Partner. Ein bedeutungsvolles Foto. Woran war sie denn nun eigentlich mit diesem Mann, der sich zu häuten schien wie eine Zwiebel? Unruhig griff sie zum Handy und fing an, wie wild darauf herumzutippen.

»Was machst du da?«, rief Cat von der anderen Seite des Ladens her, wo sie wieder mal die Reiseliteratur umsortierte.

»Ich versuche, ein paar Antworten zu finden.«

»Worauf denn? Jetzt sag bloß nicht, du bist schon wieder auf dieser Medizin-Homepage. Ich hab dir doch gesagt, diese Hautfalten sind vollkommen normal.«

»Ich google keine Symptome! Und du musst gerade reden, mit deinem Getue von ›Oh-Gott-es-ist-sicher-Krebs – spielt auf meiner Beerdigung *Another One Bites the Dust*‹«, sagte Frankie verächtlich. »Ich versuche, etwas über Sunnys Freundin rauszukriegen.«

»Weißt du denn überhaupt, wie sie heißt?«

»Noch nicht«, murmelte Frankie, während sie auf Facebook durch Sunnys Kontakte scrollte (zum Glück hatte Cat sie bequatscht, sodass sie ihm gleich nach dem ersten Treffen eine Freundschaftsanfrage geschickt hatte). Sie suchte nach Posts über seine verstorbene Freundin. »Aha! Da ist sie – Hazel D.«

»Mensch, du bist ja ganz schön flott.« Cat kam zu ihr

hinüber und schaute ihr über die Schulter. »Aber ohne Nachnamen könnte es schwierig werden.«

Die Ladentür ging auf, und auf die Minute genau kam die pünktlichste Kundin der »Kleinen Buchhandlung in der Brunswick Street« herein. Die Verrückte Matilda sah selbst dann noch wütend aus, wenn sie lächelte, und sie kam pünktlich wie ein Uhrwerk jeden Nachmittag um 15.30 Uhr in die Buchhandlung marschiert. Cat murmelte ihr über die Schulter hinweg einen Gruß zu und beobachtete, wie Frankie sich einen Weg durchs Labyrinth des Internets suchte. Sie scrollte sich durch Todesanzeigen und Archive von Gerichtsmedizinern, immer auf der Suche nach dem Tod einer Frau unter dreißig, deren Vorname oder Initialen mit ihren Angaben übereinstimmten.

Hazel D. Todesanzeige
Nichts!
Hazel D. stirbt unerwartet
Nichts!
Hazel D. Freundin von Sunny Day stirbt
Nichts!

Eine Dreiviertelstunde später hatte sie noch immer nichts gefunden.

»Ich geb's auf!« Frankie knallte ihr Handy hin und ignorierte die kritischen Blicke eines Kunden, der in der Kinderbuchabteilung herumschlich. »Es ist, als hätte es sie nie gegeben.«

Dann zuckte sie erschrocken zusammen. »Ach du Scheiße!« Sie schob ihr Telefon von sich weg.

»Was ist denn?«, fragte Cat verwundert.

»Er ruft an!«

»Wer? Sunny? Dann geh doch dran!«

»Das kann ich nicht, ich kann jetzt nicht mit ihm reden. Es ist alles zu viel.«

»Du liebe Zeit, Frankie, jetzt mach dich nicht lächerlich.« Cat schnappte sich das vibrierende Telefon und meldete sich voller Herzlichkeit. Die beiden flachsten ein bisschen miteinander, dann gab sie das Handy an Frankie weiter.

»Was gibt's, Sunny?«, fragte sie, jetzt wieder das hundertprozentig supercoole und vollkommen entspannte Mädchen von nebenan. Cat schaute sie erwartungsvoll an und nickte unbewusst mit, wenn Frankie »Aha« oder »Hmm« sagte. Nach ein paar Minuten beendete Frankie das Gespräch. Sie holte das Buch mit den Vormerkungen unter dem Ladentisch hervor und suchte die aktuellen Einträge.

»Und?«, schnaufte Cat.

»Oh, tut mir leid«, sagte Frankie lässig. »Ich treff mich morgen Abend mit ihm.«

»Morgen Abend?«

»Yep.« Ganz beiläufig glich Frankie die Lieferungen ab. »Er hat gesagt, er bekocht mich. Und ob mir gefrorener Bananenkuchen recht wäre.«

»Gefroren …? Was soll das denn heißen?«

»Er hat gesagt, und ich zitiere wörtlich: ›Rache genießt man am besten kalt.‹«

22

Das ist nicht der Heming-way to my heart

Das folgende Zitat stammt angeblich von Sir Thomas Beecham: »Probiert alles im Leben einmal aus – bis auf Volkstanz und Inzest.« Nun, Sir Tommy, ich möchte den folgenden Zeilen diesen Satz voranstellen: Hätte ich doch nur auf Ihren Rat gehört!

Ich fang mal vorne an. Vor einigen Wochen habe ich mein heiß und innig geliebtes Buch *Middlesex* von Jeffrey Eugenides im Bus zur Hoddle Street ausgelegt. Als ich ausstieg, kletterte eine Schar kichernder Schulmädchen in den Bus, und ich nahm (sehr entsetzt) an, dass eine von ihnen meinen verehrten Roman an sich nehmen würde. Aber zu meiner Überraschung erhielt ich vor wenigen Tagen eine reizende E-Mail von einem Mann namens Ernest. Er hatte mein Buch gefunden, es gefiel ihm sehr, und er wollte sich mit mir auf ein Date treffen. Nun, wie konnte ich dazu Nein sagen? Ganz besonders, wo er doch den Vornamen eines Nobelpreisträgers hat? Das war Schicksal – dachte ich zumindest.

Ehe ich fortfahre, hier eine rasche Anmerkung zum Fall Edward Cullen. Es hat sich herausgestellt, dass er doch nicht, wie befürchtet, so ein Betrüger ist wie Tom Buchanan aus *Der große Gatsby*, sondern eher der Fall eines trauernden Captain Norval Chase aus *Der blinde Mörder.* Wisst ihr, er hat die Liebe seines Lebens verloren. Und mit verloren meine ich nicht, dass er sie im Supermarkt vergessen und später im Fundbüro wieder abgeholt hat, so wie es mir gestern mit meiner Ausgabe von *Lady Susan* passiert ist. Ich rede von einem Trauerfall, von Unabwendbarkeit, Ableben, Dahinscheiden, vom Tod. Wie ihr merkt, bin ich sehr mitfühlend und gleichzeitig vollkommen überfordert mit dieser Situation. Ich habe überlegt, ob ich mein Date mit Ernest wegen dieser Gefühle wieder absagen sollte, aber:

1. Eine Frau muss schauen, wie sie über die Runden kommt.
2. Ich stelle fest, dass ich mich allmählich wieder fühle wie ich selbst. Als hätte mein Leben ein Ziel, eine Bedeutung, denn sosehr ich das Lesen auch liebe – das Schreiben liebe ich nicht nur, ich *brauche* es, und mein Blog hilft mir, mein Leben wieder auf die Reihe zu kriegen.
3. Darf ich wirklich eine Gelegenheit auslassen, über das brillante Werk von Jeffrey Eugenides zu sprechen?

Also beschloss ich, mich auf jeden Fall mit Ernest zu treffen.

Aber das Date wurde, um ehrlich zu sein, ein langsamer *Tod am Nachmittag.* Er hatte mir geschrieben, er gehe regelmäßig zu Kursen in israelischem Volkstanz und ob ich nicht mal nach Elsternwick mitkommen wolle. Nach einiger Überzeugungsarbeit seitens meiner besten Freundin (einer großen Verfechterin aller Arten von Sport, Tanz und Dating) beschloss ich: Warum eigentlich nicht?

Ich fuhr also mit dem Zug nach Elsternwick, verteilte unterwegs einige Bücher in der Sandringham Line und fand Ernest wie versprochen vor einer alten Lagerhalle stehen. Er hatte mein abgegriffenes Buch in der einen Hand und in der anderen eine neon-orangefarbene Wasserflasche. Wie so oft war die erste Frage, die ich stellte, eine zum Buch: »Also, was hältst du von *Middlesex*?« Und er antwortete: »Genial, echt genial.« Die Sache fing also schon mal gut an.

Der israelische Volkstanzkurs war unterhaltsam, um es mal milde auszudrücken. Aus Lautsprechern hoch oben an den Wänden wummerte schrille Musik aus dem Mittleren Osten, die einem echt in Fleisch und Blut überging. In der Halle war es locker zehn Grad wärmer als draußen, sodass alle ganz schnell schweißüberströmt waren. Wir machten Kreistänze, lernten Schrittfolgen wie den »Kreuzschritt«, den »Tscherkessischen Schritt« und den »Jemenitischen Schritt« und riefen alle paar Schritte »Yalla!«, »Oi!« und »Hey!«. Ernest sagte, ich sei ein Naturtalent, und ich kann ohne Übertreibung sagen, das war ich auch.

Aber macht euch nicht zu viel Hoffnung! Der Ärger fing an, als wir mit dem Paartanz begannen. Ernest packte mich mit seiner vor Schweiß ganz feuchten Hand und zog mich eng an seinen dampfenden, klebrigen Leib. Wir fingen an, uns über die laute Musik hinweg zu unterhalten: über alles Mögliche, von Calliope Stephanides aus *Middlesex* über die Komplikationen des sozialen Geschlechts bis hin zu unserer gemeinsamen Leidenschaft für alles, was je den Pulitzer-Preis bekommen hat. Er erzählte mir von seiner anmaßenden Mutter, und ich lud auch ganz schön was über meine eigene ab.

Und ab da wurde es dann ein bisschen brisant.

»Eine Cousine dritten Grades meiner Mutter hat auch nach einer lebensverändernden Erfahrung in einem Ashram auf Bali einen anderen Namen angenommen«, sagte er.

»Ach, tatsächlich?«, fragte ich vorsichtig.

Nach einer Weile platzte er heraus: »Die Cousine dritten Grades meiner Mutter hat ihr Kind auch in einem Eisenbahnwaggon gezeugt.«

»Die Cousine dritten Grades meiner Mutter hat genau den gleichen Namen wie deine Mutter.«

»Du hast doch sicher ein Foto von deiner Familie dabei? Ach, die Cousine dritten Grades meiner Mutter sieht genauso aus wie deine Mutter.«

Ihr ahnt schon, worauf das Ganze hinausläuft? Wie sich also herausstellte, war ich auf einem Volkstanzdate mit meinem Cousin vierten Grades. Tja, als Jeffrey Eugenides sagte: »Egal wie lange du dich abmühst, du fängst immer wieder ganz von vorne an«, da kann ich nur annehmen, dass er über mein Liebesleben gesprochen hat.

Bis zum nächsten Mal, meine Lieben.
Schließlich – morgen ist auch noch ein Date.
Scarlett O' xx

Kommentar hinterlassen (1121)

Cat in the Hat > LOL. Dieser Sir Thomas Beecham ist schon ein ganz schön kluger Bursche.

Jane Ostentatious > Meine Kollegin hat mir deinen

Blog empfohlen – und ich bin nicht enttäuscht. Das ist einfach SAUKOMISCH! Ach, wenn man in Melbourne auf so tragische Weise Single ist …

No offence but … > Das kommt mir ganz schön rassistisch vor. War es wirklich nötig, beim Volkstanz die ethnische Zugehörigkeit zu erwähnen?

Stephen Prince > @Nooffencebut … Wieder mal ein klassisch lächerlicher Kommentar von einer politisch Überkorrekten.

No offence but … > @StephenPrince Wieder mal ein nerviger Kommentar von einem lästigen Typen.

Stephen Prince > @Nooffencebut … Wollen wir im Two Wrongs was trinken gehen und uns dann aneinander reiben?

No offence but … > @StephenPrince DAS HÄTTEST DU WOHL GERN!

Harry-Potter-Fiend > Tausend LOLs. Da solltest du ein Buch draus machen.

23

Mister Aufziehvogel von Haruki Murakami
Im Zug der Pakenham Line nach Melbourne Central

Frankie stand vor Sunnys Wohnungstür und holte tief Luft. Das Atmen beruhigte sie ein bisschen, aber sie spielte immer noch mit der Flasche Pinot, die sie in der Hand hatte, und knibbelte am Etikett des Rotweins herum. Dann zupfte sie ihr schwarzes tief ausgeschnittenes Top zurecht und zog sich die Jeans hoch. Sie hatte den Tag damit zugebracht, Sunnys Auto zu schrubben, obwohl er ihr versichert hatte, das wäre absolut nicht nötig. Und obwohl sie drei Mal geduscht hatte, roch sie immer noch nach Bananen.

Sie seufzte und dachte an den Ausdruck in Sunnys Blick, als er ihr von Hazel D. erzählt hatte. Sie war noch nie jemandem begegnet, der einen so schlimmen Verlust erlitten hatte. Sunny musste sich wie Dexter Mayhew aus *Zwei an einem Tag* gefühlt haben, als Emma Morley gestorben war. *Okay, du schaffst das,* sagte sie sich. *Du …*

»Hab ich da nicht gerade ein unheimliches Schnaufen vor meiner Tür gehört?« Frankie sprang erschrocken zurück.

»Ähm, tut mir leid, ich wollte gerade anklopfen. Das

hier ist für dich«, sagte sie rasch und drückte Sunny den Wein in die Hand.

»Oh, ein Pinot, mein Lieblingswein! Komm doch rein.« Sunny legte ihr ganz beiläufig die Hand auf den Rücken und geleitete sie in die Wohnung.

Hier duftete es nach geschmolzenem Käse und frisch gebackenem Teig. Sunnys Wohnung hatte strahlend blaue Wände, und auf dem Esstisch lagen große Blätter braunes Papier verstreut, auf denen Skizzen zu sehen waren.

»Wow«, sagte Frankie.

»Ich hab dir ja gesagt, dass ich unordentlich bin«, sagte Sunny achselzuckend.

Frankie fühlte sich zu einer besonders farbigen Zeichnung hingezogen, einem schönen und zugleich schockierenden Bild von einer Hand, die ein blutiges Herz hielt, das Ganze vor einem Nadelbaum, der mit einer bunten Lichterkette und farbigen Lampions geschmückt war. Darüber stand in großen schwarzen Buchstaben: »Es war einmal ein Mensch, der verschenkte zu Weihnachten sein Herz«. Frankie strich über das raue Papier und schaute sich die Zeichnung an, die danebenlag. »Liebe geht an die Nieren« stand über einem schönen Bild von einer Liebesszene, in der Romeo und Julia ineinander verschlungen schienen, in der Umarmung offenbar zusammengehalten durch eine gemeinsame blutende Niere.

»Was ist das? Die sind ja unglaublich gut.« Frankie konnte den Blick nicht abwenden.

»Ach, daran arbeite ich im Augenblick. Beurteile sie nicht vorschnell, das ist alles noch ziemlich Work in Progress«, sagte Sunny wegwerfend.

»Hast du das selbst gezeichnet?«

»Ja, das ist aber noch nicht richtig fertig.«

Frankie schaute zu Sunny hinüber, der in seiner winzigen Küche herumwerkelte. Seine Haltung wirkte steif und kam ihr wenn nicht nervös, so doch zumindest sehr verletzlich vor.

»Die sind einfach brillant. Ich wusste gar nicht, dass du zeichnen kannst«, sagte Frankie.

»Bis letztes Jahr war ich Artdirector bei AKDB, dann bin ich da weg und hab was Eigenes angefangen.«

»Du warst Artdirector bei AKDB? Ist das nicht eine der größten Werbeagenturen von ganz Australien?«

»Schon möglich.«

»Wieso weiß ich nichts davon?«, sagte Frankie überrascht.

»Du hast mich nie danach gefragt«, antwortete Sunny, und sofort fühlte sie sich schuldig.

»Wahnsinn, dass du den Nerv hattest, bei so einem Laden zu kündigen«, sagte sie leise.

»Was ich irre gern mache, ist Zeichnen, Probleme lösen und mir große Kampagnen ausdenken. Aber ich hatte die Nase voll davon, das immer nur für Zahnpasta und Banken zu machen, verstehst du? Ich weiß natürlich, dass man solche Aufträge annehmen muss, damit man die Miete zahlen kann, aber ich wollte ein bisschen mehr – was Bedeutungsvolleres. Also hab ich neben meinen Zahnpastaprojekten einen ganz besonderen Pitch ausgearbeitet: ein Konzept für die australische Organspendegesellschaft Organ Transplant Australia. Das ist eine Wohltätigkeitsorganisation, die mir echt am Herzen liegt, wegen – na ja, wegen Hazel.« Sunny schwieg, und Frankie blieb fast das Herz stehen. »Mein Creative Director fand's toll, aber umsonst wollten sie das auf keinen Fall machen, obwohl dieser Laden ein Multi-Millionen-Dollar-Unternehmen ist. Und Transplant Australia hat nicht die Mittel, einen Big Player wie AKDB zu bezahlen.« Frankie konnte eine leichte Bitterkeit aus Sunnys Stimme heraushören. »Also hab ich am nächsten Tag gekündigt. Und seitdem stehe ich mit Transplant Australia in Kontakt.«

»Das ist unglaublich mutig von dir.«

»Eigentlich nicht.« Er winkte ab. »Das musste ich einfach tun. Du weißt schon, damit ich mich selbst noch im Spiegel anschauen kann.«

»Du hast eine Wahnsinnsfantasie, Sunny«, sagte Frankie und ließ ihre Blicke wieder über die Skizzen wandern. Sie strotzten nur so vor literarischen Anspielungen. »Aber wie hängt das genau damit zusammen, wie sie gestorben ist? Hazel?« Frankie sprach diesen Namen vorsichtig aus und sah, wie Sunny die Stirn runzelte.

»Oh, ich glaube, die Pizza brennt an. Ich nehm sie mal lieber schnell aus dem Ofen, ehe ich wieder meine Wohnung in Brand setze. Das war vielleicht was!« Sunny verschwand eilig in der Küche, während Frankie zurückblieb und seine Bilder anstarrte, Hazels Namen noch immer auf den Lippen.

»Diese Pizza ist echt der Hammer.« Frankie biss in ein Stück, das mit Pilzen, Paprika und Oliven belegt war. »Ich kann kaum glauben, dass du sie selbst gemacht hast.«

Sie saßen an Sunnys rustikalem Holztisch und hatten einen ganzen Haufen Papiere und Skizzen zur Seite geschoben, damit sie Platz zum Essen hatten.

»Pizza ist das Einzige, was ich wirklich kann. Aber die mach ich tatsächlich ganz gut, wenn ich mich da mal selbst loben darf.« Sunny lächelte, ehe er wieder von seiner Pizza abbiss.

»Allerdings! Und mit Pizza kenne ich mich aus. Ich weiß nicht mehr, ob ich's dir schon erzählt hab, aber Pizza ist mein absolutes Lieblingsessen«, sagte Frankie.

»Das hab ich mir neulich schon gedacht, als du dir beim Pizzaservice alleine eine ganze Familienpizza bestellt hast«, lachte Sunny.

»Hey! Das waren auch schlimme Zeiten damals, mein Freund. Wenn man Period Girl genannt wird und keine Familienpizza braucht, dann weiß ich's auch nicht.«

»Und wie geht's mit dem Schreiben voran?«, fragte Sunny.

Frankie nippte an ihrem Wein und überlegte, ob sie ihm von ihrem Blog erzählen sollte. Wahrscheinlich würde er ihn witzig finden. *Aber vielleicht doch lieber ein andermal.* »Schreiben gibt's bei mir gerade nicht.«

»Warum denn? Komm schon, Frank, ich hab dein letztes Buch gelesen, und es war brillant, ehrlich. Dabei kann ich romantische Geschichten nicht ausstehen.« Sunny lächelte.

»Du hast *Eine moderne Austen* gelesen? Wann denn?«

»Noch am gleichen Tag, als ich herausgefunden hatte, dass es von dir ist.«

Frankies Herz hämmerte, und sie verkroch sich verlegen hinter einem Stück Pizza. »Das ist nicht dein Ernst.«

Sunny schob ihre Hand mit der Pizza sanft zur Seite.

»Du solltest stolz sein auf deine Arbeit. Es war wirklich ein gutes Buch, Frankie. Dein Schreiben ist wie Kunst.«

»Du musst mir gerade was von Kunst erzählen, Mr Artdirector. Diese Zeichnungen hier, die sind wirklich umwerfend.« Frankie zeigte auf die Skizzen, die an den Wänden hingen, in einem durchschaubaren Versuch, ihn abzulenken.

»Das ist doch noch gar nichts, das sind nur Entwürfe. Du solltest erst mal meine Ölgemälde sehen«, neckte Sunny sie.

»Deine Ölgemälde? Du steckst ja voller Überraschungen, Mr Day. Darf ich sie sehen?«

»Nun ja, es hängt eins im Schlafzimmer, das siehst du ja möglicherweise später noch.« Sunny zwinkerte ihr zu.

Frankies Herz begann zu rasen, während ihr Blick zu der Tür wanderte, die sich im Schatten des kleinen Flures abzeichnete. Sie riss sich zusammen. »Diese Ideen hast du also Organ Transplant Australia gezeigt?«

»Ja, ich hab mich ein paarmal mit ihnen getroffen, und offenbar gefällt ihnen das Konzept sehr gut. Ich hab auch ein gutes Gefühl bei der Sache. Seit Jahren verwenden sie nur Zahlen und Fakten, um mit ihrer Botschaft bei den Menschen anzukommen, aber das funktioniert einfach nicht. Ich hab versucht, ihnen klarzumachen, dass wir die Menschen innerlich bewegen müssen, wir müssen sie wirklich zum Nachdenken und zum Mitfühlen bringen. Ich hoffe, das klappt mithilfe von einigen packenden, großen Illustrationen mit emotionalen Botschaften, gepaart mit echten, blutigen, anschaulichen Fotos. Die Frage ist nur, ob sie genug Geld zusammenkriegen, um den Ball ins Rollen zu bringen. Ich würde zwar für lau arbeiten, aber eine ganze Anzeigenkampagne kriegt man nun mal nicht umsonst«, sagte Sunny.

»Und wie sieht der nächste Schritt aus?«.

»Tja, ich hab neulich jemanden von Transplant Australia getroffen – um genau zu sein, direkt nachdem du mir mein Telefon zurückgegeben hattest«, sagte Sunny lächelnd. »Darum ging's nämlich im National. Die Frau, mit der ich mich getroffen habe, ist dort Marketing Director, und sie schien wirklich Feuer und Flamme.«

»Ähm, ja«, sagte Frankie und versuchte nicht zusammenzuzucken, als sie daran dachte, wie sie sich in den Büschen versteckt und ihm nachspioniert hatte. »Das ist großartig, Sunny, wirklich aufregend.« Sie musste lächeln, als sie ihn so leidenschaftlich sah, so voller Leben.

»Wie auch immer«, sagte Sunny und stellte die leeren Teller zusammen, »jetzt ist erst mal Nachtisch angesagt.«

Nachdem er es mit den Schokobrownies ein bisschen übertrieben hatte, legte Sunny sich auf die knallrote Wohnzimmercouch und sah zu, wie Frankie sein Bücherregal inspizierte. Sie berührte jedes einzelne Buch.

»John Green, Rainbow Rowell, Cassandra Clare, Veronica Roth, Stephenie Meyer – du hast echt von allen Leuten, die ich kenne, die größte Sammlung an Jugendbüchern.« Frankie lachte.

»Du bist und bleibst ein Snob«, sagte Sunny und warf ein Kissen nach ihr.

»Bin ich nicht«, widersprach sie und schmiss das Kissen zurück. »Ich bin nur der Meinung, dass es noch mehr gibt als Jugendbücher. Insbesondere wenn man zweiunddreißig ist.«

»Da bin ich aber ganz anderer Meinung. Ich kann dir jetzt und hier fünf Gründe nennen, warum Jugendbücher besser sind als jedes andere Genre«, sagte Sunny und stopfte sich das Kissen unter den Kopf.

»In Ordnung, Mr Day. Fünf Gründe – los geht's!«, forderte Frankie ihn heraus.

»Erstens: Jugendbücher sind literarische Schätze«, begann Sunny, was Frankie sogleich mit einem abschätzigen »Ha!« kommentierte.

»Lass mich erst mal ausreden«, sagte Sunny. »Viel zu häufig wird Jugendliteratur von arroganten Kritikern in Verruf gebracht, so wie es gerade hier in diesem Zimmer geschieht …« Frankie verdrehte die Augen, und Sunny fuhr fort, »… und das tut mir wirklich in der Seele weh. Denk nur mal an Bücher, die Preise gewonnen haben, *The Hate U Give* von Angie Thomas zum Beispiel oder *Hüter der Erinnerung* von Lois Lowry. Willst du ernsthaft behaupten, dass du diese brillanten und zeitlosen Bücher nicht auch schätzt, Frankston?«

Ehe sie antworten konnte, fuhr er fort. »Zweitens: Jugendbücher beschreiten neue Wege. Ich meine, Nevo Zisin hat in *Finding Nevo* brillant über Transsexualität geschrieben. Drittens: Jugendbücher beziehen Stellung zur Popkultur und zum Zeitgeschehen – denk nur mal an *Dear Martin* von Nic Stone, das Buch über einen Jugendlichen, der aus Gründen verhaftet wird, die er nicht nachvollziehen kann. Viertens: Jugendbücher sind richtungsweisend und voller Ambition, ganz im Gegensatz zu den deprimierenden Büchern, die du gerne liest.

Und als fünftens muss ich nur zwei Worte sagen: Harry Potter.« Mit einer bekräftigenden Kopfbewegung beendete Sunny seine Ansprache.

»Wow«, sagte Frankie.

»Was – wow?«

»Ich hätte nie gedacht, dass die Leidenschaft, die jemand für Jugendbücher hat, so sexy sein kann«, lächelte Frankie.

»Heißt das, du wirst jetzt auch mal eins lesen?«, erkundigte sich Sunny und hob fragend die Augenbrauen.

»Auf gar keinen Fall.« Frankie versuchte ihr Schmunzeln zu verbergen und entdeckte ein Buch auf dem untersten Regalbrett. »Oh! Da ist ja deine *Pu der Bär*-Ausgabe.« Sie zog es hervor. Es war noch zerlesener als ihr eigenes, fast in jeder Seite war ein Eselsohr. Es sah abgeliebter aus als jedes andere Buch, das Frankie je gesehen hatte.

»Es ist wunderschön«, sagte sie und blätterte vorsichtig darin herum.

»Wie geht es Winnie eigentlich?«, fragte Sunny.

»Dem geht's gut. Er sitzt zu Hause in seinem Aquarium und macht sich wahrscheinlich gerade über das Schildkrötenfutter her. Cat hat darauf bestanden, ihn heute Abend zu babysitten.«

»Macht es ihr nichts aus, den Abend nicht mit Claud zu verbringen?«

»Um ehrlich zu sein, ich glaube sogar, dass sie mal ein bisschen Abstand wollte. Die zwei benehmen sich in letzter Zeit wirklich sehr merkwürdig.«

»Wahrscheinlich ist die Aufregung beim ersten Kind schuld«, meinte Sunny.

Frankie stellte das Buch zurück, aber sie stieß es ein bisschen zu heftig hinein, sodass oben auf dem hohen Regal ein gerahmtes Foto umkippte und herunterfiel. Das Glas zersplitterte auf dem Fußboden.

»Oh, verdammt, Sunny, tut mir leid!«, sagte Frankie und hob das Bild auf. Es war ein Foto von Hazel und Sunny, die sich vor dem Eiffelturm umarmten.

»Oh Gott, es tut mir wirklich schrecklich leid«, wiederholte sie und begann die Scherben aufzulesen.

»Nicht mit der Hand, Frankie. Ich hol einen Handfeger«, sagte Sunny mit einer Andeutung von Schwermut in der Stimme und stand von der Couch auf.

»Nein, nein, geht schon, das geht auch so.« Frankie legte die Scherben sorgfältig in die Handfläche, aber nicht sorgfältig genug …

»Mist!«, rief sie aus, als sie sich schnitt. Sie steckte den Finger in den Mund und lutschte daran.

»Alles klar?« Sunny kam eilig zu ihr hinüber. »Lass mal sehen.«

»Schon okay, nicht schlimm, ist nur ein kleiner Schnitt. Es tut mir so leid, Sunny. Ich hatte keine Ahnung, dass dieses Bild da oben steht«, sagte Frankie.

»Ist schon in Ordnung«, sagte Sunny reserviert.

Frankie entschuldigte sich noch einmal, ihre Stimme zitterte.

»Ich kaufe einfach einen neuen Rahmen, das ist schließlich nicht das Ende der Welt«, sagte Sunny tonlos.

»Es tut mir wirklich unheimlich leid«, sagte sie. »Ich kann mir gar nicht vorstellen, was es bedeutet, so was durchzumachen. Das hast du nicht verdient. Keiner hat so was verdient. Ich wünschte, sie wäre immer noch bei dir, dann müsstest du keine Dates mit so einer Idiotin wie mir haben. Alles wegen einer Tragödie, auf die du keinen Einfluss hattest.«

Sunny schaute hinunter. Sie knieten einander gegenüber auf dem Boden, und ihre Knie berührten sich leicht. Er fuhr mit dem Daumen über die Naht von Frankies dunkelblauer Jeans. »So ist es nicht, Frankie«, murmelte er und schaute immer noch zu Boden. »Ich meine … als ich Hazel verloren habe, das war die schlimmste Zeit meines Lebens. Und ich werde dir auf jeden Fall mehr darüber erzählen, wenn ich so weit bin. Aber ich bin nicht der Typ, der einfach so was Neues anfängt. Ich würde mich nie auf eine Beziehung einlassen, wenn ich nicht ganz fest der Meinung wäre, dass dieser Mensch etwas ganz Besonderes ist. Und seit du mich in der Buchhandlung auf die Nase geküsst hast, weiß ich, dass du was ganz Besonderes bist.«

Frankie bekam eine Gänsehaut. »Tut mir leid«, stammelte sie.

»Frankie«, sagte er sanft.

Frankie schaute auf.

»Du musst endlich aufhören, dich dafür zu entschuldigen, dass du du bist.«

»Darf ich dich küssen?«, fragte sie.

»Ja, das erlaube ich dir gnädigerweise.«

Ihre Wange streifte Sunnys Bartstoppeln, als sie sich zu ihm herüberbeugte und ihre Lippen auf seine drückte. Sunny hob Frankie hoch, und sie schlang die Beine um seinen Oberkörper. Sie kicherte an seinem Hals, und er trug sie ins Schlafzimmer und legte sie sanft aufs Bett. Dann küssten sie sich wieder, leidenschaftlicher als vorhin, und bald lagen ihre Oberteile neben dem Bett. Sunny schaute auf Frankie herab und holte tief Luft. Er fuhr mit dem Finger sacht am Rand ihres BH-Trägers entlang, nahe bei ihrem Schlüsselbein, aber statt ihr den Träger über die Schulter zu schieben, wie sie erwartet hatte, glitt Sunny mit dem Finger weiter über ihren Oberkörper und zeichnete ihre Sommersprossen nach.

»Ich liebe es, mit dir abzuhängen«, flüsterte er zwischen seinen Küssen.

Frankie wollte ihm antworten, aber in ihrem Kopf fanden sich keine Worte. Also tat sie das Einzige, was ihr einfiel: sie machte die Augen zu und zog ihn an sich.

Später lag Frankie neben dem schlafenden Sunny und lauschte seinen beruhigenden Atemzügen. Sie schaute zu ihm hinüber und grinste. Mit der Hand fuhr sie ihm leicht durch sein verstrubbeltes Haar. So gut hatte sich Frankie schon ewig lang nicht mehr gefühlt – vielleicht sogar noch nie. Es war etwas so Intimes, so Außergewöhnliches an dem, was gerade zwischen ihnen geschehen war. Mit Ads hatte sie sich immer sicher gefühlt bei dem, was kommen würde, aber mit Sunny war es anders. Er steckte voller Überraschungen, und eine war besser als die andere. Frankie warf einen Blick auf die Uhr, die auf dem Nachttisch neben ihrem Buch stand: 1.12 Uhr. Sie konnte nicht schlafen und betrachtete Sunnys wunderschönes Ölgemälde, das an der Wand hing. Die Farben bildeten die Skyline von Melbourne ab, aber statt der Gebäude waren da hohe Bäume. In dicken schwarzen Buchstaben stand unten auf dem Bild: *Können wir nicht von vorn anfangen und alles noch mal erleben?*

Frankie seufzte und lächelte. Sie fragte sich, ob es bei diesen Worten und dem ganzen Gemälde um Hazel ging. Immer wieder musste sie an die schöne Frau mit dem goldbraunen Haar denken – und sie spürte Mitleid für Sunny in sich aufsteigen. Aber in ihr regte sich auch Eifersucht. Wie könnte Sunny sie jemals mehr lieben, als er Hazel liebte? Nicht dass sie beide schon reif für das Wort »Liebe« wären – davon waren sie noch weit entfernt.

Frankie drehte sich auf die Seite, spähte über die Bettkante und tastete auf dem Teppich nach ihrem Telefon. Sie fand es in ihren BH verwickelt und zog es heran.

Cat: Darf ich die Schildkröte mit Schokolade füttern? PS: Habt ihr schon miteinander geschlafen? x

Frankie: Nein und ja.

Frankie schaute in ihre Mailbox. Ganz oben war eine neue Nachricht mit dem Betreff: *Ich habe Ihre Ausgabe von …* trotzdem Ja zum Leben sagen *in der Bahn gefunden.*

Frankie schluckte und las sie. Sie war gut, sehr gut sogar. Dieser Mann würde großartiges Material für ihren Blog abgeben. Sie schaute hinüber zu Sunny, der ganz ruhig neben ihr schlief, und fühlte sich auf einmal schuldig. Sie hatte jemanden gefunden, den sie wirklich mochte – und das war doch eigentlich der ganze Sinn ihres Buch-Experiments gewesen, oder? Sollte sie nicht lieber mit der ganzen Sache Schluss machen, ehe jemand verletzt wurde? Aber ihr Blog hatte inzwischen richtig an Fahrt aufgenommen. Sie hatte jetzt über tausend Leute, die dem Blog folgten, und ein unabhängiges e-Magazin aus Melbourne hatte ihren letzten Eintrag geteilt und ihm die Überschrift gegeben: *Zwischen den Zeilen lesen … und zwar wortwörtlich! Habt ihr je von Speed Dating im Zug gehört? Eine geheimnisvolle Frau legt ihre Lieblingsbücher in Zügen aus, auf der Suche nach »dem Richtigen«*. Sie hatte noch Angst davor, ernsthaft daran zu glauben – aber irgendetwas sagte ihr, dass dieser Blog das Sprungbrett sein könnte, das sie zurück zum Schreiben katapultierte. Es ging hier nicht mehr darum, die Liebe zu finden, sondern darum, beruflich neu Fuß zu fassen. Ehe sie es sich anders überlegen konnte, schrieb Frankie dem Mann rasch zurück.

Ich würde dich sehr gern treffen. Wo passt es dir?
Scarlett (auch bekannt als Frankie).

Es ist ja kein echtes Date, sagte sie sich. *Ich will nicht den Richtigen finden, sondern einfach nur gutes Material für meinen Blog. Das ist okay, das ist echt völlig in Ordnung.* Sie hörte, wie Sunny sich im Schlaf bewegte, und verdrängte, wie sehr sie sich schämte.

24

Der Stalker im Roggen

Okay, da wären wir wieder! Vor ein paar Abenden holte ich mein Seidentop aus der Reinigung, stattete mich mit Taschentüchern und Beruhigungstabletten aus (nur für den Notfall) und machte mich bereit für ein weiteres Date.

Und bevor ihr fragt: Ja, ich treffe mich nach wie vor mit Edward Cullen. Und warum gehe ich dann auf dieses Date (#immerdasgleiche)? Tja, wie die verehrte Philosophin Samantha Jones aus *Sex and the City* einmal bemerkt hat: Solange er dir noch nicht gesagt hat, dass er dich liebt, bist du ein freier Mensch. (Und außerdem bin ich in der Vergangenheit schon so verletzt worden, dass ich lieber das Weite suche/mir selbst ein Bein stelle/jede Art von tiefen Gefühlen unterdrücke, wenn das Ganze anfängt, sich echt anzufühlen. Yep, ich bin ein wandelnder Widerspruch, bitte verzeiht mir.)

Das führt mich zu Jai. Er hatte sich bei mir gemeldet, als er meine Ausgabe von *… trotzdem Ja zum Leben sagen* gefunden hatte. (Wenn ihr auch nur eine einzige Sache aus diesem Jammer-Blog mitnehmt: Lest dieses Buch! Ihr kennt es schon? Dann lest es noch mal!) Seinen Mails zufolge ist Jai Lehrer mit besonderem Faible für historische Bücher und lateinamerikanischen Tanz. Und vor allem ist er auf der Suche nach der Liebe.

Wir trafen uns auf dem Dach des Bomba, einer Tapas-Bar, die inmitten des ganzen Rummels auf der Lonsdale Street liegt. Normalerweise esse ich keine Tapas, ich mag mein Essen lieber groß und am Stück (#mehrfürsgleichegeld), aber als ich mein Blind Date da in einer Ecke sitzen sah, vor sich eine Auswahl an kleinen Köstlichkeiten, ausgebreitet wie Opfergaben (gelobt sei er dafür, dass er schon bestellt hatte), schienen diese mundgerechten Häppchen doch schon gleich ein bisschen annehmbarer. Die ersten Punkte für zuvorkommendes Verhalten – jetzt musste er nur gucken, dass er dranblieb!

Mein erster Eindruck: Jai hatte wunderschöne Locken, helle Augen und ein von Bartstoppeln umrahmtes Lächeln. Er stand zur Begrüßung auf, und seine Hände waren in etwa so groß wie mein Platzteller.

Die Unterhaltung lief zwanglos, und jetzt kommen wir zum Haken an diesem Date. In den meisten Fällen würde man sagen: »Super, die Unterhaltung lief zwanglos«, aber in diesem speziellen Fall bedeutete das, dass Jai fröhlich alle Grenzen von Höflichkeit und Konvention überschritt, die für ein erstes Date gelten. Die Unterhaltung begann höflich, ging dann aber so schnell über zum sehr Persönlichen, dass ich am liebsten gesagt hätte: »Jai, jetzt schalt mal einen Gang runter.«

Es folgt ein kurzer Überblick:

1. Der höfliche Jai

   Wir sprachen über Haustiere und Berufe. Ich schwärmte von Winnie, und er zeigte mir Bilder von seiner Französischen Bulldogge. Er bot mir lustige Einblicke in typische Gespräche zwischen Eltern und Lehrern, und ich lenkte ihn weg vom Thema Internet-Meme.

2. Der fröhliche Jai
   Ich kann jetzt die ersten Schritte Rumba tanzen. Junge, Junge, war das ein Unterricht!
3. Der persönliche Jai
   Ich weiß jetzt, dass Jai ein enges Verhältnis zu seiner Mutter hat. Ein *sehr* enges Verhältnis. Er pflegt immer noch Kontakt zu seinen Lehrern von der Highschool und kann den gesamten *Les-Miserables*-Soundtrack mitsingen. Mit fünfunddreißig hätte er gern drei Kinder (na, da solltest du dich aber ranhalten, Jai!), und er hat Angst vor Fledermäusen.
4. Der Jai, bei dem es *deutlich* zu persönlich wird
   Nein, ich erzähl dir nicht, wann mein letzter Eisprung war. Ich weiß nicht, ob eine Fehlstellung der Hüfte in meiner Familie erblich ist. Und auch wenn ich es schön finde, dass du so gut vorbereitet zu diesem Date kommst – aber woher weißt du, dass ich regelmäßig mit der 86er Tram fahre?

Nach gerade mal anderthalb Stunden war unser Date von »süß und spleenig« zu »anstrengend und unangemessen« abgetrudelt. Nachdem ich eine Untersuchung meiner Zähne abgelehnt hatte, schob ich mir ganz beiläufig den letzten Happen in den Mund, murmelte eine Entschuldigung und machte, dass ich wegkam, und zwar so schnell wie möglich. Seit diesem Date VOR DREI TAGEN habe ich achtunddreißig (ungebetene) Nachrichten bekommen. Hier ein paar Highlights:

Jai: Hey Frankie, du bist sicher eine starke, unabhängige Frau, denn ich durfte dich nicht mit dem Taxi nach Hause bringen. Wie ich sehe, bist du gut angekommen. Danke nochmal für den tollen Abend. Jai x

Jai: Morgen Frankie, wie hast du geschlafen? Ich war fast die ganze Nacht wach und musste an dich denken. Es passiert nicht oft, dass man jemanden trifft, mit dem man sich gut unterhalten kann UND der auch noch gut aussieht. Wann darf ich dich wiedersehen? Jai x

Jai: Hey Frankie, ich weiß, du bist gerade auf der Arbeit angekommen, und ich will nicht stören, aber ich hab mir gerade das Programm vom Comedy Festival angeguckt. Hast du am 22. März Zeit? Dann könnten wir zusammen zu Tommy Little gehen. Jai xx

Jai: Tut mir leid, das war ein bisschen albern. März – das ist vielleicht doch ein bisschen voreilig.

Jai: Ich sehe, dass du seit meiner letzten Nachricht auf dein Telefon geschaut hast. Hab ich dich beleidigt? Jai xx

Jai: Was guckst du da gerade? Jai xxx

Jai: Ich muss die ganze Zeit an dich denken.

Jai: Mein Therapeut sagt, dass ich zu offensiv vorgehe, aber wenn ich etwas Gutes sehe, kann ich nicht riskieren, es einfach so vorbeiziehen zu lassen. Ich glaube, wir haben wirklich eine ganz besondere Verbindung zueinander. Ich möchte dich sehr gern noch mal einladen! Jai xx
PS: In dem Kleid heute Morgen hast du einfach toll ausgesehen. Rot steht dir wirklich irre gut.

[21. Februar, 16.12]:
Verpasster Anruf von Jai

📞 [21. Februar, 19.42]:
Verpasster Anruf von Jai

📞 [21. Februar, 20.05]:
Verpasster Anruf von Jai

📞 [21. Februar, 20.43]:
Verpasster Anruf von Jai

📞 [21. Februar, 22.27]:
Verpasster Anruf von Jai

📞 [22. Februar, 4.18]:
Verpasster Anruf von AUF GAR KEINEN FALL RANGEHEN

AUF GAR KEINEN FALL RANGEHEN: Geht's dir gut? Ich fürchte, du hast verschlafen und den Wecker nicht gehört. Ich werde gleich mal bei dir klingeln, nur für alle Fälle.

AUF GAR KEINEN FALL RANGEHEN: Ich hab so unglaublich Sehnsucht nach dir.

AUF GAR KEINEN FALL RANGEHEN:
Bitte sag mir doch, was ich falsch gemacht hab.

Wie sich bei meiner Nachfrage bei der Polizei herausstellte, hat Jai in letzter Zeit … wie soll ich sagen … »liebevoll« fünf oder sechs Frauen gestalkt, nachdem er sie über Tinder kennengelernt hatte. In den vergangenen sieben Monaten hat er einen regelrechten Dating-Amoklauf hingelegt, Frauen mit hohlen Phrasen und Blumen überschüttet und versucht, durch zugezogene Vorhänge in Fenster zu schauen. Jetzt überwacht die Polizei seine Aktivitäten, und derzeit denkt man darüber nach, ihn auf eine Beobachtungsliste für mögliche Straftäter zu setzen.

Manchmal ist es gar nicht so schlecht, Single zu sein.

Bis zum nächsten Mal, meine Lieben.
Schließlich – morgen ist auch noch ein Date.
Scarlett O' xx

Kommentar hinterlassen (1434)

No offence but … > @StephenPrince Der klingt genau wie du – EIN STALKER!

Stephen Prince > @Nooffencebut … AUTSCH

Cat in the Hat > Jetzt mach ich mir echt Sorgen um dich!

Fat Foodie > Ich möchte mehr über die Tapas erfahren. Einzelheiten, bitte!

25

Gesang vom großen Feuer von Sebastian Faulks
Im Zug der South Morang Line nach South Morang

Versuch über die Liebe von Alain de Botton
Im Zug der Hurstbridge Line nach Flinders Street

Frankie trat einen Schritt von der Bahnsteigkante zurück, als der Zug, in dem jetzt eine Ausgabe von Emily St. John Mandels *Das Licht der letzten Tage* lag, aus dem Bahnhof tuckerte. Sie war ein paar Minuten früher zu ihrer Verabredung mit Cat an die Haltestelle gekommen, damit sie dort noch in ein paar Züge springen, dort ein Buch auf einen leeren Sitzplatz legen und wieder hinauseilen konnte, ehe sich die Zugtüren schlossen. Sie wollte ihre Reichweite erhöhen, obwohl sie nicht so richtig wusste, warum eigentlich. *Es geht mehr um den Blog als um die Dates,* sagte sie sich immer wieder. Während sie zusah, wie der Zug langsam aus ihrer Sicht verschwand, beschlich sie das ungute Gefühl, beobachtet zu werden. Sie fuhr herum, bereit, einen Angriff abzuwehren – aber nichts. Nur ganz normale Pendler eilten vorbei.

Frankie ging auf den verabredeten Bahnsteig und ließ im Vorübergehen ganz subtil *Kleine Feuer überall* von

Celeste Ng auf eine Bank gleiten. Sie schaute sich nach Cat um, lehnte sich gegen eine kühle Ziegelmauer und wartete. Es war wieder mal einer von diesen schwer einzuschätzenden heißen Melbourner Tagen, der mit warmem, schwachem Nieselregen begonnen hatte und sich nun langsam zu einem milden sommerlichen Nachmittag entwickelte.

Sie stand in der Nähe zweier junger Frauen. Beide hatten reichlich dunklen Lidstrich aufgetragen, und dichte Ponyfransen fielen ihnen in die puppenhaften Gesichter. Über das Geräusch der ein- und ausfahrenden Züge hinweg bekam sie einzelne Fetzen von ihrer Unterhaltung mit.

»… hat mir Blumen geschenkt.«

»Ach, das ist aber süß!«

»Nein, das ist mir echt too much.«

Frankie sah, wie Cat sich durch die Menge schob, in der einen Hand einen Becher mit einer grünen Flüssigkeit, während sie mit der anderen vergeblich versuchte, sich die losen Haarsträhnen aus dem Gesicht zu schieben und sie in den Knoten zurückzustopfen, der schief hoch oben auf ihrem Kopf saß. Frankie warf einen Blick auf die Uhr.

»Da schau her – ein neuer Rekord, Cooper! Bloß sechseinhalb Minuten zu spät!«

»Du weißt doch, ohne meinen Green Smoothie kann bei mir kein Mittwoch anfangen.«

»Wie du meinst, Mama«, antwortete Frankie und drückte ihr einen Kuss auf die Wange.

Der Zug fuhr mit nur zwei Minuten Verspätung ein, und sie drängten sich hinein. Cat schob sich zum nächstgelegenen Sitzplatz für Schwangere und Gehbehinderte und brach regelrecht darauf zusammen. Ihr gestricktes T-Shirt spannte sich inzwischen über ihrem wachsenden Bauch. Sie trank einen kleinen Schluck und schaute Frankie, die sich auf den Sitz neben ihr fallen ließ, mit erwartungsvoll hochgezogenen Augenbrauen an.

»Und?«

»Was – und?«

»Jetzt treib bloß keine Spielchen mit mir, Franklin Roosevelt.«

Frankie stand mal wieder vor einem Rätsel, was Cat von ihr wollte.

»Es ist Zeit«, drängelte Cat.

»Zeit wofür?«

»Es ist allerhöchste Zeit, dass ich auch mal ein bisschen Zeit mit deinem Freund verbringe.« Cat blockte Frankies Protest mit einer entsprechenden Geste ab. »Spar dir das Blabla! Ein Nein lasse ich nicht gelten. Wir dürfen bei diesem Typen kein Risiko mehr eingehen, ich muss ein für alle Mal sehen, ob er deine Zeit wert ist.«

Frankie starrte Cat an. »Erstens bin ich nicht richtig fest mit Sunny zusammen«, sagte sie und legte eine kleine Kunstpause ein. »Zweitens, Cat, seien wir doch mal ganz ehrlich: Hast du nicht schon genug Schaden angerichtet?« Sie schälte eine imaginäre Banane und biss hinein.

»Schaden angerichtet? Aber ich doch nicht!« Cat blies die Wangen auf und reckte das Kinn vor. »Liebe Frankie, du bist ja *so was von* undankbar!«

Frankie lächelte. Bei Cats aufgeblasenen Backen wurde sie jedes Mal schwach.

»Ich hab dich echt wahnsinnig lieb, Cat, aber selbst du musst einsehen, dass du jetzt noch keine Zeit mit Sunny verbringen musst. Schließlich hab ich ja bisher selbst kaum genug Zeit mit ihm verbracht!«

Cat blies erneut die Wangen auf, verschränkte bedeutungsvoll die Arme vor der Brust und räusperte sich dann vielsagend, aber ihr gespielter Ärger hielt nicht lange an. »Weißt du, Franks, ich will dich einfach nur beschützen«, sagte sie, ehe der Zug an der nächsten Haltestelle hielt. »Ich ertrage den Gedanken nicht, dass jemand nur mit dir spielt. Ich will bloß sichergehen, dass er der Richtige ist«, sagte sie liebevoll, ließ die Hand in ihrer überdimensionierten Umhängetasche verschwinden und fing an, darin herumzukramen.

»Das weiß ich doch, Cat.«

»Scheiße«, zischte Cat. »Ich hab mein Telefon vergessen, und Claud hat darauf bestanden, dass ich ihm sofort schreibe, wenn seine neuen Stricknadeln da sind. Er ist schon ganz scharf drauf, seine Strickkünste in puncto Lochmuster zu perfektionieren. Er ist sicher total enttäuscht!«

Frankie lächelte und gab Cat ihr Telefon. Die Vorstellung, wie der kräftige Claud über seinen zierlichen Kreationen hockte, amüsierte sie immer wieder. Während Cat wie wild auf dem iPhone herumtippte, lehnte sich Frankie in ihrem Sitz zurück und überließ sich dem Rhythmus des Zuges.

An ihrer Haltestelle standen die beiden auf, und sobald sie den Fuß auf den Bahnsteig gesetzt hatten, wirbelte Cat herum und setzte ein verdächtig breites Grinsen auf.

»Liebst du nicht auch den Mittwoch ganz besonders,

Frankie?«, sagte sie munter und segelte auf den nächsten Ausgang zu.

In diesem Augenblick vibrierte Frankies Telefon. Als sie es herausholte, sah sie eine neue Nachricht. Sunny Day. Rasch warf sie einen Blick auf Cat, die sich bereits mit großen Schritten davonmachte. Frankie öffnete die Nachricht.

Sunny: Klingt gut. Bis dann.

Misstrauisch scrollte Frankie durch ihre gesendeten Nachrichten.

Frankie: Hi geiler Typ, kommst du morgen zu einem Morgenrave mit meiner besten Freundin (wohl die Schönere und Niveauvollere von uns beiden)? Holst du mich um 6.30 Uhr ab? Küsse, Frankie xoxo

Frankie rannte Cat hinterher und packte sie an der Schulter.

»Was zum Teufel soll das, Cat!«, rief sie und schwenkte ihr Telefon. »Du hast Sunny von meinem Telefon aus eine Nachricht geschrieben?«

»Tut mir leid, ich konnte einfach nicht widerstehen, Frank«, sagte Cat. »Bitte gib mir eine Chance, ihn unter die Lupe zu nehmen und sicherzugehen, dass er nicht irgend so ein Dreckskerl ist, der nur das Eine will.«

»Du bist wirklich unmöglich!«

»Danke, Frankie.« Cat strich ihr liebevoll über den Rücken.

Frankie wandte sich abrupt ab und begann eilig zu laufen, um so schnell wie möglich von Cat wegzukommen. »Wir sehen uns im Laden«, rief sie über die Schulter zurück. »Die hat vielleicht Nerven! Kennt wirklich überhaupt keine Grenzen. Geiler Typ? Den Tag wird sie noch verwünschen!«, grummelte sie vor sich hin.

Frankie erreichte die Buchhandlung, schloss auf und verfluchte den Tag, an dem sie *Catherine* kennengelernt hatte. Dann betrat sie den Laden, schloss die Augen und genoss den intensiven Geruch der Bücher. Sie nahm sich einen Augenblick Zeit, damit der Geist dieser großartigen Werke auf sie übergehen konnte.

Kaum hatte sie ihre Tasche unter der Theke verstaut, da hörte sie auch schon das unheilvolle Bimmeln der Ladentür. Cat würde jetzt sicher ganz schön unterwürfig sein – doch es waren Frankies Eltern, die hereinkamen. Frankie zuckte zusammen. Eigentlich kamen sie gar nicht herein, sondern Putu rannte vielmehr regelrecht auf ihre Tochter zu und zerrte einen widerstrebenden Rudolph hinter sich her. Frankie stöhnte innerlich.

»Mum, Dad, wie schön, euch zu sehen!«, brachte sie zwischen zusammengebissenen Zähnen hervor.

»Hallo, mein wunderschöner kleiner Bücherwurm.« Putu, die ihren Mann noch immer festhielt, drückte Frankie mit dem freien Arm so fest an ihren Busen, dass diese kaum noch Luft bekam. »Dein Vater und ich konnten es einfach nicht abwarten, bis wir dich am Wochenende sehen! Rudolph, erzähl deiner Tochter die umwerfenden Neuigkeiten!«

Frankie schaffte es gerade noch, nicht die Augen zu verdrehen. »Mum, ich würde wirklich gern ein Schwätzchen mit dir halten, aber du kannst hier nicht einfach so reingerannt kommen und mich mitten in der Arbeit unterbrechen, wann immer dir danach ist. Ich habe jetzt gar keine Zeit.«

Putu schaute sich im leeren Geschäft um. »Bitte, Liebling, ich bin sicher, die Bücher können mal kurz auf sich selbst aufpassen. Es geht um eine Familienangelegenheit.«

Frankie musste ihre ganze innere Willenskraft aufbringen, um nicht über die Theke zu springen und ihre Mutter bei der Kehle zu packen. »Na gut«, knurrte sie, »du hast zwei Minuten Zeit«, und wies mit dem Kopf auf die Ladenuhr, auf der Bilder aus *Alice im Wunderland* zu sehen waren. Ihrer Mutter sollte klar sein, dass sie es ernst meinte.

Putu richtete sich auf, warf ihr verstrubbeltes Haar über die Schultern und stieß Rudolph an, der gedankenabwesend in der Enid-Blyton-Satire *Fünf Freunde essen glutenfrei* blätterte. »Dein Vater und ich haben beschlossen umzuziehen – und zwar in dein Viertel, nach Richmond! Stimmt doch, Ruddy?«

Frankie blickte von ihrer strahlenden Mutter zu ihrem ruhigen Vater. *Nach Richmond?* Putu und Rudolph lebten in sicherer Entfernung in Eltham, einem Vorort von Melbourne, fünfundvierzig Minuten Fahrtzeit (an guten Tagen) entfernt. Und selbst das schien Frankie manchmal schon zu nahe.

»Nach Richmond?« Frankie erstarrte. »Ihr zieht nach Richmond? Wohin genau? Und wann?« *Sagt bitte, erst in zwanzig oder fünfunddreißig Jahren.*

»Ruddy, willst du's ihr nicht erzählen?« Putu strahlte nach wie vor übers ganze Gesicht. Sie schaute ihren Mann an, der ihr nur zum Zeichen, dass sie selbst weiterreden sollte, den Rücken tätschelte. »Schon in zwei Wochen! Wir haben gerade eine unglaublich schöne Wohnung an Land gezogen, zwei Zimmer, Bad und eine Veranda draußen, ganz im Viktorianischen Stil.« Putu klatschte in die Hände und war vor Begeisterung ganz außer sich.

»Ich nehme mal an, ihr wohnt dann so ziemlich am anderen Ende von Richmond?« Frankie sandte ein Stoßgebet an Gott, Allah, Buddha und ihren toten Hund Bratwurst. »Nein! Wir wohnen dann nur zwei Straßen von dir entfernt! Ach, das wird ein Spaß! Wir können Mädelsabende machen und schnell mal zur anderen gesprungen kommen und ein Veto gegen das Party-Outfit einlegen!« Putu war jetzt richtig in Fahrt. »Ich könnte sogar mit dir und Cat in der Buchhandlung abhängen. Du bist dann nur noch einen Katzensprung entfernt!« Sie klatschte aufgeregt in die Hände, und Frankie bekam schon Kopfschmerzen. Sie liebte ihre Mutter, aber sie musste unter allen Umständen mindestens fünfzig Kilometer von ihr entfernt wohnen. Wie hatte ihr Vater diesen Umzug nur zulassen können? Sie warf einen Blick zu ihm hinüber, aber er saß mittlerweile im Sessel in der Kinderbuchabteilung und schnarchte leise vor sich.

Frankie stand der Mund immer noch offen, und ihre Gedanken rasten auf der Suche nach einer taktvollen Antwort wie wild umher. »Dann wird ja … alles anders.«

»Ja, ich weiß!« Putu quiekte fast vor Vergnügen.

Nun kam Cat hereingestürzt. »Na, wenn da nicht meine Lieblingsmenschen alle versammelt sind!« Putu umarmte Cat und schaute sie an. Dann machte sie sich los und legte wortlos die Hand fest auf ihren Bauch, schloss die Augen und begann leise vor sich hin zu summen. Nach einigen Augenblicken schaute sie Cat wieder tief in die Augen. »Meine wunderschöne Lebensspenderin! Ich freue mich sehr, dich zu sehen.«

Die Hintertür öffnete sich quietschend, und Claud kam hereingeschneit, in der einen Hand ein Paar Stricknadeln, in der anderen Stift und Papier. Er trat zu der Gruppe, sichtlich genervt von dem Tableau, das sich vor ihm ausbreitete. »Rudolph, Putu, schön, dass ihr vorbeikommt.« Es war ein offenes Geheimnis, dass er Putus Spontanbesuche verabscheute, weil sie immer eine Spur der Zerstörung und der Verwirrung hinterließ. »Suchst du ein bestimmtes Buch, kann ich dir helfen?«

Putu überhörte die Frage. »Mein Schatz, du siehst wie immer außergewöhnlich attraktiv aus.«

Claud wurde rot. Er hatte sich nie daran gewöhnt, dass alle seinen perfekten Knochenbau und seine feine Kieferstruktur bewunderten.

Verlegen drehte er sich um und griff nach einem Stapel Bücher.

»Ich wünschte, ich hätte den ganzen Tag Zeit, ein Schwätzchen mit euch beiden zu halten!« Putu zwinkerte den Freundinnen zu. »Aber leider müssen wir uns beeilen. Wir wollen den kleinen Secondhandshop unten an der Straße durchkämmen, vielleicht finden wir ja ein paar flotte Lampen. Wo wir doch jetzt solche Hamster sind!«

»Das heißt Hipster.« Frankie verdrehte die Augen.

Putu stieß Rudolph an, um ihn zu wecken. »Sag mir Bescheid, wann es dir passt, dann kommt meine Feng-Shui-Beraterin bei dir vorbei. Sie ist nämlich in den nächsten beiden Wochen bei dir in der Gegend, *Nachbarin.*«

Dann verschwand das Ehepaar so schnell, wie es gekommen war. Frankie fiel die Textnachricht von vorhin wieder ein, und sie stellte Cat zur Rede. »Was um alles in der Welt hast du dir dabei gedacht, Sunny hinter meinem Rücken zu schreiben?«

»Tut mir leid, das sind nur die …«

»Baby-Hormone?«, sagte Frankie bissig. »Jetzt schieb ja nicht dein bananengroßes Ungeborenes vor!«

»Ist ja schon gut.« Cat hob beschwichtigend die Hände. »Ich mach mir einfach nur Sorgen. Ich muss wissen, dass er gut genug für dich ist.«

Frankie betrachtete ihre Freundin, die sich zwar immer in ihr Leben einmischte, aber andererseits ernsthaft besorgt um sie war. Schließlich gab sie sich geschlagen; sie konnte ihr einfach nicht böse sein. »Na gut. Aber wehe, du lässt mich morgen schlecht dastehen! Und ab jetzt gilt: Keinerlei virtueller Kontakt mehr zwischen euch!«

Cat Cooper ist jetzt befreundet mit Sunny Day.

26

Girl (and boy) on the Train

Ich hab's getan: Ich habe nachgegeben! Ich habe mich allen Ernstes darauf eingelassen, Tom noch mal zu treffen. (Erinnert ihr euch: der Unheimlich-liebenswert-aber-es-springt-einfach-kein-Funke-über-Tom? Großartige Unterhaltung, mieser Kuss?) Meine beste Freundin hatte für den kommenden Vormittag ein Date mit Edward Cullen arrangiert, und ich brauchte unbedingt etwas, um mich abzulenken (#Bindungsangst).

Wenn man auf ein zweites Date mit einem Mann geht, der offenbar charmant, intelligent und attraktiv ist, dich aber nicht in Wallung bringt, ist das ungefähr so, als würde man sich sagen: Ich muss dieses Buch vor dem Einschlafen zu Ende lesen. Du weißt genau, dass du es am kommenden Morgen bereuen wirst, aber du kannst einfach nicht widerstehen, denn du musst unbedingt wissen, wie es ausgeht. Außerdem: Wenn ein Typ dir eine Nachricht schreibt mit dem Wortlaut: »Sei der Willem für meinen Jude (HAST DU *EIN WENIG LEBEN* INZWISCHEN GELESEN?!?!). Treffen heute Abend im letzten Waggon des 20-Uhr-17-Minuten-Zugs der South Morang Line Richtung Flinders Street«, dann lehnt man ein solches Angebot nicht ab. Ich bin schließlich auch nur ein Mensch.

Also bin ich in ein einfaches schwarzes Kleid und ein Paar leuchtend pinke Espadrilles geschlüpft und habe meine Travel Card für den Nahverkehr aufgeladen. An der Station West Richmond platzierte ich unauffällig eine Ausgabe von *Ich, Eleanor Oliphant* mit meinen Kontaktdaten drin auf einer leeren Bank und wartete ganz hinten auf dem Bahnsteig.

Mein Bewusstseinsstrom zwischen 20.12 Uhr und 20.17 Uhr:

1. Was hat Edward Cullen gemeint, als er gesagt hat, er liebe es wirklich, mit mir abzuhängen? Ich finde den Gebrauch von »lieben« und »abhängen« im selben Satz extrem irreführend. Sind wir nun Kumpel oder ein Paar? Gehen wir ab und zu mal miteinander aus oder ist es was Ernsteres? Könnte er mich lieben oder liebt er einfach nur die Vorstellung, die er sich von mir macht? Kann mir bitte (bitte!) jemand erklären, was er meint!?
2. Was bedeutet es überhaupt, wenn jemand »der Richtige« ist?
3. Wenn Tom eine Figur in einem Roman von Jane Austen wäre, welche wäre er dann? Colonel Brandon (rassig, aber ein klein bisschen zu ernst), Henry Tilney (ausgezeichnete Qualität: wagemutig, liebevoll, redegewandt) oder George Knightley (eine Liebe, die sich nur langsam entwickelt)? An diesem Punkt wäre ich, glaube ich, zufrieden mit jedem außer Mr Collins (meinem Cousin) #Sesshaftwerden.
4. Pizza

Der Zug fuhr ein, die Türen öffneten sich – und da sah ich ihn schon durch die Scheibe: Tom, in der letzten Reihe des letzten Waggons, der begeistert winkte. Ich ging auf ihn zu, warf ganz lässig die Haare zurück und setzte mich neben ihn. Und dann war ich richtig gerührt: Er hatte eine Flasche mit Gin Tonic in einer braunen Papiertüte versteckt und eine Tüte Gummibärchen in der Hand. Es war wie Weihnachten. Sofort trank ich einen Schluck, nahm mir eine große Handvoll Süßigkeiten und lehnte mich entspannt im Sitz zurück. Vielleicht war bei Tom doch nicht alles so voraussehbar, wie ich gedacht hatte?

Nachdem wir uns gegenseitig das Neueste erzählt hatten (Nein, ich habe *Ein wenig Leben* immer noch nicht gelesen, und ich hasse mich dafür) und allmählich von seinem Gin Tonic to go ein bisschen angeheitert waren, interessierten wir uns plötzlich sehr für unsere Mitreisenden. Wir fingen an zu grübeln, wer sie wohl waren und wo sie hinfuhren, was sie bewegte und was sie auf die Palme brachte.

Eine alte Dame, die ein durchsichtiges Regenhäubchen aus Plastik trug, stammte (das war für uns vollkommen klar) aus Russland, schaute gern Wiederholungen von *Reich und Schön* und hatte im Keller einen geheimen Sex-Kerker. Der Typ in den Zwanzigern, der an die Türe gelehnt dastand, mit dick aufgetragenem schwarzen Eyeliner unter den Augen und einer zu engen Jeans, ging gerne auf Trance-Festivals und las Gedichte für Kinder. Und unser Favorit, ein Mann mittleren Alters im Nadelstreifenanzug mit einem kleinen Rettungsring um die Hüften, arbeitete tagsüber in der Finanzbranche und war abends als Nacktmodell für Zeichenkurse tätig.

Und eh ich michs versah, waren wir schon wieder an meiner Haltestelle. Wir waren bis zur Endstation Flinders Street gefahren und einmal den City Loop, ohne dass wir es gemerkt hatten. Konnte der Unheimlich-liebenswert-aber-es-springt-einfach-kein-Funke-über-Tom möglicherweise doch ein kleines Flämmchen in mir entzünden?

Doch beim Gedanken daran, dass mir gleich ein Kuss drohte (ohne dass ich jetzt anmaßend oder überheblich klingen will), wurde ich plötzlich wieder ganz nüchtern. Wir stiegen zögernd aus, ich sagte verlegen: »Sieht aus, als wäre das meine Haltestelle«, und er erwiderte: »Schön hier, oder?«, und dann betrachteten wir die hässliche Umgebung, die nur aus trostlosem Beton bestand. Während wir einen halben Meter voneinander entfernt standen, nahm er mein Gesicht in seine Hände. Er blickte mir tief in meine weit aufgerissenen Augen, die das Unheil erwarteten, und beugte sich vor. Ich wappnete mich innerlich für den schlabbrigen Kuss, seine steife Körperhaltung und den übertrieben zurückhaltenden Gebrauch der Zunge.

Und ich freue mich, dass ich euch Folgendes berichten kann: Es war eine deutliche Verbesserung gegenüber unserem ersten Kuss. Weniger Anspannung, ein bisschen mehr Leidenschaft und genau die richtige Menge an Speichel.

Wollte ich, dass das für uns die Endstation war?

Bis zum nächsten Mal, meine Lieben.
Schließlich – morgen ist auch noch ein Date.
Scarlett O' xx

Kommentar hinterlassen (273)

Ruby Lulu > Mach dich nicht verrückt. Edward Cullen meint damit: »Du bist umwerfend und in jeder Hinsicht perfekt, bitte bleib den Rest meines Lebens mit mir zusammen, heirate mich und lass uns Kinder kriegen.«

Danielle Marin > Warum hast du *Ein wenig Leben* immer noch nicht gelesen?

Bookish Babe > @DanielleMarin GANZ MEINER MEINUNG

No offence but … > Warum schreibst du, dass die alte Frau unbedingt aus Russland kommen muss? Dieser Blog wird wirklich immer rassistischer …

Stephen Prince > @Nooffencebut … Hab schon auf einen lächerlichen Kommentar von dir gewartet. Jetzt ist der Tag gerettet!

No offence but … > @StephenPrince Also ehrlich, Stephen, hast du eigentlich kein richtiges Leben?

Stephen Prince > @Nooffencebut … Könnte ich dich genauso fragen … wie heißt du eigentlich richtig?

No offence but … > @StephenPrince Stephanie

Stephen Prince > @Nooffencebut … Schöner Name :)

27

Stolz und Vorurteil von Jane Austen
In der 78er Tram Richtung Richmond

Frankie stöhnte. Sie quälte sich aus dem Bett und tappte verschlafen in den Flur, wo die Türklingel laut schrillte.

»Wer ist da?«, schnaubte sie wütend in die Gegensprechanlage.

»Steh auf und strahle, meine Schöne«, rief Cat unten vor der Haustür. Frankie verdrehte die Augen und ließ ihre Freundin widerstrebend herein. Sie machte ihr die Wohnungstür auf, rollte sich noch mal auf der Couch unter einer Decke zusammen und bereitete sich auf Cat vor, die morgens um zwanzig nach sechs schon so überschäumend sein konnte. Wie aufs Stichwort tänzelte sie in einem glänzenden neonblauen gestrickten Zweiteiler herein. »Guten Morgen, Sonnenschein!«, rief sie. Dabei reichte sie Frankie einen großen Becher Kaffee, den sie unterwegs gekauft hatte, sodass Frankie ihr schon fast wieder verzieh.

»Egal wie gut dieser Kaffee ist, ich hasse dich immer noch dafür, dass du Sunny bei Facebook eine Freundschaftseinladung geschickt hast, nachdem ich dir ausdrücklich verboten hatte, noch mal virtuell mit ihm in

Kontakt zu treten«, grummelte sie und trank ein paar kleine Schlucke von dem dampfenden Kaffee.

Cat küsste sie auf die Wange. »Tut mir leid, ehrlich. Du kriegst aber auch alles raus.«

Frankie seufzte nur.

»Aber Frank, soll ich dir mal sagen, worauf ich mich wirklich so richtig freue?«

»Willst du noch mehr Früchte in Sunnys Auto stopfen? Oder mal wieder mit deinem K-Pop-Lehrer schlafen?«

»Autsch, das ging zwei Mal wirklich unter die Gürtellinie. Nein – ich freu mich drauf, ein bisschen Zeit mit Sunny zu verbringen! Es ist ganz schön lange her, dass du auch nur im Entferntesten an einem Typen interessiert gewesen bist. Darf ich mal nachfragen, ob du möglicherweise sogar ›den Abstand‹ ein ganz klein bisschen verringern willst?«

»Danke schön, Cat. Sag bloß bei Sunny nichts davon, sonst bring ich dich um.«

Cat tat so, als würde sie ihren Mund verschließen und den Schlüssel wegwerfen.

»Und erzähl ihm auch nichts von dem Blog! Er hat keine Ahnung von den Dates, die über die Bücher zustande kommen. Und erst recht darfst du Ads nicht erwähnen, auch nicht meine Mum und dass wir ihn neulich abends gestalkt haben und …«

»Wie wär's, wenn ich es so mache wie immer und einfach nur über mich spreche? Das wird mich davon abhalten, versehentlich etwas über den großartigen Zungenkuss von gestern Abend auszuplaudern.«

»Das wäre perfekt.«

»Los, jetzt mach dich mal fertig! Er kommt in fünf

Minuten«, sagte Cat. Halb schob, halb zerrte sie Frankie vom Sofa.

»Okay, ist ja schon gut. Was trägt man denn zu einem Morgenrave?«

Zehn Minuten später war Frankie fertig angezogen – worden. Sie trug hellgrüne Leggings, ein enges weißes Tanktop und ein pinkfarbenes Stirnband. Cat saß auf der Couch und streichelte Winnie. Sunny saß im Schneidersitz neben ihr. Er trug einen hautengen hellroten Morphsuit, der jede einzelne Kurve und Ausbeulung seines schönen Körpers deutlich erkennen ließ.

»Sunny!«, lachte Frankie. »Was um alles in der Welt hast du denn da an?«

»Das, was alle Kids tragen, wenn sie heutzutage zum Morgenrave gehen«, grinste Sunny und streckte seine in rotes Nylon gehüllten Beine aus.

»Stell dir doch mal vor, wie irre sexy ich in so einem Anzug aussehen würde!«, schwärmte Cat. »Und ehe du irgendwas sagst: Du brauchst mich nicht dran zu erinnern, Frankston. Ich habe mich bei Sunny schon für die Bananen-Apokalypse entschuldigt und ihm gesagt, dass das Ganze meine Idee war.« Cat warf Sunny einen vielsagenden Blick zu.

»Du siehst aber auch nicht schlecht aus, Frank«, grinste er.

Frankie rückte ihr Stirnband zurecht und lächelte ihn an.

»Ach, ihr beiden Turteltäubchen, ihr erinnert mich an Elizabeth und Mr Darcy.« Cat legte theatralisch die Hand aufs Herz.

»An wen?«, fragte Sunny.

Als die drei näher kamen, sahen sie schon, wie die Menschenmassen, in schreiende Farben gekleidet, ins Melbourner Cricket-Stadion drängten. Ein lauter, hämmernder Bass dröhnte, den Frankie bis ins Blut und ins Herz hinein spürte.

»Eure Tickets bitte«, sagte ein junges Mädchen mit grün gefärbtem Haar am Eingang. Cat zog ihr Telefon hervor und ließ es scannen. Im Gegenzug reichte das Mädchen ihnen drei Schnapsgläser mit dickflüssigem grünen Inhalt. »Hier sind eure kostenlosen Weizengras-Shots«, trällerte sie vergnügt.

Die drei kippten ihre Drinks herunter und verzogen das Gesicht. Dann drängten sie sich durch den Torbogen und waren baff bei dem Anblick, der sich ihnen bot: Das Stadion war komplett gefüllt mit Tausenden Menschen, die dicht zusammengedrängt auf dem Rasen tanzten. Jede Menge Glitzer fiel scheinbar aus dem Nichts von oben herab, und die kühle Brise, die durch das offene Stadiondach wehte, verbreitete die Glitzerpartikel überall. Sie merkten, dass sich ihre Füße von allein zum Rhythmus der lauten, pulsierenden Musik zu bewegen begannen.

»Kommt, los geht's!« Cat packte Sunny und Frankie an der Hand und drängte sich durch die Menge.

»Das – ist – ja – so – geil!«, schrie Cat eine Silbe nach der anderen heraus, als sie wieder Luft bekam. Sie hatte getanzt und war herumgewirbelt und hatte ab und zu eine Pause gemacht und Blaubeeren gegessen, um wieder zu Kräften zu kommen. Jetzt schaute sie zu Frankie hinüber, die ein bisschen steif auf der Stelle herumhopste. Sunny neben ihr bewegte sich ähnlich ungelenk.

»Na los, Leute! Ihr müsst euch ein bisschen locker machen!« Cat ließ die Hüften kreisen. »Frank, überleg doch mal, was das für ein Superthema für deinen Blog abgibt!« Cat strahlte, aber sie erstarrte, als Frankie ihr einen bitterbösen Blick zuwarf.

»Ich meine, wenn du irgendwann mal einen schreiben würdest. Ich bettle bei Frankie ja schon seit Jahren um einen Blog, aber sie hört einfach nicht auf mich«, schob Cat schnell nach und schaute Sunny an.

»Ich hab auch schon versucht, sie zum Schreiben zu kriegen. Sie hat unglaublich viel Talent, findest du nicht auch?«, sagte Sunny.

»Das hat sie allerdings, mein Freund! Aber das ist nicht der richtige Moment, um über Frankies Talent zu sprechen, jetzt wird getanzt!«, rief Cat und gab sich vollständig dem Beat hin. Frankie machte es ihr nach und drehte den Kopf von Sunny weg.

Es begann zu regnen. Frankie bekam erst einen Tropfen im Gesicht ab, dann immer mehr.

»Das ist nur ein bisschen Wasser, Frank!«, rief Cat, als Frankie die Arme vor der Brust verschränkte. »Jetzt mach dich mal locker!«

»Ich brauch erst mal eine kleine Verschnaufpause«, sagte Frankie.

»Ich komm mit«, sagte Sunny rasch.

»Kommt aber wieder, wenn ihr mit dem Verschnaufen fertig seid und bereit, so richtig zu tanzen!«, rief Cat ihnen nach.

Frankie drängte sich durch die Menge der energiegeladenen Raver, und Sunny folgte dicht hinter ihr, sie konnte seinen Atem im Nacken spüren. Sie war schon fast am Ausgang, als er ihren Namen rief. Sie drehte sich zu ihm um und sah, wie er die Arme schwang und die Hüften schwenkte.

»Bleib mal stehen, dieses Lied ist der Hammer!«, rief er.

»Du willst mich wohl verarschen – Beyoncé?«

»Es ist das beste und tiefgründigste Lied aller Zeiten! Allein der Text: ›Whoa oh oh, whoa oh oh.‹ Na komm! Es ist doch wunderbar.« Sunny packte sie bei den Händen, zog sie an sich, schob sie wieder weg und wirbelte sie zu den Klängen des Beyoncé-Electro-Remix herum.

»Na du hast ja den Dreh raus, Sunny!«, lachte Frankie, warf den Kopf zurück und entspannte sich endlich ein bisschen.

»Das liegt an dem Jahr Stepptanz«, antwortete Sunny.

»Du steckst voller Überraschungen, Mr Day.«

Sie ließ sich erneut von Sunny herumwirbeln, da ertönte über ihnen plötzlich ein lauter Donnerschlag. Dann öffneten sich die Pforten des Himmels. Der Regen traf sie so hart wie ein Cliffhanger am Ende eines Kapitels. Aber die beiden ließen sich nicht stören, sie drehten sich und wirbelten herum, während der Regen immer stärker wurde. Die umstehende Menge zerstreute sich allmählich, alles suchte sich einen Platz zum Unterstellen, bis schließlich nur noch Frankie, Sunny und die echten Hardcore-Raver im strömenden Regen tanzten.

In diesem Augenblick fühlte sich Frankie so befreit wie schon seit Jahren nicht mehr. Es war ihr gleichgültig, dass ihr Leben sich nicht so entwickelte, wie sie es sich erhofft hatte – es machte ihr überhaupt nichts mehr aus. Denn in diesem Augenblick war sie glücklich, einfach nur vollkommen glücklich. Sie wirbelte wieder in Sunnys Arme, umschlang und küsste ihn, mitten im Regen. Es war ihr eigener, ganz besonderer Elizabeth-Bennet-und-Mr-Darcy-Moment – auch wenn Sunny keinen Schimmer hatte, wer die beiden waren.

»Cat kann man nicht bremsen, oder?«, sagte Sunny kurze Zeit später, als er Frankie in ihre Wohnung folgte. Sie waren beide triefend nass und außer Atem, nachdem sie durch den Regen gerannt waren.

»Sie geht voll ab, wenn sie tanzen kann. Als mein erster Freund sich von mir getrennt hat, hat sie mich mit in einen Salsa-Club genommen, und ich durfte erst aufhören zu tanzen, als der Schmerz weg war. Danach konnte ich zwei Tage kaum laufen.«

»Sie ist eine tolle Freundin«, sagte Sunny.

»Sie ist bekloppt. Aber sie ist unglaublich loyal«, lächelte Frankie.

»Das hab ich gemerkt.«

»Woran denn?«

»Heute Morgen, als du dich fertig gemacht hast, hat sie mir gedroht. Wenn ich dich nicht anständig behandle, schneidet sie mir die Kehle durch. Und immer wenn du gerade nicht geguckt hast, hat sie ihre Drohung pantomimisch unterstrichen und ist sich mit dem Finger über den Hals gefahren.« Sunny lachte.

»O je, das tut mir echt leid. Sie ist ein bisschen überbehütend.«

»Ich finde das eigentlich sehr liebenswert.«

Frankie hob den Deckel von Winnies Aquarium und stupste ihn zärtlich an. Ein weiterer lauter Donnerschlag ließ sie zusammenzucken.

»Ich fass es einfach nicht, dass es gewittert«, sagte sie.

»So ist Melbourne eben.«

»Dir muss doch eiskalt sein! Willst du nicht duschen?« Frankie bewunderte, wie Sunnys Anzug jetzt, wo er nass war, noch enger an seinem unglaublichen Körper haftete.

»Nein, schon in Ordnung, geh du zuerst, du bist ja klitschnass«, lächelte Sunny und hob den Saum von Frankies Top, das jetzt durchsichtig geworden war und ihren BH sehen ließ. Er trat einen Schritt näher und legte ihr die Hand auf den Bauch. Seine Fingerspitzen fuhren in kleinen Kreisen über ihre nackte Haut.

»Ich will gar nicht duschen, ich zieh mir nur was anderes an.« Sie zögerte einen Augenblick. Das berauschende Gefühl der vergangenen Stunde verflog allmählich. »Ich bin sicher, für dich finde ich auch was zum Anziehen. Ein nasser Ganzkörperanzug ist nämlich keine so tolle Idee«, lachte Frankie und schaute Sunny anzüglich von oben bis unten an. »Ich bin gleich wieder da.« Leicht widerstrebend trat sie einen Schritt zurück, und Sunny ließ sie los.

Frankie machte die Schlafzimmertür hinter sich zu und lehnte sich dagegen. Sie machte die Augen zu, holte tief Luft und schälte sich aus den nassen Klamotten, die sie in den Wäschekorb schmiss, als sie sich ein Handtuch holte. Schnell trocknete sie sich ab und zog Jeans und ein schwarzes T-Shirt an. Dann machte sie die unterste Schublade auf – die Schublade von Ads. Zwei Jahre lang hatte sie sie nicht angerührt – außer in einigen wenigen äußerst tragischen Augenblicken, in denen sie seinen Pulli herausgeholt und daran gerochen hatte. Ein Pulli und eine Jeans waren alles, was ihr von Ads geblieben war. Als sie die Kleidungsstücke diesmal vorsichtig in die Hand nahm, zog sich ihr Herz zum ersten Mal nicht schmerzhaft zusammen. Sie kickte die Schublade mit dem Fuß zu und ging zurück ins Wohnzimmer. Sunny saß auf der Couch und hatte nur noch seine Unterhose an, der Ganzkörperanzug lag zusammengeknüllt in der Ecke.

»Entschuldigung, mir ist doch zu kalt geworden«, sagte er.

Vorsichtig legte sie ihm die frischen Kleider hin.

Sunny zog den Pulli sofort an. »Muss ich mir Gedanken machen, weil du Männerkleidung im Haus hast?«

»Nein, gar nicht. Es sind nur die Sachen von meinem Ex-Freund.«

Sunny hob eine Augenbraue, und es war, als wollte er eine Frage stellen, aber Frankie platzte dazwischen, bevor er etwas sagen konnte.

»Die Sachen sind alt, ich hätte sie längst rausschmeißen sollen«, sagte sie und setzte sich neben ihn. »Möchtest du was essen oder trinken?«

»Ich hab ganz schön Hunger. Der Weizengras-Shot war überraschenderweise nicht so wirklich sättigend. Was hast du denn da?«

»Tja, ich hätte da eine Packung Kaubonbons, ein Kit Kat und eine Scheibe Käse.« Frankie grinste.

»Dann nehm ich die Kaubonbons«, lächelte Sunny.

»Okay.«

»Danke, Hazel.«

Frankie erstarrte.

»Ich meinte *Frankie.* Danke, Frankie.« Sunny fuhr sich verlegen durchs Haar.

Frankie ging schweigend in die Küche, um die Süßigkeiten zu holen. Einen Augenblick stand sie da und schaute auf die bunte Packung, da traf es sie wie ein Schlag. *Er ist nicht darüber hinweg. Er wird nie wirklich über sie hinwegkommen.* Wie hatte sie nur glauben können, dass sie Hazels Platz einnehmen könnte? Die schöne dunkelhaarige, blauäugige Hazel. Sie war sicher Ärztin gewesen. Oder Sozialarbeiterin. Sie war sicher heldenhaft gestorben und hatte jemand anders das Leben gerettet. Sie …

»Frankie, es tut mir leid. Ich weiß auch nicht, warum mir das rausgerutscht ist.« Sie erschrak, als sie Sunnys Stimme hörte, und fuhr herum. Er stand hinter ihr in der Tür.

»Das ist schon in Ordnung«, sagte sie, warf sich fünf Bonbons in den Mund und hielt ihm die Packung hin.

»So wirkt das aber nicht auf mich.« Sunny nahm ihr die Packung ab und griff nach ihrer Hand.

»Ist okay, ich versteh das schon.« Frankie brachte ein schiefes Lächeln zustande und versuchte, selbst daran zu glauben.

»Wollen wir uns setzen?«, fragte Sunny leise.

Als sie auf der Couch saßen, schaute er Frankie an, und in seinem Blick lag ein großer Schmerz. »Hazel ist unerwartet ums Leben gekommen, und das ist jetzt etwa fünf Jahre her.«

Frankie holte tief Luft, sie war sich plötzlich nicht mehr sicher, ob sie all das hören wollte. »Wir müssen wirklich nicht darüber sprechen.«

»Es war für uns alle ein riesiger Schock«, fuhr er fort. »Und das Schlimmste ist: Sie hätte gerettet werden können. Wenn mehr Menschen dazu bereit wären, ihre Organe zu spenden, dann wäre vielleicht alles gut gegangen …« Er verstummte und starrte in die Ferne, irgendwo in die Vergangenheit.

»Was ist denn passiert?«, wagte Frankie nach einer Weile zu fragen, die ihr vorkam, als hätten sie eine Ewigkeit still nebeneinandergesessen.

»Wir waren im Urlaub und sind durch Südfrankreich gereist. Es war unglaublich romantisch und total französisch, Croissants und Baguettes und so.« Sunnys Augen trübten sich. »Hazel hatte Angst, auf der rechten Straßenseite zu fahren, weil sie das noch nie gemacht hatte, und wollte nie ans Steuer. Für mich war das Ganze ein einziges großes Abenteuer. An unserem letzten Tag fuhren wir von Saint-Tropez nach Nizza. Ich sagte Hazel, sie solle auch mal fahren. Wir waren nur noch anderthalb Stunden von Toulon entfernt. Ich meinte, sie sollte doch mal ein bisschen lockerer sein.« Frankie überlief ein Schauer. »Nach einer halben Stunde geriet sie beim Abbiegen total durcheinander und ist auf die falsche Straßenseite rüber.« Sunny schwieg kurz und erstarrte bei der Erinnerung daran. »Wir sind mit einem Lkw zusammengestoßen. Ich verlor das Bewusstsein und wachte im Krankenhaus wieder auf, mit durchstochener Lunge und einem gebrochenen Arm. Das Nächste, woran ich mich dann wieder erinnere, ist, wie sie mir sagten, dass Hazel gestorben war.« Er hielt inne, atmete tief durch und sank entkräftet in sich zusammen, einfach so zerbrochen vor Frankies Augen.

Hazel, seine Liebste, ist unerwartet ums Leben gekommen, ohne dass sie die Möglichkeit gehabt haben, vonein-

ander Abschied zu nehmen. Frankie musste erst mal verdauen, was sie da gerade gehört hatte. Es fiel ihr schwer, wirklich zu begreifen, was er hatte durchmachen müssen. »Sunny, es tut mir leid. Es tut mir so unglaublich leid. Ich weiß nicht, was ich sagen soll. Ich kann nicht mal ansatzweise begreifen, welchen Schmerz du durchgemacht hast. So ein schrecklicher Verlust!«

»Deshalb liegt mir so unheimlich viel daran, mit Transplant Australia zusammenzuarbeiten«, sagte Sunny ruhig. »Vielleicht kann ich irgendwas tun, um es wieder gutzumachen.«

»Um es wieder gutzumachen?«, wiederholte Frankie. Sie legte ihm unbeholfen die Hand auf die Schulter. »Es war nicht deine Schuld. Du konntest nicht wissen, was passieren würde.«

Er schüttelte den Kopf. »Ich hätte sie niemals so bedrängen dürfen zu fahren. Sie hat sich schließlich dabei nicht wohlgefühlt. Es war meine Schuld – und das ist etwas, mit dem ich den Rest meines Lebens zurechtkommen muss«, sagte er mit lebloser, monotoner Stimme.

»Sunny, es war nicht deine Schuld. Du darfst dir nicht die Schuld daran geben«, sagte Frankie wieder, und als er nicht antwortete, plapperte sie einfach weiter. »Es tut mir so leid, dass du die Liebe deines Lebens verloren hast, Sunny. Ich kann mir das Trauma gar nicht vorstellen, das du durchlitten haben musst. Das du immer noch durchleidest.« Sie merkte, dass sie ihm immer noch die Schulter tätschelte, als wäre er ein entfernter Onkel, den sie nur an Weihnachten sah.

»Danke, Frankie. Und nur dass du's weißt ...« Er

nahm ihren Arm, legte ihn um sich und drückte Frankie an sich. »Ich glaube, dass man mehr als nur einmal die Liebe seines Lebens finden kann.«

Frankie erstarrte. »Ich hab ein Abstandsproblem«, stieß sie hervor.

»Ein was?«

»Ein Abstandsproblem. Na ja, so nennen Cat und ich das. Meine Gefühle sind alle in mir drinnen aufgestaut, hier.« Sie wies auf ihren Brustkorb. »Und wenn ich versuche, sie auszudrücken, zum Beispiel dir gegenüber«, sie tippte Sunny auf die Brust, »dann fallen sie unterwegs in einen Graben und können den Abstand zwischen uns nicht überwinden. Ich glaube, ich habe da eine andauernde Furcht in mir, die ich nicht loswerde, eine Angst, enttäuscht, verletzt und missverstanden zu werden.« Sie hielt inne und gestikulierte wild. »Ähm, ich dachte, ich sollte dir was ... du weißt schon, was Persönliches erzählen, weil du mir gerade auch etwas so Persönliches erzählt hast.«

»Das war doch nichts wirklich Persönliches, Frankie.« Sunny lachte. »Wir haben alle so einen Abstand in uns. Manche können ihn einfach nur besser überbrücken als andere.«

Frankie rückte ein paar Zentimeter von ihm ab, irritiert über Sunnys schnellen Freispruch. »Ach. Na dann ...darfst du mich jetzt auch was fragen«, stieß sie hervor. »Ich hab dich gezwungen, mir etwas zu erzählen, wozu du noch gar nicht bereit warst. Deswegen darfst du mich jetzt fragen, was du willst.«

Sunny schaute sie einen Augenblick an und fragte dann: »Wirklich alles?«

»Absolut alles.«

»Wieso schreibst du nicht mehr?«

»Hast du die Besprechungen gesehen?«, stieß sie mit einem falschen Lachen hervor. »Deswegen schreibe ich nicht mehr. Ist sowieso nicht das Wahre gewesen.«

»Das glaube ich nicht«, sagte Sunny. »Ich glaube, du hast Angst. Genauso wie du Angst hast, dich mir gegenüber zu öffnen und dich fallen zu lassen. Das Schreiben ist ein Teil von dir, du trägst es in dir. Würde ich Katniss Everdeen aus *Die Tribute von Panem* sagen, sie wäre eine schlechte Kämpferin, dann wäre ihr das völlig egal. Sie würde weiterhin mit aller Kraft ihre Pfeile abschießen.«

»Na, da hab ich ja Glück. Bei mir geht es nicht um Leben und Tod.«

»Frank, ich hab deine Sachen gelesen. Sie sind umwerfend gut.«

»Das sieht die Öffentlichkeit ganz anders«, fuhr sie ihn an.

Sunny stand auf. *Das war's,* sagte sich Frankie im Stillen.

»Wo willst du hin?«, rief sie ihm nach. Er holte Stift und Notizbuch von ihrem Esstisch.

»Hier!«, sagte er.

»Was soll ich denn damit?«

»Schreib was. Irgendetwas. Ich werd dir zeigen, dass du keine Angst haben musst.«

»Ich kann nicht einfach irgendwas schreiben«, sagte Frankie und schob das Notizbuch weg.

»Warum nicht?«

»So funktioniert das nun mal nicht.«

»Komm schon, Frankston. Schreib einfach was auf.

Ich versprech dir auch, ich werde dich nicht beurteilen.« Sunny nickte ihr aufmunternd zu.

»Na gut.« Frankie seufzte. »Aber du darfst nicht schauen.«

Sunny drehte ihr den Rücken zu, und Frankie starrte das Notizbuch an, das sie in Händen hielt. Zaghaft schlug sie es auf, dann öffnete sie es so weit, dass die Bindung krachte. Sie schlug eine neue Seite auf und schaute zu Sunny hinüber. Sein Rücken wirkte fest und verlässlich, die Muskeln seiner Schultern zeichneten sich weich unter dem Pullover ab. Sie klickte mit dem Kuli und kritzelte ganz schnell etwas hin, damit sie es sich nicht anders überlegen konnte.

»Fertig«, sagte sie, knallte das Notizbuch zu und reichte es Sunny.

»Was steht da?«, fragte er.

»Mach es auf.«

Ich glaube, ich bin dabei, mich bei dir total fallen zu lassen … aber ich hab Angst, dass du mich nicht auffängst.

TEIL 2

»Du brauchst nicht Dutzende von Bewerbern um deine Hand, es reicht ein einziger … wenn es der richtige ist.«

Betty und ihre Schwestern,
Louisa May Alcott

28

Von: Miguel Oliveira
An: Scarlett O'
Betreff: Ich bin der Alchimist gefunden

Olá, entzückende Scarlett,

ich bin sehr schön überrascht, deinen Buch *Der Alchimist* im Tram Nummer drei zu finden. Paulo Coelho ich mag immer schon und ich habe seinen Gefühlen nahe, das liegt daran, wir kommen aus der gleichen Heimatstadt (Rio de Janeiro).

Ich dachte das Buch liegen zu lassen in dem Tram damit ein ander Person von der Reise es finden und lesen, aber dann habe ich doch sehr Lust geworden, das Buch einmal wieder lesen. Zum großen Glück bin ich das Buch genommen und da ich finde deine Geschriebenen direkt nebenan von meiner liebsten Zitat über das Herz findet sein Schatz.

Was du hast für ein großartige Idee, Scarlett! Du versuchen zu finden die Liebe von dein Leben mit die Hilfe von einen Buch. Das ist sehr viel romantisch und es macht in mir ein großes Echo. Es ist ein Idee als kommt es von eine Film.

Ich werde mit dir gehen auf eine Date wenn du magst. Diesen ist meine Geschichte: Miguel heiße ich und ich komme nach Australia vom Brasil zwei Monaten vorher für eine Audition von *Cirque du Soleil.* Ich habe nicht genommen, deshalb nun ich vorbereite full time in Akrobatik für die Audition in nächstes Jahr. In mein freie Zeit ich bin ein Poet und auf unsere Date ich werde dir lesen einige Poems von mir. Was du sagst? Morgen an die Abend?

Besten Grüße! Miguel

29

Die Liebenden von Leningrad von Paullina Simons
Im 246er Bus nach Clifton Hill

Frankie wachte langsam auf. Sie drehte sich auf den Rücken und starrte das Ölgemälde an. Langsam war die Szenerie ihr vertraut. Beim Anblick der tröstlichen Rot- und Purpurfarben erwachte ihr Bewusstsein allmählich. In ihrem Kopf pochte es leicht, als sie an die Ereignisse des vergangenen Abends dachte. Undeutliche Erinnerungen an Pasta, Sex, jede Menge Wein und ein absurd spannendes Scrabble-Spiel kamen ihr in den Sinn.

»Trauerst du immer noch, dass du verloren hast?«, sagte Sunny heiser und öffnete die hellblauen Augen ein wenig. Er lag völlig entspannt neben ihr und hatte ihr den Arm um die Taille gelegt.

»Ich hab es gestern Abend schon gesagt, und ich sage es heute noch einmal: MILF ist kein Wort!« Frankie zog einen Schmollmund.

Sunny lachte und küsste sie leicht auf die Stirn. »Ich liebe es, wenn du dich so ereiferst.«

Frankies Herz bebte – weniger angesichts der Berührung seiner Lippen, sondern wegen seiner ersten beiden Worte. Sie waren jetzt seit vier Monaten zusammen, und obwohl sie inzwischen mehr Zeit miteinander verbrachten als allein, hatte noch keiner von beiden die drei kleinen Worte – »Ich«, »liebe«, »dich« – gesagt. Cat hatte ihr geraten, es jetzt allmählich mal hinter sich zu bringen. »Sag es doch einfach!«, quengelte sie. Und es hatte Frankie auch schon auf der Zunge gelegen, sie stand kurz davor, in der letzten Zeit sogar fast ständig. Aber sie hatte Angst. War sie wirklich schon bereit, sich so fest zu binden?

»MILF ist als Wort in Scrabble schlicht nicht annehmbar«, sagte sie erneut.

Frankie öffnete diverse Schubladen und durchstöberte einige Schränke. »Hast du kein Müsli mehr da?« Sie tanzte barfuß durch Sunnys Küche, mit nichts am Leib als eines von seinen T-Shirts, das ihr viel zu groß war. Sie liebte es, wenn sie die kühlen Fußbodenkacheln unter ihren Füßen spürte, die so vollkommen anders waren als der warme Holzboden, den sie zu Hause hatte.

Sunny legte ihr einen Arm um die Taille und wies in Richtung Arbeitsfläche. »Das Müsli steht genau da drüben, wo es immer steht.« Sie lehnte sich an ihn, und er küsste sie auf den Nacken, dann nahm sie eine Handvoll Müsli direkt aus der Packung und schob es sich in den Mund.

»Bist du sicher, dass du keine Milch dazu haben möchtest?«, fragte Sunny.

»Ich sag dir doch, ich ess es lieber so.«

»Du bist einfach eine kleine Spinnerin.« Sunny küsste sie erneut. »Und, willst du heute Abend eine Revanche beim Scrabble?«

»Ja, bitte! Aber vorher muss ich noch zu meinem K-Pop-Kurs.« Frankie lächelte.

»K-Pop? Steht Cat da immer noch drauf?« Sunny goss sich ein Glas Orangensaft ein, den Arm immer noch um Frankie gelegt.

»Ja. Jetzt ist sie schon in der sechsunddreißigsten Woche und ganz schön schwer geworden. Meistens sitzt sie nur in der Ecke und schaut mir zu, wie ich das hier mache.« Frankie schwang den Hintern und bumpte Sunny an.

»Du hast's echt drauf.« Er lachte. »Sag mal, wirst du heute versuchen, irgendwas zu schreiben?«, drang er in sie.

Frankie zuckte zusammen. *Der Blog.* Sie konnte ihm nicht davon erzählen, nicht jetzt. Da half nur Ablenkung. »Wann ist denn dein Treffen mit Transplant Australia? Und wie geht's dir damit?« Sie verdrückte eine weitere Handvoll Müsli.

Sunny runzelte die Stirn. Er machte den Mund auf und schloss ihn gleich wieder. »Ich bin ganz schön nervös. Ich hoffe bloß, dass heute die endgültige Entscheidung fällt und wir loslegen können.« Er schaute auf die Uhr. »Das Treffen ist schon in einer Stunde. Mist, ich muss duschen.«

»Was dagegen, dass ich mitkomme?« Frankies Augen funkelten.

»Ich denke, das ist in Ordnung.« Sunny hob sie ganz lässig hoch, warf sie über die Schulter und schleppte sie Richtung Dusche, während Frankie einen Lachkrampf bekam.

»Hör auf!«, schnauzte Cat. Ihre geschwollenen Beine lagen schwer auf dem Sitz vor ihr, und das Buch *Achtung schwanger!* von Jenny McCarthy lag unmittelbar vom Absturz gefährdet auf ihrem ungemein schwangeren Bauch. Frankie und Seb dekorierten den Ständer neben ihr für diese Woche mit dem Motto »Autoren, von denen Sie nicht wussten, dass sie jüdisch sind«. Frankie musste aber andauernd unterbrechen und Cats Bäuchlein streicheln.

»Ich kann einfach nicht anders, er ist so riesengroß.« Frankie stupste zärtlich staunend gegen Cats Bauch.

»Oh Mann, danke, Frank.«

»Ja, jetzt ist dein Bauch sogar größer als dein Kopf!«, lachte Seb und schlang ein hellrotes Band um den *Fänger im Roggen* von J. D. Salinger.

»Was machst du eigentlich hier, Sebastian?«, fuhr Cat ihn an. Sie war nicht in Stimmung für seine Spielchen. Je weiter ihre Schwangerschaft voranschritt, desto reizbarer wurde sie.

»Ich hab's dir schon ungefähr eine Milliarde Mal gesagt: Es sind Schulferien, und ich arbeite jetzt hier.« Seb stellte das fertig geschmückte Buch neben eine Ausgabe von *Der Hals lügt nie* von Nora Ephron.

»Aha, ich bezahle dich also dafür, dass du mich beleidigst, ja?«, erwiderte Cat. Seb verdrehte die Augen und kümmerte sich jetzt lieber schweigend um seine Bücher.

»Was für ein wunderbarer großer Bauch. Ich kann gar nicht glauben, dass da ein winziges Menschlein drin ist.« Frankie streichelte schon wieder bewundernd über den Bauch ihrer Freundin und ignorierte die Kabbelei zwischen ihr und Seb.

»Hör auf, du machst mich noch wahnsinnig.«

»Ein klitzekleines Persönchen schmort da im Mutterleib vor sich hin.« Frankie strich in kleinen Kreisen über Cats ziemlich weit gedehnten Strickpullover.

Cat schluckte, schniefte und brach dann in leises Weinen aus.

»Oh Gott, Cat, es tut mir leid! Ich wollte dich nicht aufregen!« Frankie zog schnell die Hand weg und strich stattdessen über die Prägung auf dem Cover von Philip Roths *Empörung*.

Cat stieß einen lauten heulenden Klagelaut aus, und plötzlich liefen ihr die Tränen nur so übers Gesicht. Frankie tätschelte ihr hilflos den Arm und lächelte die Kundschaft verlegen an. Die Leute starrten auf das Häufchen Elend namens Cat.

»Ich bin noch nicht so weit, dass ich ein winziges Menschlein kriegen kann!« In den vergangenen Monaten war Cat so beschäftigt gewesen mit Geburtsvorbereitungskursen, gestrickten Stramplern und *Schwangerschaft und Geburt* (Buch *und* Film) von Heidi Murkoff und Sharon Mazel, dass sie anscheinend eines ganz vergessen hatte: Zum Schluss dieser verrückten Zeit würde sie jemanden zur Welt bringen, den sie dann den Rest ihres Lebens am Hals haben würde.

»Ich hab doch mein eigenes Leben noch gar nicht genug gelebt. Ich will mich nicht um jemand anders kümmern müssen«, klagte sie.

Melvin, ein etwas mürrischer Stammkunde, der immer die Seiten der Bücher zerknitterte, die er durchblätterte, schaute zu ihnen hinüber. Seit acht Monaten kam er nun regelmäßig in den Laden, hatte in der ganzen Zeit aber noch kein einziges Buch gekauft. Frankie hob herausfordernd die Augenbrauen.

»Ach, Cat.« Sie strich ihr tröstend über den Rücken. »Du hast doch immer noch dein Leben. Es wird eben nur anders, das ist alles.«

»Ich hasse ›anders‹«, heulte Cat.

»Aber denk nur mal an die vielen wunderbaren Dinge, die auf dich zukommen, Catty. Du wirst ein unglaubliches Kind zur Welt bringen, das dich bedingungslos liebt. Und du wirst es genauso lieben.«

»Und wenn ich das nicht schaffe?«, wimmerte Cat.

»Du hast immerhin Claud an deiner Seite«, sagte Frankie.

»Und mich auch«, platzte Seb heraus.

Cat verzog das Gesicht.

»Und mich hast du auch noch. Wir werden dieses kleine Baby alle zusammen lieben. Und zwar so sehr, bis es sich vor lauter Liebe ganz erdrückt fühlt und als Zeichen der Rebellion Mitglied einer Motorradgang wird, sich die Haare rot färbt und ein Nippelpiercing machen lässt.«

»Danke, Frank. Jetzt geht's mir gleich besser«, schnaubte Cat.

»Cat, nun komm schon«, rief Seb. »Ich weiß, du hast es nicht leicht mit mir, aber ehrlich, niemand würde eine großartigere Mutter abgeben als du. Verflixt, du wirst dem armen Wurm wahrscheinlich zum Einschlafen *Der Exorzist* vorlesen. Ich wünschte, du wärst meine Mum!«

»Ich bin viel zu jung, um deine Mutter zu sein, Sebastian.« Cat tat so, als runzelte sie die Stirn, aber ihr Blick verriet, wie sehr sie sich über seine Worte freute.

»Seid ihr jetzt fertig?«, grummelte Melvin und schob

die *Anatomie der Melancholie* von Robert Burton über den Ladentisch. »Könnt ihr mir das zurücklegen?«

Frankie nahm das Buch seufzend entgegen. Sobald Melvin den Laden verlassen hatte, würde sie es wieder ins Regal stellen.

»Einen netten Nachmittag wünsche ich«, sagte Cat sarkastisch.

»Ein nettes Baby wünsche ich. Guck mal«, sagte er und zeigte auf seinen kahlen Kopf. »Ehe mein Sohn vor zwei Jahren auf die Welt kam, hatte ich noch wunderbare Locken.« Und damit stürmte er aus dem Laden.

»Mistkerl«, knurrte Frankie, drehte sich um und sah Cats ausgestreckte Hand vor sich.

»Was soll das?«

»Ich hatte getippt, dass er was Philosophisches kaufen würde. Los, zahlen!« Sie grinste, während ihr noch die Tränen über die Wangen liefen.

Frankie lachte und griff nach ihrem Portemonnaie. Sie hätte Cat mit Freuden ihr gesamtes Bargeld gegeben, wenn sie dadurch wieder normal und fröhlich würde wie immer. Als sie in ihrer Tasche kramte, merkte sie, dass ihr Telefon vibrierte.

»Hallo?«

»Frankie, bist du das?«, sagte eine heisere Frauenstimme am anderen Ende der Leitung.

»Ja, am Apparat. Mit wem spreche ich?«

»Frankie, hallo! Ich bin's, Marie von Simon & Schuster. Ewig nicht gehört! Wie geht's dir denn, Schätzchen?«

»Marie, oh hallo … wie geht's dir? So eine Überraschung. Einen Augenblick bitte.« Frankie sprang auf, gestikulierte wild in Richtung Cat, rannte in den hinteren Lagerraum und machte die Tür hinter sich zu.

»Hallo, Marie. Wie geht's dir? Ja, es ist wirklich lange her, dass wir voneinander gehört haben, gut zwei Jahre müsste das her sein«, sprudelte sie hervor, während ihre Gedanken sich überschlugen. *Warum ruft sie mich an? Ach du je, sind da etwa noch mehr schlechte Rezensionen zu* Etwas über Jane *gekommen?*

»Das tut mir wirklich leid. Hier ist immer so irre viel los, du kannst es dir nicht vorstellen. Egal – du fragst dich bestimmt, weshalb ich anrufe. Ich hab gerade deinen Blog mit den Bücher-Dates gelesen – Frankie, der ist einfach brillant! Äußerst amüsant, prägnant, geistreich. Ein bisschen was anderes als deine Romane, aber ich liebe ihn heiß und innig und glaube, es könnte ein großartiges Buch daraus werden, sogar ein Bestseller. Ich will jetzt nicht vorgreifen, aber mir schweben durchaus auch Filmrechte vor«, sagte sie lebhaft.

»Mein Blog?«, sagte Frankie schockiert.

»Ja, dein Blog. Wir finden da bestimmt einen großartigen Titel dafür, etwas Einprägsames. *Buchstäblich Liebe* vielleicht? Ist das wirklich alles so passiert? Bist du tatsächlich auf diese ganzen schrecklichen Dates gegangen? In was für einer verrückten Welt wir leben!«

»Wie bist du denn auf den Blog gestoßen?«

»Es kam ein Tipp von einer anonymen Quelle, mit dem Kommentar, es wäre der beste Blog der letzten Jahre. Und Frankie, ich muss sagen, unser Tippgeber hat recht. Ich bin ganz bestürzt, dass ich nicht schon viel früher drauf gestoßen bin. Dein Blog ist einfach großartig, Frankie, ganz großartig!«

Frankie setzte sich auf den Holzstuhl in der Ecke. Ihr lief der kalte Schweiß über den Rücken.

»Also, was meinst du? Treffen wir uns doch mal und bringen wir die Sache in Schwung. Ich würde wahnsinnig gern wieder mit dir zusammenarbeiten, Frankie. Schreib mir eine Mail, wann es dir passen würde, und dann sehen wir weiter. Meine Mailadresse hast du doch noch, oder?«

»Ähm, ja, okay. Ja sicher«, murmelte Frankie.

»Super. Ich muss Schluss machen, es ist hier, wie gesagt, irre viel los. Du meldest dich, und dann unterhalten wir uns. Ich freu mich schon drauf, Frankie«, flötete Marie.

Frankie beendete das Gespräch. Sie war vollkommen durcheinander. *Woher weiß Marie, dass der Blog von mir ist? Wenn sie es weiß, dann kann Sunny es ja auch jederzeit rausfinden. Und wer ist diese anonyme Quelle?* Frankie verdrehte die Augen. *Natürlich!*

»Catherine!« Sie stürzte in den Laden zurück und erschreckte zwei junge Kundinnen, die, von Kopf bis Fuß schwarz gekleidet, in der neu eingerichteten Abteilung Hexerei und Magie stöberten.

»Ja?«, sagte Cat ganz unschuldig. Sie hatte ihre Fassung wiedergewonnen und hielt es offenbar nicht mal für nötig, von ihrem Buch aufzublicken.

»Hast du meinen Verlag auf den Blog aufmerksam gemacht oder nicht?«

»Hab ich. Aber ehe du jetzt sauer wirst, will ich dir was erklären.« Sie erhob sich umständlich und zeigte dabei ihren dicken Bauch in seiner ganzen Pracht. »Ich weiß, du willst nicht wahrhaben, wie verdammt gut dein Blog ist, aber er ist gut, Frankie, er ist wirklich gut. Hast du die Kommentare gelesen, die du kriegst?« Cat zog ihr Telefon hervor und begann zu scrollen. »›Seit Jahren nicht mehr so gelacht‹, ›Genau so geht es mir auch‹, ›Dein Blog ist für mich der Höhepunkt der Woche‹. Tausende von Menschen sind regelrecht verrückt danach, und du redest davon, dass du aufhören willst? Du musst daraus ein Buch machen, Frank! Das ist genau das, worauf du schon so lange wartest, deine nächste große Chance!« Cat hatte sich in Begeisterung geredet.

»Ich hab es dir schon mal gesagt, Catherine, aber du hörst mir einfach nicht zu: Es ist mir egal, wie gut dieser Blog läuft. Ich muss dem Ganzen ein Ende setzen. Kein Blog mehr und keine Dates. Ich kann Sunny nicht länger belügen, er ist mir einfach viel zu wichtig geworden.« Obwohl Frankie durchaus den Traum von einem neuen Buch hatte. Natürlich hatte auch sie die Kommentare gelesen und gesehen, wie unglaublich viele neue Leser auf ihren Blog aufmerksam geworden waren. Und sie musste zugeben: Es war berauschend.

»Dann erzähl's ihm doch einfach«, drängte Cat. »Wenn du ihm erklärst, wie erfolgreich dein Blog ist, wird Sunny dich unterstützen, das weißt du genau. Er sagt dir schließlich immer, du sollst schreiben.«

»Vor ein paar Monaten wäre das noch möglich gewesen, aber jetzt steck ich viel zu tief in der Sache drin. Ich kann ihn schließlich nicht einfach anrufen und sagen: ›Übrigens, Schatz, ich hab seit Monaten hinter deinem Rücken Dates mit allen möglichen Leuten, damit ich einen Blog über meine lustigen Erfahrungen schreiben kann. Es macht dir doch nichts aus, oder?‹«

»Doch, genau das solltest du sagen«, widersprach ihr Seb ruhig.

Frankie fuhr erschrocken herum. »Seb! Wie lange stehst du denn schon da?«

»Lange genug, um zu wissen, dass man dir einen Buchvertrag angeboten hat. Und ehrlich, es wäre total unvernünftig, ihn abzulehnen. Es ist schließlich dein Traum, Frankie.« Seb legte ihr die Hand auf den Arm. Sein grauer Pulli schlabberte lose um seinen Körper, das rote ungepflegte Haar hing ihm in die Stirn, und seine sonst so lebendigen Augen schienen müde.

»Wie ich euch beiden gerade gesagt habe, werde ich den Blog löschen«, verkündete Frankie nicht sehr überzeugend.

»Tja, dann bist du ein Vollidiot«, sagte Seb, und Cat nickte zustimmend.

»Und wenn du es anonym veröffentlichst? Unter ›Scarlett O‹? Und warum sagst du Sunny nicht einfach die Wahrheit? Dass die ganzen Dates nur für die Öffentlichkeit waren und dir nichts bedeutet haben.« Cat ließ sich umständlich nieder.

»Das ist eine super Idee, Dicke«, sagte Seb.

Frankie war immer leicht besorgt, wenn sich die beiden über irgendwas einig waren. Sie dachte darüber nach, was ihre Freunde gesagt hatten, und erlaubte sich einen Augenblick den Gedanken an ein neues Buch. Wenn sie es Sunny so erklärte, konnte er es vielleicht doch nachvollziehen.

»Den Blog kannst du immer noch löschen. Du musst nur vorher unbedingt alles speichern«, sagte Cat aufgeregt.

»Aber der Blog muss mit einem echten Knaller aufhören. Dein letztes Date muss noch besser sein als das mit diesem gruseligen Stalker Jai, so unterhaltsam der Kerl auch ist«, sagte Seb. Jai hatte der Buchhandlung ein paar (sehr unwillkommene) Besuche abgestattet, bis Claud ihm schließlich Hausverbot erteilt hatte, weil er – nun ja, weil er nun mal ein gruseliger Stalker war.

»Ich sag's nur sehr ungern, aber Seb hat recht.« Cat schauderte. »Wenn du mit deinem Blog nicht mehr weitermachst, brauchst du ein letztes, unglaublich verheerendes Abgangsdate. Danach kannst du den Blog löschen, den Vertrag für das Buch unterschreiben und lebst glücklich und zufrieden mit Sunny, deinem neuen Buch und meinem wunderbaren Baby.«

»Na ja … da kam gestern tatsächlich noch eine Mail, die ein ziemlicher Knaller war«, sagte Frankie vorsichtig.

»Ja?«, fragten Cat und Seb wie aus einem Munde und starrten sie erwartungsvoll an.

Frankie setzte sie ins Bild über den Dichter aus Brasilien, der zum Akrobaten geworden war. Sie wusste schon, was die beiden sagen würden:

»Ja, der ist perfekt! Wann ist das Date mit ihm?«

»Ich hab mich nicht mit ihm verabredet! Ich wollte ihm überhaupt nicht mehr antworten. Aber er hat, glaube ich, vorgeschlagen, dass wir uns heute Abend treffen könnten.«

»Du musst dich unbedingt heute Abend mit ihm treffen, Frank! Hier geht's nicht um Sunny, sondern um deine zukünftige Karriere als Schriftstellerin. Das kannst du ihm alles später erklären«, sagte Cat beruhigend.

Wie soll ich das je bei Sunny wieder gutmachen?, dachte Frankie. Sie war verzweifelt und fühlte sich hin- und hergerissen zwischen dem Drang, ehrlich zu Sunny zu sein, und ihrer Neugier und der Notwendigkeit, ihr großes Experiment zu Ende zu bringen. Stand sie hier tatsächlich so kurz vor einer ganz großen Sache? Seb und Cat erinnerten sie an einen Wackeldackel auf dem Armaturenbrett, so heftig nickten die beiden, um sie zu ermutigen. Frankie verdrehte die Augen, holte ihr Telefon heraus und scrollte zu der Nachricht von Miguel. Rasch stimmte sie einem Treffen zu und drückte auf Senden, ehe sie es sich anders überlegen konnte.

»Alles klar, wir treffen uns heute Abend. Und bei dem Gedanken daran wird mir richtig schlecht. Hoffentlich seid ihr jetzt zufrieden.«

Was mache ich da eigentlich?, fragte sie sich erneut. Schon seit Monaten wurden ihre Schuldgefühle immer schlimmer. Die Dates, der Blog, die ganzen kleinen Schwindeleien, all das war störend ins Fundament ihrer Beziehung zu Sunny eingewoben. Aber die Sache mit dem Blog fühlte sich trotz allem unglaublich richtig an. Und dennoch: Jetzt, wo täglich Hunderte neuer Leser dazukamen, bekam Frankie immer mehr Angst, dass Sunny ihr schmutziges kleines Geheimnis entdecken würde. Sie war schon oft ganz kurz davor gewesen, mit allem herauszuplatzen, doch sie befürchtete, Sunny zu verlieren. Aber wenn sie jetzt tatsächlich einen Buchvertrag bekam *(war das wirklich möglich?)*, würde Sunny ihren Vertrauensbruch vielleicht mit anderen Augen sehen? *Es geht mir bei diesem Blog nicht mehr um Liebe, sondern nur noch darum, dass ich wieder zum Schreiben zurückfinde. Das predigt Sunny mir doch die ganze Zeit. Da wird er sich doch sicher sehr für mich freuen?* Frankie ließ nervös die Knöchel knacken. *Das war's*, sagte sie sich. *Heute ist das letzte Date, das allerletzte. Und dann …*

»Hallo, Sunny-Schätzchen«, gurrte Cat, als sich die Ladentür mit ihrem typischen Läuten öffnete.

Frankie blickte von ihrem Telefon hoch. Vor ihr stand Sunny, nur ein paar Meter entfernt, und er sah ziemlich fertig aus. *Scheiße.*

»Stimmt was nicht? Wie ist es gelaufen?«, rief sie, lief auf ihn zu und gab ihm einen Kuss.

»Schrecklich.«

Frankie stockte der Atem.

»War nur ein Witz! Es hätte gar nicht besser laufen können«, sagte Sunny munter, und sein Gesichtsausdruck veränderte sich augenblicklich. »Sie machen die komplette Kampagne. Reklametafeln, Online-Anzeigen, sogar TV-Werbespots – die ganze Palette! Und das Ganze soll noch vor Weihnachten über die Bühne gehen. Ich kann's noch gar nicht fassen. Ich habe so lange darauf hingearbeitet.«

Voller Freude fiel Frankie ihm um den Hals. »Ich freu mich so für dich, Sunny«, stieß sie hervor, und das stimmte auch. Sie zitterte regelrecht vor Aufregung beim Gedanken daran, dass seine Bemühungen endlich Früchte getragen hatten. Er hatte es geschafft, seine Schmerzen zu etwas so Schönem, so Wichtigem zu verarbeiten. Eine derart echte Freude hatte sie noch nie zuvor für jemand anders empfunden. *Fühlt sich das so an?*, fragte sie sich. *Ist es so, wenn man jemanden wirklich liebt?* Aber sie verdrängte diesen Gedanken sofort wieder.

»Frankie«, rief Ads ins Telefon. Gelächter, Musik und Hintergrundgespräch dämpften seine Stimme. »Ich

bin befördert worden! Ab jetzt darfst du mich offiziell ›Juniorpartner Ads‹ nennen«, sagte er voller Stolz.

Frankie warf einen letzten Blick auf Goodreads und machte ihren Laptop aus. Die Worte »fade« und »peinlich« gingen ihr im Kopf herum. »Wow, Ads, das ist ja fantastisch«, brachte sie hervor. »Gut gemacht!«

»Du musst unbedingt herkommen! Das Team feiert mit ein paar Drinks hier im Arbory.«

Frankie zögerte und drehte sich auf ihrem Stuhl herum, sodass sie mit dem Rücken zum leeren Bildschirm saß. »Das klingt toll, aber ich hab doch morgen meinen Abgabetermin. Ich komme lieber nicht.« Frankie räusperte sich.

»Ach, scheiße, das hab ich ganz vergessen.« Frankie hörte, wie Ads den Hörer kurz vom Ohr nahm und eine weitere Runde für seine Kollegen bestellte. »Okay, es wird sicher spät, du musst nicht auf mich warten.«

»Ich liebe …«, flüsterte Frankie noch, da hatte er schon aufgelegt.

Sunny küsste sie sanft auf die Stirn und zog sie an sich. Sie spürte seine Bartstoppeln auf der Haut, und plötzlich wurde es Frankie eng in der Brust, als ihr die E-Mail einfiel. Gerade hatte sie noch einem anderen Mann geschrieben und sich mit ihm für heute Abend zu einem Date verabredet.

»Ich bin so stolz auf dich«, sagte sie und vergrub das Gesicht an seiner Brust. Sie spürte, wie ihr die Tränen in die Augen stiegen, während Glück und Schamgefühl in ihr im Widerstreit lagen.

»Nehmt euch doch ein Zimmer!« Seb schaute finster

drein. Frankie drückte ihren Kopf weiterhin an Sunnys Brust und sog seinen beruhigenden Geruch ein.

»Was ist denn mit dir los? Du siehst heute nicht so gut aus.« Sunny schaute Seb von oben bis unten an.

»Schön, dass das auch mal jemandem auffällt. Nein, mir geht's auch nicht so gut. Ich hab ganz schön beschissenen Liebeskummer.« Seb ließ sich dramatisch in den großen orangefarbenen Sessel an der Theke fallen.

Frankie machte sich von Sunny los, froh um die Ablenkung. »Oh«, sagte sie und wischte sich verstohlen die Augen. »Geht's um Celeste? Hast du ihr gesagt, dass du sie liebst?«

»Nein, noch nicht.« Seb rutschte tiefer in den Sessel.

»Ich weiß kaum was über diese Celeste Fitness, obwohl du seit Monaten mit ihr ausgehst. Sie ist noch nicht mal hier im Laden gewesen! Wann kann ich sie denn mal sehen? Los, erzähl, wie ist sie denn eigentlich so?« Frankie stupste ihn an.

»Ach, Frank, sie ist einfach perfekt! Wie die Sonne an einem Regentag. Wie ein Tropfen Wasser mitten in der Wüste. So einem Mädchen bin ich noch nie begegnet. Klug, elegant, so schön, dass dir der Mund offen stehen bleibt, unglaublich lustig und dazu noch belesen.« Sebs Wangen wurden so rot wie sein Haar, als er seinen Schwarm beschrieb. »Das Problem ist: Ich will irgendwas machen, das sie *so richtig* beeindruckt. Es muss alles perfekt sein, wenn ich ihr sage, dass sie die Liebe meines Lebens ist.« Er bekam ganz glasige Augen.

»Oh, Seb, mein junger Liebender, da werd ich ja ganz rot!« Frankie strich ihm über die knochige Schulter. »Aber die Umgebung ist gar nicht so wichtig – es kommt nur auf das an, was du sagst. Sag es ihr einfach, wenn du sie das nächste Mal in der Schule siehst. Natürlich mit Überzeugung!«

»Frankston Rose! Es sieht dir gar nicht ähnlich, so was Unromantisches zu sagen«, tadelte Sunny und fügte hinzu: »Sebastian, ich weiß genau, wie man einem Mädchen sagt, dass man sie *liebt.*« Das letzte Wort betonte er besonders, und Frankie lief ein Schauer über den Rücken.

»Ach ja? Und was soll ich deiner Meinung nach tun, Sunny Day? Wir können nicht alle so unglaublich gut aussehen und noch dazu so einen albernen Namen haben wie du, Kumpel.«

»Nur drei Worte, Seb: Große. Romantische. Geste«, sagte Sunny mit rauer Stimme. Zwei Teenager-Mädchen, die in den Zeitschriften blätterten und Sunny nicht gerade unauffällig anstarrten, rührten sich nicht mehr und sabberten schon fast.

»So was wie: Küss sie mitten in einem vollen Zug, damit sie keine Strafe zahlen muss?«, lachte Frankie.

»Genau so! Du hättest mich armen *Tribute von Panem*-Leser doch komplett links liegen lassen, wenn ich nicht so einen Knüller gebracht hätte!« Sunny zwinkerte.

Frankie lächelte bei der Erinnerung daran und schmiegte sich wieder in seine Arme.

»Alles klar, Romeo und Julia, kommen wir mal auf mein Problem zurück. Von was für einer Art von großer romantischer Geste reden wir hier?« Seb fuhr sich ungeduldig durchs Haar. Frankie hatte mitbekommen, wie er schon nach so einigen Frauen geschmachtet hatte (die meisten waren natürlich fiktionale literarische Charaktere gewesen, doch es war trotzdem immer sehr echt gewesen), aber sie hatte ihn noch nie so aufgewühlt gesehen.

»Alles klar. Wenn du wirklich bereit bist, das Wort mit L zu sagen, dann musst du die großen Geschütze auffahren.« Sunny ließ seine Knöchel knacken. »Sie geht auf die gleiche Schule wie du, ja? Du könntest ihr Schließfach mit Rosenblättern füllen, die Schule schwänzen und sie zu einem spontanen Picknick am Yarra River entführen. Es gibt da einen großartigen, ruhigen Platz, wo alle früher hingegangen sind, um mal ein bisschen zur Sache zu kommen.«

»Ekelhaft! Und du warst wahrscheinlich ganz vorne mit dabei. Ich glaube auch nicht, dass das ihr Stil ist.« Seb rieb sich die Schläfen.

»Und wie wäre es, wenn du quer durchs Land wanderst, so wie in der *Unwahrscheinlichen Pilgerreise des Harold Fry* von Rachel Joyce?«, schlug Cat vor.

»Ja klar, du versuchst echt alles, damit du mich loswirst«, fuhr Seb sie voller Sarkasmus an.

»Vielleicht eine romantische Schatzsuche, so wie Amy in *Gone Girl – Das perfekte Opfer*?«, versuchte Cat es erneut.

»Das war doch nicht romantisch, Cat, das war eher psychotisch«, sagte Frankie.

»Kommt aufs Gleiche raus.«

»Wie wäre es mit einer Sache, die so altmodisch ist, dass es schon wieder romantisch ist?«, schlug Frankie vor.

Seb hob erwartungsvoll die Augenbrauen.

»Du könntest zum Beispiel ein ganzes Klassenzimmer mit Hunderten Kerzen vollstellen und eine kleine Rede halten, was du alles an ihr magst. Mit einer so zeitlosen

Geste kann man absolut nichts falsch machen«, sagte sie träumerisch.

»Ja, so was könnte funktionieren«, murmelte Seb plötzlich verlegen.

»Eine zeitlose romantische Geste, was? Würde dich so was interessieren?« Sunny drehte Frankie zu sich, sodass sie sich anschauten, beugte sich zu ihr hinunter und küsste sie voller Leidenschaft. »Mitten in der Buchhandlung, das ist ja ekelig«, riefen Cat und Seb. Frankie war das völlig egal. Sie spürte, wie sie Sunny immer mehr verfiel. Dann, viel zu schnell, löste er sich von ihr.

»Ich muss los«, sagte er abrupt. »Bleibt es bei heute Abend?«

»Yep«, brachte sie heraus.

»Nein!«, unterbrach Cat die beiden. »Frankie, du hast doch heute Abend schon was vor, weißt du nicht mehr? Du wolltest doch nach dem K-Pop mit zu mir und mir bei meinen *Frauenproblemen* helfen.« Cat starrte sie so lange an, bis bei Frankie der Groschen fiel. Sie zuckte hilflos die Achseln und sagte nichts, denn sie traute ihrer Stimme nicht mehr.

»Tja, dann musst du das eben morgen Abend wieder gutmachen«, sagte Sunny.

Frankie nickte, aber ehe sie antworten konnte, riss Seb sie nach unten. Er hatte sich aus dem Sessel auf den Boden fallen lassen, war hinter die Theke gekrabbelt und zerrte von dort aus nun an ihr, damit sie ihm folgte.

»Was um alles in der Welt soll das, Seb?«, zischte Frankie, als sie neben ihm unter der Theke kauerte. Seb fuchtelte mit den Händen, und sein Gesicht war jetzt nicht mehr rot, sondern unnatürlich gelblich.

Jai, formte er mit den Lippen. Frankie verrenkte sich fast den Hals, um in Richtung Eingang zu schauen, und erstarrte, als sie sah, wie ihr misslungenes Date, das sich zum Stalker entwickelt hatte, auf den Laden zukam. *Verdammt, verdammt, was will der denn hier? Und wo zum Teufel ist Claud, wenn man ihn mal braucht? Was soll ich bloß Sunny sagen?*

»Frankie, was soll das?«, fragte Sunny, den Kopf zu den beiden unter die Theke gesteckt. Ihr Herz raste. *Gleich kommt alles raus. Auf diese Weise darf Sunny es aber nicht herausfinden. Nicht so!* Und da betrat Jai auch schon den Laden und kam in Richtung Theke.

30

Tödlicher Ruhm von Ben Elton
In der 16er Tram zur Fitzroy Street / St Kilda

»Jai, was kann ich für dich tun?«, fragte Cat nervös.

»Ich suche meinen Schatz Frankie«, antwortete er und fuhr sich durch sein dunkles Haar, sodass es ihm an der Stirn kleben blieb. »Ich habe gesehen …«

»Jai hier«, unterbrach ihn Cat, ehe er weitersprechen konnte, »ist nämlich Frankies Stalker.«

Sunny schaute verwirrt von Cat zu Jai. Er ballte die Hände zu Fäusten, und Frankie stupste Cat heftig in ihre geschwollenen Fußknöchel.

»Ich bin nicht ihr *Stalker*«, ärgerte sich Jai. »Frankie war total durcheinander, als sie mich so genannt hat. Wenn ich ihr das Ganze doch nur erklären könnte …«

»Tja, sie ist aber nicht hier. Komm mal mit, Jai.« Cat watschelte um die Theke herum, hakte sich bei Jai ein und ging mit ihm langsam in Richtung Ladentür.

Sunny streckte den Kopf unter die Theke und starrte Frankie an. »Du hast also einen Stalker?«, fragte er barsch.

»Sunny, das kann ich dir erklären.« Frankie stand

vorsichtig auf und zog Seb mit sich hoch. Sie griff nach Sunnys Hand, aber er zog sie weg.

»Ich fass es einfach nicht, dass du mir so was nicht erzählst. Das ist doch typisch! Wer ist der Kerl?« Frankie warf Seb einen Blick zu, aber er zuckte nur die Achseln. Sie holte tief Luft. *Jetzt ist der Zeitpunkt, um reinen Tisch zu machen.*

»Also, weißt du, vor ein paar Monaten …«, begann sie.

Cat kam zurückgeeilt. »Vor ein paar Monaten, als Frankie Period Girl war, weißt du noch? Ihr hattet euch gerade erst kennengelernt«, ging sie dazwischen.

»Tja, wie könnte ich das vergessen«, sagte Sunny ruhig.

»Na ja, da haben ein paar Leute ihr Video gesehen und waren danach total besessen von ihr. Bei den meisten ging das relativ schnell wieder vorbei, aber Jai konnte das Ganze einfach nicht lassen. Wir haben ihn jetzt schon monatelang nicht mehr gesehen, ehrlich, aber er lungert immer mal wieder in der Gegend rum. Er ist total harmlos. Wir haben einfach vergessen, dir von ihm zu erzählen«, sagte Cat, ohne auch nur einmal Atem zu holen. Sunny schaute Frankie zweifelnd an, aber sie schaute unerschütterlich zu Boden.

»Das ist alles? Nur ein durchgeknallter Fan?« Er hob ungläubig die Augenbrauen.

»Das ist alles, eigentlich also total lächerlich. Du brauchst dir keine Sorgen zu machen, ich hab ihm gesagt, er soll sich zum Teufel scheren.« Cat lachte ein bisschen zu angestrengt.

Sunny sah nicht überzeugt aus. Eine kaum merkliche Änderung in seinem Gesichtsausdruck zeigte den Übergang von Sorge zu Misstrauen. »Wenn er zurückkommt, dann sagt ihr mir Bescheid. Ihr solltet ihn anzeigen.« Sunny legte Frankie die Hand auf den Arm.

Die anderen drei nickten zustimmend.

»Jetzt muss ich aber los, bis heute Abend will ich den endgültigen Plan für Transplant Australia fertig haben.« Er beugte sich zu Frankie hinunter und küsste sie zum Abschied.

Als er hinausging, atmeten die drei endlich auf.

Frankie stöhnte und stützte den Kopf in die Hände. »Ich bin ein ganz schrecklicher Mensch.«

»Du sagst ihm ja bald die Wahrheit. Nach dem Date heute Abend«, redete Cat ihr gut zu.

Sunny: Ich hoffe, dir geht's gut, Frankie. Gibt's noch mehr Stalker, über die ich Bescheid wissen sollte?

Frankie: Nur den einen. Mir geht's gut, ehrlich.

Sunny: Okay, Period Girl x

AUF GAR KEINEN FALL RANGEHEN: Ich liebe dich immer noch.

Frankie band ihr Haar zu einem lockeren Pferdeschwanz und zog ihre Jeansjacke zurecht. Sie holte tief Luft und versuchte, die schmerzlichen Schuldgefühle zu unterdrücken, die immer wieder in ihr aufstiegen.

Sie stand vor der Fromagerie Milk the Cow im Stadtteil St Kilda, wo sie sich mit Miguel treffen wollte. Teils um sich warm zu halten, aber auch, weil sie Trost suchte, schlang sie die Arme um sich und dachte ernsthaft daran, das Date sausen zu lassen. Aber der Gedanke an einen erfolgreichen Buchvertrag und an ihre Schriftstellerkarriere, die sie damit möglicherweise retten könnte, trieb sie durch die große Holztür in die warme Bar hinein.

Sie schaute auf die Uhr: Sie war fünf Minuten zu früh dran. Frankie setzte sich an einen gemütlichen Tisch in einer Ecke und schaute in die Speisekarte. *Einfach nur was Gutes essen und dann rasch wieder verschwinden. Bei einem zum Akrobat gewordenen Poeten mit einem ziemlich gewagten Gebrauch der englischen Sprache dürfte das nicht allzu schwerfallen.* Sie bereitete sich darauf vor, im Kopf Notizen zu machen.

Ein gebräunter, großer und geradezu lächerlich gut aussehender Mann trat ein und blickte sich suchend um. Frankie sah das verabredete Erkennungszeichen in seiner Hand: *Der Alchimist.*

Sie winkte ihm zu.

»Frankie?« Sein Akzent war so verführerisch wie sein Aussehen.

»Miguel? Schön, dich kennenzulernen.« Frankie streckte die Hand aus, aber er beugte sich über den Tisch und küsste sie einfach rechts und links auf die Wangen. Karamellfarbene Locken rahmten sein perfektes Gesicht ein, und Frankie spürte, wie sie vor seinen stechend blauen Augen errötete.

»Setz dich hin, du machst mich nervös«, kicherte sie.

»Ich bin so glücklich zu kennen dich«, sagte Miguel, während er sich setzte. *Du liebe Güte, sogar sein fürchterliches Englisch ist sexy!*

»Ich freue mich auch, Miguel. Wie hat dir der *Alchemist* gefallen?« Frankie zerrte unter dem Tisch nervös an ihrer Serviette.

»Ich lese es schon vorher, weißt du? Die Buch ist eine meine Lieblings. Deswegen ich denke vielleicht das ist Schicksal.« Seine Augen blitzten. *Verdammt.* Frankie spürte einen Knoten im Magen.

»Natürlich. Sollen wir bestellen?« Frankie winkte nicht besonders elegant und versuchte, die Aufmerksamkeit der Kellnerin auf sich zu lenken. Endlich kam eine auffallend große Frau mit einem umwerfenden Nasenpiercing herangesegelt und erkundigte sich nach ihren Wünschen.

»Wir nehmen die Käse-und-Wein-Auswahl, einverstanden, Miguel?«

»Ja, natürlich. Käse und Wein, wie sagt man das, patzt zusammen wie Romeo und Julia, oder?« Miguel lächelte, und Frankie fiel auf, dass die Kellnerin sich räusperte. Nachdem sie ihre Bestellung aufgenommen hatte, trat sie langsam den Rückzug an, ohne den Blick von Miguel abzuwenden.

»Nun, Miguel, du bist also Akrobat?«

»Ja. Du bist schon mal ein Akrobat getroffen, Frankie?« Das flackernde Kerzenlicht ließ seine schönen Gesichtszüge noch vorteilhafter aussehen.

»Noch nie. Wie bist darauf gekommen, diesen Beruf zu wählen?«, fragte sie ausdruckslos. *Flirte ja nicht mit ihm!,* befahl sie sich innerlich.

»Zu quälen? Nein, ist überhaupt nicht quälen«, antwortete Miguel verwirrt.

»Entschuldige.« Frankie holte tief Luft. »Dein Beruf. Wieso hast du dich für die Akrobatik entschieden?«

»Erst seit ich ein Kind war, wollte ich sein Akrobat. Ich finde Akrobat sind, wie sagt man, Sex von die Zirkus«, sagte Miguel.

»Das ist wunderschön.« Sie unterdrückte ein Lachen und machte sich in Gedanken eine Notiz, um dieses Zitat für ihren Blog zu verwenden.

»Wunderschön wie du.«

Hier wurden sie von der Kellnerin unterbrochen, die ein großes Tablett mit Camembert, Stilton und Brie, Crackern, diversen Saucen und drei verschiedenen Sorten Rotwein brachte.

»Ah, das sieht sehr lecker.« Miguel leckte sich die Lippen und griff nach einem Stück Käse, das er sich sofort in den Mund steckte. »Möchtest du sehen ein Trick?« *Wow, es sieht sogar verführerisch aus, wenn er am Käse schmatzt.*

Frankie zuckte die Achseln und tat ihr Möglichstes, um höflich, aber unbeeindruckt zu bleiben.

Miguel zwinkerte ihr zu und leerte das Glas Wein, das vor ihm stand. Dann erhob er sich, streckte die Arme über den Kopf und entblößte zwischen Jeans und dem weißen Shirt einen schmalen Streifen seines gebräunten Bauches.

Er streckte Frankie seine Hand hin, und sie ergriff sie widerstrebend. Er führte sie um den Tisch herum und ließ dort ihre Hand wieder los – nicht ohne kurz mit dem Daumen über ihren empfindlichen Handrücken zu streicheln. Miguel schob seinen Stuhl eng an den Tisch und rückte den gegenüberliegenden Tisch mit Getöse zur Seite.

»Was machst du denn da?«

»Ich mache Platz für Trick«, sagte Miguel, als wäre es das Selbstverständlichste auf der Welt.

»Hier?«, fragte Frankie erstaunt.

»Ja – wo sonst?«

Frankie blickte sich in dem intimen kleinen Restaurant um. Pärchen beugten sich über ihre Teller voller Käse und Cracker, stießen mit Weingläsern an und teilten sich die Löffel, die sie abwechselnd benutzten. Miguel beugte sich vor, tippte der Frau mit violetten Haaren, die hinter ihm saß, auf die Schulter und informierte sie in gebrochenem Englisch, dass sie ihren Platz »aus Sicherungsgründung verlatzen« möge. Sie kniff leicht irritiert die Augen zusammen und rutschte mit ihrem Stuhl widerwillig ein Stück zur Seite.

»Fertig?«, fragte Miguel leise, aber Frankie vermied jeden Blickkontakt. Er zählte leise bis drei, und sprang graziös vom Boden ab, die kräftigen Arme nach vorne ausgestreckt. Seine Hände berührten nur kurz den Boden, dann schlug er einen Salto und landete elegant wieder auf den Füßen. Das ganze Restaurant applaudierte, und er verbeugte sich bescheiden.

»Das war super«, rief die Nachbarin, und ihre Wangen wurden genauso violett wie ihre Haare. Aus dem hinteren Teil des Restaurants erklangen bewundernde Pfiffe. Einige Leute hatten mit ihren Gabeln auf halbem Weg zum Mund innegehalten, anderen war der Mund offen stehen geblieben. Miguel strahlte stolz in die Runde.

Frankie ließ sich auf ihren Stuhl plumpsen. Die ganze Aufmerksamkeit, die ihr Date hier erregte, war ihr peinlich. Sie schnitt sich eine Scheibe Camembert ab und verteilte sie großzügig über einen Cracker, trug dick Quittenpaste auf und schob das Ganze in den Mund. *Ist dieser Typ wirklich echt?*

Miguel hatte die Rufe nach einer Zugabe abschlägig beschieden und setzte sich wieder hin. Er sah zu, wie Frankie aß, und schien völlig gebannt. Sie versuchte, sich auf den Käse und die Cracker zu konzentrieren, und wich seinen glühenden Blicken aus.

Er räusperte sich. »Du bist wunderschöne Frau. Du bist mein Perle des Ozean.«

»Wie bitte?« Frankie verschluckte sich fast an ihrem Käse.

»Ich schreibe Poems, weißt du. Ich schreibe diesen Poem für dich, mein Frankie.«

Frankie seufzte. *Es ist für das Buch. Es ist alles nur für das Buch.*

Miguel begann zu rezitieren:

Wegen Paulo Coelho wir treffen,
Möchte ich dein Herz an mich reffen.
Die gleiche Buch liebt unsere Herz und Kopf,
Koche ich für dich mein liebste Bohneneintopf.
Frankie, dein Augen ist so schön wie mein,
Bist du für mich wie von eine Buch die Leim.
Ich bin alle Buchseite, bist du die Mitte,
Nachher wir gehen zu mein Haus zusammen bitte.

Frankie kippte hastig einen großen Schluck Wein hinunter.

»Das war unglaublich«, sagte die Kellnerin, die plötzlich neben ihnen aufgetaucht war, mit leicht rauchiger Stimme. Aber Miguel schaute nur auf Frankie, die soeben ihr drittes Glas Rotwein in sich hineinschüttete und ihn nicht anschaute. Er beugte sich über den Tisch und kitzelte sie sanft am Arm. Frankie erschauderte und merkte, dass ihr der Wein schon zu Kopf gestiegen war.

»Erzähl doch mal, was gefällt dir besonders gut am *Alchimisten*?«, sagte sie.

Miguel zählte sanft gurrend alle seine Lieblingsszenen auf. Frankie schaltete sich immer wieder ein, im verzweifelten Bemühen, die Unterhaltung auf neutralem Terrain zu halten, und zitierte ihrerseits Szenen. Sie erzählten sich, wann sie das Buch zum ersten Mal gelesen hatten: Frankie, als sie damals Europa bereist hatte, und Miguel berichtete, wie er sich in Santiagos Reise verliebt hatte, als er sie das erste Mal, noch zu Schulzeiten, gelesen hatte. Selbst mit seinem holprigen Englisch, das die Unterhaltung verlangsamte, fühlte Frankie sich lebendig, wenn sie über Literatur sprach. Als würde die Elektrizität zwischen ihnen plötzlich ansteigen und gelehrte Funken zwischen ihnen entzünden. Ihr Herz raste, als sie andere Bücher von Coelho ins Spiel brachte, *Brida, Elf Minuten, Aleph* und *Auf dem Jakobsweg,* und sie sich ausführlich darüber unterhielten. Frankie war so mitgerissen und vertieft, dass sie ganz vergaß, wo sie war und mit wem sie sprach. Erst als Miguel seine Hand auf die ihre legte, war auf einmal das Gefühl der Reue wieder da.

»Ich sollte langsam mal nach Hause gehen«, sagte sie und zog ihre Hand weg.

»Okay.« Miguel legte ein kleines Bündel Geldscheine auf den Tisch. Während er sie aus dem Restaurant geleitete und ihr die Hand auf den Rücken legte, gab es noch einige vereinzelte Klatscher von Gästen, die seine Vorführung miterlebt hatten. Als sie auf die Straße hinausgingen, trat er viel zu nahe auf sie zu.

»Tja, das hat Spaß gemacht! Akrobatische Kunststücke mitten im Restaurant, das sieht man nicht alle Tage. Ich wünschte, ich wäre so gelenkig wie du. Ich krieg nicht mal einen vernünftigen Hampelmann hin.« Frankie lachte verlegen.

Miguel lachte nicht mit. Stattdessen hob er eine Augenbraue und flüsterte: »Vertraust du mir?«

»Tja, ich glaube schon.« Und da stemmte Miguel Frankie hoch über seinen Kopf zu einer Hebefigur und wirbelte sie auf seinen ausgestreckten Armen einmal im Kreis herum. Frankie schrie überrascht und leicht hysterisch auf, aber er stellte sie schon wieder sanft auf den Boden zurück und zog ihre Jacke an den Schultern zurecht.

»Ähm …«, stammelte sie fassungslos.

Miguel lachte und trat nun ganz nah an sie heran. Er strich ihr mit dem Daumen über die Lippen und wollte sie küssen.

Frankie drehte den Kopf weg. »Tut mir leid, ich muss wirklich los. Danke für den schönen Abend, wir sehen uns!«, rief sie und rannte los.

Frankie schlich durch Sunnys Wohnungstür. Von dem vielen Wein, den sie getrunken hatte, war ihr ein bisschen schwindelig. Auf dem Küchentisch sah sie ein Schokoladenbaiser liegen, daneben ein Post-it:

Ich dachte, nach einem langen Abend mit Cat und ihren »Frauenproblemen« hast du vielleicht Hunger.

Frankie verdrängte ihr schlechtes Gewissen und biss in das Baiser, das auf ihrem Pulli eine Spur von Krümeln hinterließ. Sie schob sich die flachen Ballerinas von den Füßen und schlich auf Zehenspitzen ins Schlafzimmer. Ehe sie Sunny sah, hörte sie schon seinen leisen Atem, der ihr schon so vertraut war. Vorsichtig schob sie die Tür weiter auf. Sunny lag auf der Decke und trug nur rote Boxershorts, sein wohlgeformter Bauch bewegte sich auf und ab. *Mein Gott, ist er schön!*

Frankie schlich ins Zimmer, zog sich aus und legte sich vorsichtig neben Sunny ins Bett. Sie schlang die Arme um ihn, legte vorsichtig ein Bein über seine und kuschelte sich ganz dicht an ihn. Sie küsste seinen Hals und sog seinen Duft ein.

»Ich liebe dich«, flüsterte sie und achtete darauf, ihn nicht zu wecken. Die Worte fühlten sich sehr schwerfällig an, aber zum ersten Mal seit ewigen Zeiten war Frankie wirklich glücklich.

Aber warum liefen ihr dann die Tränen übers Gesicht?

31

Von: Jai Reddy
An: Scarlett O'
Betreff: Das ist doch mal ein richtig gutes Gedicht

Ode an Frankie
von Jai Reddy

So üppig das Haar, so rein die Haut,
Eine Locke von deiner Bürste hätt ich gern geklaut.
Die Szene spielte im schönen Verona am Balkongeländer.
Es lässt sich nicht leugnen, bei dir krieg ich nen Ständer.

In meinem Herzen hast du ein Feuer entfacht,
Ich möchte dich halten die ganze Nacht.
Du wirkst so ätherisch in deiner Jacke – so blau,
Ich könnte mir vorstellen: Du wirst meine Frau.

Immer denk ich an dich, bin total durch den Wind,
Meine Liebe macht mich ganz und gar blind.
Weil Entfernung die Liebe wachsen lässt,
bin ich froh, dass du nicht mehr zu dir mich lässt.

32

Marley & ich von John Grogan
Im Zug der Lilydale Line stadtauswärts

Frankie lief die Stufen zu ihrem Haus hoch. In einer halben Stunde machte die Buchhandlung auf, und sie musste noch duschen und sich umziehen – und unbedingt einen Kaffee trinken, und zwar einen sehr starken. Heute war Dienstag, und sie konnte Dienstage nicht leiden, denn da fand das »Teambuilding« statt.

Claud berichtete ihnen bei dieser Gelegenheit von der finanziellen Entwicklung der vergangenen Woche und bestand dann darauf, dass jeder von seinen beruflichen Höhepunkten und Tiefpunkten der Woche erzählte, während er »achtsames Stricken« betrieb. Er hatte ein Führungskräfteseminar mit dem Titel »Wie man seine Mitarbeiter glücklich und produktiv führt« besucht, und sprach jetzt immer davon, dass man »über seine Gefühle reden« und »durch die Kraft von Nadeln und Faden seinen Geist verjüngen« müsse. Dienstag bedeutete außerdem, dass die Woche noch volle vier Arbeitstage bereithielt, bis endlich Freitagabend war und das echte Teambuilding beginnen konnte. Nichts war dafür so gut geeignet wie eine Flasche Rotwein (oder auch ein Gin-

Tonic, notfalls ohne Tonic) und heiße Pommes im Pub die Straße runter.

Und dann war da noch das andere Gefühl, das in Frankies Nacken lauerte. Bedauern? Schuld? Oder einfach nur zu viel Laktose? Frankie beugte sich vor und schlug ihren Kopf gegen das trockene Holz der Haustür. *Alles in Ordnung*, sagte sie sich. *Es war nur für den Blog. Und jetzt ist es vorbei.* Sie schob den Schlüssel ins Schloss, warf den Kopf in den Nacken und tat so, als würde sie dem Tag freudig entgegensehen.

Im Vorübergehen setzte sie Wasser auf und begrüßte Winnie.

»Hallo, kleines Kerlchen«, sagte sie sanft, machte den Deckel des Aquariums auf und streute eine Handvoll Futter in die Ecke.

»Na, spät geworden gestern?« Winnie lag ausgestreckt neben einem kleinen dekorativen Holzstück. Frankie streichelt ihm über den Panzer, aber Winnie regte sich nicht, also kitzelte sie ihn an den Hinterbeinen. »Das hilft doch immer, dass du aufwachst.« Er rührte sich nicht. »Winnie? Winnie?« Frankie machte einen Satz rückwärts, die Hand vor Entsetzen vor den Mund geschlagen. »*Winnie!*« Mit zitternden Händen griff sie nach ihrem Telefon und rief Sunny an. Sie lief nervös im Zimmer umher, während sie darauf wartete, dass er dranging.

»Na, vermisst du mich jetzt schon?« Sie konnte ihn regelrecht lächeln hören.

»Du musst schnell herkommen, es ist was mit Winnie!« Sie schaute wieder aufs Aquarium, um zu sehen, ob er sich nicht vielleicht doch bewegt hatte. »Ich glaube, er ist tot.«

Zwanzig Minuten später war Sunny da, ungekämmt und unrasiert. *Morgens sieht er echt immer zum Träumen aus.* Frankie schüttelte den Gedanken ab. *Du solltest jetzt an den armen, süßen und möglicherweise toten Winnie denken!* Sunny drückte Frankie kurz und küsste sie auf die Wange, bevor er an ihr vorbei ins Wohnzimmer ging.

»Was meinst du?«, rief Frankie aus dem Flur. Sie hörte, wie Sunny durchs Zimmer ging und den Deckel des Aquariums abnahm, dann ein Rascheln und das Spritzen von Wasser. Ein Klicken. Ein Schlurfen. Sie machte vor Schreck einen Satz, als er plötzlich wieder vor ihr stand. Er umarmte sie und strich ihr über den Rücken. »Es tut mir sehr leid, Frank. Er ist tot.«

Sie saßen nebeneinander auf der Couch und umklammerten ihre Tassen mit dampfendem Kaffee. Beide starrten ausdruckslos den Schuhkarton auf dem Wohnzimmertisch vor ihnen an.

»Ich kann einfach nicht glauben, dass er tot ist«, schniefte Frankie.

»Es wird nie eine Schildkröte geben, die so ist wie er.« Sunny schaute auf den improvisierten Sarg.

»Wie ist das nur möglich? Er war doch noch so jung und so lebhaft – für eine Schildkröte jedenfalls, und dann, zack!, ist er einfach fort.«

»Manchmal passiert so was eben. Man kann es nicht erklären.« Sunny klang, als wäre er mit seinen Gedanken ganz woanders. Frankie schaute ihn an. *Sprechen wir hier noch von Winnie?,* fragte sie sich unwillkürlich.

»Ich verstehe es immer noch nicht.« Sie holte erschrocken Luft. »Du glaubst doch nicht etwa, dass es mit dem

Ausflug in den Onsen zu tun hat, oder? Was, wenn es dort zu heiß für ihn war? War er da zu lange nicht im Wasser? Er hat sich danach nie wieder so bewegt wie vorher. O Gott!«, klagte sie. »Was, wenn seine inneren Organe versehentlich zu heiß geworden sind und er sich die ganze Zeit innerlich zu Tode gekocht hat!« Frankie sprang von der Couch auf, aber ehe sie einen Schritt tun konnte, war Sunny aufgestanden und umarmte sie.

»Du bist eine großartige Mutter für ihn gewesen. Und er hat die vielen Ausflüge mit dir sehr genossen. Du hast ihm ein schönes, aufregendes Leben geboten«, murmelte er und wiegte sie sanft in den Armen. Frankie spürte, wie sie sich entspannte, als sie an seiner Brust lehnte.

»Ich komme ganz fürchterlich zu spät«, sagte sie schließlich, machte sich widerwillig von ihm los und wischte sich die Tränen ab. Ohne auf Winnie zu schauen, entsperrte sie ihr Telefon, um Cat anzurufen – und sah drei Snapchat-Nachrichten von Miguel. »Ich rufe rasch mal Cat an«, murmelte sie und machte die Schlafzimmertür hinter sich zu.

Bei Snapchat erwartete sie ein Foto von Miugel, wie er Spagat machte. Darunter stand: »Ein Spargel um mein Inneres aufwecken.« Als Nächstes kam ein kurzes Video, in dem er kopfüber an den Ringen hing, und hier stand: »Viele Muskelkraft hat sehr wichtig.« Und schließlich ein Foto, bei dem eine Frau auf seinen Schultern stand und eine andere die Beine um seinen Oberkörper schlang und die Arme ausbreitete, mit dem Text: »Eine Mangenet für die Frauen ;)«.

»Scheiße.« Hektisch schloss Frankie die App und rief Cat an.

»Frankston«, antwortete Cat außer Atem, »ich bin so gut wie da. Und wieso warst du nicht am Bahnhof?«

Frankie erzählte ihr die traurigen Neuigkeiten und musste ihre Tränen unterdrücken. Cat bestand darauf, sie solle zu Hause bleiben, aber Frankie versicherte ihr, dass es in einer Stunde wieder gehen würde. Nachdem Cat mehrmals protestiert hatte, legten sie schließlich auf. Frankie versuchte sich zu beruhigen und wollte gerade wieder zu Sunny ins Wohnzimmer gehen, als sie aus der Diele eine schrille Stimme hörte.

»Sunny, mein Schätzchen!«

Ihre Mutter – schon wieder! Frankie seufzte tief und fühlte sich plötzlich geradezu körperlich abgestoßen und frustriert. Seit ihre Eltern nach Richmond gezogen waren, kamen sie andauernd unerwartet vorbei – natürlich immer zu einem völlig unpassenden Zeitpunkt.

»Mum, was für eine Überraschung«, sagte sie sarkastisch, als sie ins Wohnzimmer trat. Putu massierte Sunny auf eine sehr sinnliche Art die Schultern, und Rudolph saß auf der Couch. Sunny starrte Frankie an, und sein Blick flehte: *Deine Mutter soll sofort aufhören, mich zu anzufassen!*

»Wir waren gerade in der Nähe und dachten, wir schauen mal kurz vorbei und besuchen unsere Lieblingstochter.«

»Mum, ich bin deine einzige Tochter.« Frankie drückte ihrem Vater einen Kuss auf den Kopf und umarmte ihre Mutter lustlos. »Das passt jetzt im Moment nicht so gut.«

Putu schaute anzüglich von Frankie zu Sunny. »Ach, jung müsste man noch mal sein!«

»Mum!« Frankie schlang den Arm um ihre Mutter

und drehte sie in Richtung Tür. »Das haben wir doch schon besprochen: Ihr sollt nicht einfach unangemeldet hier auftauchen. Ich komme zu spät zur Arbeit. Ihr müsst jetzt leider gehen. Und bitte hör auf, Sunny zu belästigen.«

Putu schüttelte ihre Tochter ab. »Mein lieber, süßer Langeweiler, ich möchte nur noch kurz meinem geschuppten Enkelkind Guten Tag sagen.«

Frankie erstarrte. Sie warf einen Blick zum Himmel – *Winnie! Hol mich hoch zu dir!*

»Putu, hab ich Ihnen eigentlich schon gesagt, wie gut die Gojibeeren aus dem Himalaja geschmeckt haben, die Sie mir neulich mitgebracht haben? Ich spüre schon, wie mein Körper vor lauter Antioxidantien regelrecht pulsiert«, ging Sunny dazwischen. Er nickte Frankie zu, die sich langsam in den Schutz ihres Schlafzimmers zurückzog. Leise schloss sie die Tür hinter sich und zog sich schnell Jeans und einen cremefarbenen Wollpulli an. Sie hörte, wie sich die Wohnungstür öffnete und wieder schloss, und seufzte erleichtert. *Womit hab ich Sunny nur verdient?* Aber diesem Gedanken folgte ein stechender Schmerz der Schuld. Sie schüttelte ihren Kopf, um den Gedanken loszuwerden, schnappte sich ihre Jacke und ging zu Sunny hinüber, der jetzt allein auf der Couch saß.

»Danke schön«, sagte sie und strich ihm über die stoppelige Wange. »Für alles.«

»Ich hoffe bloß, dir geht's gut. Bitte, Frank, sei mir gegenüber offen und sag mir, wie du dich fühlst.« Sunny schaute ihr sehnsüchtig in die Augen.

»Mir geht's prima«, wies sie ihn knapp zurück.

Frankie hockte im Schaufenster und dekorierte geistesabwesend die Auslage mit Bilderbüchern. *Koala Lou, Loni und der Mond, Unter dem Regenschirm der Liebe, Keiner hat einen Pups lieb* – während sie inmitten dieser süßen, lustigen und ergreifenden Geschichten hockte, sehnte sie sich plötzlich danach, wieder jung und unbelastet zu sein von allen Sorgen und Komplikationen des Erwachsenenlebens.

Gerade als sie in ihren schwermütigen Gedanken zu versinken drohte, begann Cat, sie aus dem Nichts mit einem aufgebrachten Wortschwall darüber zu überschütten, wie viele Mütter in der Literatur der Einfachheit halber früh starben – von *Schneewittchen* über *Krieg und Frieden* bis hin zum *Drachenläufer.* »Wie sollen unsere Kinder denn mit so etwas klarkommen?«, erregte sie sich lauthals.

Ehe Frankie über eine Antwort nachdenken konnte, vibrierte ihr Telefon, das sie neben sich auf den Boden gelegt hatte. Wieder eine Nachricht von Miguel: Diesmal zeigte das Foto ihn, wie er mit einer Zitrone, einer Birne, einer Grapefruit und einer Orange jonglierte, und darunter stand: »Viele Obst macht den Doktor unterflüssig«. Plötzlich schlug etwas dumpf gegen das Fenster, so dass Frankie zusammenschrak. Sie schaute auf und sah Sunny, der ihr zuwinkte. Er trug einen schwarzen Anzug mit Krawatte, hatte eine Schachtel unter dem Arm und einen Plastiktopf mit einer leuchtend orangen Ringelblume in der Hand.

»Was machst du hier?«, formten Frankies Lippen lautlos. Sunny winkte ihr, zu ihm auf den Bürgersteig hinauszukommen, also quetschte sie sich aus dem Schaufenster zurück in den Laden, rief Cat zu: »Bin sofort wieder da« und ging hinaus.

»Was ist denn los?«, fragte Frankie draußen.

Sunny küsste sie. »Es ist Zeit für Winnies Beerdigung.«

»Es ist mitten am Tag. Ich kann hier nicht einfach so verschwinden.« Aber Sunny blickte ihr über die Schulter, und als Frankie sich umschaute, sah sie Cat und Claud aus dem Laden kommen. Cat hatte einen langen schwarzen (natürlich von Claud handgestrickten) Überwurf um die Schultern geschlungen, und Claud trug ihre und Frankies Handtasche. Seb streckte den Kopf zwischen zwei Bücherregalen hervor, hob den Daumen und signalisierte: *Alles im Griff!*

»Es ist alles abgesprochen«, sagte Sunny. Er nahm sie an der Hand und führte sie die Straße hinunter. Cat und Claud folgten ihnen auf dem Fuße.

Sie waren ungefähr vier Häuserblocks weit gegangen, als Sunny in ein Labyrinth von Seitensträßchen und Gassen abbog und sie da hindurch zu einem kleinen Park führte. Hier wuchs das Gras üppig, und auf säuberlich abgetrennten Parzellen baute jemand Gemüse an. Sunny öffnete das Tor des weißen Lattenzauns.

»Dürfen wir hier überhaupt rein?« Frankie betrat den Garten voller Misstrauen und Vorsicht.

»Stell dich nicht so an, Rose.« Cat watschelte in den Park, als würde er ihr gehören.

Frankie folgte Sunny zu einem kleinen Loch, das ganz hinten im Park ausgehoben war. Es lag zwischen Büscheln von rosa Gänseblümchen am Fuß einer großen Eiche. Sunny bückte sich und legte Winnies Karton in das Loch, dann stand er wieder auf und zog Frankie in seine Arme. Alle traten ein wenig zurück und blickten ernst auf Winnies Ruhestätte.

»Möchte vielleicht jemand ein paar Worte sprechen?«, fragte Sunny die kleine Trauergemeinde.

Cat trat vor. »Wir haben uns heute versammelt, um von unserem anmutigen kleinen Genossen Winnie Abschied zu nehmen. Er war eine Schildkröte, die keine großen Worte machte, doch er war zweifellos eine weise und schöne Seele, die unser aller Leben sehr bereichert hat.« Sie faltete die Hände. »Ich habe den intensiven Blickkontakt geliebt, den Winnie immer gehalten hat, vor allem, wenn er getrocknete Heuschrecken fraß. Er hatte wirklich eine unglaubliche Art, dass ich mich von ihm gleichzeitig geliebt und bedroht fühlte. Wir werden dich vermissen, lieber Winnie. Ruhe in Frieden, du mürrischer kleiner Kerl.« Sie drückte einen Kuss auf eine Fingerspitze und hockte sich unbeholfen hin, um den Karton zu berühren. Ehe sie sich unelegant wieder erhob, warf sie eine Handvoll Erde ins Loch.

»Danke, Cat, das kam wirklich aus tiefstem Herzen«, sagte Sunny aufrichtig. »Frankie, möchtest du auch etwas sagen?«

Sie schaute ihn zögernd an. Sie würde sich nicht zusammenreißen können, sie war einfach noch nicht so weit.

»Nein, danke«, sagte sie knapp.

»Nun komm schon, Franks, du schaffst das!« Cat schob Frankie in Richtung Grab. Frankie schaute sie über die Schulter hinweg böse an und räusperte sich.

»Winnie«, sagte sie sanft, nahm die Hände hinter dem

Rücken hervor und stützte sie in die Seiten, dann faltete sie sie unter dem Kinn. »Winnie – was soll ich sagen? Wie eine meiner Heldinnen einst geschrieben hat: ›Ich hab mein Herz am ersten Tag, im allerersten Moment, da ich ihn erblickte, für immer verloren.‹ Ruhe in Frieden, mein Freund.« Die Tränen liefen ihr ungeniert über die Wangen, während sie sich vorbeugte und vorsichtig eine Handvoll Erde auf den Karton rieseln ließ. Sunny strich ihr mit dem Daumen leicht über die Wange und wischte ihr die Tränen ab, dann nahm er die kleine Schaufel, und Frankie, Cat und Claud schauten zu, wie er die Grube wieder füllte. Das Erdreich landete mit einem schrecklich endgültigen dumpfen Geräusch auf dem Karton.

»Was zum Teufel macht ihr hier?«

Die vier drehten sich um, als sie die forsche Stimme hörten. Im Eingang zum Garten stand ein untersetzter Mann mit erhitzten roten Wangen und glänzenden dunklen Augen. »Wer verdammt noch mal seid ihr?«

»Hast du nicht gesagt, wir dürften das?«, zischte Frankie aus dem Mundwinkel zu Sunny hinüber.

»Tut mir leid, Kumpel.« Sunny stand langsam auf und wischte sich unauffällig die Erde von der Hose. »Wir haben nur den Baum hier bewundert. So eine große Eiche hab ich noch nie gesehen. Haben Sie eine Ahnung, wie alt sie ist?«, fragte er.

»Ihr bewundert also die Eiche – mit einer Schaufel in der Hand«, ätzte der Mann.

Sie schauten alle auf die Schaufel und dann wieder auf den Mann.

»Aus meinen Gemüsebeeten ist einfach zu viel weggeklaut worden! Also sag ich zu meiner Frau: Jetzt reicht's mir aber endgültig! Wenn ich die Dreckskerle erwische, die hier rumlungern und meine Ernte klauen, dann werden die sich wünschen, sie wären nie geboren!«

»Wir sind wirklich nur spazieren gegangen. Wir haben nichts geklaut.« Sunny breitete unschuldig die Arme aus.

Der Mann betrachtete die aufgewühlte Erde. »Ach, wirklich?«, sagte er kühl.

»Wir trauern.« Cat trat vor. »Wir haben unsere Schildkröte verloren.«

»Es ist mir völlig egal, ob eure Großmutter gerade gestorben ist und ihr euren Lebenswillen verloren habt. Das hier ist *mein* Garten, und ich erlaube es nicht, dass Fremde hier herumspazieren und meinen Grünkohl stehlen, damit sie damit ihren nächsten Grünen Smoothie zubereiten können. Von dem Loch im Boden hier ganz zu schweigen!« Er kam drohend näher.

Frankie spürte, wie Sunny sich langsam neben ihr in Bewegung setzte. Er hatte ihr die Hand auf den Rücken gelegt und schob sie leicht vorwärts.

»Wir hatten wirklich nichts Böses im Sinn, wir haben nur Ihr Werk bewundert. Grüne Smoothies mögen wir sowieso nicht.« Sunny machte einen Schritt in Richtung Ausgang.

Frankie stieß Cat warnend an, deren Mund offen stand. Sie brach regelmäßig hitzige Diskussionen mit Leuten vom Zaun, die dumm genug waren, Gemüse-Drinks nicht die angemessene Wertschätzung entgegenzubringen.

Der Mann beobachtete die kleine Gruppe, die sich nun geschlossen langsam vorwärts bewegte, aber er stand weiterhin vor dem Gartentor und blockierte ihnen den Ausgang.

»Wissen Sie«, sagte Sunny, »ich kann mir gar nicht vorstellen, wie zornig es einen machen muss, wenn jemand die Pflanzen, um die man sich die ganze Zeit liebevoll gekümmert hat, einfach so ausreißt.«

Frankie schaute zu Sunny hinüber. Er bewegte sich auf den Mann zu, der jetzt weniger wütend und plötzlich sogar leicht verwirrt aussah. »Um ehrlich zu sein: Ich komme jeden Tag auf dem Weg zur Arbeit an diesem Garten vorbei und denke oft, dass ich noch nie einen schöneren Ort gesehen habe«, fuhr Sunny fort. »Ich habe immer wieder überlegt, wer sich hier wohl um das Grundstück kümmert, und mir vorgestellt, dass das sehr freundliche, liebevolle Menschen sein müssen. Deswegen hab ich meine beiden Schwestern und meinen Schwager heute mal mit hierhergenommen.« Sunny wies auf die bunte Gruppe hinter ihm, die den Mann aus aufgerissenen Augen anstarrte. »Die drei sind zu Besuch in der Stadt, und ich musste sie unbedingt mal hier hinführen und ihnen das bestgehütete Geheimnis von Melbourne zeigen!« Der Mann verlagerte jetzt sein Gewicht von einem Fuß auf den anderen. Er war sich inzwischen offenbar nicht mehr sicher, worauf Sunny, der jetzt schon fast vor ihm stand, eigentlich hinauswollte.

»Oh ja, das bestgehütete Geheimnis von ganz Melbourne«, platzte Cat heraus. Sie umklammerte ihren gewölbten Bauch und schaute sich nervös um. »Komisch eigentlich, dass da noch niemand in *Mein schöner Garten* drüber geschrieben hat.«

»Sie finden das vielleicht lächerlich«, ging Sunny dem

Mann weiter um den Bart, »aber ich habe diese Ringelblumen mitgebracht, als Gabe für den Garten. Ich wollte die Besitzer mit einer kleinen anonymen Geste meiner Bewunderung erfreuen. Ich honoriere ihre Anstrengung, unsere Stadt noch schöner und nachhaltiger zu machen.« Er legte dem Mann die Hand auf den Arm. Der schaute verwirrt auf die Hand, die da so friedlich auf seinem Arm lag, und dann wieder in Sunnys lächelndes Gesicht.

»Wie sieht Sunnys Schlachtplan aus?«, flüsterte Claud durch ein bemühtes Grinsen hindurch.

»Keine Ahnung. Schau einfach zu und mach dich bereit zum Abflug«, antwortete Frankie ebenso leise.

»Wir hatten ja gehofft, wir könnten die Blumen pflanzen, ohne dass es jemand mitbekommt. Aber Sie haben uns erwischt!« Den letzten Satz rief Sunny so laut, dass der Mann einen Schritt zurücksprang – weg vom Gartentor.

»Ach so, das hattet ihr also vor, was?«, sagte der Mann, jetzt ganz unsicher geworden.

»Oh ja, ein Akt der Freundlichkeit von Unbekannten. Eine Geste der Dankbarkeit in einer Zeit, in der sich Zorn und Wut immer weiter ausbreiten. Ich hatte gehofft, Sie und Ihre Nachbarn zu überraschen. Ist es in Ordnung, wenn ich die Blumen jetzt Ihren treuen Händen übergebe?« Sunny schaute auf die Uhr. »Meine Schwester könnte jeden Augenblick einen kleinen Menschen auf die Welt bringen, und die andere hat Diabetes – wenn ich die beiden nicht bald abfüttere, dann machen sie mir die Hölle heiß. So ist das nun mal mit den Frauen, was?« Er stupste dem Mann spielerisch mit dem Ellenbogen an. »Kommt, Ladies, wir überlassen den guten Mann seinem Gemüse.« Und damit marschierte er durch das Gartentor hinaus und quer über die Straße.

Als sie alle um die nächste Ecke gebogen und in Sicherheit waren, drehte Sunny sich um und grinste breit. »Nicht schlecht, was?«

Frankie brach in schallendes Gelächter aus. Alles, was sich an Schuld, Trauer, Furcht und Sorge im Laufe des Tages in ihr angestaut hatte, brach plötzlich vollkommen unerwartet heraus. Sunny starrte sie an, in seinem Blick lag unverkennbar Bewunderung.

Cat wartete geduldig, bis Frankie sich wieder beruhigt hatte, aber Claud runzelte die Stirn. »Was war das denn gerade?«

»Was hab ich dir gesagt?«, lächelte Sunny. »Das funktioniert immer!«

»Was funktioniert immer?« Cat starrte ihn verblüfft an. »Wie zum Teufel hast du das gemacht?«

»Normalerweise spiegeln wir das Verhalten des anderen: Wir begegnen Freundlichkeit mit der gleichen Freundlichkeit, und Wut beantworten wir mit Wut«, dozierte Professor Sunny und stand vor Frankie wie ein ganz anderer Mensch. »Aber wenn man das Narrativ umdreht und wie heute Feindseligkeit mit Wärme begegnet, kann man oft überraschende Ergebnisse erzielen.« Er nickte entschlossen.

»Und das hast du alles aus einem deiner Jugendbücher gelernt, Sunny?«, stichelte Cat. »Wenn ich daran denke, dass ich ganz kurz davor war, Wehen vorzutäuschen!«

»Keine Sorge.« Claud schlang den Arm um Cat. »Du kriegst auch noch deine Gelegenheit, um zu glänzen.«

Sie schlenderten schweigend zurück zur Buchhandlung, und jeder von ihnen dachte über die Ereignisse des Tages nach. Frankie warf Sunny heimlich einen Blick zu. Er runzelte gerade leicht die Stirn. An der Oberfläche war er immer so ruhig, aber Frankie konnte allmählich die Tiefen erahnen, in die seine Gefühle und seine komplizierten und leidenschaftlichen Gedanken reichten. *O Gott, ist dieser Mann möglicherweise wirklich vollkommen?*

»Mit dir kommt man auch durch die schlimmsten Tage«, sagte sie leise und schmiegte sich an ihn, während sie nebeneinanderher gingen.

»Und du machst die schlimmsten Tage unglaublich besonders«, antwortete er. Dann blieb er stehen, küsste Frankie voller Hingabe und hinterließ seinen Duft auf ihrer Haut.

33

Cat: GEH SOFORT AUF TWITTER.

Frankie: Wieso?

Cat: LENA DUNHAM HAT GERADE ÜBER DEINEN BLOG GETWITTERT!

Frankie: O GOTT!! Wahnsinn, mein Blog geht ab. Er hat schon fünftausend neue Follower! Ahhh!

Cat: Das ist der absolute Wahnsinn. Du bist mein Idol, Frankie Rose.

34

Lena Dunham hat gerade über mich getwittert

Hallo, meine neuen Leser, danke, dass ihr meinem Blog folgt, weil LENA DUNHAM darüber getwittert hat!

Das ist zweifellos eines der aufregendsten Ereignisse in meinem ganzen Leben. Es übertrifft sogar den Tag, an dem zwei Kitkats aus dem Automaten kamen, obwohl ich nur Geld für eins eingeworfen hatte. *Die* Lena Dunham (auch bekannt als die Stimme unserer Generation) hat gerade über meinen unbedeutenden kleinen australischen Blog getwittert. Über MEINEN Blog!

Vor ein paar Jahren hatte ich das Schreiben völlig aufgegeben (Einzelheiten über den Zusammenhang zwischen Durchfall und den Rezensionen zu meinem zweiten Buch erspare ich euch). Die Schriftstellerei war bis dahin ein so wichtiger Teil meines Lebens gewesen, dass es sich anfühlte, als wäre ein Teil von mir gestorben, als ich damit aufgehört habe.

Erst vor Kurzem habe ich die Finger wieder auf die Tastatur gelegt, nämlich als ich mit diesem Blog begonnen habe. Und es fühlt sich tatsächlich so an, als wäre ich erst jetzt wieder richtig lebendig geworden. Ich schätze, deshalb habe ich mit diesem Experiment überhaupt so lange weitergemacht. Denn eigentlich habe ich ja meinen Edward Cullen gefunden, aber da gibt es noch immer eine übernatürliche Kraft, die mich zu diesem dummen kleinen Blog hinzieht. Und diese Kraft, das habe ich gerade begriffen, nennt man Leidenschaft. Und ich fange gerade erst an.

Wie *die* Lena Dunham (die gerade über meinen Blog getwittert hat, hatte ich das schon erwähnt?) so klug geraten hat: Wenn es sich so anfühlt, als wärst du zum Schreiben geboren, dann ist es vermutlich auch so.

Bis zum nächsten Mal, meine Lieben.
Schließlich – morgen ist auch noch ein Date.
Scarlett O' xx

PS: Hab ich euch schon erzählt, dass LENA DUNHAM ÜBER MICH GETWITTERT HAT?!?!?!

Kommentar hinterlassen (4950)

Cat in the Hat > Ich war einer der ALLERERSTEN LESER!

Stephen Prince > @CatintheHat Ich auch!

Lena Lover > ICH LIEBE LENA DUNHAM!!!

Talya Klein > *Girls* ist die beste Serie aller Zeiten!

35

Betty und ihre Schwestern von Louisa May Alcott
Im Zug der Glen Waverley Line
zum Bahnhof Flinders Street

Seb: Ich befolge euren Ratschlag.

Frankie: Welchen Ratschlag?

Seb: Die große romantische Geste. Ich werde Cel meine unsterbliche Liebe erklären – und wenn es das Letzte ist, was ich auf dieser Welt mache.

Frankie: Los geht's, du schaffst das!

Frankie lehnte sich aus dem Bett, das Licht ihres Telefons hatte sie geweckt. Sie hatte die Decke bis zum Hals gezogen, damit es ihr nicht kalt wurde. Sunny ächzte mit halb geöffneten Augen und umarmte sie leicht. Frankie spürte, wie ihr ein Schauer über den Rücken lief, als sie sich wieder hinlegte und sich in seine Arme kuschelte.

»Was machst du?«, fragte er mit belegter Stimme.

»Ich hab Seb geantwortet«, sagte sie und klickte auf Senden.

»Muss ich jetzt eifersüchtig sein?« Er schmiegte sich an ihren Hals. Frankie lachte, warf ihr Telefon auf den Boden und drehte sich um, sodass sie Sunny anschauen konnte. Sie atmete seinen Duft ein, warf ihr nacktes Bein über seine und küsste sich an seinem Hals entlang und über sein Schlüsselbein.

»Was machen wir heute?«, murmelte sie zwischen den Küssen.

»Das hier?«, schlug er heiser vor und zog sie auf sich. Frankie kicherte. Sie wollte dieses Bett und diesen Mann den ganzen Tag nicht verlassen. Und das brauchte sie auch nicht – erst zu Paddys Party heute Abend. Paddy war ein alter Highschool-Freund von Sunny. Die beiden trafen sich alle paar Wochen, veranstalteten Film-Marathons mit *Marvel*-Streifen, unterhielten sich über ihre neuesten Lieblingsgerichte, tauschten Podcast-Empfehlungen aus und schimpften darüber, wie schlecht ihr Lieblingsverein spielte. Es war eine Männerfreundschaft wie aus dem Bilderbuch, und Frankie fand das außerordentlich liebenswert. Sie war Paddy inzwischen bei ein paar Gelegenheiten begegnet und hatte sich sofort wohl mit ihm gefühlt, sein freches Grinsen und seine schlaksige Gangart hatten ihn auf der Stelle liebenswürdig gemacht. Sunny hatte in den letzten paar Tage oft über die geplante Party gesprochen. Er freute sich darauf, ein paar Freunde aus Übersee wiederzutreffen, die er fast fünfzehn Jahre nicht mehr gesehen hatte – seit dem Jahr zwischen Schulabschluss und Uni, als er durch Südamerika gereist war. Frankie grinste und dachte darüber nach, wie schön Sunny doch war, wenn er sich auf etwas freute.

»Woran denkst du?« Sunny drehte Frankies Gesicht zu sich.

»Dass du süß bist.« Sie lächelte.

»Du bist aber auch nicht schlecht«, antwortete er, und dann küsste er sie.

Frankie lag faul der Länge nach auf der Couch. Nachdem sie sich aus Sunnys Armen losgerissen hatte, damit dieser sich auf seine Arbeit konzentrieren konnte, beschloss sie, den Tag einfach nur für sich zu nutzen.

Neben ihr lag *Liebe und Freundschaft,* und sie las, während sie sich gleichzeitig die Nägel in Kirschrot lackierte. Sie blätterte ganz vorsichtig um, damit sie den frischen Nagellack nicht beschädigte. Frankie liebte diesen Tag schon jetzt. Es würde kein außergewöhnlicher Tag werden, aber das waren die besten Tage ja häufig nicht. Sie würde nicht aus dem Haus gehen und in unregelmäßigen Abständen zwischen ihrem Buch und einigen Folgen von *Der Report der Magd* hin und her wechseln.

In diesem Augenblick klingelte es an der Tür. Frankie stöhnte. *Wenn das wieder meine Mutter ist, dann ziehe ich um, das schwöre ich.* Das wäre dann der dritte unangekündigte Besuch diese Woche. Frankie seufzte und raffte ihre ganze Energie zusammen, um sich aus ihrer bequemen Stellung auf der Couch zu erheben.

»Ja?«, blaffte sie in die Sprechanlage und machte sich bereit auf eine überkandidelte Antwort ihrer Mutter.

»Frankie? Ich bin's, Claud.«

»Claud?« Frankie versuchte, nicht überrascht zu klingen.

»Tut mir wirklich leid, dass ich dich störe«, murmelte er.

»Nein, du störst gar nicht. Komm doch rauf.« Sie drückte den Türöffner. *Stimmt irgendwas nicht mit Cat?*, machte sie sich Sorgen, während sie im Flur auf und ab lief und darauf wartete, dass Claud die Treppe hochkam. *Ist mit dem Baby alles in Ordnung?*

»Claud?« Sie öffnete die Tür, sobald sie ihn kommen hörte, und sah sein zerrauftes Haar und seine blutunterlaufenen Augen. »Alles in Ordnung mit Cat?«

»Ja, ja, ihr geht's gut«, brummte er, kam herein und setzte sich auf Frankies Couch. Buch und Nagellack räumte Frankie eilig zur Seite, dann setzte sie sich neben ihn.

»Tut mir leid, dass ich hier einfach so reinplatze«, sagte er und fuhr sich mit der Hand durch sein dichtes, glänzendes Haar, das untypisch wild und ungekämmt aussah.

»Claud, was ist denn passiert?« Frankie legte eine Hand auf seine. Eine solche Nähe fühlte sich fremd an. Obwohl sie Claud jetzt schon mehr als zehn Jahre kannte, hatten sic sich eigentlich nicht besonders viel zu sagen. Er war immer so seriös, wurde schon bei Kleinigkeiten nervös und war vollkommen zufrieden damit, sich seinen Weg durchs Leben zu stricken. Aber heute sah Claud alles andere als zufrieden aus. Er hatte die Fäuste so fest geballt, dass sie ganz weiß waren, seine normalerweise leuchtende Haut war blass und leicht gelblich. Bei seinem Anblick tat Frankie plötzlich das Herz weh, und sie wollte ihm verzweifelt gerne helfen.

»Es geht um Cat«, murmelte er.

»Was ist denn mit Cat?«, fragte sie und rückte dabei nervös auf der Couch hin und her.

»Ich mach mir Sorgen, dass unsere Beziehung für sie an Bedeutung verloren hat.« Claud rutschte unruhig auf der Couch herum. »Ich will … ich muss das nur wissen. Es wird sich dadurch auch überhaupt nichts ändern. Ich werde mit ihr durch dick und dünn gehen. Aber, Frankie, weißt du, ob Cat … ob sie mich noch liebt?« Claud starrte Frankie voller Ungewissheit an.

»Claud, das ist eine Frage, die du Cat selbst stellen solltest.«

»Das hab ich ja auch versucht – was denkst du denn! Aber du kennst sie ja. Und du weißt, wie sie besonders in der letzten Zeit ist. Ich hab Angst, dass ich sie für immer verliere, wenn ich zu sehr nachbohre.« Claud schauderte.

»Aber ist es nicht besser, Bescheid zu wissen?«

Claud schluckte schwer.

»Claud, darf ich dich was fragen: Liebst du denn Cat noch?«, fragte Frankie mit aller gebotenen Vorsicht.

Claud starrte sie an, und es kam ihr vor wie eine Ewigkeit. Sein perfekt geschnittenes Gesicht verzerrte sich, der Blick seiner überraschend blauen Augen senkte sich in die ihren. Er wirkte, als wäre er kurz davor, in eine Flut von Tränen auszubrechen.

»Natürlich! Ich liebe sie jeden Tag mehr.« Ihm versagte fast die Stimme. »Selbst nach all diesen Jahren schafft sie es immer wieder, mich zu überraschen.« Frankie nahm Claud verlegen in die Arme. Er drückte sein

Gesicht an ihre Schulter. Und Frankie konnte es kaum fassen – Claud fing an zu weinen.

Frankie betrachtete sich im Spiegel. Sie trug einen schwarzen Minirock aus Kunstleder, Strumpfhosen und Stiefeletten dazu einen cremeweißen Pullover. Das Haar fiel ihr in Locken ums Gesicht, und der hellrote Lippenstift passte zu ihren Fingernägeln. Ihre grünen Augen funkelten unter der Wimperntusche, die sie aufgetragen hatte, und auf ihrer Nase sah man ein paar feine Sommersprossen. Wer war diese umwerfende, sorglose, glückliche Frau, die da vor ihr stand? Frankie war voller Erwartung auf den heutigen Abend. Sie freute sich darauf, Zeit mit Sunnys Freunden zu verbringen, eine andere Seite des Mannes kennenzulernen, den sie so lieb gewonnen hatte. *Heute Abend wird es großartig, es wird ganz wunderbar,* sagte sie sich. Und morgen würde sie Sunny von ihrem Blog erzählen. Ja, genau. Sie atmete aus, denn allein beim Gedanken daran bekam sie schon Panik.

»Wow.« Sunny lehnte sich an den Türrahmen des Schlafzimmers. Sein Blick wanderte an Frankie rauf und runter.

»Selber wow«, gab Frankie zurück. Sein Haar war noch ein bisschen feucht vom Duschen, und er duftete nach frischem Aftershave, trug ein frisch gebügeltes blaues Hemd und gut geschnittene Chinos. Frankie wäre am liebsten über ihn hergefallen, gleich hier und jetzt.

»Keine Zeit, Baby, wir sind schon eine ganze Stunde zu spät dran«, sagte Sunny. *Bin ich etwa so leicht zu durchschauen?* Frankie zog einen Schmollmund, ging aber dennoch zu ihm und stellte sich auf die Zehenspitzen, um ihn besser küssen zu können. Sunny nahm sie bei der Hand.

»Komm, machen wir uns auf, bevor ich mich noch mal von dir verführen lasse.«

Frankie lächelte und war zufrieden, dass sie ihn ein bisschen geärgert hatte.

»Glaubst du, deine Freunde mögen mich?« Frankie hatte die Hand auf Sunnys Schoß gelegt, während sie zur Party nach Thornbury fuhren.

»Du hast doch meine Freunde schon kennengelernt – und sie lieben dich wirklich«, sagte er. Beim Wort »Liebe« macht ihr Herz einen Satz. *Sie lieben mich – aber liebst du mich auch?*

»Ich hab sie doch noch gar nicht alle kennengelernt, nur Paddy und Richie.«

»Die sind am schwersten zu beeindrucken. Wenn die zwei dich lieben, dann lieben dich alle anderen auch, glaub mir.«

»Und wer kommt aus Übersee?«, sagte Frankie schnell, denn sie war nervös.

»Eine Handvoll Jungs, die wir auf unserer Reise kennengelernt haben, als wir achtzehn waren.« Er lächelte. »Sie waren damals alle ganz schön wild drauf. Aber so war ich damals auch.« Sunny grinste und hielt an einer roten Ampel. Frankie starrte aus dem Fenster und beobachtete eine Gruppe aufgedrehter Mädchen in kurzen Röcken und mit dickem Make-up, die singend die Straße entlangzogen und aus Flaschen in Papiertüten tranken.

»Ich hätte dich gern gekannt, als du achtzehn warst.« Frankie grinste.

»Da hätte ich deine fünfzehnjährige Welt aber ganz schön durcheinandergebracht, Frankston.«

»Huch!« Sie lachte.

»Erzähl mal, wie du mit fünfzehn warst«, drängte er.

Vor ihrem inneren Auge erschien ein Bild von einer jungen Frankie mit schlechter Haut und schlaksiger Figur. Sie hörte, wie ihre Mutter Mantras sang und ihren Vater rügte. Ihr Herz schlug schneller. »Da gibt's nichts zu erzählen«, stieß sie hervor.

»Frank, wann fängst du denn endlich mal an, mir zu vertrauen?«, sagte Sunny mit einer Verärgerung, die ganz untypisch für ihn war.

Frankie erstarrte. »Ich … äh … mit fünfzehn hab ich gern gelesen«, stieß sie hervor.

»Wie interessant«, antwortete Sunny etwas zu sarkastisch.

Aus dem Reihenhaus wummerte Musik der Neunzigerjahre, und im Vorgarten standen rauchend drei lachende Männer. Neben der Haustür knutschte eine schöne Brünette im hautengen roten Kleid leidenschaftlich mit einer zierlichen blonden Frau.

»Ich fühl mich, als wäre ich wieder in der Highschool.« Frankie schaute etwas unsicher drein.

»Willkommen auf einer typischen Party von Paddy.«

Sunny führte Frankie durch die Haustür, ohne ihre Hand loszulassen. Die Musik dröhnte, Zigarettenrauch waberte durch die Zimmer. Auf diversen Tischen standen Wodkaflaschen und Bierdosen, daneben Schüsseln mit Tacos und Süßigkeiten.

»Hallo! Schön, dass ihr auch endlich mal auftaucht.«

Paddy klatschte Sunny auf den Rücken. Er trug ein T-Shirt mit der Aufschrift: »This guy can party.«

»Hier ist ja die Hölle los, Alter. Ich hab nicht erwartet, dass so viele Leute da sind.« Sunny ließ Frankie los und umarmte ihn.

»Schön, dich zu sehen, Frankie.« Paddy gab ihr einen Kuss auf die Wange.

»Ja, ich freu mich auch, Paddy. Danke, dass du mich eingeladen hast.« Sie zupfte an ihrem Rock herum und fühlte sich auf einmal ziemlich fehl am Platz. Sie hatte ruhige Musik erwartet, Wein und Käse – kein öffentliches Rumgeknutsche, rote Plastikbecher und … roch sie da etwa Gras?

»Kann ich euch was zu trinken holen?«, bot Paddy an.

»Das wäre super«, antwortete sie und folgte ihm ins Wohnzimmer. Paddy machte Sunny ein Bier auf, und für Frankie goss er Weißwein in einen Plastikbecher.

»Wie geht's dir?«, brüllte er über die Musik hinweg.

»Mir geht's gut, und dir? Sunny sagt, bei deinem Verein läuft's gerade nicht so?« Frankie lachte, als Paddy sofort anfing, über sein Team zu dozieren, warum er finde, dass es diesmal ganz besonders beschissen aussah und was man dagegen unternehmen müsse. In einer Zimmerecke spielten ein paar Leute Beer Pong und warfen ihre Tischtennisbälle in die Becher des Gegners, um ihn zum Trinken zu zwingen. Weiter hinten kotzte jemand in einen Abfalleimer, während ein Golden Retriever überall herumlief und nach heruntergefallenen Chips Ausschau hielt, die er dann vom Boden fraß. *Wo bin ich hier eigentlich gelandet?*

Sunny tippte ihr auf die Schulter.

»Frankie, das ist mein sehr alter und guter Freund Miguel.«

Frankie drehte sich um und erstarrte.

»Frankie? Wie sehr schön, dich wieder sehen.« Der gebräunte, lockige Brasilianer küsste ihr die Hand. Frankie konnte sich nicht regen, sie brachte kein Wort heraus. *Scheiße, Scheiße, Scheiße.*

»Wiedersehen? Kennt ihr euch denn schon?« Sunny schaute sie neugierig an.

»Allerdings.« Miguel lächelte. »Wir haben uns im Montag getroffen. Wir haben auf ein Date gegangen in ein schöne Restaurant mit Wein und Käsen. Ich bin so viel Spaß gemacht, Frankie. Ich habe sehr glücklich, dich wieder sehen.« Miguel strich ihr über den Arm, und Frankie wurde blass.

»Entschuldigung, ich glaube, ich hab da was falsch verstanden. Ihr beide hattet ein *Date*? Am Montagabend?«, sagte Sunny verwirrt. Eine junge Frau im dunkelroten Kleid mit tiefem Ausschnitt kam an Sunny vorbei, packte ihn am Arm und fragte, ob er sich noch an sie erinnere. Sunny schob sie einfach zur Seite.

»Ja, wir haben auf ein Date gegangen im Montag. Frankie hat sehr sexy. Sie ist sehr moderne Frau. Ich habe einer von vielen Männern, mit denen sie ein Date geht mit ihrem Experimentierungen von der Bücher. Ich hoffe aber, sie wählen wird mir. Ich hoffe, für sie ich speziell.« Er zwinkerte Frankie zu, der ein kalter Schauer über den Rücken lief.

Sunny starrte Frankie fassungslos an.

»Sunny, das kann ich dir alles erklären«, sagte sie

kleinlaut. Sunny wurde rot, und auf seiner Stirn bildete sich eine riesige Falte.

»Du hast ein Date mit Miguel gehabt?« Paddy schaute schon zu ihnen hinüber und runzelte die Stirn, aber Frankie konnte ihren Blick nicht von Sunny abwenden. Er schien vor ihren Augen zusammenzusinken, und sie wollte ihn am Arm nehmen, aber er zuckte zurück, als wäre sie giftig.

»Bitte, Sunny, ich kann dir das wirklich alles erklären. Du musst mir zuhören.« Ihre Stimme brach.

»Tut mir sehr leid.« Miguel zuckte verwirrt die Achseln. »Ich bin nicht gewusst, dass ihr beiden in Beziehung seid. Warum gehst du auf Date mit mir und andere Männers, wenn du in Beziehung bist mit tolle Freund Sunny?«, rieb er Salz in die Wunde. *Verdammt, halt die Klappe, Miguel!*

»Kumpel, alles okay?« Paddy kam herüber, legte Sunny die Hand auf die Schulter und warf Frankie einen bitterbösen Blick zu. Sunny stand unbeweglich wie eine Statue, atmete tief durch und starrte Frankie in die Augen. Sie streckte die Hand nach ihm aus, aber er sah sie an, drehte sich um und verschwand – einfach so.

36

Die Tür fiel hinter ihnen ins Schloss. Sunny marschierte durch die Wohnung und schmiss seine Jacke auf den Stuhl am Küchentisch. Frankie stellte ihre Handtasche im engen Flur auf die Garderobe und sah, dass er an der Küchenzeile mit dem Ladegerät für sein Telefon hantierte. Er hatte ihr den Rücken zugedreht.

»Können wir bitte darüber sprechen?« Frankie nahm all ihren Mut zusammen, trat hinter ihn und lehnte den Kopf an seinen Rücken. Er erstarrte. »Bitte, Sunny, ich würde es dir gern erklären.«

Er fuhr so plötzlich herum, dass Frankie ein ganzes Stück zurückspringen musste. Sunny starrte sie so lange an, bis sie seinem Blick auswich, und sie spürte, wie jede Kraft aus ihr wich. Sie ertrug kaum, wie dunkel seine Augen waren, Enttäuschung und Verletzung lagen darin. Er sagte kein Wort.

»Sunny, komm, wir setzen uns hin und reden darüber. Ich möchte dir die Sache erklären.« Frankie ließ den Kopf hängen. Sie hörte, wie Sunny einen tiefen Seufzer ausstieß und offenbar widerwillig zum Sofa ging. Nachdem er Platz genommen hatte, setzte sie sich neben ihn und beobachtete, wie er in die hinterste Sofaecke rutschte, als wollte er so weit entfernt von ihr wie nur möglich sein.

Als wäre sie ein ansteckender Hautausschlag. Sie starrte den großen Abstand zwischen ihnen an, und ihr Herz schrie regelrecht auf.

»Sunny …«, begann sie. »Ja, ich hab mich mit Miguel getroffen. Aber nicht, weil ich ihn gern habe und ganz sicher nicht, weil du mir nichts bedeutest, im Gegenteil, das tust du, und das weißt du auch. Und sobald ich mich mit ihm verabredet hatte, hab ich es auch schon bereut.«

Sunny schaute zu Boden, seine Brust hob und senkte sich mit jedem seiner tiefen, aber ruhigen Atemzüge.

»Diese Sache mit Miguel ist Teil einer ganz anderen Geschichte. In der Woche, als wir uns kennengelernt haben, hatten Cat und ich einen Plan ausgeheckt. Wir wollten einen Freund für mich finden und dazu Bücher einsetzen.«

Das schien Sunnys Aufmerksamkeit zu wecken. Er blickte auf und schaute sie verwirrt an.

»Das klingt lächerlich, ich weiß. Aber ich steckte voll in der Sackgasse, sowohl privat als auch beruflich. Ich hatte seit Monaten kein richtiges Date mehr gehabt und seit ewigen Zeiten kein Wort mehr geschrieben. Es musste dringend etwas passieren, das mir half, neu anzufangen.« Sie suchte nach den richtigen Worten, um Sunny ihren Plan zu erklären, aber laut ausgesprochen klang das Ganze nur umso verrückter – und wahnsinnig unfair ihm gegenüber. »Du warst damals gerade erst auf der Bildfläche aufgetaucht. Es war doch nur ein dämliches Experiment, ein unschuldiger Plan, damit ich ein paar interessanten Leuten begegnen könnte, die gerne lesen. Einfach nur als Material für meinen Blog …«

»Für deinen Blog?«, unterbrach Sunny sie. »Du hast

mir das alles monatelang verheimlicht, aber die ganze Welt im Netz dran teilhaben lassen?«

Frankie schaute weg. »Ja«, flüsterte sie schließlich.

»Wie viele waren es?«

»Was meinst du – wie viele?«

»Du weißt ganz genau, was ich wissen will, Frankie«, knurrte Sunny.

Frankie hielt sich aus lauter Scham die Hand vor die Augen und gestand es ihm.

»Vierzehn! Du bist mit *vierzehn* verschiedenen Männern ausgegangen, während wir beide zusammen waren!«

»Tja, ein Date war eine Frau, das zählt also eigentlich nicht.«

»Für so was bin ich jetzt wirklich nicht in Stimmung, Frankie«, sagte Sunny.

Sein Tonfall war ihr vollkommen fremd, ein grober Missklang in ihren Ohren. *Wie konnte ich nur zulassen, dass die ganze Sache so aus dem Ruder läuft?*

»Frankie – ich weiß einfach nicht, was ich sagen soll. Und im Moment kann ich mir nicht vorstellen, wie das jemals wieder in Ordnung kommen soll. Wir sind jetzt seit vier Monaten zusammen – seit *vier Monaten*!« Ihr schrecklicher Fehler schien den ganzen Raum mit Wut zu füllen. »Und du hast mir nicht ein einziges Wort von dieser ganzen Sache erzählt. Und nicht nur das – die ganze Zeit hab ich dich ermutigt, wieder zu schreiben. Du hast mir frech ins Gesicht gelogen, du würdest es nicht wagen, auch nur den Stift in die Hand zu nehmen.«

»Sunny, es tut mir wirklich sehr leid. Ich konnte dir doch nicht von den Dates erzählen! Dabei haben sie mir wirklich nichts bedeutet!«

»Nichts bedeutet? Ist da mit diesen Kerlen etwa noch mehr gelaufen?«, flüsterte Sunny und wurde bleich.

Frankie rutschte herum. »Nein … nur mal ein Kuss …«

»Das glaub ich dir nicht!«, fuhr Sunny auf und schlug mit der Faust heftig auf die Armlehne der Couch.

»Sunny, es tut mir wirklich unglaublich leid. Sobald ich angefangen hatte, mich in dich zu verlieben, mich wirklich richtig zu verlieben, war alles andere nur noch Stoff, den ich für den Blog brauchte. Und dann lief es so gut, und ich konnte endlich wieder flüssig schreiben! Seit Jahren hab ich mich beim Schreiben nicht mehr so wohlgefühlt. Mein Verlag hat sogar Interesse bekundet, aus dem Blog ein Buch zu machen! Ich hab wohl irgendwann total nach den Dates gegiert, damit ich immer Stoff hatte, um zu schreiben. Das wollte ich nicht aufgeben. Ich weiß, dass das keine Rechtfertigung ist.« Sie schaute zu, wie er mit dem Ärmel seines Pullis herumspielte. »Ich hab mich mitreißen lassen. Ich hätte aufhören sollen, sobald es mit uns beiden ernst geworden war. Ich hätte zu dir ehrlich sein sollen.« Sie rutschte zu ihm hinüber. »Aber ich bin so lange allein gewesen, dass ich es einfach nicht gewöhnt bin, an jemand anders zu denken als an mich selbst. Ich bin egozentrisch und selbstsüchtig gewesen, das ist mir jetzt klar. Aber bitte, Sunny, du musst doch verstehen, dass das alles nur für den Blog war. Es ändert nichts an der Sache mit uns.« Sie machte eine Pause. »Du hast es die ganze Zeit mit meinem wahren Ich zu tun gehabt.«

Sobald sie diese Worte ausgesprochen hatte, bereute sie sie auch schon.

»Dein *wahres Ich*?« Sunny stand auf und ging zum Sessel auf der anderen Seite des Wohnzimmers. Der räumliche Abstand zwischen ihnen konnte jetzt kaum noch größer werden. Er ließ sich hineinplumpsen, beugte sich vor und verschränkte die Hände so fest, dass seine Fingerknöchel weiß hervortraten. »Erwartest du etwa, dass ich dir das glaube? Seit wir zusammen sind, hältst du Dinge vor mir geheim. Diagnostizierst dir selbst irgendein ›Abstandsproblem‹, und dabei hab ich mir doch nur eines gewünscht: dass du dich mir gegenüber öffnest. Dass du mir eine Chance gibst, dich kennenzulernen, so wie du wirklich bist.«

Frankie starrte auf das Kissen, das an ihrem Oberschenkel lehnte. Am Saum hatte sich ein Faden gelöst. Sie zog daran und fühlte sich, als würde ihr eigenes Leben gerade genauso ausfransen.

»Im Grunde ist das hier doch nur der Beweis für etwas, das ich die ganze Zeit befürchtet hatte.«

Frankie hob ruckartig den Kopf. Sie blickte in Sunnys Gesicht, sah seine gerunzelte Stirn.

»Du hast mich doch nie wirklich an dich herangelassen, oder? Egal, was du sagst, du hast dich nie von ganzem Herzen in mich verliebt. Ein Teil von dir ist immer unerreichbar gewesen, abwesend. Du hast die ganze Zeit an mir – an uns – gezweifelt. Du kannst einfach nicht zufrieden sein.«

»Das ist ungerecht.«

»Im Gegenteil, es ist vollkommen gerecht. Du stößt die Menschen von dir weg, Frankie! Du kannst noch nicht mal eine simple Frage über deine Kindheit beantworten. Du glaubst selbst nicht an dich, und du glaubst auch nicht an andere. Du schaffst es einfach nicht, zu glauben, dass ich nicht plötzlich auf und davon gehe und dich sitzenlasse, dich bloßstelle, dich lächerlich mache oder an dir zweifle.« Seine Stimme wurde immer lauter.

»Das ist nicht wahr«, erwiderte sie schwach. *Oder vielleicht doch?*

»Dann sag mir, dass du nicht nächtelang wach gelegen hast und alles, was ich tue, und jeden Charakterzug hinterfragt hast. Sag mir, dass du nie an meiner Ehrlichkeit gezweifelt oder meine Gefühle infrage gestellt hast. Sag mir, dass diese Dates oder der Blog kein Weg waren, um insgeheim herauszufinden, dass es nicht irgendwo in Melbourne vielleicht doch noch einen anderen gibt, der besser zu dir passt. Sag mir, dass ich dir genüge.« Sunnys dunkler Blick bohrte sich regelrecht in Frankies Augen. Sie schüttelte wütend den Kopf, aber sie konnte nicht anders, sie dachte: *Hat er möglicherweise recht?*

»Frankie, ich habe versucht, dein Vertrauen zu gewinnen. Ich habe mich bemüht, dich erkennen zu lassen, dass ich genau das bin, was ich zu sein scheine. Ich habe mich dir vollkommen preisgegeben.«

»Ich hab mich dir auch vollkommen preisgegeben.«

»Schwachsinn!« Sunny schnellte empor. »Das ist totaler Schwachsinn, Frankie! Du hast mir dieses Riesengeheimnis monatelang verschwiegen. Du hast dich die ganze Zeit über mit anderen Männern getroffen!«

»Ich weiß, das war ein Riesenfehler. Aber ich hab Angst, okay? Ich hab einfach Angst!« Ihre Worte überschlugen sich fast.

»Wir haben alle verdammt viel Angst, Frankie. Meinst du etwa, ich hätte keine Angst? Angst, dass ich wieder jemanden verlieren könnte, den ich liebe? Das verfolgt mich Tag und Nacht, diese Angst schleppe ich immer mit mir herum. Aber ich zwinge mich, diese Angst zu vergessen, das Gute in den Menschen und in der Welt zu sehen. Das Gute in *dir* zu sehen. Denn so ist das nun mal im Leben: Es passieren beschissene Sachen, und damit muss man zurechtkommen und sich zwingen zu glauben, dass nicht alles und jeder darauf aus ist, einem Schaden zuzufügen. Ich hab es zugelassen, mich wieder zu verlieben, wieder zu lieben, weil ich gesehen habe, wie einzigartig du bist. Wie außergewöhnlich die Verbindung zwischen uns war. Aber jetzt ist alles anders.«

»Du liebst mich?«, fragte Frankie mit zitternder Stimme.

Sunny schüttelte ungläubig den Kopf. »Was glaubst du denn, Frankie? Ich liebe alles an dir«, sagte er, und sein Schmerz machte ihn überschwänglich. »Ich liebe die kleine Falte auf deiner Stirn, die du immer dann bekommst, wenn du eine traurige Stelle in einem Buch liest. Ich liebe es, wie du im Schlaf nach meiner Hand greifst. Ich liebe es, wie anders deine Stimme klingt, wenn du in der Bahn telefonierst. Ich liebe es, dass du dich immer zweimal bedankst, wenn dein Essen geliefert wird. Ich liebe es, dass es dir schwerfällt, irgendwelche Lieblingsdinge zu benennen. Ich liebe dein Lächeln, deine Augenlider und das winzige Muttermal auf deiner Hüfte, das aussieht wie ein Herz. Ich liebe es, wie gern du Cat und Seb hast und wie du immer noch nach Luft schnappst, wenn du an eine bestimmte Stelle in einem Buch kommst, auch wenn du es schon eine Million Mal gelesen hast. Ich habe dich *wirklich* geliebt, Frankie.«

Frankie wimmerte leise. *Ich werde geliebt. Ich werde*

von einem Mann geliebt, der mich so sieht, wie ich wirklich bin. Der mich beachtet, dessen Zuneigung ich gewonnen habe, so wie ich bin. Hab ich das jetzt alles kaputt gemacht?

»Bitte, Sunny! Lass nicht zu, dass diese eine Sache all das ändert. Ich bitte dich!«, bat sie. »Ich geh jetzt sofort nach Hause und lösche den Blog! Scheiß auf den Verlag, scheiß auf das Buch! Du bist mir wichtiger. Ich will einfach nur, dass alles wieder so wird wie vorher. In ein paar Monaten schauen wir auf diese kleine Episode zurück und lachen darüber. Bitte, Sunny, das darf jetzt nicht das Ende sein. Denn …« Frankie nahm ihren ganzen Mut zusammen, damit sie laut aussprechen und zugeben konnte, was ihr die ganze Zeit zu viel Angst gemacht hatte und was sie ihm deshalb nicht hatte sagen können. Sie erteilte sich selbst die Erlaubnis, verletzlich zu sein. Sunny war das Risiko wert. »… denn ich liebe dich auch.«

»Du hast es nicht kapiert, Frankie. Das kommt zu spät«, seufzte Sunny. »Du hast mich während unserer ganzen Beziehung angelogen.« Er drehte ihr den Rücken zu. »Ich will, dass du glücklich bist, ehrlich. Ich will, dass du Erfolg hast und dein Potenzial verwirklichst. Aber über diese Sache komme ich einfach nicht hinweg.« In diesem Augenblick traf Frankie die Erkenntnis. Die Tränen liefen ihr über die Wangen, und sie begann zu schluchzen.

»Sunny …«

Sunny stand noch immer mit dem Rücken zu ihr und sagte leise: »Ich glaube, du solltest jetzt gehen.« Und ehe sie ein Wort sagen konnte, ging er ins Schlafzimmer und machte die Tür hinter sich zu. Ohne auch nur einen

Blick in ihre Richtung zu werfen, wo sie verzweifelt auf der äußersten Kante der Couch hockte und still nach ihm schrie.

Kurze Zeit oder auch eine ganze Ewigkeit später stand Frankie mühsam auf. Sie überlegte, ob sie an die Schlafzimmertür hämmern sollte, in einem letzten verzweifelten Versuch, Sunny klarzumachen, wie leid es ihr tat und wie ernst es ihr wirklich mit ihm war. *Aber was soll das noch bringen? Er hat ja seine Entscheidung schon getroffen.* Frankie schaute sich um – vielleicht war sie zum letzten Mal in dieser Wohnung. Sie betrachtete Sunnys schöne Grafiken an den Wänden und das kreative Chaos auf dem Küchentisch. *Man weiß erst, was man hatte, wenn man es verloren hat. O je, was für ein Klischee.*

Frankie nahm ihre Sachen, ging leise hinaus und ließ die Wohnungstür mit einem dumpfen Geräusch endgültig zuschnappen. Sie lehnte sich einen Augenblick gegen das harte Holz und wünschte sich, dass Sunny kam und sie aufhielt, ehe sie ging, ehe es endgültig zu spät war. Sie stellte sich vor, wie er sie in die Arme nahm und sie schwungvoll auf Wangen und Hals küsste und flüsterte: »Alles wird gut. Wir bekommen das schon ihn.« Und wieder diese Worte: »Ich liebe dich.« Sie wartete – aber Sunny kam nicht.

Also stieg sie langsam die Treppe hinunter. Während sie sich die Straße entlangschleppte, spürte sie ihren Schmerz regelrecht körperlich. Die Haut kribbelte, und ihr Herz schien sich vor Schmerzen zusammenzuziehen. *Ist es wirklich vorbei? Einfach so? Oh Gott, ich hab alles versaut!*

Als sie in die Nähe der Haltestelle kam, ging sie

schneller. Sie konnte es kaum erwarten, nach Hause zu kommen und sich unter der Bettdecke zu verkriechen. Am besten wäre sie erst gar nicht darunter hervorgekrochen! Vielleicht könnte sie den Rest ihres Lebens einfach komplett im Bett verbringen und von Dosenmais, Schokoriegeln und Wein leben. Frankie holte ihr Telefon heraus und schaute nach, wann die nächste Bahn fuhr. Sie war dankbar für die kurze Ablenkung und so vertieft, dass sie mit einem anderen Fußgänger zusammenstieß. Das Telefon flog ihr aus der Hand und fiel zu Boden.

Sie schaute auf. »Tom«, keuchte sie. Tom vom Zug-Date-Experiment, das gerade die Beziehung zu dem Mann zerstört hatte, den sie liebte – *Sunny.* Ausgerechnet jetzt musste sie Tom über den Weg laufen.

»Frankie.« Er bückte sich, hob ihr Telefon auf und gab es ihr mit einem Wangenkuss zurück. »Na so was, dass wir uns hier über den Weg laufen. Wie geht's dir?«

Frankie versuchte unauffällig, ein paar Haarsträhnen über ihre rotgeweinten Augen zu schieben. »Ach, gut, prima«, stotterte sie. »Und wie geht's dir?«

»Mir geht's gut, danke schön. Ich war heute Abend feiern und bin auf dem Heimweg. Ich hab die Tage noch an dich gedacht, ich hab nämlich endlich *1984* gelesen, das du mir so ans Herz gelegt hast. Und jetzt kann ich auch nachvollziehen, wieso du leicht gereizt gesagt hast: ›Los, worauf wartest du noch?‹ Dieser Orwell ist schon einer, was? Es ist wirklich unglaublich, wie zutreffend seine Vorhersagen waren. Und auch diese eine Aussage, dass man vielleicht lieber geliebt als verstanden sein möchte. Das geht mir die ganze Zeit im Kopf herum, seit ich das Buch zu Ende gelesen habe.«

Frankie nickte höflich. Noch gestern hätte eine solche literarische Anspielung dazu geführt, dass sie sich auf ihren Laptop geworfen hätte. Aber jetzt war alles vollkommen anders. Sie musste sich so anstrengen, sich zusammenzureißen, dass sie keine Antwort herausbrachte und nur nickte.

»Ich muss los, morgen muss ich ganz früh raus.« Tom warf einen Blick auf die Uhr. »Aber ich freu mich sehr, dass wir hier aufeinandergestoßen sind – im wahrsten Sinne des Wortes. Weißt du, als ich das Buch gelesen habe, ist mir klargeworden, wie sehr ich mir wünsche, wir könnten uns noch mal treffen.«

»Tut mir leid, dass ich mich gar nicht mehr gemeldet habe, ich musste letzten Monat schrecklich viel arbeiten.« Frankie verstummte und schaute über seine Schulter die Gleise entlang. *Wo zum Teufel bleibt denn meine Bahn?*

Tom winkte ab. »Das ist manchmal einfach so, mach dir nichts draus. Hast du Lust, dass ich mich vielleicht noch mal bei dir melde und wir zusammen ausgehen?«

Frankie verkrampfte sich. *Nicht antworten,* sagte sie sich. *Ich wiederhole: Kein Wort!* »Ähm, tja«, war alles, was sie sagte.

»Tut mir leid, ich wollte dich nicht in Verlegenheit bringen. Wie wär's, wenn ich dir ein paar Tage Zeit lasse, darüber nachzudenken?« Tom legte ihr ganz leicht die Hand auf den Arm. »Sagen wir einfach, ich ruf dich gegen Ende der Woche an, und dann sagst du mir, wie du dazu stehst?«

Frankie glotzte Tom nur stumm an und lächelte schwach.

»Einen schönen Abend noch.« Und weg war er.

Frankie seufzte erleichtert und fragte sich, ob sie während des ganzen Gesprächs überhaupt ein einziges Mal Luft geholt hatte.

37

Frankie trieb auf einer riesigen Luftmatratze in Form einer Wassermelone dahin. Regelmäßig zitterten Lichtblitze über ihre geschlossenen Lider. Sie legte träge den Arm über die Augen und versuchte vergeblich, die Sonnenstrahlen abzuhalten, die andere Hand tauchte sie ins kühle Wasser. Auf ihrem nackten Bauch lag eine Ausgabe von *Verstand und Gefühl*, und die Worte »Erkennen Sie Ihr eigenes Glück« gingen ihr immer wieder rhythmisch durch den Kopf. Abgesehen von diesen fünf Worten dachte sie an nichts – ihr Kopf war leer, ohne Gedanken und Sorgen, ihr Geist fast vollkommen friedlich und ruhig.

Ein leichter Wind kam auf, und Frankie bekam Gänsehaut. Das Wasser begann sich unter ihr zu bewegen, kleine Wellen schaukelten die Luftmatratze auf und nieder. Eine Schar Möwen stieß auf sie herab und kreischte laut: »Frankie! Frankie! Frankie!« Ohne Vorwarnung wurden die Wellen stärker, spritzten sie an und schleuderten sie herum. »Frankie! Frankie! Frankie!«, spotteten die Möwen. Das Schaukeln war ihr plötzlich zuwider, der Klang schrill, sie wollte nur noch weg aus dem Wasser und ans trockene Land. »Frankie! Frankie! Frankie!« Sie wand sich und warf sich herum. »Frankie! Frankie!«

Sie riss die Augen auf. Putu hatte sie an den Schultern gepackt und schüttelte sie heftig.

»Frankie! Frankie, mein Schatz! Wach auf!«, rief sie.

»Mum! Was willst du denn hier?« Frankie befreite sich aus dem Griff ihrer Mutter und richtete sich langsam auf. »Wie spät ist es denn?«, fragte sie und rieb sich die Augen.

Mit einer schnellen und grausamen Bewegung knipste Putu die Nachttischlampe an. »Raus aus den Federn, meine kleine Kastanie. Du wirst jetzt entführt!«

Frankie grummelte und zog sich das Kissen übers Gesicht. *Mutter Austen im Himmel, womit hab ich das verdient?* Das Kissen wurde weggerissen, und Putu erschien wieder ungemütlich nah über Frankies Gesicht und blickte auf sie hinunter.

»Mum, es ist mitten in der Nacht, und ich hab gerade wunderbar geschlafen. Und zwar in meinem Bett in meiner Wohnung, die abgeschlossen war. Was willst du hier? Geh jetzt bitte, und zwar sofort.«

Putu zog Frankie mit einem raschen Ruck die Bettdecke weg, und Frankie versuchte, ihr Unterhemd so schnell und so weit wie möglich über die nackten Beine zu ziehen. Sie warf einen verschlafenen Blick auf Putu: Sie trug ein farbiges Seidentop und eine mit Pailletten besetzte Haremshose und strahlte Frankie an. *Morgen wechsle ich das Schloss aus.*

»Zieh dich an, Frankie«, säuselte Putu. »Du kommst jetzt mit mir mit.«

Zehn schreckliche Minuten später taumelte Frankie ins Wohnzimmer. Sie trug Leggings und ein viel zu großes Sweatshirt, ließ sich aufs Sofa plumpsen und legte den Kopf müde zurück an die Lehne.

Es war sechs Uhr morgens, draußen war es noch dunkel. Aus der Plastikbox auf dem Sofatisch waberte der schwache Duft des Pad Thai vom Vorabend herüber, das viel zu ölig gewesen war. Frankie zog sich die Kapuze tief ins Gesicht.

»Mein Schatz, es sind jetzt zwei Wochen her, dass du dich von Sunny getrennt hast. Es ist Zeit, wieder mal aus dem Haus zu gehen. Versuch, die ganze Sache hinter dir zu lassen«, gurrte Putu und legte ihre warme Hand auf Frankies Wange. »Auf geht's, Frankston!«

Woher hatte ihre Mutter bloß so viel Energie? Frankie hatte noch nie so deutlich gespürt wie in diesem Augenblick, wie weit der Apfel doch vom Stamm fallen konnte.

»Mum, kann ich nicht einfach wieder ins Bett gehen? Wo willst du mich denn überhaupt hinschleppen?« Frankie rollte sich auf der Seite zusammen und schaute zu ihrer Mutter hoch. Putu lächelte auf sie hinab und wischte ihr ein bisschen Schlafsand von der Wange.

»Du kannst dich nicht ewig hier verstecken. Irgendwann musst du mal wieder aus der Wohnung gehen, Frankston. Und dieser Zeitpunkt ist jetzt gekommen.«

Putu saß am Steuer, und Frankie starrte aus dem Fenster. Eine einsame Fußgängerin schlurfte hinter ihrem begeisterten Pudel her die Straße entlang. Ein Auto bog aus einer Einfahrt, seine Scheinwerfer blendeten Frankie. Zwei Opossums huschten einen Baum hinauf und genossen die letzten Reste der Dunkelheit vor Tagesbeginn. Putu plauderte die ganze Zeit und holte kaum einmal Luft. Sie predigte, dass Achtsamkeit die Meditation des einfachen Mannes sei und Trennungen Balsam für die Seele bedeuten könnten. Frankie bemühte sich verzweifelt, sie auszublenden.

Schließlich parkte Putu das Auto und tanzte regelrecht hinaus. Sie ergriff zwei zusammengerollte Yogamatten. Frankie folgte ihr widerstrebend und zog das Sweatshirt unterm Kinn zusammen. Versteckt hinter dem Stumpf eines Eukalyptusbaums sah sie ein Schild mit der Aufschrift »Fairview Park«, einer öffentlichen Grünanlage im östlichen Teil Melbournes. Außerdem erblickte sie in einiger Entfernung das Ufer des Yarra River.

Frankie folgte Putu einen Kiesweg entlang, der sich durch dichtes Gebüsch und stacheliges Unterholz wand. Unten am Fluss fanden sie einen abgelegenen Ort, an dem sie ihre Matten ausrollten. Putu drückte Frankie auf die eine nieder und setzte sich auf ihrer eigenen sofort in den Lotossitz und zog die Füße auf die Oberschenkel. Sie nickte Frankie aufmunternd zu, es ihr nachzutun.

»Und jetzt, Frankston, Liebling, werde ich dich durch eine einfache Yogasitzung führen.« Sie legte die Hände vor der Brust zusammen. Frankie verdrehte die Augen. »Versuch nicht, dich dagegen zu wehren, lass es einfach zu. Wir beginnen mit den körperlichen Verunreinigungen in Körper und Geist und gehen sie an. Wir konzentrieren uns ganz auf den oberen Bauchraum und beginnen, dein Solarplexus-Chakra zu heilen.«

»Mum, bitte lass mein Chakra aus der Sache raus. Es braucht keine ›sanfte, heilende Berührung‹ durch Yoga. Was es wirklich braucht, ist ein starker fettarmer Latte macchiato und ein Schokocroissant. Könnten wir mein angeschlagenes Chakra nicht lieber beim Frühstück in Ordnung bringen?«

Putu beachtete Frankies Einwände gar nicht und machte die erste Haltung vor. »Diese Haltung ist bekannt als die *Ananda Balasana* oder die Glückliches-Baby-Haltung.« Putu legte sich auf den Rücken, hob die Beine und umfasste ihre Füße und zog die Beine dann auseinander. Frankie fand, sie sah aus wie ein Frosch, der auf den Rücken gefallen war. »Ah – spüre den Wind und bleib in dieser Position. Zehn Sekunden, neun, acht, …«

»Du liebe Zeit, Mum, du hast gesagt, das wäre ganz leicht«, stöhnte Frankie, während sie darum kämpfte, die Beine nach hinten in Richtung Kopf zu bekommen. Sie bekam den einen Fuß zu fassen, kippte aber sofort zur Seite weg und landete mit der Nase auf einem Zweig.

Putu ging bereits zur nächsten Übung über – die Knie-Ohr-Haltung. »Dein Geist verschließt sich der Fähigkeit zum Erfolg«, verkündete sie ernst. »Sag deinem Körper, dass er es kann, dann wird er es auch tun. Denk daran, dass wir alle einst so biegsam und gelenkig waren wie Babys und dass wir als Winzlinge im Bauch unserer Mutter in Fötalposition gelebt haben. Lass dich nicht von dieser negativen Stimme ablenken, die nur in deinem Kopf existiert.« Putu schnellte in die Höhe, stand plötzlich nur noch auf dem rechten Bein und zog mit beiden Händen das linke hinter dem Körper nach oben. Inzwischen erklangen im ganzen Park Vogelstimmen.

Frankie rappelte sich langsam von den Knien hoch. Sie hatte nie geraucht, aber in diesem Augenblick sehnte sie sich nach Nikotin oder nach irgendwas anderem, das ihr diesen Morgen erleichtern könnte. Sie packte ihren Knöchel und versuchte, auf einem Bein zu stehen, aber sie hopste nur hilflos in der Gegend herum.

»Atme durch die Nase ein und durch den Mund aus.«

Frankie machte die Augen zu. Sie versuchte sich regelrecht zur Entspannung zu zwingen, da spürte sie plötzlich einen leichten, duftenden Sprühnebel auf ihrem Gesicht.

»Was um alles in der Welt … Mum!« Frankie wich nach hinten aus und schlug Putus Hand weg. »Was ist das?«

»Patschuliöl, mein Liebes«, murmelte Putu. »Das perfekte Mittel, wenn man an gebrochenem Herzen leidet.«

Frankie schubste Putu weg und sprang von der Yogamatte. »Jetzt reicht's mir aber! Du bist so unglaublich egoistisch, Mum. Du zerrst mich aus dem Bett, damit ich Yoga mache, obwohl du weißt, dass ich Yoga nicht ausstehen kann, und dann sprühst du mich mit Hippie-Öl voll. Du quasselst und quasselst die ganze Zeit, und nie hörst du mal zu! Du hast keine Ahnung, was ich durchgemacht hab, nicht die geringste Ahnung! Jetzt hör auf mir zu sagen, ich soll den Herabschauenden Hund machen, hör auf, in meine Wohnung einzubrechen, und hör auf mit dem Versuch, alles besser zu machen – das funktioniert nämlich nicht!«

Putu verzog das Gesicht, dann entspannte sie sich wieder. »Aber Liebling, deine Aura ist vollkommen durcheinander, und deine Schultern sind total verspannt. Wenn du dich einfach mal auf den Bauch legst, kann ich die schmerzempfindlichen Punkte massieren, damit der Druck ein bisschen nachlässt.«

»Du hast mir immer noch nicht zugehört.« Jetzt schrie

Frankie schon fast. »Ich will nicht, dass du meine Aura massierst! Warum kannst du nicht einfach mal eine einzige Sekunde lang normal sein! Kapierst du nicht, dass mir nichts davon hilft? Dass ich am Rande des Wahnsinns bin und dass noch so viel Yoga gar nichts wieder ins Reine bringt?«

»Aber Liebling …«

»Sag nicht ständig ›Aber Liebling …‹ zu mir! Mein Leben liegt in Trümmern. Ich habe als Schriftstellerin versagt, und der Mann, der mich liebt, kann es nicht mal mehr ertragen, mir in die Augen zu schauen. Und eigentlich überrascht es mich gar nicht, dass mein Leben so ein Chaos ist. Ich hab schließlich eine Mutter, die pausenlos über den Kopf ihres mehr oder weniger stummen Mannes hinweg quatscht und die noch nie, nicht eine einzige Sekunde, innegehalten und sich in jemand anders hineinversetzt und sich Gedanken über dessen Bedürfnisse oder Wertvorstellungen gemacht hat. Übrigens, Mum, nur dass du's weißt: Du kannst mich nicht ändern. Ich bin so, wie ich bin, und anders werde ich nicht mehr.« Frankie fuhr sich mit den Fingern durchs Haar und lief erregt hin und her. »Und das Schlimmste ist, du hast noch nie auch nur versucht, mich als den Menschen zu betrachten, der ich bin. Du zwingst mir einfach deine Ashram-Prinzipien und deine klingenden Glöckchen auf, in der Hoffnung, dass ich mich dann wundersamerweise in die kleine Buddhisten-Tochter verwandle, die du dir immer gewünscht hast.« Endlich hielt sie inne, holte tief Luft und schaute ihre Mutter an. Putu hatte sich auf ihrer Yogamatte zusammengekauert, als wäre sie total erschöpft.

»Frankie«, begann sie, »ich habe immer nur versucht, dich auf die beste Art zu lieben, die mir gegeben ist.«

»Alles, was ich mir je gewünscht habe, ist, dass du für mich da bist, und zwar so richtig echt. Nicht, dass du einfach nur mein Horoskop liest oder kontrollierst, dass ich mir die Zähne auch ja mit biologisch angebauter Zahnseide reinige. Ich will, dass du dich für mich interessierst. Dass du wissen willst, worüber ich lache und was mir nachts den Schlaf raubt. Du rennst einfach in der Gegend rum und sprichst über lauter erhabene Ideale, aber du stellst niemals echte Fragen!«

Putu ging auf Frankie zu und nahm sie in den Arm, drückte sie an sich und wiegte sie hin und her. »Es tut mir so leid, Frankie. Ich liebe dich sehr und wünsche mir nur, dass du glücklich bist. Es tut mir leid, dass ich dich enttäuscht habe.«

Frankie machte sich los. »Ich weiß, dass du mich liebst, Mum. Und ich weiß auch, dass du mir nur helfen willst. Aber dir muss klar sein, dass es keine Lösung ist, mich vor Anbruch der Dämmerung aus dem Bett zu zerren.«

»Ich wollte doch nur etwas tun, um dich aus deiner depressiven Stimmung zu holen. Du gehst ja im Moment kaum aus dem Haus, nur zur Arbeit. Ich hab nur versucht, dir zu helfen.« Sie ließ den Kopf hängen.

»Das weiß ich doch.« Frankie seufzte.

»Es kommt alles wieder in Ordnung, das weiß ich ganz bestimmt.« Putu strich Frankie in langsamen kreisenden Bewegungen über den Rücken.

»Woher willst du das wissen? Es gibt Dinge, die bleiben einfach beschissen oder werden sogar noch schlechter!«

»Liebling, du bist gesund, du hast deine Freunde und deine Familie, auch wenn es nicht immer so aussieht. Und du hast dein Talent.«

Frankie verdrehte die Augen.

»Die Welt ist ein wunderbarer Ort, voller Inspiration und Verheißung. Du musst einfach nur wissen, worauf du deinen Blick richtest.«

Putu drehte Frankie sanft um, sodass sie in Richtung Osten schaute, wo die ersten Strahlen des Tages zwischen den Blättern der Bäume hervorschimmerten. Die Sonne ging gerade auf, und der Himmel leuchtete in kräftigen Pink- und Orangetönen.

»Es wird dir wieder besser gehen, meine wunderschöne Frankie. Ich weiß, du glaubst im Moment nicht daran, aber mein Instinkt als Mutter sagt mir, dass es so sein wird.«

Sie saßen auf ihren Yogamatten, blickten übers Wasser und schauten zu, wie die Farben zwischen den Bäumen umhertanzten. Frankie entspannte sich an der Seite ihrer Mutter und legte den Kopf auf ihre Schulter. Putu zog sie näher zu sich heran und fuhr ihr mit den Fingern über den locker geflochtenen Zopf, der ihr auf den Rücken fiel.

»Ich weiß, dass ich nicht perfekt bin, aber ich hab dich lieb, Frankie«, sagte Putu und drückte sie fest.

»Ich hab dich auch lieb, Mum.«

Aneinander gelehnt betrachteten sie schweigend, wie sich der Himmel erst orange, dann gelb und dann dunkelblau färbte.

38

Frankie:
Lieber Sunny,
ich verstehe, warum du nicht auf meine Anrufe reagierst und auch nicht auf meine Textnachrichten. Ich weiß ja: Was ich getan habe, war schrecklich, unverzeihlich. Das hab ich begriffen. Aber bitte lies das hier wenigstens bis zu Ende.
Sunny, man sagt, dass man in seinem Leben nur einer einzigen wahren Liebe begegnet und dass es eine einzige Sache im Leben gibt, die man ewig bedauern wird. Ich glaube, auf dich trifft in meinem Leben beides gleichzeitig zu.
Es vergeht kein einziger Tag, an dem ich nicht bedaure, was ich getan habe, und an dem ich mir nicht wünsche, ich könnte alles rückgängig machen. Du sollst wissen, dass ich dich nie verletzen wollte. All die Dates, auf die

ich gegangen bin, haben mir nichts bedeutet. Ich liebe dich, Sunny. Ich liebe dich mehr als mein Schreiben, mehr als Bücher, mehr als meinen Atem, mehr als Hundewelpen, mehr als Pizza – einfach mehr als irgendetwas sonst auf der Welt. Und es tut mir leid, dass ich so lange gebraucht habe, um den Mut zu finden, dir das zu sagen. Du bedeutest mir einfach alles, und ich weiß nicht, wie es ohne dich weitergehen soll. Wenn du tief im Herzen spürst, dass du mir irgendwann vergeben könntest, verspreche ich dir: Ich werde den Rest meines Lebens damit zubringen, es wieder gutzumachen.
Ich vermiss dich so.
Frankie xo

Frankie: Cat, er hat mich gerade bei Facebook gelöscht. ☹
Mit tragischen Grüßen.
Frankie

39

Trennungen und Bücher

Trennungen sind so, als hätte man ein gutes Buch zu Ende gelesen.

Vielleicht könnt ihr das besser nachvollziehen, wenn ich euch das anhand der fünf Phasen der Trauer erkläre, die Elisabeth Kübler-Ross in ihrem Buch *Interviews mit Sterbenden* beschreibt.

1. Nicht-wahrhaben-Wollen und Isolierung
   Soeben hast du das Buch deiner Träume fertig gelesen, und alles lief sehr gut. Na ja, es ging schon manchmal ein bisschen auf und ab, aber letztendlich hat sich alles gut entwickelt. Und gerade als du gedacht hast, du könntest noch ein bisschen weiterlesen – ZACK! –, ist das Buch zu Ende. Du kannst es kaum fassen – du glaubst es einfach nicht. Du überlegst dir, wie du vielleicht doch noch mehr lesen könntest. »Vielleicht blättere ich zurück zum ersten Kapitel und fange noch mal ganz von vorne an …«, oder: »Wenn ich dem Autor betrunken eine Nachricht schicke, dann schreibt er vielleicht noch ein Buch, eins nur für mich allein.«
2. Zorn

Jetzt hast du akzeptiert, dass das Buch deiner Träume zu Ende ist. Du wirst es nie wieder zum ersten Mal lesen können. Und du bist wütend, so richtig stinkwütend. Du schmeißt Sachen nach dem Buch, beschimpfst es wüst, schreibst ihm beleidigende Nachrichten auf Facebook und erzählst jedem, der dir zuhört, was für ein fürchterlich gemeines Buch es ist.

3. Verhandeln

   Dass du wütend auf das Buch warst, hat es dir nicht zurückgebracht, also versuchst du jetzt, mit ihm zu verhandeln. Du versprichst ihm, dass du diesmal ein besserer Leser sein wirst. »Ich schwöre dir, beim nächsten Mal werde ich deine geistreichen Zwischenbemerkungen und deine perfekte Prosa besser zu schätzen wissen!« Du versicherst dem Buch, dass du es noch viel mehr Freunden von dir vorstellen wirst. Du würdest absolut alles tun, damit du in den Genuss auch nur einer einzigen weiteren Seite dieses literarischen Meisterwerks kommst.

4. Depression

   Ohne das Buch kannst du einfach nicht leben. Es hat keinen Zweck, auch nur den Versuch zu machen, irgendetwas anderes zu lesen. Du gibst die Literatur ein für alle Mal auf. Nichts wird jemals so gut sein können wie das Buch, das du gerade zu Ende gelesen hast. Du kannst weder atmen noch schlafen noch sprechen, ohne an dieses Buch zu denken, und du ertränkst deine Sorgen in einer Flasche (oder einem Dutzend Flaschen) Rotwein.

5. Akzeptanz

   Ganz allmählich lernst du, dem Buch zu vergeben,

dass es zu Ende gegangen ist. Du blätterst in anderen Büchern. Zuerst nichts Ernsthaftes, nur hier und da ein paar Schmonzetten. Dann steigst du allmählich wieder ein und liest ein oder zwei historische Romane. Allmählich vergehen ganze Tage, an denen du nicht ein einziges Mal an das Buch denkst. Und wenn du es doch tust, dann lächelst du und hast liebevolle Erinnerungen daran.

Bis zum nächsten Mal, meine Lieben.
Schließlich – morgen ist auch noch ein Date.
Scarlett O' xx

Kommentar hinterlassen (1005)

Miss Amanda Marple > Genau so ist mein Leben!

No offence but … > Bücher und Trennungen kann man in keiner Weise miteinander vergleichen. Guck endlich mal über den Rand deiner Bücher hinaus, Scarlett.

Stephen Prince > @Nooffencebut … Ach, jetzt komm schon, das war doch wirklich witzig!

No offence but … > @StephenPrince Ungefähr so witzig wie deine blöden Bemerkungen.

Cat in the Hat > In der Arbeit wartet ein großer Bottich Eis auf dich xx

40

Frankie saß in BH und Unterhose im Schneidersitz auf dem Wohnzimmerboden.

»Ich bin eine starke, unabhängige Frau«, wiederholte sie und holte mit geschlossenen Augen tief Luft. Dann linste sie kurz mit einem Auge auf den Bildschirm ihres Laptops: Die Frau im YouTube-Clip massierte sich die Schläfen. Frankie machte es ihr nach und bearbeitete ihr Gesicht mit den Zeigefingern.

Nachdem sie ihr gesamtes Repertoire an Methoden gegen Liebeskummer durchprobiert hatte (sich den Bauch mit zehn Packungen M&M's vollschlagen, sich *Clueless* immer wieder anschauen, ihre Lieblingsstellen aus allen Romanen von Jane Austen lesen), war Frankie noch genauso deprimiert wie zuvor. Also machte sie es so wie beim letzten Mal, als sie an gebrochenem Herzen gelitten hatte, und suchte Hilfe bei einem Freund namens Internet. Sie hatte bei YouTube »Liebeskummer heilen« eingegeben und sich die Videos, die dort auftauchten, angeschaut. Diese traurigen, sich wiederholenden Filmchen erinnerten sie an den fast unvergänglichen Liebeskummer, den sie nach dem Verlust von Ads empfunden hatte.

»I'm beautiful …«, sprach Frankie der Frau im Video

nach, dann stöhnte sie auf, denn sie merkte, dass sie kurz davor war, den Text eines Christina-Aguilera-Songs zu rezitieren. Schwungvoll klappte sie den Laptop zu, lehnte sich zurück und hielt sich die Hand vor die Augen. *Wie konnte ich es nur so weit kommen lassen? Wie hab ich bloß diesen einen Mann verloren, mit dem ich alles hätte haben können? Was stimmt nicht mit mir?* Cat, Seb, Putu und sogar Claud hatten versucht, sie dazu zu bringen, wieder aus dem Haus zu gehen und sich der Welt zu stellen, einfach weiterzumachen, aber Frankie bekam Sunny einfach nicht aus dem Kopf. Sein wunderschönes Gesicht schwebte bei allem, was sie tat und dachte, vor ihr, und es schien unmöglich, mit ihm abzuschließen.

Das Klingeln des Telefons unterbrach sie in ihren Gedanken. Sie fuhr auf – Sunny! – und rannte zur Couch, wo das Telefon gefährlich nah am Rand lag.

Anruf von Claud Cooper.

»Scheiße«, sagte Frankie. Seit seiner Nervenkrise vor einigen Wochen rief Claud sie hin und wieder an und berichtete ihr, wie es mit Cat lief. »Anscheinend ist sie wütend auf mich – weißt du vielleicht, warum?«, oder: »Sie sieht in letzter Zeit noch schöner aus, findest du nicht auch?« Und dann fragte er immer: »Hat sie vielleicht etwas darüber gesagt, ob sie mich noch liebt?« Frankie hatte versucht, ihm klarzumachen, dass sie in dieser Angelegenheit alles andere als unparteiisch war und Claud wirklich überhaupt nichts sagen konnte, denn Cat war nun mal ihre beste Freundin, und sie erzählte ihr sofort von jedem Gespräch. Aber das war Claud egal, er brauchte jemanden, mit dem er reden konnte. Und Frankie, verzweifelt und Single, hatte ja nun alle Zeit der Welt.

»Claud?«, fragte sie seufzend.

»Frankie, bist du das?« Er klang ganz außer sich.

»Ja, Claud, ich bin's.« *Wer denn sonst, Claud?*

»Frankie!«, brüllte Cat ihr ins Ohr. Offenbar hatten die beiden die Freisprechanlage eingeschaltet.

»Cat? Claud?«

»Ich hab Wehen!«, brüllte Cat.

»Was? Oh Gott! Wo seid ihr?« Frankie raste ins Schlafzimmer und schaltete ihr Telefon ebenfalls auf laut. Sie sprang in eine Jeans, zog einen schwarzen Pulli an und kramte in ihrem Berg von Schuhen herum, um ein passendes Paar zu finden.

»Wir sind unterwegs ins Krankenhaus, schon fast da, nur noch eine Minute. Claud, fahr schneller! Ich spüre, wie das Kind kommt!«, kreischte Cat.

»Ich bin schon unterwegs!« Frankie zog ein Paar Slipper an und bestellte hektisch eine Fahrt per Uber.

»Frank, du wirst nicht glauben, wie das passiert ist. Claud und ich, wir waren gerade mitten dabei, da dachte ich auf einmal, ich hätte Pippi gemacht, und als wir runterschauen, ist meine Fruchtblase geplatzt. Ahhhh!«

»Ihr wart mitten dabei? Meinst du etwa …?« Frankie rannte die Treppe hinunter, um vor dem Haus auf ihren Fahrer zu warten.

»Ja, wir haben Liebe gemacht«, rief Claud fröhlich.

»Ich dachte …«, stotterte Frankie.

»Ja, Claud hatte neun verdammte Monate Angst, ›Liebe zu machen‹, er könnte dem Baby ja vielleicht wehtun. Ahhh! Aber dann hat einer von seinen Strick-Kumpels gesagt, dass Sex die Geburt auslösen könnte, und ich bin jetzt schon eine Woche über dem Termin und – na ja, verzweifelte Situationen erfordern nun mal verzweifelte Maßnahmen. Und er hatte recht. Wir sind endlich mal wieder schön dabei, und schon platzt die Fruchtblase. Ahhh!«, erklärte Cat und stöhnte zwischendurch immer wieder vor Schmerzen.

»Okay, das reicht mir an Information. Da kommt der Wagen. Ich werde ungefähr zwanzig Minuten brauchen. Versuch durchzuhalten, bis ich da bin!«, rief Frankie und beendete das Gespräch.

Frankie rannte durch den Haupteingang ins Krankenhaus. Sofort umfing sie der intensive Geruch von Desinfektionsmittel. Menschen im Rollstuhl fuhren mühsam an ihr vorbei, die Ärzte trugen blaue Kittel mit einem Reißverschluss an der Vorderseite. Sie spürte, wie sich ihr Magen vor Aufregung zusammenzog. Zum ersten Mal, seit sie Sunny verloren hatte, spürte Frankie etwas anderes als Verzweiflung. Sie machte sich Sorgen um Cat, aber sie war auch begeistert und konnte es kaum erwarten, das kleine Wesen kennenzulernen, von dem sie all die letzten Monate geträumt hatten.

»Entschuldigung, wo ist die Entbindungsstation? Meine beste Freundin bekommt ein Kind!«, sprach Frankie lebhaft auf eine mürrisch aussehende Frau ein, die am Empfang saß. Die Frau blickte kaum auf, als sie ihr die Richtung wies. Frankie drehte sich schwungvoll um, rannte um die Ecke zu den Aufzügen – und blieb wie angewurzelt stehen. Vor ihr stand ein Mann, der auch auf den Aufzug wartete. Sunny. Seine Bartstoppeln waren ein bisschen ungepflegter als sonst, seine Wangen eingefallen. Er trug einen grauen Strickpullover und schwarze

Jeans. Frankie sehnte sich danach, zu ihm zu laufen und ihm in die Arme zu fallen, aber sie hielt sich zurück.

»Sunny«, sagte sie nur. Er wandte den Kopf und zuckte leicht zusammen, als er sie sah. Frankie spürte einen Stich im Herzen.

»Frankie«, sagte er mit monotoner Stimme.

»Was machst du denn hier?«

»Ich arbeite«, sagte er und wies mit einem Nicken auf die aufgerollten Zeichnungen, die er unter dem Arm trug.

»Natürlich. Und ich bin wegen Cat hier. Sie hat Wehen.« Frankie rang vor Verlegenheit die Hände.

»Oh. Sag ihr, ich wünsch ihr alles Gute.« *Alles Gute? Was war sie denn? Irgendeine Zufallsbekanntschaft?* Die Türen öffneten sich, und Frankie und Sunny betraten gemeinsam den Aufzug. Dort war schon ein weißhaariger Rollstuhlfahrer, der die beiden freundlich anlächelte. Frankie holte ein paar Mal tief Luft und berührte Sunny ganz leicht am Arm. »Sunny, ich bin so froh, dass ich dich treffe. Ich hab versucht, dich anzurufen …«

»Hör auf«, unterbrach er sie und schob ihre Hand weg. »Frankie, hör einfach auf. Hör auf, mich anzurufen und mir Nachrichten und E-Mails zu schicken. Du kannst nichts mehr dagegen tun. Das mit uns beiden ist vorbei. Es ist Zeit, dass du wieder nach vorne schaust«, sagte er kühl.

»Bitte, Sunny – ich liebe dich«, wimmerte Frankie.

Jeder andere hätte Mitleid bekommen, aber Sunny schaute ungerührt vor sich hin und trat aus dem Aufzug, sobald die Türen aufgingen. Frankie liefen die Tränen über die Wangen, als sich die Türen wieder schlossen, sie von Sunny trennten und sie mit all ihren Hoffnungen und Träumen alleine ließen.

»Keine Sorge, meine Süße, ich werde dich lieben«, sagte der alte Mann aus seiner Aufzugecke.

»Catherine Cooper. Könnten Sie mir jetzt *bitte* sagen, in welchem Zimmer sie ist?«, bat Frankie nun schon zum dritten Mal die Frau, die im Stationszimmer saß, sich einen Kaugummi in den Mund schob und Frankie ohne jedes Interesse anschaute.

»Wie ich schon sagte: Ich werde Ihnen helfen, sobald ich mit den Papieren hier durch bin«, sagte die Schwester und schmatzte mit dem Kaugummi. Frankie versuchte schon zum zehnten Mal, Claud anzurufen, landete aber sofort auf der Mailbox.

»Hören Sie mal, Lady. Meine beste Freundin Catherine Cooper ist hier irgendwo in der Nähe und bekommt ein Kind. Genau jetzt. Sie hat wahnsinnige Angst, und ich habe ihre Playlist für die Geburt. Sie muss jetzt auf der Stelle das Lied *I'm Coming Out* hören! Und wenn Sie mir nicht sagen, wo sie ist, werde ich hier an jedem Zimmer klopfen und jede Frau stören, die Wehen hat, so lange, bis ich sie gefunden habe«, fuhr Frankie die Schwester an.

»Können Sie gerne machen.« Sie ließ eine Kaugummiblase platzen. Frankie stürmte davon und rannte zur nächstgelegenen Tür mit der Nummer eins.

»Cat? Claud?«, rief sie, öffnete die Tür und schaute hinein. Eine große, mit Sommersprossen übersäte hochschwangere Frau kauerte mitten im Zimmer. Sie war splitternackt und wimmerte leise, während ein Mann ihr den Rücken rieb.

»Oh, tut mir leid, falsche Tür«, entschuldigte sich Frankie, rannte hinaus und ins nächste Zimmer. *Das wird ein langer Tag.*

»Cat? Claud?«, fragte sie halbherzig und steckte den Kopf in Zimmer Nummer zweiunddreißig.

»Frank?«, rief Cat mit rauer Stimme. *Endlich!*

Frankie stürmte ins Zimmer und sah Cat aufgestützt in den Kissen, rote Wangen, im Arm ein winziges, gut eingewickeltes Bündel. Claud stand etwas einfältig neben ihr und streichelte das Bündel.

»Mein Gott, Cat! Das Baby ist ja schon da«, sagte Frankie, und ihr traten die Tränen in die Augen. »Du bist eine Mama!«

»Ja, er war ein ganz Flotter und kam geradezu rausgeflutscht. Wo warst du denn so lange?«, antwortete sie heiser, ohne den Blick von ihrem Baby abzuwenden. Frankie wollte Cat schon von ihrem Zusammenstoß mit der bösartigen Schwester und der unerwarteten Begegnung mit Sunny erzählen, aber dann begriff sie, dass dieser Augenblick Cat und Claud gehörte. Sie waren Eltern geworden – und alles andere war im Moment uninteressant.

»Es ist also ein Junge?« Frankie stellte sich ganz nah neben Cat, die untypisch still war. Sie küsste ihre Freundin auf die verschwitzte Stirn, schob ganz vorsichtig die Decke zur Seite und starrte auf das süße, faltige rote Gesicht des Babys.

Da erstarrte sie und schnappte innerlich nach Luft.

»Ist er nicht wunderschön?«, flötete Claud.

»Wunderschön!« Ihr Herz setzte einen Schlag aus.

»Sein Gesicht ist ein bisschen geschwollen, weil er auf dem Weg nach draußen so zusammengequetscht worden ist«, sagte Claud.

»Aha …«, sagte Frankie unsicher. »Und habt ihr schon einen Namen für ihn?«

»Nein, wir haben uns noch nicht entschieden«, sagte Cat.

Frankie schaute von Cat zum Baby und dann weiter zu Claud. *Das ist gar nicht gut.*

»Wisst ihr was, ich hole uns mal Kaffee«, sagte Claud und riss sich vom Anblick des Babys los. »Ich hab Cat versprochen, dass ich ihr sofort nach der Geburt einen Kaffee bringe. Sie sehnt sich schließlich schon seit neun Monaten danach! Ich bin gleich wieder da.« Er lachte fröhlich vor sich hin und verließ das Zimmer. Cat lag still da, den Blick weiterhin auf das Baby in ihrem Arm gerichtet.

»Cat, er ist wirklich umwerfend schön.« Frankie strich ihr über den Arm.

Cat lächelte.

»Außerdem sieht er sehr koreanisch aus.«

»Ich weiß.« Cat zuckte zusammen und wurde rot.

»Er ist der Sohn von Jin-Soo, oder?«

»Ja.«

Stille füllte den Raum, und man hörte nur das Baby glucksen.

»Oh Mann, Cat. Wie ist das denn passiert? Ich dachte, da wärst du schon schwanger gewesen, als ihr … Willst du es Claud sagen? Er weiß es doch sicher schon?«

»Lass uns nicht darüber sprechen. Wir konzentrieren uns jetzt einfach darauf, wie unglaublich dieses winzige

Menschenkind ist«, sagte Cat und gab dem Baby einen Kuss auf die Stirn.

Frankie strich ihm vorsichtig über den Kopf. Cat schaute zu ihr hoch. Sie hatte noch nie so schön ausgesehen.

»Du hast's geschafft, Cat!« Frankie lächelte.

»*Wir* haben's geschafft!«, antwortete Cat. Frankie lächelte wieder, aber sie war unsicher, ob Cat jetzt Claud oder sie meinte.

»Willst du ihn mal halten?« Frankie biss sich auf die Lippen. Sie hatte noch nie einen Säugling im Arm gehabt, und er sah so klein und zerbrechlich aus.

Cat nickte ihr ermutigend zu und legte das Kind vorsichtig in Frankies ausgestreckte Arme. Frankie gefiel diese neue, mütterliche Seite an Cat. Ihre ausgeglichene Heiterkeit übertrug sich auf sie, und sie wurde augenblicklich ruhig, sobald sie die Arme sanft unter das Baby schob und es an die Brust drückte. Seine Wärme strahlte auf ihren Körper ab, und es fühlte sich so an, als würde dieses Kind wirklich und wahrhaftig dorthin passen, als wäre es der natürlichste Ort der Welt für ihn. *Werde ich so was auch mal erleben?*, dachte Frankie und verdrängte rasch jeden Gedanken an Sunny. *Wie wundervoll und perfekt dieses Baby ist!*

»Na, was sagst du dazu?«, unterbrach Cat ihre Träumerei.

»Wozu?«

»Willst du seine Patin werden?«

Frankie war schon wieder kurz davor, in Tränen auszubrechen. »Ehrlich?«

»Natürlich, du Dummchen, wer denn sonst?« Cat

hatte auch ziemlich feuchte Augen. »Du weißt doch, dass du im Grunde meine Familie bist, Frank. Ich liebe meinen Vater zwar, aber er redet ja nie mit mir, außer wenn er Geld oder eine Empfehlung für eine neue Stelle braucht. Und wo zum Henker meine Mutter ist, weiß kein Mensch. Rose, du bist für mich Schwester, Mutter und beste Freundin, alles auf einmal.«

Tränen liefen Frankie übers Gesicht, während sie das schlafende Baby umklammert hielt.

»Ich liebe dich und auch dieses namenlose halb koreanische Baby«, schniefte sie.

»Ich liebe dich auch, du alte Heulsuse.«

Die beiden saßen schluchzend nebeneinander, in beredtem Schweigen.

Claud kam mit drei Pappbechern zurück. »Was haben wir denn hier?« Er küsste Cat auf die Stirn. »Ich hab weiter über Namen nachgedacht. Was hältst du von Edward – nach meinem Vater?«, schlug er vor.

»Nein, das erinnert mich zu sehr an Edward Ferrars aus *Verstand und Gefühl*«, tat Cat den Namen ab. Das Baby wachte jetzt auf und wand sich in Frankies Armen. Sie reichte den Kleinen Cat, die bereits die Arme sehnsüchtig nach ihm ausstreckte.

»Das ist doch nichts Schlechtes! Ich liebe Edward Ferrars«, lachte Frankie.

»Romeo?«, schlug Claud vor.

»Soll das ein Witz sein?«, sagten Cat und Frankie wie aus einem Munde.

»Du willst unser Kind nach einem Mann benennen, der sich gegen seine Familie stellt und dann das Leben nimmt?«, sagte Cat.

Claud verdrehte die Augen. »Du hast ja bisher auch keine zündende Idee gehabt.«

»Ich muss ihn erst kennenlernen und rauskriegen, welcher Name zu ihm passt«, flötete Cat, strich dem Kind übers Haar und lächelte. Ihre Augen funkelten. Sie starrte ihr Kind eine gefühlte Ewigkeit an und sagte dann: »Ich möchte ihn Jin-Soo nennen.«

»Jin-Soo? Was soll denn das für ein Name sein?«, fragte Claud. Frankie konzentrierte sich plötzlich ganz auf den heißen Kaffeebecher in ihrer Hand.

»Das ist der Koreaner aus der Serie *Lost.* Mir gefällt der Name.«

»Cat, jetzt bist du ganz offiziell übergeschnappt«, sagte Claud.

41

Zwischen den Zeilen lesen

Ihr habt euch vielleicht schon gefragt, was ich in den letzten Wochen getrieben habe (oder auch nicht, weil ihr ja wahrscheinlich ein wesentlich interessanteres Leben habt, um das ihr euch kümmern müsst). Aber falls ihr, warum auch immer, doch ein klein bisschen neugierig seid – bei mir war Folgendes los:

Ich bin zu meinem allerletzten Date gegangen, und zwar mit dem südamerikanischen Akrobaten-Poeten (ja, ihr habt ganz richtig gelesen), der mein Buch *Der Alchimist* gefunden hatte. Er war groß und ein Traumtänzer, er konnte mich problemlos in die Luft werfen und hatte einen aufregenden Akzent. Man könnte also denken, ich wäre voll auf ihn abgefahren à la: »Macht es dir was aus, wenn ich deine Bauchmuskeln streichle?«, und: »Wollen wir zusammen durchbrennen und zum Zirkus gehen?« Aber in Wirklichkeit dachte ich nur: »Was mache ich eigentlich hier?«, und: »Ich sollte mit dem Mann, den ich liebe, auf der Couch liegen und faulenzen.«

Hier habt ihr es exklusiv und aus erster Quelle, Leute: Ich bin verliebt. Und so nahm das Verderben seinen Lauf.

Dass ich mit meinen Zug-Dates aufhören würde, hatte

ich schon lange kommen sehen. Ich konnte meine Gefühle für Edward Cullen nicht länger leugnen und meine Schuldgefühle auch nicht. Aber ehe ich die Chance hatte, ihm die Wahrheit zu sagen, entdeckte er meinen Verrat unter absolut unwürdigen Umständen: bei einer Begegnung mit besagtem Akrobaten auf der Party eines gemeinsamen Freundes. Berechtigterweise schockiert und durch meinen Betrug mehr als verletzt, war es unmöglich, ihn davon abzubringen, mich fallen zu lassen wie eine heiße Kartoffel.

Seitdem schlafe ich nicht mehr, und ich esse auch nichts mehr (jedenfalls nichts Frisches, sondern nur noch Dosenfutter und Fast Food). Und ich kann auch nicht mehr in den Spiegel schauen. Er hat jeden Versuch, mich mit ihm zu versöhnen, abgeblockt, und hier sitze ich nun und suhle mich in Selbstmitleid. Nachdem ich so lange dagegen angekämpft habe, mich in ihn zu verlieben, weiß ich jetzt, wie lächerlich ich mich benommen habe und wie sehr dieses ganze Experiment Ausdruck meiner Veranlagung gewesen ist, die wichtigen Dinge in meinem Leben aufzuschieben.

Und dann ist da noch Unheimlich-liebenswert-aber-es-springt-einfach-kein-Funke-über-Tom. Zufällig bin ich ihm direkt nach dem oben erwähnten, extrem traumatischen Vorfall mit Mr Fallen-lassen-wie-eine-heiße-Kartoffel über den Weg gelaufen. Er geruhte mich zu fragen, ob ich noch mal mit ihm ausgehen würde, und ich geruhte emotional dichtzumachen und so zu tun, als gäbe es ihn gar nicht. Aber drei unbeantwortete Nachrichten und einen Anruf später, als ich an einem besonderen Tiefpunkt angelangt war (»Ich werde nie wieder jemanden lieben und einsam sterben!«), und wider besseres Wissen (man sollte wirklich nicht auf Freundinnen hören, die auf nachgeburtlichen Schmerzmitteln sind), gab ich ihm noch einmal eine Chance. Wenn man von der Liebe seines Lebens immer wieder zurückgewiesen wird und Angst davor hat, als alte Jungfer inmitten von kreischenden Katzen zu enden (und ich kann Katzen wirklich nicht ausstehen), dann passiert so was eben.

Also trafen wir uns nach der Arbeit auf einen Kaffee. Wir sprachen über den Wert von Fortsetzungen, den fehlenden Umlaut beim Wort Muttertag (»Dieser Tag ist ja schließlich nicht dazu gedacht, nur eine einzige Mutter zu feiern! Das ist doch lächerlich – Müttertag müsste es heißen!«) und darüber, wie Bücher uns zu empathischeren Geschöpfen machen. Und wie wir alle schon hätten vorhersagen können, war das Date unheimlich liebenswert. Tom beeindruckte mich mit seinem tiefen Respekt vor dem geschriebenen Wort und begeisterte mich mit seinen Einsichten über Literatur und seinen Kommentaren zur sozialen Lage. Er ist klug, aufmerksam, freundlich und im klassischen Sinn gut aussehend. Er ist wie John Steinbeck: die Einheitsgröße, die allen passt. Aber er ist nun mal nicht Edward Cullen, der Mann, der härter zu knacken ist als eine frisch vom Baum geschüttelte Kokosnuss und der bei Büchern einen schlechteren Geschmack hat als die zwölfjährige Tochter meiner Cousine zweiten Grades.

Plötzlich erschien alles so offensichtlich (und fast unangenehm) klar. Habt ihr mal *Liebeswahn* von Ian McEwan gelesen? Ich habe Teile davon auf meinem Weg zur Arbeit jetzt noch mal verschlungen. Er beschreibt, wie man erst entdeckt, was die Liebe für ein Geschenk ist, wenn man sie verloren hat – und dass wir deshalb von Anfang an darum kämpfen sollten. Liebt ihr es auch, wenn ein Buch bei euch so ins Schwarze trifft?

Das darf einfach nicht das Ende unserer Liebesgeschichte sein, die unter keinem guten Stern stand. Ich werde einen Weg finden, Edward Cullen wieder für mich zu gewinnen!

Bis zum nächsten Mal, meine Lieben.
Schließlich – so hat es die andere Scarlett O' einst formuliert: »Wenn er mich vergessen hat – er soll sich meiner wieder erinnern und mich von Neuem begehren.«
Scarlett O' xx

Kommentar hinterlassen (1271)

Martha Stewing In It > Die Kirschen in Nachbars Garten sind halt immer noch ein bisschen süßer, was? Ich hoffe, es ist noch nicht zu spät für euch beide!

No offence but … > Das hat man davon, wenn man jemanden anlügt, den man liebt.

Stephen Prince > @Nooffencebut … Ah, Stephanie, ich wusste doch, dass ich auf dich zählen kann, wenn es um eine abfällige Bemerkung geht. PS: Ich würde dich nie anlügen ;)

No offence but … > @StephenPrince Du bist ein Widerling. PS: Ist das überhaupt dein richtiger Name? Ich finde dich auf Facebook nicht.

Stephen Prince > @Nooffencebut … Wer von uns beiden ist denn nun hier der Widerling? Mich online zu stalken! Und: Ja, das ist mein richtiger Name. Ich bin eben einfach nicht auf Facebook.

No offence but … > @StephenPrince Pfft, das ist mir doch so was von egal. Ich wollte nur mal gucken, ob du so ein totaler Spinner bist.

Tully McGregor > Los, Mädel, schnapp ihn dir! Und erzähl uns unbedingt, wie's gelaufen ist.

Cat in the Hat > Hat ja lang genug gedauert.
PS: @StephenPrince & @Nooffencebut … Ich liebe es, wie ihr flirtet ;)

42

Frankie war betrunken. Sie war weder charmant beschwipst, noch hatte sie versehentlich ein Glas zu viel erwischt – sie war einfach nur dumm und bemitleidenswert besoffen. Schwankend verdrängte sie den Gedanken, dass das alles eine richtig schlechte Idee war. Nachdem sie ganz allein eine Flasche Rotwein aus dem Barossa Valley geleert hatte, die sie eigentlich für eine besondere Gelegenheit aufbewahrt hatte, griff sie zum Telefon und rief Sunny an. Der Anruf ging wie immer direkt auf die Mailbox. Ihr war schwindelig, und ihr Liebeskummer war noch stärker als normalerweise, aber Frankie steckte sich trotzdem die Haare zu einem Knoten zusammen und stürmte regelrecht aus ihrer Wohnung. Nachdem sie per Uber einen Wagen gerufen und ihr während der ganzen Fahrt schrecklich übel gewesen war, stand sie nun um zwei Uhr früh vor Sunnys Tür.

»Sunny!« Sie klopfte so heftig, dass ihre Knöchel ganz rot wurden. »Sunny!« Natürlich wusste sie, dass er um diese Zeit wahrscheinlich schlief. Zweifellos lag er locker ausgestreckt auf seiner Bettdecke, Skizzenblock und Stift auf dem nackten Oberkörper. Allein beim Gedanken daran schlug Frankies Herz schon höher.

»Verdammt, Sunny! Ich weiß genau, dass du da bist«, rief sie mit schleppender Stimme und hämmerte weiter an die Tür, bis sie den Klang von Schritten hörte. Sie holte tief Luft. *Da kommt er!*

»Frankie, was zum Teufel willst du hier?« Sunny riss die Tür auf. Sein Haar war zerzaust, die Boxershorts hingen ihm locker auf den Hüften, und seine Brust war unwiderstehlich entblößt, genau wie sie es sich vorgestellt hatte.

»Sunnnnny«, stieß sie leicht gurgelnd hervor und legte ihm die Hände auf die Brust. »Genau der schöne Mann, den ich sehen wollte.« Sie beugte sich vor und küsste albern kichernd seinen Oberkörper.

»Oh Mann, Frankie, du bist ja total hinüber.« Auf seiner Stirn bildete sich eine Falte, wie immer, wenn er frustriert war. Er schob sie von sich weg und schaute sie von oben bis unten an. Sie hatte nur ihre seidene Schlafanzughose und eine kurze Jacke an und am ganzen Körper Gänsehaut.

»Und du bist total schön.« Sie kicherte und begann ziemlich unfein zu hicksen.

»Verdammt, Frankie, dir muss ja eiskalt sein. Komm, ich ruf dir einen Wagen für den Heimweg.« Sunny wandte sich kurz um, um sein Handy zu holen, aber Frankie packte seine Hand und hielt ihn fest.

»Nein, ich will reinkommen. Bitte mich rein, du Dummerchen.« Sie kicherte wieder. *Heute Nacht ist alles so unglaublich witzig.*

»Das ist keine gute Idee, Frankie.«

»Was – warum denn nicht? Hast du jemand anders hier? Eine andere Frau?« Frankie rief jetzt beschwingt in die Wohnung hinein und an Sunny vorbei. »Hallo! Andere Frau? Hallo!«

»Mach dich nicht lächerlich, Frankie. Ich ruf dir jetzt einen Wagen«, sagte Sunny ärgerlich.

»Du hast wirklich eine andere hier. Ich fass es nicht!« Frankie stieß Sunny zur Seite und rannte geradewegs ins Schlafzimmer. Wenn sie betrunken war, entwickelte sie unglaubliche Kräfte.

»Hallo? Frau von Sunny! Komm raus, zeig dich, wo bist du?« Sie blieb stehen. Auf Sunnys Nachttisch lag eine Zeichnung. Das war ja sie selbst, Frankie! Das Haar war hochgesteckt, genauso, wie sie es jetzt trug, und sie warf lachend den Kopf zurück. Jede Einzelheit war perfekt herausgearbeitet, bis hin zum Muttermal über ihrer Augenbraue.

»Was ist denn das?« Mit zitternden Händen griff sie nach dem Bild.

»Raus aus meinem Schlafzimmer, Frankie«, fuhr Sunny sie an, der ihr nachgekommen war.

»Was ist das?«, fragte sie erneut, stellte sich schwankend auf die Zehenspitzen und hielt ihm das Bild vor die Nase.

»Gar nichts.« Er nahm ihr das Porträt aus der Hand und riss es mittendurch. »Das ist mein Weg, dich aus dem Kopf zu kriegen. Indem ich dich zeichne.« Er ließ das zerrissene Papier fallen.

Frankie trat einen Schritt zurück und sah zu, wie es zu Boden segelte.

»Das hättest du nicht tun sollen«, schmollte sie und betrachtete die zerrissene Zeichnung zu ihren Füßen.

»Frankie, du musst jetzt gehen, du kannst nicht hierbleiben.« Seine Stirnfalte war noch tiefer geworden, er sah erschöpft aus, regelrecht verzweifelt. Sie wollte wirklich schon gehen, da bemerkte sie, dass er sie erneut von Kopf bis Fuß betrachtete. Seine Augen verschatteten sich … wollte er sie etwa so sehr wie sie ihn? Frankie trat wieder näher und legte ihm die Hand auf den Arm.

»Eigentlich willst du doch gar nicht, dass ich gehe, oder?«, schnurrte sie.

»Frankie, hör auf!«, fuhr er sie an und riss den Arm weg.

Sie schob sich lächelnd das Haar aus dem Gesicht, ganz überwältigt von ihrem neu gefundenen Selbstvertrauen, das dem Alkohol zuzuschreiben war. Sie trat noch näher auf Sunny zu, streckte wieder die Hand nach ihm aus und flüsterte ihm verführerisch ins Ohr: »Komm, es muss ja nichts bedeuten. Nur dieses eine Mal.« Sanft küsste sie seinen Bizeps.

»Frankie«, brachte er heraus, ihm versagte fast die Stimme.

Sie nahm sein Zögern als Zeichen, beugte sich langsam vor und küsste seine nackte Brust. »Komm schon! Vermisst du das denn nicht?« Und sie küsste ihn wieder.

»Frankie«, stöhnte er jetzt.

»Pssst …« Sie seufzte und küsste ihn weiter. »Vermisst du das hier?« Sie biss ihn ganz leicht in den Hals und hörte, wie er tief Luft holte. Ein kurzes Zittern überlief seinen ganzen Körper, dann entspannte er sich.

»Was soll's«, sagte er mit rauer Stimme und warf Frankie mit Schwung aufs Bett und fiel beinahe auf sie drauf, ehe sie auch nur Luft holen konnte.

»Ich hab dich so vermisst«, seufzte sie diesmal in seine

Haut hinein und genoss es, sein Gewicht auf ihr zu spüren. Seine Antwort bestand in einem Kuss voller leidenschaftlicher, wütender Begierde, als wäre er zugleich zornig und hungrig vor Verlangen. Sie küsste ihn mit der gleichen Begierde und Raserei, und sie verstrickten sich in schmerzhafte Lust.

Aua, mein Kopf.

Frankie öffnete mühsam die Augen und begriff entsetzt, dass sie nackt in Sunnys Bett lag. Licht schimmerte durch die Vorhänge, ihr Kopf pochte. Blitzartig fiel ihr alles wieder ein: ihr betrunkener Besuch, die Zeichnung, der Kuss. Sie stöhnte und zog sich die Decke über den Kopf. Sunnys unverkennbarer Geruch umgab sie. Wie sehr sie es vermisst hatte, in diesem Bett zu liegen! Sie rollte sich träge auf die andere Seite und wollte den Arm um Sunny legen, aber sie griff ins Nichts. Da war nur die leere Matratze.

»Sunny?«, rief sie zögerlich.

Keine Antwort.

Sie taumelte aus dem Bett und zog eines seiner T-Shirts über. *Das ist alles viel zu vertraut. So vertraut, dass es mir das Herz bricht.* Sie tappte auf den kühlen Fliesen Richtung Badezimmer und machte vorsichtig die Tür auf. Kein Sunny. Dann suchte sie ihn in der Küche und im Wohnzimmer, aber er war nirgends zu finden.

»Sunny?«, rief sie wieder. Sie hatte üble Kopfschmerzen und konnte das grelle Tageslicht kaum ertragen. An der Wohnungstür lag ihr Handy. Sie schaltete es an. Eine SMS von Sunny, eine Stunde zuvor gesendet, wartete auf sie.

Sunny: Verdammt, Frankie, das kannst du nicht machen! Du kannst nicht einfach mitten in der Nacht zu mir kommen, als wäre nichts gewesen. Es ist vorbei mit uns, Frankie! Es ist ein für alle Mal vorbei. Und das hat sich durch letzte Nacht nicht geändert. Ich hätte das nicht tun dürfen. Bitte ruf mich nicht mehr an. Ich bin los, zieh die Tür einfach hinter dir zu.

Frankie atmete tief durch. Hinter ihren Lidern brannten die Tränen. Sie umklammerte das Telefon ganz fest, dann warf sie es mit einem markerschütternden Schrei quer durch die Wohnung.

43

Frankie lief auf Autopilot. Über ihr hing der Himmel voller finsterer Wolken. *Wie passend.* Wenige Stunden zuvor hatte sie Sunnys Wohnung verlassen, sie schämte sich und fühlte sich innerlich ganz leer. Sie holte ihre Fahrkarte aus der Tasche, stieg in die wartende Bahn, schlurfte zu einem leeren Sitzplatz und ließ sich daraufplumpsen. Ihre Umgebung nahm sie kaum wahr. Sie spürte eine dunkle, unheilvolle Wolke um sich herum und konnte das lastende Gefühl des Verlusts einfach nicht abschütteln. Sie war so in ihre Gedanken vertieft, dass sie nicht mal die zerlesene Ausgabe von *Mein Leben ohne Gestern* auf dem Sitz neben ihr bemerkte. Wenn sie sie gesehen hätte, hätte sie das Buch vielleicht in die Hand genommen, darin geblättert und auf der siebten Seite von hinten den Eintrag in ihrer eigenen Schrift wiedererkannt. Vor ein paar Wochen hätte dieser glückliche Zufall ihr noch enorme Glücksgefühle beschert, aber jetzt erinnerte sie jede Fahrt mit den öffentlichen Verkehrsmitteln nur noch an die zahlreichen Fehlentscheidungen, die sie in letzter Zeit getroffen hatte.

Frankie war unterwegs, um Cat und Baby Jin-Soo zu besuchen. Sie sollten am folgenden Tag aus dem Krankenhaus entlassen werden, und Cat hatte darauf bestanden, dass Frankie eine Pause in ihrer Tätigkeit als stellvertretende Leiterin der Buchhandlung machte und mit ihr zusammen den Termin mit der Hebamme wahrnahm, bei dem sie lernen sollten, wie man einen Säugling badet. »Als Patin musst du dich mit den Grundlagen der Kinderpflege auskennen«, hatte Cat am Telefon gesagt. »Lektion Nummer eins: Du musst erkennen, wann die Mutter ein bisschen Zeit für sich braucht.« Cat war in den letzten paar Tagen noch unberechenbarer gewesen als ohnehin schon. Im einen Moment war alles eitel Sonnenschein, und im nächsten brach sie in Tränen aus. Claud hatte Frankie fast ununterbrochen Nachrichten geschickt und gefragt, was er tun sollte, um seine aufgewühlte Frau zu beruhigen. Normalerweise war er vernarrt in die exzentrischen Stimmungswechsel und die immer neuen fixen Ideen Cats. Aber jetzt, wo ein weiterer Mensch dazugekommen war, dazu noch einer, für den er verantwortlich war, war Claud verzweifelt bemüht, seine neue Familie in einem sicheren Kokon – idealerweise selbstgestrickt – vor allen Widrigkeiten des Daseins abzuschirmen. Aber die Vaterschaft hatte ihn, wie es schien, nicht nur ein wenig unsicher gemacht, was irgendwo sehr liebenswert war. Er war vollkommen ratlos und stellte selbst seine grundlegende Intuition infrage. Frankie hatte versucht, ihn zu trösten, und ihm versichert, dass er das alles ganz wunderbar mache und Cats Zustände nur von der hormonellen Achterbahnfahrt nach der Geburt kämen. Sie riet ihm, sich nützlich zu machen und die ständige Verfügbarkeit von Kaffee und Weichkäse sicherzustellen und Cat auch während aller schwierigen und schmerzhaften nachgeburtlichen

Darmprobleme zu unterstützen. Frankie hoffte, dass Cat ihrerseits zur Ruhe kommen würde, wenn sie erst wieder zu Hause war, aber sie fürchtete, dass es um viel mehr ging als nur um hormonelles Ungleichgewicht.

Die Bahn bremste unsanft. Frankie wurde nach vorn geschleudert und stieß sich den Kopf. *Wenn das nicht Karma ist, weiß ich's auch nicht.* Sie rieb sich den Kopf, nahm ihre Handtasche und stieg mit einem halbherzig-bösen Blick in Richtung Fahrer aus. Auf dem Weg zum Krankenhaus arbeitete sie sich wie besessen durch die Kommunikationstools auf ihrem Telefon: Mailbox, Facebook, Kurznachrichten, WhatsApp, Snapchat, alles in der Hoffnung, Sunny hätte sich vielleicht gemeldet. Eine nach der anderen machte sie die leeren Apps wieder zu. Es fühlte sich an, als schlüge sie den Nagel in einen Sargdeckel.

Frankie ging durch den langen Flur der Entbindungsstation bis zu Cats Zimmer. Die Tür war nur angelehnt, und sie hörte gedämpftes Babyweinen. Diese neuartigen Geräusche berührten sie tief, und sie musste lächeln. Sie hörte, dass Cat im Zimmer herumging, und über das Jammern des Kindes hinweg bekam sie Teile der Unterhaltung mit, die ihre Freundin am Telefon führte.

»Ich weiß nicht, wie ich es ihm sagen soll«, zischte sie.

Eine Pause.

»Ich weiß, was du meinst, aber es ist schließlich auch meine Entscheidung, oder?«

Wieder eine Pause. Schweres Atmen. Das Baby weinte weiter.

Frankie schob vorsichtig die Tür auf und schlich sich

ins Zimmer. Sie küsste Cat auf die Wange, nahm ihr den kleinen Jin aus dem Arm und sog seinen köstlichen Babyduft ein.

»Ich muss Schluss machen, ich ruf dich später wieder an.« Cat beendete das Gespräch und ließ sich vorsichtig auf dem Sessel neben dem Fenster nieder. Überall lag Kram herum: Blumengrüße, Windeln, Babykleidung, Fläschchen und Schnuller – Utensilien für ihr neues Leben.

Frankie bedeckte Jin-Soo mit Küsschen und schaffte es, dass seine gurgelnden Schreie aufhörten. Dann konnte sie sein verkniffenes Gesichtchen genau betrachten und ihm über die seidenweichen Wangen streicheln.

»Er ist einfach zum Anbeißen«, flötete sie.

»Also wo *ich* am liebsten reinbeißen würde …« Cat brauchte ihren Satz nicht zu beenden, da beförderte Frankie ihre Handtasche schon mit einem kleinen Tritt zu Cat hinüber. Die klatschte begeistert in die Hände, und wühlte sich durch die Tasche. Sie zog eine kleine Papiertüte mit frischem Lachs-Sushi hervor und hielt sie so triumphierend hoch, als hätte sie gerade die Australian Open gewonnen. »Dich schickt der Himmel! Ich hab dich noch nie so geliebt wie heute!«, rief sie aus und machte sich gleich über das erste Lachs-Maki her. Zwischen den einzelnen Bissen holte sie gedankenverloren ihre linke Brust hervor und fing an, geistesabwesend daran herumzudrücken. Frankie schaute sie entsetzt an.

»Was machst du denn da?«

»Nur die ganz normale Massage für die Vormilch. Ich muss meine Titten ans Arbeiten kriegen«, antwortete Cat und massierte jetzt die andere Brust.

»Tut das weh?«

»Eine Kreuzfahrt in der Karibik ist es nicht gerade, aber es geht schon.« Cat machte sich an das nächste Sushi-Röllchen.

»Und es macht dir nichts aus, sie so vor aller Welt rauszuholen?« Frankie fuhr mit dem Finger über Jin-Soos seidiges Babyhaar. Etwas so Weiches hatte sie noch nie berührt.

»Erstens bist du wohl kaum *alle Welt.*« Sie kaute. »Und zweitens gehören nackte Körperteile nun mal zu einer Geburt und zu Babys dazu. Ich bin im Moment andauernd nackt.«

»Dann hat sich also gar nicht so viel geändert, was?«

Cat grinste.

Jin-Soo bewegte sich in Frankies Armen, und in ihr erwachte eine tiefe Sehnsucht. Sie beugte sich vor und küsste ihn auf die warme Stirn. Ohne den Blick von ihm abzuwenden, fragte sie ganz beiläufig: »Mit wem hast du denn eben gesprochen?«

Cat schluckte langsam den letzten Bissen herunter. »Mit Jin-Soo.«

»Das ist ja verrückt. Er kann also schon ein iPhone bedienen?«

»Na ja, er ist ganz schön weit für sein Alter«, erwiderte Cat und lehnte sich langsam im Sessel zurück.

Frankie lachte. »Was läuft denn da nun zwischen euch beiden?«

»Frank, ich weiß nicht, was ich machen soll«, schluchzte Cat und krümmte sich auf ihrem Sitz zusammen.

Frankie schaute auf. Sie hatte ihre Freundin noch nie so voller Angst erlebt.

»Diese Lüge kann ich nicht ewig aufrechterhalten«, sagte Cat und sog die Luft durch die Zähne ein.

Frankie schaute wieder auf das winzige Baby in ihren Armen. Wie konnte etwas so Unschuldiges und Süßes sich schon jetzt in einer derart komplizierten Situation befinden? »Es ist echt ein Wunder, dass Claud noch nichts gecheckt hat. Wenn bei den Höhlenmenschen das Kind nicht aussah wie sein Vater, hat er es einfach umgebracht. Deswegen sieht ein Neugeborenes seinem Vater immer so ähnlich«, sagte Frankie. »Aber im Moment betrachtet Claud vermutlich alles durch eine rosarote Brille, er ist noch immer ungeheuer ergriffen. Wir müssen unbedingt einen Schlachtplan entwerfen.«

»Ich spreche nicht von Claud.« Cat nahm ihre steife Haltung im Sessel wieder ein und wandte den Blick ab.

»Wovon denn dann?« Frankie erhob sich von der Bettkante und beruhigte das Baby mit rhythmischen, wippenden Bewegungen.

»Ich spreche von dir, Frankie«, sagte Cat leise. »Ich bin dir gegenüber nicht ganz ehrlich gewesen.«

»Du hast bei der Geburt geschissen, oder? Ich hab's doch gewusst! Mich kannst du nicht verscheißern. Da hast du verkackt«, gluckste Frankie. Sie sah Jin-Soo an, der die Augen aufmachte, und versuchte, ihrem kleinen Freund, der plötzlich ganz ernst aussah, ein Lächeln zu entlocken.

»Ich mein's ernst, Frankie. Ich bin dir gegenüber nicht ganz ehrlich gewesen, was Jin-Soo und mich angeht.«

Frankie schaute zu Cat hinüber. Sie stand auf, schob die Windeln auf der Fensterbank hin und her und richtete ihr Oberteil. Als sie endlich mit allem fertig war, kam sie herüber zu Frankie und nahm ihr das Baby liebevoll aus dem Arm.

»Er ist mein Schutzschild.« Sie nickte zu Jin-Soo hinunter. »Jetzt darfst du nicht wütend auf mich werden.«

Frankie ließ die Arme sinken und fühlte sich auf einmal noch leerer als zuvor. »Was ist denn los, Cat?«

»Das mit Jin-Soo und mir war keine einmalige Sache«, sagte sie fast unhörbar und drehte sich weg.

»Naja, ganz dumm bin ich ja nicht. Offenbar hattest du ja schon etwas mit ihm, bevor du schwanger warst. Aber das waren nur Ausrutscher, oder? Wie oft ist es passiert? Zweimal? Dreimal?«

Frankie packte Cat sanft an den Schultern und drehte sie zu sich herum, damit sie ihr in die Augen schauen konnte. »Cat?«

Frankie schaute ihre Freundin an, die auf einmal stumm zu sein schien, und hob fragend die Augenbrauen. »Wie oft ist es passiert? Fünf Mal?«

Cat schaute hierhin und dorthin und bemühte sich verzweifelt, Frankie nicht ins Gesicht zu sehen.

»Ach du Scheiße, Cat, wie oft habt ihr beide es denn getan?«

»Das kann ich dir nicht genau sagen.« Cat schaukelte das Baby und bereute offensichtlich schon, dass sie überhaupt mit dem Thema angefangen hatte.

»Dann holst du jetzt besser mal deinen Taschenrechner raus und sagst mir was dazu.« Frankie war kurz davor, die Geduld zu verlieren.

»Ich kann's dir nicht sagen, weil es viel zu oft war, als dass ich es hätte zählen können!« Cats Stimme war jetzt ein bisschen lauter geworden. »Wir hatten über Monate hinweg immer wieder was miteinander.«

Frankie ließ sich auf die Bettkante plumpsen. Sie konnte nicht glauben, was sie da hörte. *Monatelang?* Ihre Freundin war ihrem Mann monatelang untreu gewesen? Und sie hatte ihr nichts davon erzählt? Frankie und Cat erzählten sich absolut alles. Frankie war die Erste gewesen, die es erfahren hatte, nachdem Cat zum ersten Mal mit einem Mann geschlafen hatte. Cat hatte ihr nur wenige Augenblicke später eine Nachricht geschickt: »Es ist vollbracht. Warum sagt einem eigentlich keiner, was das Ganze für eine klebrige Angelegenheit ist?« Und es war Frankie gewesen, die als Erste zur Stelle gewesen war, als Cats Mutter sie vor die Tür gesetzt und Cat behauptet hatte, es gehe ihr »wirklich gut«. Frankie und Cat hatten nun mal keinerlei Geheimnisse voreinander. *Bin ich zu sehr mit meinem eigenen Liebesleben und dem Niedergang meiner Schriftstellerkarriere beschäftigt gewesen und habe deswegen nicht gemerkt, dass meine beste Freundin mich dringend gebraucht hätte? Oh Mann, ich bin eine ganz beschissene Freundin.*

»Cat, ich weiß echt nicht, was ich sagen soll.«

»Ich hab's verkackt, Frankie. Und zwar so richtig.« Cat machte einen schwachen Versuch, Jin-Soo bei den unflätigen Worten die Ohren zuzuhalten. »Und Jin-Soo ruft die ganze Zeit an und sagt, er will am Leben seines Sohnes teilnehmen und er liebt mich und will mit mir zusammen sein. Aber er hat keine Ahnung, was für mich auf dem Spiel steht! Oder was es bedeutet, wenn man ein Kind hat, das einfach immer da sein wird. Und *immer* ist wirklich ein verdammt langer Zeitraum, Frankie.« Jetzt liefen Cat die Tränen übers Gesicht, und ein paar tropften auf Jin-Soos runde Babywangen. Frankie stand auf und nahm ihre heulende Freundin fest in den Arm.

»Ich weiß nicht, was ich machen soll, Frankie. Ich war doch eigentlich immer nur mit Claud zusammen. Er ist vielleicht nicht perfekt, aber er ist nun mal mein Claud: der schöne Mann, in den ich mich verliebt habe, als ich noch ganz jung war. Dann hab ich ihn geheiratet und gelobt, ihm den Rest meines Lebens treu zu sein.« Cat lehnte den Kopf an Frankies Schulter, und sie spürte, wie Cat schluchzte. »Schau mich doch nur mal an, ich bin ein viel größeres Baby als dieses kleine Kerlchen hier!«

»Cat, es ist doch vollkommen verständlich, dass du jetzt so empfindest«, sagte Frankie so mitfühlend, wie sie nur konnte. »Du hast gerade ein Kind bekommen. Ich meine, du hast verdammt noch mal ein echtes lebendiges Wesen aus deiner Vagina rausgedrückt! Und jetzt stehst du vor diesem schrecklichen Dilemma.«

»Ja, vor dem schrecklichen Dilemma, das ich mir selbst eingebrockt hab.«

»Und schau nur, was daraus geworden ist.« Sie schauten beide wehmütig auf Jin-Soo. »Es hätte schlimmer kommen können.«

Da saßen sie nun aneinandergelehnt und starrten auf das zuckersüße Ergebnis von Leidenschaft, Verlangen und Verwirrung. Jin-Soo schlief friedlich und hatte keine Ahnung von den Wirrnissen, die sich um ihn herum abspielten.

»Schau ihn dir an«, sagte Cat schließlich. »Er ist so wunderschön. Wie konnte ich nur so grausam sein, ihn in eine Welt zu setzen, die randvoll mit meinen eigenen Problemen ist?«

Frankie streichelte gleichzeitig Cats Rücken und Jin-Soos Fußsohlen.

»Ich bin jetzt schon die schlechteste Mutter der Welt«, heulte Cat.

»Das stimmt doch überhaupt nicht. Schau ihn dir mal an! Er ist umgeben von Wärme und Glück und Liebe. Er wird so was von geliebt! Und er hat nicht nur einen, sondern gleich zwei Väter, die ihn anbeten und an seinem Leben teilhaben wollen.«

»Zusätzliche Väter bedeuten aber im Allgemeinen nicht, dass die Kinder auch besonders gut geraten. Was hab ich da nur angerichtet!«

»Du wirst das hinkriegen. Du musst nur endlich Farbe bekennen.«

»Das kann ich nicht. Claud wäre am Boden zerstört. Das wird er mir nie verzeihen!«

»Ich spreche nicht von Claud, ich spreche von dir. Es ist Zeit, dass du ehrlich mit dir selbst bist. Du musst dich entscheiden, was du willst und wen du willst. Triff eine Entscheidung und dann steh dazu. Zieh dein Kind mit Liebe und Aufmerksamkeit und in stabilen Verhältnissen groß, dann habt ihr alle was davon.«

Cat lächelte zum ersten Mal. »Seit wann bist du denn so weise, Rose?«

Frankie lächelte sie an. »Es wird alles gut gehen, Catty, für dich und den kleinen Jin-Soo.«

Während Frankies Besuch im Krankenhaus hatte es aufgeklart, und der Himmel leuchtete jetzt in hellem Blau.

Die Luft war immer noch ziemlich kühl, aber als Frankie sich auf den Heimweg machte, spürte sie die wohltuenden Strahlen der Sonne. Als sie aufgebrochen war, hatte Cat ihre Fassung wiedergewonnen, saß glücklich im Bett und stillte ihr Kind. Frankie hatte keine Ahnung, für wen Cat sich entscheiden und welchen Lebensweg sie einschlagen würde. Aber sie vertraute darauf, dass ihre Freundin die richtige Entscheidung treffen würde, nicht nur für sich selbst, sondern auch für ihr Kind. Aus reiner Gewohnheit zog sie ihr Handy aus der Gesäßtasche, warf einen Blick auf das Display und suchte nach einem Zeichen, dass Sunny sich bei ihr gemeldet hatte.

Weil sie vollkommen auf ihr Handy konzentriert war, bemerkte sie den Mann nicht, der aus der Tür eines Cafés trat. Im Vorüberlaufen stolperte sie über seinen Fuß und stürzte der Länge nach auf den Bürgersteig.

»Mensch, können Sie denn nicht aufpassen?«, schimpfte sie.

»Haben Sie sich wehgetan? Es tut mir schrecklich leid.« Der Mann trat jetzt voll in ihr Blickfeld, sein Gesicht von der hinter ihm stehenden Sonne verschattet. Er hielt zwei Kaffeebecher zum Mitnehmen übereinandergestellt in der einen Hand und streckte ihr die andere Hand hin. Halb zog, halb hob er Frankie wieder auf die Füße.

Sie klopfte sich die Kleidung ab und grummelte leise vor sich hin.

»Sind Sie auch sicher, dass Ihnen nichts passiert ist? Haben Sie sich verletzt, brauchen Sie ein bisschen Eis zum Kühlen? Bluten Sie irgendwo?«

»Nein, danke, es geht schon.« Frankie inspizierte kurz

ihre Hände, dann beschattete sie ihre Augen. »Oh mein Gott! Jin-Soo?«

»Entschuldigung, aber kennen wir uns?«, antwortete er überrascht.

»Ich bin Frankie. Die Frankie von Cat. Ich war mit in deinem K-Pop-Kurs. Gerade eben hab ich deinen S …, äh, Cat im Krankenhaus besucht.«

Jin-Soo nahm die Kaffeebecher nervös in die andere Hand.

»Ist schon okay, ich weiß Bescheid«, beruhigte ihn Frankie.

Jin-Soo schaute sie plötzlich sehr eindringlich an. »Ich liebe sie wirklich, weißt du. Es war für mich so viel mehr als nur eine Affäre«, seufzte er. »Ohne sie kann ich nicht leben. Und auch nicht ohne ihn. Ist er nicht wunderschön?«

Frankie blinzelte zweimal, sie wusste nicht, was sie dazu sagen sollte, ohne irgendjemandem in den Rücken zu fallen. Dann wandte sie den Blick ab. »Ja. Wunderschön.« Und damit ging sie an Jin-Soo vorbei und weiter die Straße entlang.

Während Frankie wartete, dass die Fußgängerampel auf Grün sprang, rumpelte eine Tram die Straße hinunter und kündigte ihre Ankunft mit lautem Klingeln an. An der Haltestelle saß ein Mann und las *Hitze* von Jane Harper. Er war so vertieft, dass er gar nicht merkte, wie die Bahn neben ihm einfuhr. Frankie wollte auch in diese andere Welt entkommen, sie wollte nach Hause, lesen, den Verlockungen der Buchseiten erliegen und sich mit Leid und Freud, Verlust und Erlösung anderer beschäftigen. *Erlösung.* Das Wort hallte in ihrem Kopf wider. Sie brauchte Erlösung, sie brauchte Absolution. Aber wie sollte sie die erlangen? Als die Tram noch einmal klingelte, diesmal laut und ungeduldig, sprang der Mann auf. Er klemmte das Buch unter den Arm und stieg rasch ein. Von ihrem Platz an der Ampel aus konnte Frankie sehen, wie er sich einen Sitzplatz suchte und sich wieder hinter den Seiten seines Buches verkroch.

Sie lächelte leicht vor sich hin und überlegte, dass sie noch vor ein paar Monaten wahrscheinlich versucht hätte, ihm nachzujagen und ihn zu erwischen. Sie hätte versucht, diesen reisenden Bücherwurm anzustacheln, eines ihrer Bücher zu finden. *Liest er qualitativ hochwertige australische Literatur? Wie wär's mit uns beiden?* Sie schalt sich leise dafür, dass sie so verblendet gewesen war, so oberflächlich, so unreif. Jetzt war sie vollkommen in Anspruch genommen von den Gedanken an einen einzigen Bücherwurm (der nur Jugendbücher las). Wenn er doch nur eines ihrer Bücher fände und gar nicht anders könnte, als sich bei ihr zu melden. Er würde sie anrufen, eine Nachricht schreiben oder eine E-Mail. Selbst wenn er sie nur beschuldigen würde, sie hätte ihm das Herz gebrochen. Sie gierte nach dem Kontakt mit ihm wie Amy March, die jüngste Schwester aus *Betty und ihre Schwestern,* nach kandierten Zitronen gierte.

Wie konnte sie Sunny dazu bringen, dass er ihr zuhörte, ihr Absolution erteilte, ihren Fehler vergaß? Die Tram fuhr so rasch an ihr vorbei, dass ihr die Haare flogen.

44

Bei George (Orwell), jetzt hab ich's!

Jetzt wo ich weiß, was ich tun werde, um meinen Typen zurückzugewinnen (*Knickknack*), kann ich kaum glauben, dass mir das nicht schon viel früher eingefallen ist!

Endlich hatte ich begriffen, dass es nichts brachte, jede Stunde von Neuem anzurufen und eine Nachricht nach der anderen zu hinterlassen. Genauso wenig brachte es, die Wohnung von Edward Cullen zu observieren. Ich wusste also: Ich muss mir was einfallen lassen – und zwar schnell. Bei Trennungen gibt es verschiedene Phasen: Nach den verletzten Gefühlen kommen erst Niedergeschlagenheit und Verzweiflung, dann der Hass und schließlich der schreckliche plötzliche Entschluss, ab jetzt wieder nach vorne zu schauen. Und diese Phase heißt Tinder.

Also zermarterte ich mir das Hirn. Ich begriff, dass mir folgende Punkte nützlich sein konnten:

1. Edward Cullen hat etwas übrig für große romantische Gesten. Er hat mir mal gesagt, kein Problem wäre zu groß und keine Situation zu ernst, als dass ein guter altmodischer, mitreißender Liebesbeweis die Sache nicht wieder in Ordnung bringen könnte.

2. Ich habe Zugang zu Büchern – zu massenhaft Büchern. Und zum Glück kenne ich mich mit Büchern aus und weiß, bei welcher Gelegenheit man ein gutes Buch braucht (das ist ja schließlich mein Job).
3. Wenn ich bei diesem missglückten Experiment eines gelernt hab, dann, dass nichts Menschen so zusammenbringt wie ein gutes Taschenbuch.

Hier setzte ich also an: Bücher und Romantik. Das war nicht viel, aber immerhin ein Ausgangspunkt.

Zuerst überlegte ich mir, das beste dystopische Jugendbuch zu schreiben, das er je in seinen schönen, kräftigen Händen gehalten hat. Dann kann er gar nicht anders, er muss mich unbedingt zurückhaben wollen! Ich schnappte meinen Laptop, öffnete ein neues Dokument und kam genau bis hierher: ICH SUCHE EINEN BRILLANTEN EINSTIEG FÜR EIN JUGENDBUCH. HILFE!

Nachdem ich mich wieder einigermaßen von der zweieinhalbstündigen Quälerei erholt hatte, nahm ich lieber die nächste großartige Idee in Angriff. Ich schnappte mir einen Stapel der größten Liebesromane aller Zeiten, Schere und Papier und fabrizierte aus zufällig ausgewählten Worten eigene Liebeszitate. »Mein Name soll auf deinem Herzen geschrieben stehen.« *Seufz*

Aber als ich mein Werk betrachtete, fiel mir auf, dass es eher aussah wie eine miese Lösegeldforderung. Also nahm ich auch von dieser Idee schnell wieder Abstand.

Leicht verzweifelt setzte ich mich an den Computer und googelte in dieser Reihenfolge: »Die zehn besten romantischen Gesten«, »Wie gewinne ich meinen Ex zurück«, »Was tun, wenn man alles versaut hat« und »Wie kriege ich meine Beziehung (und meine Bücher) wieder hin«. Aber das brachte auch nichts.

Und dann wurde mir plötzlich eines klar: Alles hatte in einem Zug begonnen – mit dem ersten elektrisierenden Kuss. Vielleicht war da eine letzte gemeinsame Zugfahrt (oder auch mehrere letzte Zugfahrten) angesagt? Jetzt sah ich die Bücher, die vor mir lagen, auf einmal mit ganz anderen Augen. Ich hatte die ganze Sache von einem falschen Standpunkt aus begonnen und hatte bei meiner Zitatschnippelei die Sache nur von meiner Warte gesehen (#typisch, #ichwerdschonwiemeinemutter). Ich hatte Werke der Literatur ausgesucht, die mich bewegt hatten – aber was sein Herz höherschlagen ließ, hatte ich nicht in Betracht gezogen. Also ging ich zurück zum Zeichenbrett (äh, in die Buchhandlung), machte mich auf die Suche nach seinen Lieblingsbüchern und schleppte alles ran, was ich fand.

Die Tribute von Panem
Die Bestimmung
Das also ist mein Leben
Chaos Walking

Ich schauderte, so dermaßen peinlich war es mir, diese Bücher überhaupt in der Hand zu halten.

Als Nächstes schaute ich mir online die Fahrpläne an und notierte mir jede Linie, von der ich wusste, dass Edward Cullen sie nahm, und jede Tageszeit, zu der er möglicherweise unterwegs sein würde. Heraus kam ein netter kleiner Plan, Unmengen von Büchern im öffentlichen Personennahverkehr von Melbourne zu verteilen. Und in den kommenden Tagen legte ich so viele Jugendbücher aus, wie ich nur konnte, in so vielen Waggons wie möglich, immer in der Hoffnung, dass er ein solches Buch entdecken würde, in das ich die folgenden Worte gekritzelt hatte:

Es tut mir leid. Ich liebe dich. Bitte ruf mich an – Frankie xo

Schließlich: »Jedes Herz erträgt eben nur ein gewisses Maß von Sehnsucht.«

Bis zum nächsten Mal, meine Lieben.
Scarlett O' xx

Kommentar hinterlassen (1232)

Love Affair with Books > Was für super Bücher! Verdammt, es gibt doch noch ein paar erstklassige Autoren auf der Welt. Ich drück die Daumen, dass er dein Buch findet!

No offence but … > Ich glaube kaum, dass ein oder zwei Bücher deinen Fehler wieder gutmachen können.

Stephen Prince > @Nooffencebut … Na bitte!

No offence but … > @StephenPrince Du bist echt besessen von mir.

Maddy Pretty Picky > Ich liebe deinen Blog, Scarlett. Ich bete für dich xx

45

Die Bücherdiebin von Markus Zusak
In der 11er Tram zur Brunswick Street

Die erste Liebe (nach 19 vergeblichen Versuchen)
von John Green
Im Zug der Glen Waverley Line Richtung Innenstadt

Stargirl von Jerry Spinelli
Im Zug der Frankston Line zum Bahnhof Flinders Street

Wunder von Raquel J. Palacio
Im Zug der Alamein Line Richtung Alamein

Sieben Minuten nach Mitternacht von Patrick Ness
In der 11er Tram zur Brunswick Street

Frankie schaute unauffällig nach rechts und links, und weil die Luft rein war, legte sie unauffällig ihre nagelneue Ausgabe von *Eine wie Alaska* von John Green auf den Sitz neben sich. Sie ließ noch einmal ihren Finger über die Stelle mit dem Eselsohr gleiten. Auf dieser Seite stand geschrieben: »Es tut mir leid. Ich liebe dich. Bitte ruf mich an – Frankie xo«. Sie seufzte. Jetzt konnte sie nur noch sämtliche Daumen und Zehen drücken. *Bitte, bitte, finde dieses Buch, Sunny,* sagte sie sich innerlich. Seit sie sich diesen Plan ausgedacht hatte, um Sunny zurückzugewinnen, machte Frankie nichts anderes mehr, als Jugendbücher in Zügen, Trams und Bussen auszulegen. *Eleanor & Park* von Rainbow Rowell, *Die Auserwählten – Im Labyrinth* von James Dashner, *Solange wir lügen* von E. Lockhart und sogar *Are You There, God? It's Me, Margaret* von Judy Blume befanden sich inzwischen auf Reisen irgendwo im öffentlichen Personennahverkehr. Weil Cat und Claud in Elternzeit waren, hatten Frankie und Seb in der »Kleinen Buchhandlung in der Brunswick Street« völlig freie Hand (und organisierten gerade eine Lesung mit Maxine Beneba Clarke, von der Claud gesagt hatte, sie sei viel zu teuer). Und so »borgte« sich Frankie die Jugendbücher stapelweise. Normalerweise wäre es ihr total peinlich gewesen, solche Bücher in großen Mengen durch die Gegend zu schleppen, aber jetzt war es Frankie völlig gleichgültig. Wichtig war ihr nur eines: Sunny zurückzugewinnen.

Sie reckte sich auf ihrem Sitz, betrachtete ihre Mitreisenden in der Tram und fragte sich, wohin sie wohl alle unterwegs waren. Es war Freitagabend, Fahrt ins Wochenende. Ein dicklicher Mann trug große schwarze Kopfhörer und bewegte sich zum Beat, während er sich am Handlauf festhielt. *Wahrscheinlich unterwegs zu einem Poetry Slam in einer Bar in Footscray.* Zwei Schülerinnen, die Beine genau gleich übereinandergeschlagen, saßen in der Reihe vor ihr, kauten Kaugummi und zwirbelten ihre Zöpfe. *Unterwegs zu einer Freundin, wo sie zu dritt die neueste Folge von* Jane the Virgin *gucken wollten.* Frankie überlegte, ob wohl einer von den anderen auch sie betrachtete. Fragten sich irgendwelche Mitreisenden neugierig, was Frankie wohl heute Abend vorhatte? Würden sie darauf kommen, dass sie unterwegs zur Buchhandlung war, um dort noch mal für ihren siebzehnjährigen zweitbesten Freund aufzuschließen, der versehentlich seine Schultasche hatte liegen lassen? Frankie hoffte, dass sie nicht mitleiderregend aussah.

Sie holte ihr Telefon heraus, blickte aufs Display und stellte den Klingelton erst stumm und wieder laut, nur für den Fall, dass jemand anrief. Für den Fall, dass *er* anrief.

Und genau in dem Moment, als Frankie mit dem Finger über das Display fuhr, kam ein Anruf, sodass sie ihn schon angenommen hatte, ohne zu wissen, wer dran war.

»Hallo?«, hörte sie jemanden am anderen Ende der Leitung.

»Ähm, hallo«, sagte sie zögerlich, und ihr blieb fast das Herz stehen. Aber zu ihrer großen Enttäuschung war es die Stimme einer Frau.

»Frankie! Ich bin's, Marie von Simon & Schuster! Tut mir leid, dass ich so spät noch anrufe, Süße.«

»Kein Problem, ist schon okay. Wie geht's dir denn?« Frankie spielte an einem Loch in ihrer Strumpfhose herum.

»Mir geht's super. Ich hoffe, dir auch. Kommen wir gleich zum Geschäftlichen: Du hast dich gar nicht mehr gemeldet wegen der Idee, ein Buch aus deinem Blog zu machen. Was meinst du, wollen wir uns am Montag mal treffen?«, fragte Marie lebhaft.

Frankie zögerte. »Ähm … ich bin mir noch nicht sicher, ob ich damit weitermachen will.«

»Womit, Liebes?«, fragte Marie.

»Mit dem Buch. Ich glaube eigentlich nicht, dass ich aus dem Blog irgendwas machen möchte. Wegen – ähm – wegen persönlicher Probleme.«

»Unsinn! Was meinst du denn mit persönlichen Problemen? Frankie, du wärst ja verrückt, wenn du eine solche Gelegenheit nicht ergreifst. Ich bin davon überzeugt, dass uns das nur so aus den Händen gerissen wird. Und dann noch die Auslandsrechte! Filmrechte! Die ganze Palette …«

»Doch, schon. Es ist nur so: Da ist dieser Mann …«, begann Frankie.

»Ein *Mann*? Jetzt sag bloß nicht, du denkst ernsthaft dran, wegen einem Mann deine Träume auf Eis zu legen! Darf ich ganz offen mit dir reden, Frankie? So eine Chance bekommt man nur einmal im Leben. Und kein Mann ist es wert, dass du seinetwegen deine Träume opferst, das kannst du mir glauben«, sagte sie mit einer Spur Bitterkeit in der Stimme.

»Ich weiß, es ist nur …«

Marie blieb hartnäckig und bestand auf einem unverbindlichen Treffen. Frankie sollte nur mal das Team kennenlernen und über die ganze Sache reden. Frankie fühlte sich bedrängt und holte tief Luft, und obwohl es ihr ein bisschen widerstrebte, sagte sie schließlich zu.

»Sehr gut. Ich wünsch dir ein wunderbares Wochenende – und wir sehen uns dann am Montag um elf«, trällerte Marie zum Abschied.

Ziemlich erschlagen und ein bisschen verwirrt steckte

Frankie ihr Telefon zurück in den Rucksack, zwischen *Die rote Königin* von Victoria Aveyard und *Wenn ich bleibe* von Gayle Forman, und warf ihn sich locker über die Schulter, als die Tram an der Leicester Street hielt. Sie ging rasch zur Tür und legte beim Hinausgehen *Percy Jackson – Diebe im Olymp* von Rick Riordan auf einen Platz.

»Hallo, Sie haben Ihr Buch vergessen!«, rief der Mann mit den Kopfhörern ihr ein bisschen zu laut nach. Sie drehte sich lächelnd zu ihm um und sagte beim Aussteigen: »Es gehört nicht mir.« An der Haltestelle kauerte sie sich hin, holte *Löcher – Die Geheimnisse von Green Lake* von Louis Sachar aus dem Rucksack und legte das Buch auf einen leeren Sitz. Sie wandte sich zum Gehen, blieb aber plötzlich stehen wie angewurzelt.

Da hing das Bild – von Neonleuchten angestrahlt und sogar noch schöner, als sie es in Erinnerung hatte. Das auffällige Plakat zeigte die grausige Szene aus *Romeo und Julia* und oben drüber die Worte »Liebe geht an die Nieren«. Sunnys Werk, Sunnys Anzeige. Es war erstaunlich, das Bild plötzlich in der Öffentlichkeit zu sehen, obwohl sie mitbekommen hatte, wie er in den vergangenen Monaten daran gearbeitet hatte. Es wirkte, es war auffällig, beeindruckte und fesselte den Betrachter. Frankie spürte, wie ihr Herz schneller schlug.

Frankie holte ihre Schlüssel heraus und spielte damit herum, während sie die belebte Brunswick Street entlang zur Buchhandlung ging. Sie zog sich die Mütze tiefer ins Gesicht, sodass sie die ganze Stirn bedeckte und zog die Steppjacke eng um den Körper, um sich vor der Kälte zu schützen. Eine Frau mit Absätzen, hoch wie Wolkenkratzer, und einem schwarzen Kleid, so kurz, dass es kaum vorhanden schien, stolzierte an ihr vorbei und blies ihr Zigarettenrauch ins Gesicht. Als Frankie zur Buchhandlung kam, fiel ihr besorgt auf, dass die Tür leicht offen stand.

»Hallo?«, rief sie zögernd durch den Türspalt. Keine Antwort. Außer ihr hatten nur noch Cat und Claud Schlüssel zum Laden. *Und ich hab meinen Ersatzschlüssel für den Laden bei Sunny deponiert.* Sie holte tief Luft, schob sich die Schlüssel zwischen die Finger der rechten Hand, so dass sie im Fall der Fälle wirkungsvoller damit zuschlagen könnte, legte die linke auf die kühle Glastür und schob sie vorsichtig auf.

»Hallo? Ist hier jemand? Ich habe eine Waffe!«, rief sie laut – und da roch sie Rauch. *Verdammt! Brandstifter?* Sie holte ihr Telefon heraus und schlich sich weiter in den Laden hinein, jederzeit bereit, die Polizei anzurufen.

Die Buchhandlung lag erleuchtet vor ihr: Hunderte von Teelichtern standen auf dem Boden und auf den Auslagen aufgereiht und flackerten wild. Dazwischen führte eine Spur aus Rosenblättern zum Regal mit den Liebesromanen.

Hat Sunny eins von meinen Büchern gefunden? Ist das seine romantische Antwort? Frankies Herz raste, während sie der Blumenspur folgte. Sie bog in den Gang ein und sah eine dunkle Gestalt, die in einem Meer aus Rosenblättern kniete.

»Sunny!«, rief sie.

Der Mann blickte auf. Frankie brauchte einen Augenblick, bis sie begriff, was sie da vor sich sah.

»Seb? Was machst du denn da?«, stammelte sie.

Seb trug einen Anzug, der aussah, als wäre er ihm zwei Nummern zu groß, und sein normalerweise recht ungepflegtes Haar war streng zurückgekämmt. »Frankston Rose«, sagte er und räusperte sich. Er kniete noch immer auf dem Boden, und das Kerzenlicht flackerte und tanzte wild zwischen ihnen. »Du bist merkwürdig und absonderlich und unheimlich peinlich.« Frankie starrte Seb fassungslos an und versuchte ihm weiter zuzuhören, während sich ihre Gedanken überschlugen. Sie begriff nicht, was da gerade vor sich ging. »Aber das bin ich schließlich auch«, fuhr Seb fort. Er schaute zu Boden, als versuchte er, sich an den Text einer Schüleraufführung zu erinnern, und seine Hände zitterten. »Die letzten beiden Jahre waren die schönsten meines Lebens. Das liegt daran, dass ich immer in diese Buchhandlung gekommen bin, wo du bist. Dass ich dein Gesicht gesehen und deinen Geschichten gelauscht habe, dass ich mir deine unsinnigen Begründungen angehört habe, warum Liebesromane besser sein sollten als Science-Fiction – nun ja, das war immer der Höhepunkt meines Tages. Ich weiß, es gibt viele Dinge, die zwischen uns stehen, aber, Frankie, es gibt auch so vieles, was uns verbindet.« Frankie schaute sich nach Unterstützung um, aber in diesem Augenblick konnten ihr weder Jane Austen noch eine der Brontë-Schwestern zu Hilfe eilen. »Was ich sagen möchte, ist Folgendes: Frankie, ich habe mich in dich verliebt, und zwar Hals über Kopf. Um es mit den Worten von Captain Wentworth zu sagen: ›Ich habe keine geliebt als nur dich allein.‹« Seb stand langsam auf und hielt sich am Bücherregal fest, um Halt zu finden.

Was zum Teufel soll ich jetzt bloß sagen? Warum muss er denn so etwas veranstalten? Oh Sunny, warum bist du das nicht! Eigentlich müsstest du das doch sein! Seb nestelte an seinem viel zu langen Schlips herum und starrte Frankie erwartungsvoll an.

»Seb«, sagte sie schließlich und hoffte, dass sie weder unfreundlich noch erfreut klang. Sie schob sich langsam in Richtung Ladentheke, um Zeit zu gewinnen und ihre Gedanken zu sammeln. Seb folgte ihr langsam.

»Ich liebe dich auch, das weißt du doch«, sagte sie schließlich und holte tief Luft. »Durch dich wird jeder Tag was Besonderes, wirklich wahr. Aber ich bin elf Jahre älter als du. Du bist für mich wie ein Bruder, den ich nie hatte. Und außerdem … du weißt doch, dass ich Sunny liebe.«

»Autsch.« Seb zuckte zurück, als hätte ihn jemand geschlagen.

»Es tut mir leid, Seb.« Frankie sah zu Boden.

»Hey.« Seb machte eine kleine Pause. »Du wolltest eine romantische Geste. Immerhin hab ich's versucht.« Er zuckte die Schultern, aber Frankie hörte, dass seine Stimme zitterte. »Sieht aus, als gäb's in meinem Leben immer nur falsche Freundinnen.«

»Hast du Celeste etwa erfunden?« Frankie starrte Seb an, der zusehends röter wurde.

»Ich dachte, du würdest vielleicht richtig wild vor Eifersucht. Nichts ist so gut wie eine Dreiecksgeschichte, um die Liebe erst richtig in Schwung zu bringen, oder?«, tat Seb ganz lässig. Dann hielt er inne und sagte verlegen: »Ich mach mich dann mal vom Acker, wenn du nichts dagegen hast. Ist es in Ordnung, wenn du dich um das Durcheinander hier kümmerst, Frankston?« Er wies auf die Kerzen und die Blütenblätter.

»Klar, Seb. Für dich tu ich doch alles.«

Seb warf sich seinen Rucksack über die Schulter und ging auf die Tür zu. »Hey«, sagte er dann und drehte sich noch einmal um, »wenn ich neunundzwanzig bin und du vierzig, dann ruf mich an.« Er zwinkerte, und die Glocke an der Tür bimmelte, als er hinausging.

»Aha, deshalb hat er mich also um den Schlüssel gebeten«, lachte Cat. Jin-Soo (das Baby, nicht der Mann) lag, in eine hellblaue Decke gewickelt, an ihrer rechten Brust und sog gierig daran. Cat saß in einem aufgeknöpften Pyjamaoberteil aus geblümtem Fleece, der ganz beiläufig beide Brüste sehen ließ, auf ihrem Bett.

Frankie legte sich neben sie und starrte voller Ehrfurcht das Baby an, das am Busen ihrer besten Freundin hing. »Ach, Cat, es war ganz fürchterlich. Der arme Seb! Ich kapier einfach nicht, wie er überhaupt darauf kommt …«

»… dass du auch nur im Entferntesten an ihm interessiert sein könntest? Es ist siebzehn und voller Illusionen. Du weißt doch noch, wie wir damals waren, oder?« Cat streichelte Jin Soo über die weichen schwarzen Haare.

»Ich hab immer gedacht, er wär schwul.«

»Hab ich auch gedacht. Man kann nie wissen, Frankie. Vielleicht hast du ihn ja zum Umdenken gebracht.« Cat lachte, und Frankie versetzte ihr einen leichten Schlag.

»Und wie geht's dir mit … du weißt schon, mit allem?«, fragte sie zögernd.

»Ach, du meinst, wann ich meinem Mann erzählen

werde, wer in Wirklichkeit der Vater meines Kindes ist? Überraschenderweise fühle ich mich nicht so richtig wohl bei dem Gedanken daran!« Frankie strich Cat über den Arm, um ihre Unterstützung zu demonstrieren. »Aber jetzt erzähl mal von dir. Hast du schon was von Sunny gehört?« Vorsichtig legte Cat Jin Soo an die andere Brust.

»Nee«, seufzte Frankie. »Ich hab mittlerweile sicher schon hundert Bücher verteilt, alle in seiner Gegend, aber keine Reaktion. Er müsste eigentlich längst eins gefunden haben.«

Cat strich Frankie mit der freien Hand über den Rücken. »Gib ihm Zeit, Frank, und nimm den Schmerz an.«

Frankie verdrehte die Augen. »Das klingt wie ein Zitat aus einem Buch von Cormac McCarthy.«

»Ist es nicht, aber ich hab gedacht, es klingt, als wäre ich richtig weise.« Cat grinste.

Die Haustür fiel ins Schloss, und Frankie zuckte zusammen.

»Da kommt Claud«, sagte Cat unruhig.

»Er weiß es also noch nicht?«

»Nein, aber ich hab so das Gefühl, dass er allmählich von selbst draufkommen könnte.«

»Na, wie geht's denn meinem kleinen James?« Claud kam mit geröteten Wangen geradezu ins Zimmer getanzt und strich Jin-Soo über den Kopf. Aus seiner Tasche ragten Stricknadeln.

»Er heißt Jin-Soo.«

»Ich nenne meinen Sohn nicht Jin-Soo«, erwiderte Claud eisig. »Und, Frankie, wie geht's dir so?«, wandte er sich dann an sie, als hätte er gerade erst gemerkt, dass sie auch da war. »Ich hab gehört, es wird vielleicht bald wieder ein Buch von dir erscheinen. Das ist ja super!« Er lächelte irgendwie künstlich.

Frankie zuckte mit den Achseln. »Nun ja, da hab ich noch so meine Zweifel. Aber am Montag treffe ich mich mit meiner Lektorin, also mal sehen.«

»Ehrlich?«, fragte Cat. »Das ist ja vielleicht aufregend, Frank!«

Frankie nickte nervös.

»Na, kleiner James, du hast ganz schön Hunger, was?«, lobte Claud seinen Sohn.

»Wenn du ihn noch ein einziges Mal James nennst, ich schwöre, dann werd ich …«, brauste Cat auf.

Frankie griff verlegen nach ihrer Handtasche, die durch die Bücher ganz schön schwer war.

»Ich mach mich dann mal auf den Heimweg«, sagte sie und wich in Richtung Tür zurück. Cat und Claud waren schon mitten in einem heftigen Streit und brüllten sich an. Es ging um alles Mögliche, vom Thema Beschneidung bis zu den Vor- und Nachteilen öffentlicher und privater Schulen. Sie merkten gar nicht, dass Frankie sich davonschlich.

Frankie stand auf dem Bahnsteig von Brunswick, mitten auf der aufgemalten Schrift »Vorsicht an der Bahnsteigkante«. Sie las *Ich gebe dir die Sonne* von Jandy Nelson und ertappte sich dabei, wie sie über eine wunderschöne Passage nachdachte, in der es darum ging, wie man aus dem Leben anderer Menschen hinausgleitet und nicht in der Lage ist, einen Weg zurück zu finden. Es war eines der

Jugendbücher, die sie eingepackt hatte, um sie für Sunny in den Zug zu legen, aber weil sie ihr eigenes Buch (*Tin Man* von Sarah Winman) zu Hause vergessen hatte, hatte sie notgedrungen in diesem anderen Buch geblättert. Sie hatte die ersten paar Seiten überflogen und war sofort gefesselt gewesen, fasziniert von dem makellosen Stil und den Themen erste Liebe, Familie und Verlust. Frankie konnte nicht bestreiten, dass sie dieses Buch wirklich genoss. *Verdammt, Sunny!*

Der Zug fuhr in den Bahnhof ein. Als die Türen aufgingen, wollte Frankie, die Nase noch immer ins Buch gesteckt, in den Zug einsteigen. Aber sie erwischte die Lücke zwischen Waggon und Bahnsteig und wäre aus lauter Dummheit und Unachtsamkeit fast auf die Gleise gestürzt. Im gleichen Moment spürte sie, wie starke Hände sie von hinten packten und sie sicher in den Waggon hoben. Frankie drehte sich um, die Schmetterlinge in ihrem Bauch veranstalteten einen Aufruhr. *Sunny?*

»Vorsicht an der Bahnsteigkante«, sagte ein Mann, der ganz klar nicht Sunny war. Er war auf kultivierte Art gut aussehend, grüne Augen hinter einer großen schwarzen Brille, das Haar ordentlich zur Seite gekämmt. Er war so groß, dass er sich fast ein bisschen bücken musste, damit er in der Bahn stehen konnte. Er war genau die Art von Mann, für die Frankie früher unheimlich geschwärmt hatte, das heißt, v. S. (vor Sunny).

Frankie bedankte sich atemlos und setzte sich hin. Der Mann folgte ihr und setzte sich ihr gegenüber. Sie wandte sich wieder *Ich gebe dir die Sonne* zu und sog die Worte förmlich in sich auf, als wäre es der Duft von frisch gebackenen Keksen.

»Ein gutes Buch?«, fragte der Mann mit einem Kopfnicken zu ihrem Buch hin. Sie schaute auf und sah, dass er *My dear Cassandra! Ausgewählte Briefe* von Jane Austen las. Frankie biss sich auf die Lippen. Jetzt liest er auch noch eins von meinen Lieblingsbüchern!

»Ja, es ist wirklich super. Es ist ein Jugendbuch«, sagte sie.

»Ach, wie schön. Ich hab es bisher noch nicht geschafft, so richtig in eins reinzukommen, aber ich habe schon viel Gutes über Jugendbücher gehört. Und ich liebe dieses Buch hier.« Er nickte zu seinem *My dear Cassandra! Ausgewählte Briefe* hin und schien richtig begierig, darüber zu sprechen.

»Nie gehört.« Frankie zuckte die Achseln und wandte sich wieder ihrem Buch zu.

»Die Fahrscheine bitte!« Eine Kontrolleurin mit gellender Stimme trat ins Abteil. Frankie griff beiläufig in ihre Handtasche und kramte nach dem Fahrschein. *Scheiße.*

»Alles in Ordnung?«, frage der Mann.

»Meine Fahrkarte ist in der anderen Handtasche. Verdammt, das passiert mir immer wieder!«, sagte Frankie.

»Ach je«, sagte der Mann wenig hilfreich.

Frankie schaute sich unruhig um und dachte an das letzte Mal, als sie ohne Fahrschein in der Klemme gesessen hatte. *Wenn Sunny doch bloß hier wäre!* Sie warf einen Blick auf den Mann, der sich wieder in sein Buch vertieft hatte. *Ich könnte es jetzt einfach genauso machen. Ich könnte ihn einfach küssen. Warum eigentlich nicht?*, überlegte sie, aber dann ließ sie den Gedanken fallen.

»Die Fahrkarten bitte.« Die Kontrolleurin stand jetzt

vor ihnen. Sie hatte dunkelbraunes Haar mit ersten grauen Strähnen, zu einem festen Haarknoten hochgesteckt, und schaute die beiden finster herausfordernd an.

Der Mann holte seine Fahrkarte ohne Eile aus der Brieftasche und reichte sie hinüber. Als sie sie zurückgab, dankte er ihr und schaute gleich wieder weg, ohne Blickkontakt mit Frankie aufzunehmen. *Na, vielen Dank für die tolle Hilfe.*

Die Kontrolleurin wandte sich mit erwartungsvoll ausgestreckter Hand an Frankie, die andere Hand in die Seite gestemmt. Frankie wühlte noch mal in ihrer Handtasche und tat so, als würde sie die Fahrkarte suchen, von der sie wusste, dass sie gar nicht da war. Der Mann hüstelte verlegen und schaute aus dem Fenster. *So ein Moralapostel.* »Ähm, hören Sie, es tut mir leid«, begann Frankie. »Ich muss mein Ticket zu Hause …«

»Stopp!« Die Kontrolleurin hob die Hand, und Frankie zuckte zusammen. »Ich kenne Sie doch«, sagte sie auf einmal ganz blendend gelaunt. »Sie sind Period Girl! Meine Tochter und ihre Freundinnen haben Ihr Video pausenlos angeguckt. Vergessen Sie den Fahrschein! Kann ich ein Foto mit Ihnen haben?«

46

Von: Benjamin Norwood
An: Scarlett O'
Betreff: Ich bin froh, dass dieses Buch jemandem gehört

Liebe Scarlett,

zunächst muss ich mich bei Ihnen bedanken, dass Sie mir das Geschenk einer so elegant und kunstvoll verfassten Geschichte gemacht haben. Meine Schwester hat auf ihrer morgendlichen Pendlerfahrt Ihr Buch *Der Schatten des Windes* gefunden, und seit sie das Buch vor einigen Wochen an mich weitergereicht hat, bin ich nicht mehr davon losgekommen. Ich war und bin tief bewegt von den Worten Carlos Ruiz Zafóns. Ich habe das Buch tatsächlich mit dem Leuchtstift in der Hand verschlungen und mir eine Stelle nach der anderen angestrichen.

Diese Geschichte ist nicht nur eine düstere, berauschende Erzählung von Verlust, Mord und Liebe, sie versteht es auch, eine Welt zu erschaffen, in der Bücher etwas verkörpern und in der die Liebe zur Literatur etwas Heiliges ist. Ich würde sehr gerne in einer solchen Buch-Utopie leben – wenn man einmal von Tod und Zerstörung absieht.

Ich hoffe, Sie finden es nicht anmaßend, wenn ich sage:

Ich glaube, Sie wünschten sich auch, in einer solchen Welt zu leben.

Seit ich Ihre Notiz fast ganz hinten im Buch entdeckt habe (genau genommen bin ich schon darauf gestoßen, als ich das Buch erst zur Hälfte gelesen hatte, denn es öffnete sich, auf schicksalhafte Weise, wie mancher sicher sagen würde, genau an dieser Stelle, als ich es aus Versehen vom Nachttisch stieß), denke ich darüber nach, wie wohl die Frau dahinter sein könnte. Ich habe mir bei der Lektüre ein Bild von Ihnen gemacht, mir den Menschen vorgestellt, der so sorgfältig das Buch für dieses Unternehmen ausgewählt hat, das mir so gewagt erscheint. Ich fürchte, ich bin schon ziemlich besessen von Ihnen.

Ich hoffe, Sie gewähren die Gunst und Erlaubnis, Sie auf einen Drink einzuladen. Denn wenn Zafón recht hat und Bücher wie Spiegel sind, wenn sie das zeigen, was bereits in einem Menschen steckt, dann habe ich das Gefühl, dass wir beide mehr gemeinsam haben als nur guten Geschmack bei unserer Lektüre.

Voller Vorfreude,

Ben

Von: Scarlett O'

An: Benjamin Norwood

Betreff: RE: Ich bin froh, dass dieses Buch jemandem gehört

Lieber Ben,

vielen Dank für Ihre E-Mail. Vielen, vielen Dank. Ich kann kaum glauben, dass Sie mein Buch gefunden haben.

Und ich kann kaum glauben, wie sehr Sie nach einem englischen Prinzen aus königlichem Geblüt klingen. Sind Sie sicher, dass Sie nicht zufällig Prinz Harry sind?

Offenbar sind Sie ein unglaublich kluger, kultivierter und wunderbarer Gentleman und sehr belesen, doch leider kann ich Ihr großzügiges Angebot, mich einzuladen, nicht annehmen. Denn, sehen Sie, als ich all die Bücher in den Zügen ausgelegt habe (es müssen über hundert Bücher da draußen unterwegs sein), war mir noch nicht klar, dass das ganze Unternehmen eigentlich gar nicht notwendig gewesen wäre. Ich hatte den Mann meiner Träume bereits gefunden – ich habe es nur viel zu spät erkannt, weil ich ein ängstlicher kleiner Buch-Snob bin. Können Sie sich vorstellen, was es bedeutet, den Mann seiner Träume zu finden und dann alles zu versauen?

Ich habe unglaubliche Angst, dass er mir niemals verzeihen wird. Mitten in der Nacht schrecke ich hoch, fürchterlich erschrocken bei der Vorstellung, dass ich ihn vielleicht nie mehr wiedersehe und er mich sein Leben lang hassen wird – immer!

Nein, Frankie, NEIN! Das darfst du nicht denken. Es ist dir bestimmt, mit Sunny zusammen zu sein. (So heißt er nämlich – ist das nicht ein wunderschöner Name?) Er wird eins von diesen verdammten Jugendbüchern finden, ihm wird klar werden, wie sehr du ihn liebst, und dann wird er dir verzeihen! Andererseits habe ich schon so wahnsinnig viele Bücher ausgelegt und immer noch nichts von ihm gehört. Deshalb ertränke ich meine Sorgen in einer Flasche Rotwein. Ich ertrage den Gedanken nicht, dass er nie erfahren könnte, wie viel mir an ihm liegt.

Aber ernsthaft – ist das nicht unfassbar, dass er Jugendbücher liest? Jane Austen würde sich im Grab umdrehen, wenn sie wüsste, dass *Bis(s) zum Morgengrauen* die Nummer zwölf unter den hundert meistverkauften Büchern aller Zeiten im englischsprachigen Raum ist. Nummer ZWÖLF! Und der zweite Band *Bis(s) zur Mittagsstunde* ist Nummer sechzehn! Das sind ganze zweiundvierzig Plätze höher (oder neunundvierzig?) als *Wer die Nachtigall stört.* Ehrlich, was soll man dazu sagen …

Aber ich schweife ab. Alles, was ich eigentlich sagen wollte, war: Danke für Ihr Angebot, aber ich bin entschlossen, diesen Mann zurückzugewinnen, und wenn es das Letzte ist, was ich in diesem Leben tue.

Voller Vorfreude (dass Sunny mich wieder liebt),
Frankie

PS: Falls Sie tatsächlich Prinz Harry sein sollten, ignorieren Sie bitte alles, was Sie gerade gelesen haben. Seien Sie ein netter Kerl und laden Sie mich auf ein Date ein! Drinks und ein Snack im Buckingham Palace reichen völlig aus.
Cheerio!

47

Eine ernsthafte Erwachsene liest Jugendbücher

Leute, ich muss euch etwas gestehen.

Ich lese Jugendbücher.

Und zwar jede Menge.

Ja, ich weiß schon ... Wer ist denn diese kindische Person – und was ist mit der echten Scarlett passiert?

Tja, wie ihr euch vielleicht erinnert, habe ich in der letzten Zeit überall in Zügen, Bussen und Trams in Melbourne Jugendbücher ausgelegt, um die Liebe meines Lebens, Edward Cullen, zurückzugewinnen. Normalerweise würde ich lieber sterben, als mich mit einem Jugendbuch in der Hand erwischen zu lassen. Verdammt, da würde ich ja eher noch eine Sportlerbiografie lesen, und das will schon was heißen!

Aber verzweifelte Situationen erfordern nun mal verzweifelte Maßnahmen. Kürzlich saß ich in einem Zug fest und hatte folgende Möglichkeiten: entweder einer Frau zuzusehen, die sich die Zehennägel schnitt (es gibt doch wirklich Leute, die das in aller Öffentlichkeit tun!), oder zu versuchen, mich ganz schnell in *Ich gebe dir die Sonne* zu vertiefen, das ich in der Tasche hatte. Von dem Buch hatte ich mir nicht mehr erwartet als ein Augenverdrehen und ein überhebliches Schnauben, aber von der ersten Seite an war ich gefesselt.

Seit diesem Zeitpunkt habe ich nicht nur Dutzende Jugendbücher in öffentlichen Verkehrsmitteln ausgelegt, ich habe sie auch … gelesen. (Cat, bitte verurteil mich nicht!) Ich würde mich jetzt nicht unbedingt als süchtig nach Jugendbüchern bezeichnen, aber ich bin doch immerhin so weit, dem Genre eine gewisse Wertschätzung entgegenzubringen. Ich glaube, was mir daran am besten gefällt, ist die Tatsache, dass diese Bücher dazu beitragen, den Menschen zu formen, der wir als Erwachsener werden. Ich weiß, wovon ich rede, denn ich bin auch noch nicht vollkommen fertig mit dieser Entwicklung, noch nicht völlig ausgereift (#fast30benimmtsichaberwie13). Außerdem ist mir aufgefallen, dass viele Jugendbücher verfilmt werden und in den Filmen oft einer von den Hemsworth-Brüdern mitspielt – und damit kann man bei mir ordentlich punkten.

Was ich wohl eigentlich sagen möchte, ist Folgendes: Ich bin froh, dass auf meinem Lesestapel nun Bücher aus einem vollkommen neuen Genre liegen. Wie Christopher Paolini in *Eragon* über die Figur des Jeod schreibt: Bücher sind ihm Freunde und Begleiter und helfen ihm, Sinn und Bedeutung im Leben zu entdecken. Und ich brauche im Moment so was von dringend ein paar Begleiter! Einen bräuchte ich ganz besonders, aber der weigert sich, zur Kenntnis zu nehmen, dass ich überhaupt existiere. Das liegt natürlich daran, dass ich absolut alles total versaut habe. Wie ihr wisst, knabbere ich schon ziemlich lange daran. Aber jetzt habe ich *Eine echt verrückte Story* von Ned Vizzini gelesen und begriffen, dass nur Leute, die versagt haben, Bedauern als Entschuldigung benutzen.

Anstatt also weiterhin zu bedauern, was ich getan habe, versuche ich nun ganz einfach, es besser zu machen und Edward Cullen ein für alle Mal zurückzugewinnen! Das Problem ist bloß, dass mein Plan nicht zu funktionieren scheint: Ich habe noch kein Wort von ihm gehört. Ich versuche, nicht so todunglücklich darüber zu sein, aber, wie John Green in *Das Schicksal ist ein mieser Verräter* so treffend geschrieben hat: »Schmerz verlangt gespürt zu werden.«

Das Merkwürdige ist, dass ich jetzt keine Angst mehr habe, mich diesem Mann voll und ganz hinzugeben. Mich diesem einen Menschen gegenüber zu öffnen und ihm mein tiefstes Inneres zu offenbaren. Noch vor Kurzem wäre ich darüber zutiefst entsetzt gewesen, aber jetzt ist meine einzige Furcht die, dass ich ihn womöglich für immer verloren habe. Tatsächlich habe ich gerade *Die Bestimmung* von Veronica Roth gelesen (und schaue den Film, während ich schreibe – Hallo Theo James). In diesem Buch gibt es einen echten Kerl von einem Mann namens Four (das ist der, den Theo James spielt; ich weiß, der Name ist ziemlich lächerlich, aber bitte lasst mich ausreden), und der sagt, dass es gar nicht darum geht, keine Angst mehr zu haben, denn das ist gar nicht möglich. Was wir vielmehr tun müssen, ist herausfinden, wie wir unsere Angst in den Griff kriegen und uns von ihr befreien können. Na, was hab ich gesagt? Jugendbücher transportieren eine Botschaft. (Ja, ich weiß, ich bin im tiefsten Innersten ein Teenager geblieben.)

Also, Edward Cullen, falls du das hier liest: Ich gebe nicht auf. Ich verliere weder dich noch das Vertrauen. Wie Laini Taylor in *Zwischen den Welten* es so wunderbar formuliert hat, ist Hoffnung eine sehr starke Kraft – sie ermöglicht die Dinge erst, als wäre es ein Wunder.

Erheben wir also unser Glas auf die Hoffnung, dass ich die Sache zwischen uns wieder in Ordnung bringen kann. Um es mit den Worten von Colleen Hoover zu sagen: Mein Herz hat seine Wahl getroffen – und es hat dich gewählt.

Bis zum nächsten Mal, meine Lieben.
Scarlett O' xx

Kommentar hinterlassen (2321)

Cat in the Hat > Jugendbücher? Dz – dz – dz, also so was! Du bist nicht mehr meine beste Freundin.

Pawfully cute > ICH LIEBE JUGENDBÜCHER! Ich kann dir gern ein paar Empfehlungen geben.

Cat in the Hat > @Pawfullycute, tut mir leid, aber du hast einen fürchterlich schlechten Geschmack.

Pawfully cute > @Catinthehat – FICK DICH, ALTE!

Cat in the Hat > @Pawfullycute, super Antwort. Da merkt man gleich, dass du qualitativ hochwertige Literatur liest.

Stephen Prince > @Nooffencebut … Na, keine abfälligen Sprüche heute?

No offence but … > @StephenPrince War arbeiten. Hast du mich vermisst?

Stephen Prince > @Nooffencebut … Ein bisschen vielleicht … Muss dir übrigens was Gruseliges gestehen: Ich weiß, wie du aussiehst. Hab dich auf Facebook gestalkt und könnte schwören, ich hab dich neulich gesehen. Du hast in meinem Lieblingscafé gearbeitet.

No offence but … > @StephenPrince DU WIDERLING! Aber stimmt, ich hab einen neuen Job im Café. Kannst dich ja mal zu erkennen geben …

48

AUF GAR KEINEN FALL RANGEHEN: Ich habe dein Buch gefunden. Ich werde dein Sunny sein.

49

Jane hat immer recht

Wisst ihr was?

SO EINE SCHEISSE.

Ich nehme alles zurück, was ich vorhin gesagt habe.

Da lege ich doch eben eine Ausgabe von Marissa Meyers *Wie Monde so silbern* in den Zug, wie immer in der Hoffnung, die Beziehung zu Edward Cullen wiederauferstehen zu lassen. Ich träume also vor mich hin: Das hier könnte das Buch sein, das uns wieder zusammenführt, dann heiraten wir, kriegen Kinder und kaufen uns einen Pizzaladen – und das alles nur wegen dieses Romans, dessen Handlung sich lose an das Märchen von Aschenputtel anlehnt.

Ich lege also das Buch in den Zug, und gerade als ich aussteigen will, hält mich ein Kontrolleur an meinem Kaschmirärmel zurück. Er hat mir doch glatt ein Bußgeld wegen »Verunreinigung des Fahrzeugs« aufgedrückt! Könnt ihr euch das vorstellen? Ich soll den Zug verunreinigt haben! Ich habe verzweifelt versucht, ihm die Geschichte der Suche nach meiner Liebe zu erklären, aber er hat mir kein Wort geglaubt und fand das sogar albern.

Und jetzt frage ich mich: Bin ich wirklich albern?

Ich verbreite in der ganzen Stadt Taschenbücher, als wären es Viren, als Rechtfertigung dafür habe ich nur eine trügerische Hoffnung und Zitate aus Jugendbüchern – alles in dem Versuch, Edward Cullen dazu zu bringen, dass er sich wieder in mich verliebt. Aber wer sagt denn eigentlich, dass er das auch tun wird? Ich hab es satt, die ganze Zeit bei jemandem Halt zu suchen, der mich einfach links liegen lässt.

Da ich meinem eigenen Urteil offenbar nicht mehr vertrauen kann, fragte ich meine älteste und klügste beste Freundin Jane Austen um Rat.

Sie ließ ihren Helden sagen, und ich zitiere wörtlich: »Die Fantasie einer Frau ist sehr flink; sie springt in einem Augenblick von der Bewunderung zur Liebe und von der Liebe zur Ehe.« Und ja, das trifft es genau – das beschreibt mich kurz und bündig. Ich setze sozusagen alles (meine ganzen Bücher) auf eine Karte, weil ich glaube, dass Edward Cullen meine wahre Liebe ist. Und woher weiß ich, dass nicht gleich um die Ecke der nächste tolle Typ nur darauf wartet, dass ich mich ihm an den Hals werfe?

Wisst ihr, was meine beste Freundin noch gesagt hat? Ich glaube, es war in *Stolz und Vorurteil,* wo sie Folgendes schreibt: »Wer ärgerlich ist, ist nicht immer klug.« Etwas Klügeres hat nie ein Mensch gesagt, liebe Jane! Ich bin ärgerlich. Und zwar wahnsinnig ärgerlich auf mich selbst, weil ich meinen Liebsten habe gehen lassen, und ich bin auch ärgerlich, weil er mich nicht wieder zurück will. Das hat dazu geführt, dass meine Entscheidungen in der letzten Zeit, um es mal freundlich auszudrücken, recht verwegen gewesen sind. Es ist höchste Zeit, dass ich damit aufhöre und anfange, klüger zu sein. Um es sinngemäß mit Janes Emma zu sagen: »Ich mag mein Herz verloren haben, aber nicht die Fassung.«

Weißt du was, Edward Cullen? Wenn in deinem Herzen kein Platz für Jane Austen ist, dann ist möglicherweise in meinem Herzen auch kein Platz für dich.

Bis zum nächsten Mal, meine Lieben.
Schließlich – morgen ist auch noch ein Date.
Scarlett O' xx

Kommentar hinterlassen (3567)

Cat in the Hat > Ich dachte, ich wäre deine beste Freundin?

No offence but … > Das klingt, als hättest du eine gespaltene Persönlichkeit, eine echt schlimme Störung. Im Übrigen rate ich dir: Gib ihm noch eine Chance.

Stephen Prince > @Nooffencebut … Ach, Stephanie, ich liebe deine unqualifizierten Diagnosen. PS: Vielleicht komm ich bald bei dir auf der Arbeit vorbei ;)

No offence but … > @StephenPrince Ich bin wesentlich besser qualifiziert als du! Bis bald also ;)

50

Pu der Bär, Gesamtausgabe von A. A. Milne
Im Zug der Frankston Line nach Melbourne Central

»Heute ist also mein letzter Tag.«

Frankie tuschte sich sorgfältig die Wimpern, während sie mit Cat telefonierte. Sie trug ihr grünes Lieblingsseidenoberteil, das die Augen besonders zur Geltung brachte, dazu den »Ich schreibe und werde veröffentlicht«-Mantel mit Bommeln, schwarze Skinnyjeans und Stiefel mit Absätzen. Bei ihrem Treffen mit Marie sollte alles perfekt sein.

»Was für ein letzter Tag? Womit willst du aufhören? Mit schlechten Entscheidungen? Bedauern? Abstinenz?«

»Richtig, liebe Freundin, es geht um all diese Dinge.« Frankie zog einen schwarzen Lidstrich und verpasste ihm am Ende einen dramatischen Aufwärtshaken. Heute war genau der richtige Tag für ein wildes, beschwingtes Auge. »Heute ist der letzte Tag, an dem ich Bücher auslege. Der letzte Tag, an dem ich versuche, Sunny zurückzugewinnen. Es geht jetzt seit Wochen so. Ich muss das allmählich hinter mir lassen.«

»Und findest du es in Ordnung, einfach so aufzugeben?«, fragte Cat.

»Ich gebe nicht auf – ich lasse los.« Frankie machte sich einen Pferdeschwanz und trat einen Schritt zurück, damit sie sich im Spiegel betrachten konnte. »Sunny will offenbar nichts mehr mit mir zu tun haben. Und das ist … nun ja, das ist in Ordnung. Denk doch nur mal an *Vom Winde verweht* oder an *Doktor Schiwago* oder an *Fiesta.* Jeder von uns hat mal eine tragische Liebesgeschichte erlebt. Und jetzt ist es für mich an der Zeit, mich nach jemand Neuem umzuschauen. Weißt du was? Ich glaube, ich versuch's noch mal mit Tom.« Frankie spitzte die Lippen und trug eine dicke pflaumenfarbene Schicht Lippenstift auf.

»Der langweilige Tom?«, sagte Cat mit vollem Mund. Sie aß vermutlich gerade Sashimi oder Weichkäse – wahrscheinlich sogar beides auf einmal.

»Er ist nicht langweilig, er ist nur einfach nicht Sunny. Und das ist wahrscheinlich sogar ganz gut so. Er ist freundlich, klug und einfühlsam, ganz zu schweigen davon, dass er sehr belesen ist.«

»Na, das klingt ja perfekt.«

»Genau. Ich fühle mich bereit für einen Neubeginn. Cat, eigentlich ist das Leben doch ganz in Ordnung, oder? Findest du es komisch, wenn ich so denke?«

»Tja, das klingt alles großartig, Frankie, und du weißt ja, ich sehe das ähnlich. Aber es klingt ehrlich gesagt auch ein klein bisschen so, als hättest du einen Nervenzusammenbruch.« Jetzt keuchte Cat, als würde sie rennen.

»Hab ich nicht.«

»Bist du sicher?«

»Ja.«

»Bist du dir wirklich ganz sicher?«

»Nein.«

»Du könntest also einen Nervenzusammenbruch haben?«

»Ja.«

»Gut, ich bin froh, dass wir das geklärt haben«, sagte Cat.

»Cat? Was war das?«

»Was meinst du?«, sagte sie ausweichend.

»War das da im Hintergrund ein Aufruf zum Boarding? Bist du etwa am Flughafen?«

»Oh, tut mir leid, Frank, ich muss mich jetzt beeilen. Hab dich lieb. Alles Gute bei deinem Nervenzusammenbruch!« Cat beendete das Gespräch. Frankie versuchte natürlich sofort sie zurückzurufen, landete aber auf der Mailbox. Sie würde sich später um Cat und ihre Eskapaden kümmern – jetzt bereitete sie sich erst mal auf das Treffen mit ihrer Lektorin vor, das in genau einer Stunde stattfinden würde. Sie gab einen Spritzer »Parfüm für besondere Gelegenheiten« auf ihre Handgelenke, nahm die Handtasche mit den Tupfen und trat aus ihrer Wohnung hinaus in die große weite Welt.

Es war wieder mal ein richtig kalter Tag, wie er für Melbourne typisch war, und sobald Frankie ihre sichere, warme Wohnung verlassen hatte, spürte sie die Kälte, auch wenn sie den Mantel noch so fest um den Körper zog. Sie schaute noch mal in ihre Handtasche, um sicherzugehen, dass sie diesmal ihre Fahrkarte dabeihatte, dann holte sie ihr Telefon heraus und checkte ihre Mails. Aus dem Augenwinkel sah sie eine Person, die auf sie zu warten schien.

»Dad?«

Rudolph lächelte verlegen. Er trug kurze Hosen und ein T-Shirt, obwohl es höchstens acht Grad sein konnte. *Typisch.*

»Was machst du denn hier? Ich hab nicht viel Zeit, ich muss zu einem wichtigen Treffen«, sagte Frankie ziemlich schroff.

Rudolph überreichte ihr ein kleines Päckchen, das in braunes Packpapier eingeschlagen war. An der Seite steckte eine blaue Karte.

»Für mich?«, sagte Frankie überrascht und nahm das Päckchen aus seinen rauen Händen entgegen. Rudolph nickte. Vorsichtig machte sie die Karte ab und las sie laut vor.

Liebe Frankie,
ich weiß, dass Mum und ich dich manchmal in den Wahnsinn treiben. Na gut – eigentlich immer. Aber du sollst wissen, dass wir dich mehr als alles andere lieben und dass wir sehr stolz auf dich sind und auf alles, was du erreicht hast. Hier ist eine Kleinigkeit, die uns beim Umzug wieder in die Hände gefallen ist. Sie hat uns daran erinnert, wie viele deiner Träume du schon verwirklicht hast.
In Liebe
Mum und Dad

»Oh Dad.« Frankie wischte sich eine Träne aus dem Auge. »Mit so was hab ich überhaupt nicht gerechnet.«

Rudolph wies nur mit einem Nicken auf das Geschenk. Frankie zog an dem Band, das das Päckchen zusammenhielt, und das braune Papier entfaltete sich graziös wie bei einem Zaubertrick. Zum Vorschein kam ein dicker blauer Streifen Pappkarton. Auf der rechten Seite war ein ziemlich schlampig aufgeklebtes Foto von Rudolph, Putu und Frankie mit vielleicht sechs Jahren. Neben dem Foto stand in ihrer eigenen kindlichen Handschrift Folgendes:

Mein Traum ist es …
Schriftstellerin zu werden und ein guter Mensch so wie meine Mum und mein Dad. Sie sind die besten Menschen auf der ganzen Welt. Ich möchte eine Schokoladenfarm haben und jeden Tag Schokolade essen, mein ganzes Leben lang. Und ich mag Hamster.

Frankie betrachtete das Foto. Sie lachte mit geschlossenen Augen, ihr Kopf lehnte an der Schulter ihres Vaters. Putu schaute ihre Tochter mit dem gleichen Blick an, den Frankie schon so viele Male gesehen hatte. Ein Blick, den sie immer für abschätzend gehalten hatte. Aber jetzt wusste sie, dass das ganz und gar nicht so war. In diesem Blick lag Bewunderung.

»Oh, Dad! Ihr seid so lieb! Vielen Dank! Sagst du Mum bitte, wie sehr mir euer Geschenk gefallen hat?«, Frankie strahlte. Rudolph küsste sie auf die Wange und umarmte sie.

Nach einigen Augenblicken machte sie sich widerstrebend los und lächelte ihn an. Vorsichtig steckte sie das Geschenk in die Handtasche, gab ihrem Dad einen Schmatzer auf die Wange und rannte los. Rudolph winkte ihr zum Abschied nach, ein Lächeln auf den Lippen.

Frankie saß an der Haltstelle. Halbherzig legte sie eine Ausgabe von *To all the boys I've loved before* von Jenny Han auf die Bank neben sich. Neben ihr saß eine Frau mit einem wunderschön bestickten Kleid und hohen Schuhen und las eine leinengebundene Ausgabe von *Stolz und Vorurteil.* Frankie betrachtete ihr Gesicht ganz genau, um herauszufinden, welche Stelle sie wohl gerade las. Sie zog das leichte Stirnrunzeln und die weißen Knöchel in ihre Analyse mit ein und tippte auf Kapitel achtzehn, das sie ganz besonders liebte – den Ball in Netherfield, auf dem Elizabeth endlich Gelegenheit hat, sich an Darcy zu rächen. Sie fragte sich, ob die Frau das Buch wohl zum ersten Mal las oder, so wie sie selbst, bereits zum elften Mal.

Frankie blickte hoch zur Anzeigetafel: der nächste Zug kam in zwei Minuten, sie hatte also noch jede Menge Zeit, um rechtzeitig zum Verlag zu kommen. Sie ließ die Knöchel krachen und tappte nervös mit dem Fuß. Allmählich machten sich ihre Nerven bemerkbar, und sie war viel zu hibbelig, als dass sie jetzt noch hätte lesen können. Wenn dieses Treffen gut lief, konnte es ihre nächste große Chance bedeuten, und sie hätte wieder einen Fuß in der Tür zur wundervollen Welt der gedruckten Schriftsteller. Sie spürte tiefe Rührung im Herzen, als sie an das Geschenk ihres Vaters dachte. Seit sie klein war, hatte sie Schriftstellerin werden wollen. Sie hatte es bereits zwei Mal geschafft, ein Buch zu veröffentlichen, und jetzt (Daumen drücken!) war sie kurz davor, es wieder zu schaffen.

Als der Zug kam, steckte die Frau ihre Ausgabe von *Stolz und Vorurteil* in die Tasche und stand abrupt auf.

Frankie folgte ihr und stieg eilig in die Bahn. Sie setzte sich, stellte ihre Handtasche neben sich und ging in Gedanken die Sätze durch, die sie für das Treffen vorbereitet hatte. *Ich glaube, die Zeit, in der ich nicht geschrieben habe, hat es mir ermöglicht, mehr über die Welt zu erfahren, sodass ich jetzt noch qualifizierter und einfühlsamer schreiben kann. Es ist mir wichtig, dass dieses Buch meine Erfahrungen widerspiegelt – sowohl als Autorin wie auch als ganz normale Frau in den Zwanzigern, die sich mit der Liebe und dem Leben herumschlägt. Bitte, bitte, bitte, schließt einen Vertrag mit mir ab.* Na ja, den letzten Satz vielleicht nicht unbedingt.

Frankie probte weiter ihren Text, als ihr plötzlich etwas ins Auge stach. Ein paar Sitze weiter lag ein herrenloses Buch. Sie stand auf, um es sich genauer anzuschauen, und merkte, dass das gleiche Buch noch auf weiteren Sitzen in Waggon lag. Sie holte tief Luft. *Hat da etwa jemand meine Idee geklaut? Was soll das? Allein in diesem Waggon liegen ja mindestens fünfzehn Bücher!*

Sie bewegte sich unauffällig in Richtung Buch und schaute nach rechts und links. Ein Mann mit Kopfhörern war eingeschlafen, eine Frau saß vornübergebeugt da und starrte gebannt auf das Display ihres Telefons. Frankie nahm sich rasch das Buch – und schnappte nach Luft.

Was sie da in der Hand hatte, war die *Pu der Bär*-Gesamtausgabe von A. A. Milne. Langsam schlug sie die erste Seite auf. Ihr zitterten die Hände, und sie musste schlucken, als sie eine Handschrift sah, die ihr so vertraut war wie ihre eigene:

Um es mit A. A. Milne zu sagen: Du bedeutest mir zu viel – ich glaube, das ist Liebe. Triff dich heute um elf am Bahnhof Sunbury mit mir. – Sunny

»Oh Gott«, seufzte Frankie. Sie drückte das Buch freudig an die Brust und spürte Schmetterlinge im Bauch. Dann nahm sie es in die rechte Hand, holte mit der linken ein anderes Buch von einem Sitz in der Nähe und öffnete es auf der ersten Seite: die gleiche handgeschriebene Notiz. Sie rannte zum nächsten Buch, das weiter vorne lag, und dann zum übernächsten: In jedem einzelnen Buch stand das Gleiche geschrieben. Sie öffnete die Tür am Ende des Waggons, eilte durch den Wagenübergang in den nächsten Waggon und hob auch hier ein Buch nach dem anderen auf. Strategisch geschickt verteilt lag auf jedem Platz am Gang eine Ausgabe von *Pu der Bär. Er muss Hunderte Bücher verteilt haben!* Frankie lief zur Tür. An der nächsten Station würde sie aussteigen und sich so schnell wie möglich auf den Weg zum Bahnhof Sunbury machen – da fiel ihr siedendheiß ein, dass sie ja mit Marie verabredet war!

Sie nahm ihr Telefon aus der Tasche und wählte eine gewisse Nummer, obwohl sie sich geschworen hatte, dort nie wieder anzurufen.

»Hallo, hier ist die Mailbox von Sunny. Hinterlasst mir eine Nachricht.« *Scheiße.* »Sunny, ich bin's. Ich bin gerade im Zug und hab deine Bücher gefunden. Ich fass es nicht! So viel zum Thema romantische Geste. Aber ich habe sie gerade erst gefunden, und es ist schon halb elf. Du hast wahrscheinlich gedacht, ich finde sie auf dem Weg zur Arbeit, aber ich war heute Vormittag gar nicht arbeiten, weil ich jetzt gleich um elf ein wahnsinnig wichtiges Treffen mit meiner Lektorin habe«, sprudelte sie in einem Atemzug heraus. »Es ist so eine Art ›Alles oder Nichts‹. Ich glaube kaum, dass ich es rechtzeitig nach Sunbury schaffe, das ist fast eine Dreiviertelstunde Fahrzeit und …« Die Mailbox piepste und schnitt ihr das Wort ab. *Scheiße, scheiße!*

Frankie warf einen Blick aus dem Fenster und sah die Gebäude vorbeigleiten. Sie hielt fünf Ausgaben von *Pu der Bär* fest an die Brust gedrückt.

Frankie: Sunny, ich glaube kaum, dass ich es rechtzeitig nach Sunbury schaffe. Ich bin gleich an der Flinders Street und hab ein wichtiges Treffen mit meiner Lektorin. Bitte ruf mich an.

Sie lief durch den Waggon und zermarterte sich das Hirn, was sie tun sollte. Der Zug näherte sich der Haltestelle Flinders Street. Entweder stieg sie jetzt aus und versuchte, noch rechtzeitig nach Sunbury zu kommen – oder sie fuhr weiter ins Zentrum und käme rechtzeitig zu ihrem Treffen im Verlag. Der Zug hielt, Pendler drängten sich grummelnd an ihr vorbei. Ein kleines Mädchen in einem bauschigen Blumenjäckchen umklammerte mit einer Hand eine Ausgabe von *Pu der Bär*, mit der anderen hielt sie sich am Bein ihres Vaters fest. Frankie stand regungslos da. Ihr Herz raste, sie starrte auf die geöffneten Zugtüren.

»Vorsicht an der Bahnsteigkante, der Zug fährt gleich ab.« Die Lautsprecherdurchsage dröhnte durch die Haltestelle und klang ihr in den Ohren.

Scheiß drauf! Sie sprang durch die Türen, die sich bereits schlossen, hinaus auf den Bahnsteig.

51

»Fünfzig Minuten?« Frankie starrte fassungslos auf den Fahrplan. »Geschlagene fünfzig Minuten braucht der Zug bis Sunbury?« *Warum musste er ausgerechnet eine Haltestelle aussuchen, die so dermaßen ab vom Schuss liegt?* Sie stöhnte verzweifelt und versuchte noch einmal, Sunny anzurufen. Wie die zwanzig Mal zuvor erreichte sie auch diesmal nur die Mailbox. Sie hinterließ ihm rasch eine weitere Nachricht, sie werde sich verspäten, und bat ihn, auf jeden Fall dazubleiben. *Sunny, bitte warte auf mich!*

Was hatte sie sich bloß dabei gedacht, als sie Cat erzählt hatte, sie wäre bereit, Sunny hinter sich zu lassen? Seit sie die Bücher gefunden hatte, raste ihr Herz wie verrückt. Die Chance, ihn endlich wiederzusehen, war zum Greifen nahe. Sie sah seine großen blauen Augen vor sich, seinen starken, Schutz versprechenden Körper. Aber sie wurde auch nervös, wenn sie an ihn dachte, außerdem hatte sie noch so einiges zu erledigen. Sie nahm also ihr Telefon und wählte diesmal eine andere Nummer.

»Frankie! Schön, dich zu hören. Wir sehen uns gleich, oder?«, flötete Marie am anderen Ende der Leitung.

Frankie biss sich heftig auf die Unterlippe. »Es tut mir leid, ich schaffe es nicht. Es gab … ähm … einen Notfall. Können wir bitte einen neuen Termin ausmachen?«

»Ein Notfall? Frankie, für dieses Treffen habe ich das gesamte Verlagsteam zusammengetrommelt! Und wir sind in zehn Minuten verabredet!« Ihr Tonfall hatte sich jetzt vollkommen verändert, sie schnauzte Frankie regelrecht an.

»Ich weiß, und es tut mir wirklich sehr leid. Du weißt ja, dass ich auf jeden Fall kommen würde, wenn das hier nicht so superwichtig wäre.«

»Gibt es vielleicht irgendeine Möglichkeit, diesen *Notfall* auf einen späteren Zeitpunkt zu verschieben?«, fragte Marie. Frankie hörte fast, wie sie die Augen verdrehte.

»Nein, tut mir leid, das ist unmöglich. Ich ruf dich später wieder an. Sorry noch mal!« Frankie legte eilig auf, damit sie sich Maries Zorn nicht länger anhören musste – und auch, falls Sunny versuchen sollte, sie zurückzurufen. *Wieso können wir uns nicht einfach in der Stadt treffen? Warum muss ich die ganze Strecke bis Sunbury rausfahren?*

Endlich fuhr der Zug nach Sunbury lautstark in die Haltestelle ein. Frankie sprang in den Zug und stand nun mitten im Waggon, obwohl es am Montagmorgen um elf Uhr jede Menge freie Sitzplätze gab. Als der Zug abfuhr und die leichten Bewegungen des schwankenden Waggons sie beruhigend einlullten, machte sie die Augen zu. Es war ungefähr zwanzig Tage und sieben Stunden her, seit sie Sunny zuletzt gesehen hatte. In dieser Zeit hatte sie eine Achterbahnfahrt der Gefühle durchgemacht, vor allem aber herzzerreißenden Kummer gelitten. Sie holte tief Luft und dachte an seinen moschusartigen männlichen Duft. Wie sanft er ihr immer das Haar hinters Ohr geschoben hatte, wenn es ihr in die Augen fiel! Beim Gedanken daran kribbelte ihr Ohr bereits. Sie schwelgte in Erinnerungen daran, wie seine Augen aufleuchteten, wenn er ein Jugendbuch las oder von seinem Familienurlaub auf dem Land erzählte. Sie dachte daran, wie er ausgesehen hatte, als er auf der Party von der Geschichte mit Miguel und den anderen erfahren hatte: dieser enttäuschte, untröstliche Blick auf seinem sonst so sorglosen Gesicht. Sie hoffte, dass sie diesen Blick nie wieder sehen musste! Dann versuchte sie, die Gründe aufzuzählen, aus denen sie ihn liebte. *Erstens: seine idiotische Angst vor Bananen. Zweitens: Seinetwegen habe ich zumindest immer so viel in der Küche, dass es für French Toast reicht. Drittens: Weil ich mich bei ihm sicher fühle. Viertens: Ich liebe einfach alles an ihm.* Frankie verdrehte bei diesem Klischee die Augen. Ihr kam eine der schönsten Stellen bei A. A. Milne in den Sinn: Ferkel fragt, wie man Liebe buchstabiere – und *Pu der Bär* antwortet, das sei kein Wort, sondern ein Gefühl. Genau das Gleiche empfand sie bei Sunny.

Frankie warf einen Blick auf ihr Telefon und ignorierte die sieben verpassten Anrufe von Marie. Sie spürte leichte Übelkeit in sich aufsteigen. *Verpasse ich jetzt meine einzige Chance für einen neuen Buchvertrag wegen einem Kerl?* Aber dann dachte sie: *Es geht hier nicht um irgendeinen Kerl. Hier geht es um Sunny!* Sie rief Cat an, aber auch dort landete sie wieder direkt auf der Mailbox. *Warum geht eigentlich keiner ans Telefon?* Sie machte Lockerungsübungen, drehte den Kopf und ließ die Schultern kreisen. Nervös tappte sie einen Rhythmus auf ihrem Knie und klopfte mit dem Fuß auf den Boden.

Nur noch fünfundvierzig Minuten. Sie starrte die Leute um sich herum an und versuchte sich abzulenken, indem sie sich überlegte, welches Buch sie lesen würden, wenn sie nicht so intensiv auf ihre Telefone starren würden. *Das blonde Mädchen mit dem Lippenpiercing und den coolen Ohrringen:* Hauptsache berühmt *von Sharon Krum. Der alte Mann mit dem iPad:* Bevor ich jetzt gehe *von Paul Kalanithi.* Sie stöhnte frustriert: nach wie vor ging ihr nur Sunny im Kopf herum. Also tat sie das Einzige, von dem sie sicher wusste, dass es sie in ganz andere Welten führen würde: Sie schlug *Pu der Bär* auf der ersten Seite auf und begann zu lesen.

Als der Zug sich langsam der Haltestelle Sunbury näherte, schreckte Frankie hoch. Die Lektüre hatte sie so gefesselt, dass sie für kurze Zeit vollkommen vergessen hatte, wo sie war. Sie schaute sich um, wer noch mit ihr im Zug saß: Das Mädchen mit dem Lippenpiercing war noch da und wickelte sich geistesabwesend eine blonde Haarsträhne um den Finger. Eine hochgewachsene Frau im hautengen Glitzerkleid und hohen Absätzen saß in einer Ecke und schwankte im Rhythmus der Bahn. Der Mann mit dem iPad war eingeschlafen. Als der Zug anhielt und die Türen mit einem geruhsamen Zischen aufgingen, hatten es auf einmal alle Reisenden eilig. Nur Frankie zögerte. Plötzlich fürchtete sie sich vor dem, was sie an der Haltestelle erwartete.

Nachdem alle ausgestiegen waren, schlich sie sich auch endlich heraus, wie ein Einsiedlerkrebs, der zum ersten Mal die Sonne sieht. Sie holte tief Luft. Hier draußen, gut vierzig Kilometer von Melbourne entfernt, war die Luft frischer und kühler. Sie schaute nach rechts und links – und da sah sie ihn auf einer Bank sitzen. Er trug eine dunkelgrüne Jacke, hatte die Beine übereinandergeschlagen und las ganz lässig *Eleanor & Park* von Rainbow Rowell. *Ihre* Ausgabe von *Eleanor & Park* mit dem kaputten Umschlag. Und sofort vergaß sie Marie, sie vergaß Cat, ihre sämtlichen Dates und all ihren Kummer. Plötzlich sehnte sich ihr Körper unglaublich nach Sunny. Sie rannte auf ihn zu und blieb so nahe vor ihm stehen, dass ihre Knie sich fast berührten.

»Hallo«, brachte sie heraus.

Sunny blickte von seinem Buch auf. »Hallo.« Er schaute ihr in die Augen. »Danke für das Buch.«

»Gern geschehen.« Frankie zappelte unruhig herum. »Wie geht's dir?« *Was Besseres fällt dir nicht ein?*

»Gut. Und dir?«, antwortete Sunny. Er wirkte nervös und strich sich durch sein wundervolles Haar. *Was würde ich drum geben, wenn ich dieses Haar berühren dürfte!*

»Auch gut.« Frankie starrte ihn an, und er starrte zurück. Seine hellblauen Augen schienen regelrecht Löcher in sie zu brennen.

»Also …«, sagte Frankie, als sie es nicht mehr aushielt. Sie setzte sich vorsichtig neben ihn. »Warum sollte ich hierherkommen?«

Sunny lächelte leicht und wandte sich wieder seinem Buch zu, als würde er einfach nur auf seinen Zug warten und nicht neben seiner Ex-Freundin sitzen. Neben der Ex-Freundin, die er gerade mithilfe ihres gemeinsamen Lieblingsbuchs aus Kindheitstagen hierhergelockt hatte. Frankie schaute zu, wie er langsam umblätterte und in sich hineingrinste.

»Sunny«, sagte sie, diesmal mit festerer Stimme.

»Mmm?« Er schaute nicht auf.

»Sunny, du kannst mir nicht einfach mit dieser riesigen ausgeklügelten romantischen Geste sagen, dass wir uns an der Haltestelle Sunbury treffen – dazu hast du unser Lieblingsbuch benutzt, Himmel noch mal! Dann musst du auch mit mir reden. Es tut mir leid, in Ordnung? Die Sache mit den Dates tut mir leid, das mit dem Blog und die Lügen. Es war gemein und gedankenlos. Es tut mir leid, dass ich dich zurückgestoßen habe. Du hattest recht, du hattest mit allem recht. Ich habe die anderen Dates nur dazu benutzt, meine wahren Gefühle auf Abstand zu halten. Ich habe versucht, mich selbst zu schützen, aber ich war egoistisch, verdammt egoistisch. Wie sehr ich mich auch dagegen gewehrt und wie sehr ich daran gezweifelt habe – ich habe mich in dich verliebt, Sunny. Und zwar so richtig! Ich denke die ganze Zeit an dich, und ich wünsche mir nichts anderes mehr, nur dich. Jetzt weiß ich endlich, was Jane Austen gemeint hat, als sie sagte: Wenn ich mich verliebe, dann für immer. Ich liebe dich, Sunny. Mein Herz, mein Körper, meine Seele – ich bin dir vollkommen verfallen.« Jetzt musste Frankie endlich mal Luft holen und bereitete sich auf Sunnys Antwort vor.

»Ich verzeihe dir.«

»Und noch was, bei dir fühle ich mich …« Frankie brach mitten im Satz ab. »Was hast du gesagt?«

»Ich verzeihe dir.«

Frankie konnte es kaum fassen. *Er verzeiht mir? Einfach so?* Nach all den Wochen, in denen er nie zurückgerufen hatte, nach der ganzen Wut und der tiefen Verbitterung, die ihn gequält hatten, verzieh er ihr? Frankie entspannte sich, ihre Anspannung und ihr Kummer schmolzen dahin wie Eis in der Sonne.

»Du verzeihst mir? Was hat sich denn geändert?« Sie wusste nicht, ob sie mit dieser Frage nicht zu weit ging, aber sie hatte auf einmal fürchterliche Angst, er könnte seine Meinung ändern und das alles hier könnte nur eine perverse scherzhafte Racheaktion sein.

Sunny schaute zu Boden. »Als ich das erste Buch gefunden habe, das du für mich ausgelegt hast, war ich stinksauer. Wie konntest du dir nur einbilden, genau die Sache, die uns auseinandergerissen hat, könnte uns auch wieder zusammenführen? Du musstest unbedingt aus meinem Leben verschwinden. Aber als ich dann das zweite Buch fand und danach das dritte …« Er schaute auf, und um seine Augen bildeten sich kleine Lachfältchen. Wie sehr hatte Frankie das vermisst – zu sehen, wie auf seinem Gesicht langsam ein Lächeln erschien! »Ich konnte dich einfach nicht mehr ignorieren. Ich konnte meine Gefühle für dich nicht mehr ignorieren und all das, was du an Gutem in mein Leben gebracht hast. Jedes Mal, wenn ich ein Buch gefunden habe, hatte das eine irgendwie ganz merkwürdige reinigende Wirkung – als würde die ganze aufgestaute Wut, die mich fast aufgefressen hatte, immer mehr verschwinden. Aber ich wusste trotzdem einfach nicht, wie ich mit all dem umgehen sollte, was du getan hast.« Er schaute Frankie so intensiv an, dass sie zurückschreckte. »Und dann stand auf einmal Cat bei mir vor der Tür …«

»Cat stand bei dir vor der Tür?«, sagte Frankie schockiert.

»Hat sie dir nichts davon erzählt? Sie hatte ein Jugendbuch in der Hand und ihr Baby auf dem Arm, ist auf die Knie gefallen und hat mich angefleht, dir eine Chance zu geben. Sie sagte, sie hätte dich noch nie so untröstlich erlebt, und du wärst ohne mich nur noch eine Hülle deiner selbst. Und, na ja, ich glaube, ich war ohne dich auch nur noch eine Hülle meiner selbst.«

Frankie konnte nicht anders, sie musste lächeln. Und auch er lächelte immer stärker, während er weitersprach. »Und dann hatte ich's auf einmal kapiert. Ich hab mich gefragt, warum wir beide so todunglücklich durch die Gegend laufen, wo wir doch etwas dagegen tun könnten.« Sunny berührte Frankies Hand ganz leicht, nur mit den Fingerspitzen, und Frankie holte tief Luft. »Also musste ich einen Weg finden, dir zu verzeihen, Frankie. Und ich hoffe, du verzeihst mir auch, dass ich dir gegenüber nicht immer offen war und dass ich mich manchmal von dir abgewandt und nicht versucht habe, dich besser zu verstehen.« Er legte ihr den Arm um die Taille und zog sie ein paar Zentimeter zu sich heran. »Frankie, ich will meine Gefühle nicht länger ignorieren. Ich liebe und bewundere dich. Und zwar ›glühend‹.«

»Oh«, hauchte Frankie. Ihr fehlten die Worte. Dieses Austen-Zitat aus seinem Mund war wie Musik in ihren Ohren.

»Darf ich dich jetzt küssen?«

»Ja.«

Sunny umfasste ihr Gesicht und hob es zu sich. Sanft schob er ihr das Haar hinter die Ohren, und ehe sie einen klaren Gedanken fassen konnte, küsste er sie auch schon – zuerst ganz zärtlich, und dann mit zunehmend stürmischer Leidenschaft, sodass sie sich regelrecht an ihn klammerte, als wäre er der einzige Fixpunkt in einer unsteten, schwindelerregenden Welt. Endlich wusste sie, was Margaret Mitchell gemeint hatte, als sie schrieb: »Und ehe sich ihr alles im Schwindel drehte und auflöste, wurde sie inne, dass sie ihn wiederküsste.«

Sunny löste sich mit einem frechen Grinsen von ihr. »Das wollte ich schon ziemlich lange mal wieder tun«, gestand er.

»Und warum hast du's nicht getan?«, antwortete Frankie mit heiserer Stimme.

Sunny legte ihr den Daumen auf die Unterlippe und schaute ihr in die Augen. »Zuerst musste ich dir verzeihen, und ich wusste nicht, ob ich das konnte. Frank, ich hatte sowieso schon solche Angst, ich würde wieder verletzt werden und eine Frau verlieren, die ich liebte. Und als dann all das mit den Dates rauskam, hab ich einfach dichtgemacht.« Sunny wandte seinen Blick nicht von Frankie ab, und sie hatte Angst, wegzuschauen. »Ich habe dich verloren. Und danach hab ich mich selbst verloren.« Er seufzte. »Das war wirklich dumm. Noch lächerlicher, als dir beim zweiten Date eine Schildkröte mitzubringen.«

Frankie lachte mit Tränen in den Augen. »Winnie war das Zweitbeste, was mir in den letzten Monaten passiert ist«, sagte sie.

»Und was war das Beste?«, fragte er mit glitzernden Augen.

»Das unglaubliche Schokoladencroissant, das ich heute Morgen gegessen habe.«

Er lachte leise. »Ich liebe dich, *Frankston Line* Rose. Sogar mehr noch als Pizza.«

»Moment mal – ich hab nie gesagt, ich liebe dich mehr als Pizza!«

»Doch, hast du. In deiner Facebook-Nachricht.«

»Du hast meine Nachrichten gelesen?«

»Ja, alle hundertdreiundzwanzig.« Er grinste.

»Oh Gott.« Frankie schlug die Hände vors Gesicht. Sunny gluckste nur und zog ihre Hände langsam wieder weg. Er hielt sie fest und küsste Frankie erneut.

Schließlich machte sie sich los. »Sunny Day?«

»Ja, Frankston Rose?«

Frankie schaute sich um. Sie saßen auf einer Bank an einer Haltestelle irgendwo am Ende der Welt. Kein Mensch weit und breit. In der Ferne sah man üppige grüne Hügel, und beim Sprechen traten kleine Wolken vor ihren Mund, so kalt war es.

»Was um alles in der Welt machen wir hier in Sunbury?«

Sunny lachte laut auf, als wäre das die lustigste Frage aller Zeiten. Dann beugte er sich ganz nah zu ihr hin, als würde er ihr ein Geheimnis verraten. »Sunny ist die Abkürzung für die Haltestelle Sunbury.«

52

Frankston Rose
8/12 Bell Street
Richmond, Victoria 3121
AUSTRALIEN

Liebe Franks,
hoffentlich gefällt dir die beiliegende Postkarte. Für die Dinge, die ich dir mitteilen muss, brauche ich allerdings einen ganzen Brief …

1. *Ich hab mich in die Sache mit Sunny eingemischt. Ich weiß, ich weiß, du hast mir ungefähr eine Million Mal gesagt, ich soll mich raushalten aus deinem Liebesleben – aber ich konnte einfach nicht anders! Es war schrecklich für mich, dich einen Tag nach dem anderen so traurig und todunglücklich zu sehen. Keiner darf meiner Freundin so was antun! Also hab ich mich mal mit meinem guten alten Freund Sunny Day unterhalten, und wenn ich seine Reaktion richtig gedeutet habe, sollte sich das Problem demnächst in Wohlgefallen auflösen. Oder hat es vielleicht schon? GERN GESCHEHEN!*

2. *Wie du an der idyllischen Postkarte erkennen kannst, bin ich in Schweden. Mit Claud und Jin-Soo (dem Baby, nicht dem Mann). Als ich mit Sunny gesprochen und gesehen habe, wie viel Liebe in seinem Blick lag, hab ich begriffen, dass Claud für mich auch genau diese Art von Liebe empfindet, Franks. Und ich für ihn. Ich glaube, ich hab nur etwas Aufregendes gesucht, etwas, das eine glückliche Ehe kaputt macht (verdammt, das muss ich von meiner Mutter geerbt haben!). Claud ist die Liebe meines Lebens, das war er immer schon, und das wird er auch immer bleiben. Also hab ich ihm reinen Wein eingeschenkt und ihm von der Affäre erzählt. Das hat ihn ein bisschen mitgenommen. Na gut – es hat ihn ganz fürchterlich getroffen. Aber wir arbeiten daran. Also haben wir die Buchhandlung für ein paar Wochen zugemacht (aber keine Angst, dein Gehaltsscheck kommt trotzdem weiter!) und sind abgehauen nach Schweden. Hier verbringen wir die kommenden Wochen in einem Strick-Bootcamp. (Ja, ich weiß. Aber das war die einzige Möglichkeit, ihn so weit zu kriegen, dass er überhaupt mit mir irgendwo hinfahren wollte.) Wir versuchen, wieder einen besseren Zugang zueinander zu finden. Frank, ich hab das Gefühl, dass ich mich wieder richtig in ihn verliebe.*
3. *Ich hab dich wahnsinnig lieb.*

Ich hoffe, mit Sunny und dem Buch läuft alles gut.
Cat xo

53

Wie man sich verliebt

Emma und Mr Knightly.
Claire und Jamie.
Westley und Buttercup.
Ennis und Jack.
Fermina und Florentino.
Frankie und Sunny.

Ja, ich hab's geschafft. Ich, Scarlett O' – besser bekannt unter dem Namen Frankie – und Edward Cullen – ähm, Sunny – gehen nun offiziell als eines der größten Liebespaare in die Geschichte ein. Wer hätte das gedacht!

Und wollt ihr meinen Rat, wie man sich Hals über Kopf und ganz und gar verliebt? Tja, das ist ziemlich leicht! Was ihr nicht tun solltet, ist: Überall Bücher verteilen, zum Volkstanz gehen, jeden einzelnen Blick, jeden Satz, jede Nachricht oder jeden Instagram-Post ängstlich analysieren und hinterfragen.

Ich werde euch einiges an Schwierigkeiten ersparen, denn ich verrate euch jetzt alles, was ihr wissen müsst, wenn ihr euch in die Liebe eures Lebens verlieben wollt. Seid ihr bereit? Drei simple Worte:

VERLIEBT EUCH EINFACH!

Bis später.
Frankie xx

PS: Hat euch mein Blog gefallen? Dann haltet doch mal Ausschau nach meinem Buch *Buchstäblich Liebe.* Die deutsche Ausgabe erscheint am 15. Juli im Blanvalet Verlag.

Kommentar hinterlassen (3567)

Sunny All Day Long > Und was ist mit Hermine und Ron? Also ehrlich! PS: Ich bin sehr stolz auf dich, mein Schatz.

Cat in the Hat > JAWOLL! Ihr beiden seid meine Lieblings-Liebesgeschichte. Na ja, abgesehen von Elizabeth und Mr Darcy, die sind einfach unschlagbar. Ich freu mich schon sehr auf dein neues Buch, liebste Autorin!

Stephen Prince > @Nooffencebut … Wieder kein Kommentar? Stephanie, du bist wohl heute nicht in Bestform. PS: War schön, dich gestern endlich mal persönlich kennenzulernen. Du küsst super ;)

No offence but … > @StephenPrince Könntest du bitte unterlassen, dich öffentlich über meine Küss-Qualitäten zu äußern? PS: Du küsst aber auch nicht gerade schlecht.

Die Bücherliste

Die Abtei von Northanger, Jane Austen
Emma, Jane Austen
Wer hat Angst vor Jasper Jones?, Craig Silvey
Bis(s) zur Mittagsstunde, Stephenie Meyer
Die Macht der Affäre, Esther Perel
High Fidelity, Nick Hornby
Sturmhöhe, Emily Brontë
Rosemarys Baby, Ira Levin
Fifty Shades of Grey – Geheimes Verlangen, E.L.James
Fifty Shades of Grey – Gefährliche Liebe, E.L.James
Bis(s) zum Morgengrauen, Stephenie Meyer
Anne Elliot oder die Kraft der Überredung, Jane Austen
Der Distelfink, Donna Tartt
Catch 22, Joseph Heller
Vom Winde verweht, Margaret Mitchell
Noch so eine Tatsache über die Welt, Brooke Davis
Othello, William Shakespeare
Die Tribute von Panem, Suzanne Collins
Mansfield Park, Jane Austen
Pygmalion, George Bernard Shaw
Krieg und Frieden, Leo Tolstoi
Die störrische Braut, Anne Tyler
Mila 18, Leon Uris

Lily und der Oktopus, Steven Rowley
Der scharlachrote Buchstabe, Nathaniel Hawthorne
Eat, Pray, Love, Elizabeth Gilbert
Chroniken der Unterwelt, Cassandra Clare
Bestimmung, Veronica Roth
Verstand und Gefühl, Jane Austen
Moby Dick, Herman Melville
Das Rosie-Projekt, Graeme Simsion
Farm der Tiere, George Orwell
Das Ding mit Jane Spring, Sharon Krum
Traumsammler, Khaled Hosseini
Pu der Bär, Gesamtausgabe, A. A. Milne
Chocolat, Joanne Harris
Ulysses, James Joyce
Shining, Stephen King
Die Brautprinzessin, William Goldman
Eine Geschichte aus zwei Städten, Charles Dickens
Die fabelhaften Schwestern der Familie Cooke, Karen Joy Fowler
Der Jane Austen Club, Karen Joy Fowler
Das Geheimnis der Sarah Canary, Karen Joy Fowler
Sister Noon, Karen Joy Fowler
1984, George Orwell
Ein wenig Leben, Hanya Yanagihara
Tausend kleine Lügen, Liane Moriarty
Alles, was wir geben mussten, Kazuo Ishiguro
Der große Gatsby, F. Scott Fitzgerald
Enzo oder Die Kunst, ein Mensch zu sein, Garth Stein
Eine Reihe betrüblicher Ereignisse, Lemony Snicket
Wer die Nachtigall stört …, Harper Lee

Gehe hin, stelle einen Wächter, Harper Lee
Gone Girl – Das perfekte Opfer, Gillian Flynn
Girl on the Train – Du kennst sie nicht, aber sie kennt dich, Paula Hawkins
Meine geniale Freundin, Elena Ferrante
Fremd fischen, Emily Giffin
Die Schwarze Sieben, Enid Blyton
Die geheime Geschichte, Donna Tartt
Die Frau des Zeitreisenden, Audrey Niffenegger
Zwei an einem Tag, David Nicholls
Beim Leben meiner Schwester, Jodi Picoult
Middlesex, Jeffrey Eugenides
Der blinde Mörder, Margaret Atwood
Lady Susan, Jane Austen
Tod am Nachmittag, Ernest Hemingway
Mister Aufziehvogel, Haruki Murakami
The Hate U Give, Angie Thomas
Hüter der Erinnerung, Lois Lowry
Finding Nevo, Nevo Zisin
Dear Martin, Nic Stone
… trotzdem Ja zum Leben sagen, Viktor Frankl
Gesang vom großen Feuer, Sebastian Faulks
Versuch über die Liebe, Alain de Botton
Das Licht der letzten Tage, Emily St. John Mandel
Kleine Feuer überall, Celeste Ng
Alice im Wunderland, Lewis Carroll
Fünf Freunde essen glutenfrei, Bruno Vincent
Ich, Eleanor Oliphant, Gail Honeyman
Stolz und Vorurteil, Jane Austen
Betty und ihre Schwestern, Louisa May Alcott
Der Alchimist, Paulo Coelho

Die Liebenden von Leningrad, Paullina Simons
Achtung schwanger!, Jenny McCarthy
Der Fänger im Roggen, J. D. Salinger
Der Hals lügt nie, Nora Ephron
Empörung, Philip Roth
Schwangerschaft und Geburt, Heidi Murkoff & Sharon Mazel
Der Exorzist, William P. Blatty
Die Anatomie der Melancholie, Robert Burton
Die unwahrscheinliche Pilgerreise des Harold Fry, Rachel Joyce
Tödlicher Ruhm, Ben Elton
Brida, Paulo Coelho
Elf Minuten, Paulo Coelho
Aleph, Paulo Coelho
Auf dem Jakobsweg, Paulo Coelho
Marley & ich, John Grogan
Koala Lou, Mem Fox
Loni und der Mond, Esther Takac
Unter dem Regenschirm der Liebe, Davina Bell
Keiner hat einen Pups lieb, Zoe Foster Blake
Schneewittchen, Gebrüder Grimm
Drachenläufer, Khaled Hosseini
Liebe und Freundschaft, Jane Austen
Der Report der Magd, Margaret Atwood
Interviews mit Sterbenden, Elisabeth Kübler-Ross
Liebeswahn, Ian McEwan
Mein Leben ohne Gestern, Lisa Genova
Hitze, Jane Harper
Das also ist mein Leben, Stephen Chbosky
Chaos Walking, Patrick Ness

Die Bücherdiebin, Markus Zusak
Die erste Liebe (nach 19 vergeblichen Versuchen), John Green
Stargirl, Jerry Spinelli
Wunder, Raquel J. Palacio
Sieben Minuten nach Mitternacht, Patrick Ness
Eine wie Alaska, John Green
Eleanor & Park, Rainbow Rowell
Die Auserwählten – Im Labyrinth, James Dashner
Solange wir lügen, E. Lockhart
Are You There, God? It's Me, Margaret, Judy Blume
Die rote Königin, Victoria Aveyard
Wenn ich bleibe, Gayle Forman
Percy Jackson – Diebe im Olymp, Rick Riordan
Löcher – Die Geheimnisse von Green Lake, Louis Sachar
Romeo und Julia, William Shakespeare
Ich gebe dir die Sonne, Jandy Nelson
Tin Man, Sarah Winman
My dear Cassandra! Ausgewählte Briefe, Jane Austen
Der Schatten des Windes, Carlos Ruiz Zafón
Bis(s) zum Morgengrauen, Stephenie Meyer
Eragon, Christopher Paolini
Eine echt verrückte Story, Ned Vizzini
Das Schicksal ist ein mieser Verräter, John Green
Zwischen den Welten, Laini Taylor
Wie Monde so silbern, Marissa Meyer
Doktor Schiwago, Boris Pasternak
Fiesta, Ernest Hemingway
To all the boys I've loved before, Jenny Han
Hauptsache berühmt, Sharon Krum
Bevor ich jetzt gehe, Paul Kalanithi

Danksagungen

Vor ungefähr einem Jahr traf Ali sich mit der unglaublich temperamentvollen und engagierten Anna O'Grady, Marketingchefin von Simon & Schuster Australia, auf einen Kaffee. Und Anna ist tatsächlich das Risiko eingegangen, an zwei merkwürdige Buchverrückte zu glauben! Seit diesem Treffen haben wir uns überlegt, wie wir unsere australische Aktion »Books on the Rail« in eine Liebeserklärung an Literatur, Freundschaft und Seelenverwandtschaft verwandeln könnten. Danke, Anna, dass du uns den Anstoß dazu gegeben hast und danach so leidenschaftlich für unser Projekt eingetreten bist und uns unterstützt hast.

Wir danken auch dem ganzen restlichen Team von Simon & Schuster Australia. Nie werden wir vergessen, wie wir vollkommen übernächtigt nach einem Flug in aller Herrgottsfrühe (nicht zu vergessen: nach einem ganzen Jahr Arbeit am Manuskript) in eure Büros in Sydney gekommen sind. Uns war gar nicht bewusst, dass ihr unseren Roman tatsächlich alle gelesen hattet, und wir waren sehr angetan von eurer Gastfreundschaft, eurer Arbeit und euren freundlichen Worten über die Geschichte von Frankie und Sunny.

Ein ganz besonderer Dank geht an Bert Ives, den Programmleiter, an Fiona Henderson, die Verlegerin, und an

Dan Ruffino, den Geschäftsführer. Bert, danke für deine Umsicht und dein Wohlwollen dem Buch gegenüber! Ohne deine sorgfältige Anleitung wäre unser Buch nicht das geworden, was es heute ist. Fiona, danke für die vielen aufregenden Anrufe und E-Mails immer dann, wenn du wieder ein Land für das Buch begeistert hast. Wir sind überwältigt von deinem Einsatz.

Ein riesiges Dankeschön an Hollie Foster, die Ali mit dem Projekt »Books on the Underground« bekannt gemacht hat. Dadurch hat sie Ali inspiriert, gemeinsam mit Michelle in Australien das Projekt »Books on the Rail« ins Leben zu rufen. Und danke an alle, die dabei mitmachen – ohne eure Leidenschaft und euren Einsatz wäre das nie möglich gewesen!

Wir bedanken uns bei allen, die mitgeholfen haben, dieses Buch zu Papier zu bringen. Ganz besonders erwähnen möchten wir Henry Kalus, Doris Brett und die Australian Society of Authors, insbesondere Olivia Lanchester. Wir sind unseren ersten Lesern und unseren großen Vorbildern sehr dankbar: den unglaublichen Autorinnen Sharon Krum und Davina Bell. Eure klugen Kommentare und eure Ermutigung haben uns geholfen, am Ball zu bleiben. Und natürlich wären wir verloren gewesen ohne die Unterstützung und die gute Laune unserer besonders lieben besten Freunde: Ihr seid einfach die Allerbesten!

Nach einem Jahr gemeinsamer Arbeit sind wir allmählich zu einer einzigen Person verschmolzen, und es überrascht euch jetzt vielleicht, dass jede von uns noch immer ihre eigene Familie hat, die ihr sehr viel bedeutet. Also kommen jetzt noch mal zwei eigene persönliche Danksagungen.

Alis Danksagung

Seit ich einen Stift in der Hand halten konnte, habe ich verkündet, ich würde eines Tages Schriftstellerin werden. Die Menschen, die mir am nächsten stehen, haben mich darin unterstützt und ermutigt. Wenn ihr nicht an mich geglaubt hättet, hätte es dieses Buch niemals gegeben.

Ich danke meiner Mum Cindy: Du bist meine Lektorin, mein Coach, der mich immer wieder anfeuert, und meine Psychologin (als der Abgabetermin drohend näher rückte, zur gleichen Zeit meine Hochzeit anstand und die neu gegründete Firma meine Aufmerksamkeit verlangte). Ich habe jede Minute mit dir genossen – danke, dass du mich vom ersten Tag an inspiriert hast.

Ich danke meinem Vater John, dass ich in einem Haus aufgewachsen bin, das bis unters Dach vollgestopft ist mit seinen Büchern aus allen erdenklichen Genres und von Autoren aus der ganzen Welt. Das hat mir von frühester Kindheit an klargemacht, dass ein Leben ohne Bücher nicht lebenswert ist. Danke, dass du mich zu einem Bücherwurm gemacht hast.

Ich danke meinem Bruder Josh, der mich von meinen Geschwistern am meisten ermutigt hat. Er ist ein ungeheuer verständnisvoller Geschäftspartner, der immer hinter mir stand, wenn ich mal wieder einen freien Tag brauchte, damit ich den Abgabetermin in letzter Minute doch noch einhalten konnte, oder wenn ich mal wieder eine Reise nach Sydney antreten musste.

Ich danke meiner wunderschönen Schwester Emma für ihre fortdauernde Unterstützung und dafür, dass sie einfach brillant ist. Deine ermutigenden Worte und deine bodenständige Art haben mich in diesem ganzen Irrsinn geerdet. Ich liebe dich sehr.

Ich danke meiner Lulu fürs Abschlecken und Knuddeln.

Ich danke meinem wunderbaren Mann Alex, meinem Fels in der Brandung. Danke, dass du die Planung unserer Hochzeit übernommen hast, während ich bis über beide Ohren mit der Überarbeitung des Textes beschäftigt war. Danke, dass du klaglos neben mir geschlafen hast, obwohl ich bis in die frühen Morgenstunden laut getippt habe, und dass du so stolz auf mich bist. Nachdem ich den Verlagsvertrag unterschrieben hatte, hast du jedem, dem wir begegneten, verkündet: »Meine Verlobte veröffentlicht Bücher«, obwohl ich gerade einmal beim ersten Manuskriptdurchgang war. Ich liebe dich mehr, als Frankie Sunny liebt.

Ich danke meiner Nana Jaqueline, Zaida Harry, Oma Cilla und Opa Paul, dass ihr Großeltern so stolz auf mich seid und mich unterstützt. Ich bin sehr glücklich, dass ich euch alle habe.

Ich danke meiner Hedgehog-Family für die vielen Posts auf Facebook, für die fortdauernde Unterstützung in Form von Schokolade und für eure Inspiration bei unserer Suche nach unserem englischen Titel *The Book Ninja*.

Und schließlich danke ich meiner Co-Autorin, Geschäftspartnerin, Seelenverwandten und besten Freundin Michelle. Auf was für eine wilde Fahrt haben wir uns da begeben! Danke, dass du dein Exemplar der *Liebenden von Leningrad* geopfert hast, um es in einen Zug zu legen. Es war das erste Buch von Tausenden bei

»Books on the Rail«. Danke, dass du meinen irrwitzigen Vorschlägen (wie »Ich finde, wir sollten zusammen ein Buch schreiben«) immer so begeistert zustimmst, und danke, dass du so bist, wie du bist – denn wenn du jemand anders wärst, wäre das alles nicht möglich gewesen!

Michelles Danksagung

Ich danke meiner Familie, meinem Clan der Kali, der für mich eine Quelle der Freude, Unterstützung und Liebe ist und bei dem ich immer wieder auftanken kann:

Mum und Dad, Susie und Allan, ihr seid meine größten und stolzesten Fans! Danke, dass ihr in uns die aufrichtige Liebe erweckt habt, zu lernen, zu leben, nach dem Guten zu streben und das geschriebene Wort zu schätzen. Ihr habt ein Zuhause geschaffen, das warm und voller Leben war (und voller Tiere! Ein Hoch auf Ruby!). In dieser Umgebung haben wir uns sicher genug gefühlt, dass wir auch Risiken eingehen konnten. Ihr habt uns in jeder Hinsicht gefördert, und dafür werde ich euch wenig dankbar sein.

Meine kleine Lici Lou, meine Freundin, Zimmergenossin und außergewöhnliche Schwester, was ich dir nicht alles verdanke! Du hast mich zum Lachen gebracht und zum Essen, und deine Lebensfreude ist immer ansteckend und tut mir gut. Ich teile mein Leben sehr gerne mit dir.

Sarah und Iwan danke ich, weil sie mir gezeigt haben, wie ein echtes Happy End aussieht. Selbst jetzt, wo uns ganze Ozeane trennen, schafft ihr es noch, fortwährend stark und ermutigend zu sein und Freude auszustrahlen. Ich beneide euch um Europa. PS: Bitte zieht endlich wieder zurück nach Melbourne!

Dave, danke für deinen Beifall. Und für deinen Charme. Du warst ein großer Quell der Inspiration für diese Liebesgeschichte, und ich bin sehr froh, dass ich dich liebe!

Dann ist da natürlich noch meine »Familie« rund um das Ormiston College. Ich danke der ganzen Belegschaft für eure Freundschaft, für eure Aufmunterung und Backwaren. Meinen Schülern danke ich für ihre Neugier und dafür, dass ich mich bei ihnen immer fühlen darf wie eine Celebrity, wenn ich Hofaufsicht habe.

Und nicht zu vergessen: Ich danke Ali, meiner ältesten, liebsten Freundin und der besten Muse aller Zeiten. Danke, dass du so ein motivierter, innovativer, verrückter und kreativer Mensch bist, der so viel Zauber in unser Buch (und in mein Leben) gebracht hat. Wenn man mit dir zusammen ist, vergisst man die Welt (aber nicht den Abgabetermin!) und lacht aus tiefstem Herzen. Ich bin überglücklich, dass ich diese verrückte literarische Unternehmung mit dir zusammen erleben darf!